巧讀

三國演義

（明）羅貫中◆原著　高欣◆改寫

余秋雨 推薦

經典著作優秀改寫，全白話無障礙讀本，
內含精美手繪插圖，人物、典故、成語、知識點隨文注釋，
是一本適合青少年閱讀的國學入門書。

我们也许逃不过这样的荒诞：阅读极其泛滥又极其荒凉，文化极其壅塞又极其贫乏。

这里倒有一条安静的自救小路：趁年轻，放松心情读一点经过选择的经典。

余秋雨

目錄

第一回　桃園三結義／011
第二回　孟德獻刀／018
第三回　三英戰呂布／024
第四回　美人計／032
第五回　挾天子以令諸侯／039
第六回　孫策佔江東／047
第七回　轅門射戟／054
第八回　呂布殞命／060
第九回　煮酒論英雄／069
第十回　關羽降曹／078
第十一回　身在曹營心在漢／085
第十二回　千里走單騎／091
第十三回　官渡之戰／099
第十四回　躍馬過檀溪／107
第十五回　三顧茅廬／114
第十六回　敗走漢津口／124
第十七回　舌戰群儒／133
第十八回　草船借箭／142

第十九回　周瑜打黃蓋／151
第二十回　火燒赤壁／159
第二十一回　劉備佔荊州／168
第二十二回　賠了夫人又折兵／176
第二十三回　氣死周瑜／184
第二十四回　馬超討賊／193
第二十五回　截江奪阿斗／202
第二十六回　劉備取西川／210
第二十七回　單刀赴會／218
第二十八回　定軍山之戰／227
第二十九回　智取漢中／235
第三十回　水淹七軍／243
第三十一回　大意失荊州／252
第三十二回　曹操之死／260
第三十三回　彝陵之戰／269
第三十四回　白帝城託孤／278
第三十五回　諸葛亮南征／287
第三十六回　平定南蠻／295

第三十七回　諸葛亮北伐／304

第三十八回　空城計／312

第三十九回　再次北伐／320

第四十回　司馬鬥諸葛／328

第四十一回　星落五丈原／337

第四十二回　司馬懿奪權／346

第四十三回　姜維北伐／356

第四十四回　司馬昭滅蜀／366

第四十五回　三分歸一統／375

經典

梅子涵

成年人文化多，知道得多，上下五千年，心裡著急，恨不得把一切有價值的書都搬來給小小的孩子看。

成年人關懷多，責任多，總想著未來幾千年的事，恨不得小小的孩子們都能閱讀著幾千年的經典，讓未來因為他們的經典記憶風平浪靜、盛世不斷，給人類一個經久的大指望。

我們要說，這簡直是一個經典的好心腸、好意願，唯有稱頌。

可是一部《資治通鑑》，如何能讓青少年閱讀？即使是《紅樓夢》，那裡面也是有多少敘述和細節，是不能讓孩子有興致的，孩子總是孩子，他們不能深，只能淺，恰是他們的可愛；他們不能沉湎厚度，而只可薄薄地一口氣讀完，也恰是他們蹦蹦跳跳的生命的優點，絕不是缺點！

這樣，那好心腸、好意願便又生出了好靈感、好方式，把很長的故事變短，很繁複的敘述變簡單，很滔滔的教誨變乾脆，很不明白的哲學變明白，於是一本很厚很重的書就變薄變輕了。是的，它們已經不是原來的那一本那一部，不是原來的偉岸和高大，但是它們讓孩子們靠近了，捧得起來了，沒讀幾句已經願意讀完了。於是，一種原本是成年後正襟危坐讀的書，還在小時候沒有學會把玩耍的手洗得乾乾淨淨的時候，已經讀將起來，知道了大概，知道了有這樣的經典和高山，留在他們的記憶裡當個「存目」，等他們長大了以後再去正襟危坐地讀，探到深度，走到高度，弄出一個變本加厲的新亮度來，當成教授和專家。而如果，長大了，實在忙得不可開交，養家糊口，建設世界，沒有機會和情境再閱讀，那麼那小時候的閱讀和記憶也已經為他的生命塗過了顏色，再簡單的經典味道總還是經典的味道，你說，一個人在童年時讀過經典改寫本，還會是一種羞恥嗎？還會沒有經典的痕跡留給了一生嗎？

所以經典縮寫本改寫本的誕生，的確也是一個經典。

它也許不是在中國發明，但是中國人也想到這樣做，是對一種經典做法的經典繼承。經典著作的優秀改寫，在世界文化先進、關懷兒童閱讀的國家，是一個不停止的現代做法，是一個很成熟的出版方式，今天的世界說起這件事，已經絕不只是舉英國蘭姆姐弟的莎士比亞戲劇的例子了，而是非常多，極為豐盛。

所以，我們也可以很信任地讓我們的孩子們來欣賞中國的這一套「新經典」，給他們一個簡易走近經典的機會；而出版者，也不要一勞永逸，可以邊出版邊修訂，等到第五版第十版時簡直沒有缺點，於是這個品種和你的出版，也成長得沒有缺點。那時，這一切也就真的經典了。連同我在前面寫下的這些叫做「序言」的文字。
為孩子做事，為人生做事，是應該經典的。

導讀

《三國演義》是中國第一部長篇歷史小說，從它開始，歷史小說正式登上文壇，並成為一大文學潮流，經久不衰。不僅如此，《三國演義》也是中國文學史上最優秀的歷史小說，流傳最廣，影響最深，以至於普通民眾將小說中的世界當作真實的歷史，而真實的歷史則被忽略。作為一部小說，《三國演義》能樹立如此威信，在文學史上是獨一無二的。

作者羅貫中（約一三三〇—一四四〇），元末明初小說家、戲曲家，山西人。少年時，他隨父親在蘇杭一帶經商，開始接觸民間文學和戲劇。元朝末年，天下大亂，群雄並起，滿懷政治抱負的羅貫中投靠起義軍張士誠門下，負責出謀劃策，與包括朱元璋在內的其他勢力抗衡。這期間，羅貫中與同為幕僚的施耐庵（《水滸傳》作者）過從甚密，二人以師徒相稱。張士誠剛愎自用，不納忠言，逐漸走向衰落。羅貫中心灰意冷，便離開張士誠，閒居蘇杭一帶，專心從事文學創作。朱元璋建立明朝以後，作為昔日仇敵的羅貫中，放棄了入仕為官的打算，更加專注於文學創作。七十歲那年，羅貫中死於江西吉安。

羅貫中一生著作頗豐，留下多部劇本和小說，大都取材於歷史。《三國演義》全名《三國志通俗演義》，它以陳壽所著《三國志》中記載的三國時期的史實為依據，結合民間話本和傳說，生動地講述了三國時期複雜的政治軍事鬥爭。在廣闊的歷史背景下，展現了一幕幕波瀾壯闊的畫面，描繪了上千個人物形象，其中曹操、劉備、孫權、諸葛亮、關羽、張飛、周瑜等形象，早已成為家喻戶曉的藝術典型。

《三國演義》的內涵是十分豐富的，囊括了中國古代政治思想、外交、兵法、權謀、道德觀念、哲學思想等方方面面的內容。書中四十多次戰爭的描寫，不僅場面雄偉壯闊，引人入勝，而且為後人提供了各種軍事知識和戰爭經驗。據說，《三國演義》成書以後，很快就被農民起義軍的將領們視為軍事教科書。

《三國演義》現存最早的版本，是明嘉靖年間刊刻的，俗稱「嘉靖本」。清康熙年間，毛綸、毛宗崗父子對舊版本進行辨析和增刪、評點，修改成如今通行的一百二十回本。本書就是以通行本為基礎編寫的。

第一回　桃園三結義

天下大勢，分久必合，合久必分。大一統的秦朝滅亡以後，天下四分五裂，楚王項羽和漢王劉邦爭奪天下，最終劉邦獲勝，建立了統一的漢朝。到東漢末年，皇帝昏庸，宦官❶當道，天下大亂，分裂的徵兆又出現了。

中平元年正月，瘟疫肆虐，民不聊生。在一個偶然的機會，鉅鹿人張角得到一本名為《太平要術》的奇書，調配出一種可以治癒瘟疫的藥水，挽救了許多人的性命。因為這個原因，各地百姓紛紛到鉅鹿投奔張角，張角藉機廣收門徒，用軍事化的方法管理他們，逐漸形成了自己的勢力。他向門徒和百姓宣稱，「蒼天已死，黃天當立。歲在甲子❷，天下大

❶【宦官】又稱太監。東漢以前，宦官並非全是被閹割了生殖器的男性，東漢以後才全由閹割後的男性充任，因此又被稱爲閹官。宦官專門服侍皇帝及皇室成員，負責處理皇宮雜務，不參與國事，但由於與皇室的密切關係，也能獲得參與甚至操縱國事的機會。

吉」，號召他們揭竿起義，推翻漢朝的統治。

當時，張角自稱「天公將軍」，他的兩個弟弟張寶、張梁自稱「地公將軍」和「人公將軍」，率領門徒發動起義。張角對他們說道：「漢朝的氣數已經到了盡頭，上天派我來解救你們，你們應該聽從我的命令，反抗朝廷的壓迫。」各地百姓紛紛響應，有將近五十萬人參加了這場起義。由於他們在頭上裹著黃頭巾，因此被稱為「黃巾軍」。

起義之初，黃巾軍聲勢浩大，連續多次挫敗官軍的圍剿，佔領了很多地盤。當黃巾軍進犯到幽州地界時，幽州太守劉焉急忙貼出招兵告示，打算招募義軍對抗黃巾軍。涿郡也張貼了這樣的告示。就是這張貼在涿郡的告示，引出了一位曠世梟雄。

這位英雄名叫劉備，字玄德，天生形貌奇異，兩隻耳朵長長地垂到肩膀上，兩隻手臂也長長地垂到膝蓋下面，眼角很長，能看到自己的耳朵。雖然劉備性情溫和、沉默寡言，但他的身世卻極為顯赫，是漢朝宗室中山靖王的後代，漢景帝❸的玄孫。不過，到了他這一代，家境已經敗落得和普通百姓差不多了，只能靠編織草鞋、草席養家糊口。

劉備在城門口看到招兵告示，想到自己身為皇室後裔，卻不能為國效力，忍不住歎了口氣。忽然，身後傳來一聲斷喝：「男子漢大丈夫，不想著為國出力，倒在這裡唉聲歎氣！」劉備回頭，見身後站著一位體型威猛的漢子。這漢子長得凶神惡煞，豹頭環眼，燕頷虎鬚，正圓瞪著大眼睛看著劉備。劉備拱手問道：「壯士是誰？」大漢告訴劉備，他名叫張飛，字翼德，是涿州當地的一個富戶，做著賣酒賣肉的生意。張飛準備到幽州參軍，見劉備也有這個打算，便說道：「我家裡有些錢，咱們拿出來招募鄉勇，做一番大事業！」劉備興奮不已，便與張飛到酒館裡喝酒慶祝。

劉備、張飛正在喝酒，走進來一位身材魁梧的大漢，衝酒保喊道：「快上酒！我要趕到城裡參軍！」劉備向那大漢望去，見他穿著綠色布袍，長著一雙丹鳳眼、兩條臥蠶眉，臉色像棗子般紅潤，胸前飄著長長的鬍鬚，不禁連聲讚歎，心想這人必定是英雄豪傑。於是，劉備起身施禮，邀他一起喝酒。大漢也不推辭，大踏步走過來坐下。

大漢告訴劉備、張飛，他叫關羽，字雲長，因為在家鄉打死了惡霸，因此逃到外鄉躲避，聽說劉焉正在招募義軍，便趕來參軍。三人志向相同，又情投意合，很是有緣，於是決

---

❷【甲子】即甲子年，干支紀年中的第一年。干支紀年是中國傳統的紀年方法，由天干和地支按固定的順序依次相配組成，總共六十組，循環往復。天干是「甲、乙、丙、丁、戊、己、庚、辛、壬、癸」，地支是「子、丑、寅、卯、辰、巳、午、未、申、酉、戌、亥」。

❸【漢景帝】即劉啓，漢文帝劉恆的長子，漢朝第六代皇帝，在位十六年。漢景帝在漢朝歷史上佔有重要地位，繼承和發展了漢文帝的事業，與漢文帝一起開創了「文景之治」，又爲漢武帝開創「漢武盛世」奠定了基礎。中山靖王名叫劉勝，是漢景帝的第七個兒子。

他們來到張飛家的桃園，在一片茂盛的桃花林中，殺牛宰馬，焚香跪拜，結為異姓兄弟，約定齊心協力，生死相依。

定結拜為異姓兄弟，共圖大業。

第二天，他們來到張飛家的桃園，在一片茂盛的桃花林中，殺牛宰馬，焚香跪拜，結為異姓兄弟，約定齊心協力，生死相依。三人之中，劉備年紀最大，做了大哥；關羽其次，做了老二；張飛做了老三。

僅僅幾天的時間，他們就招募到五百名鄉勇，又從中山客商那裡得到五十匹良馬、五百兩金銀和一千斤鑌鐵❹。有了金銀鑌鐵，他們每個人置辦了一身鎧甲，又打造了稱手的兵器：劉備打造的是雙股劍，關羽打造的是八十二斤重的青龍偃月刀❺，張飛打造的是丈八蛇矛❻。

做好準備之後，劉備、關羽、張飛便帶領五百部眾到幽州投奔劉焉。他們剛到幽州，就

❹【鑌鐵】古代一種表面帶有花紋的鋼，主要用於打造刀劍。鑌鐵打造的兵器鋒利無比，有「吹毛斷髮」的美譽。

❺【青龍偃月刀】偃月刀是宋朝出現的一種用於訓練臂力的兵器，在實戰中沒有得到應用。《三國演義》中的青龍偃月刀重達八十二斤，又被稱爲「關刀」，成爲關羽的象徵。

❻【丈八蛇矛】又名「丈八點鋼矛」，是一種用鑌鐵打造的兵器，柄長一丈，矛長八寸，矛頭好像白蛇吐信的樣子，因此得名「蛇矛」。

遇上了黃巾軍，於是領命出征，首戰告捷，張飛殺了賊將鄧茂，關羽殺了賊將程遠志。由於劉、關、張的英勇善戰，黃巾軍不敢侵擾幽州，轉而侵擾臨近的青州。青州太守龔景向劉焉求救，劉焉便派劉備率兵解救青州，再次大獲全勝。

當時，中郎將盧植正在與張角激戰。劉備與盧植有師生之誼，便辭別劉焉，與關羽、張飛前往廣宗援助盧植。不久之後，盧植遭奸臣陷害，被皇帝下令革職查辦。劉備失去依靠，只得投奔中郎將朱儁（ㄐㄩㄣˋ）。投到朱儁帳下以後，劉備得到重用，作為先鋒攻打張寶。打敗張寶之後，劉備配合朱儁包圍黃巾軍最後一個據點宛城。在劉備等人的協助下，朱儁打垮了宛城的黃巾軍。

黃巾叛亂平定了，朝廷給立有戰功的朱儁、孫堅等人加官晉爵，唯獨沒有給劉備一官半職。郎中張鈞聽說了劉備的遭遇，憤怒不已，便給皇帝上書，請求誅殺禍亂朝政的十常侍❼，重用劉備等有功之人，結果反而遭到了驅逐。十常侍擔心如果不安撫劉備等有功之人，可能招致更多人的抱怨，便讓劉備當了小官，任定州中山府安喜縣縣尉。劉備得到任命，遣散了鄉勇，只帶著關、張二人和十幾個親隨到安喜縣上任。

到了安喜縣，劉備勤懇理政，寬仁愛民，深得百姓擁護。關羽、張飛二位結義兄弟與他的感情也很好，他們在同一張桌子上吃飯，在同一張床上睡覺，劉備處理政務的時候，關羽、張飛就守在他的身旁。

四個月以後，朝廷委派巡視地方的督郵來到安喜縣，劉備畢恭畢敬，但督郵態度傲慢，並不把劉備放在眼裡，惹得關、張二人憤恨不已。督郵憑藉手中的職權向劉備索要賄賂，劉備從不搜刮百姓，因此沒有錢財給他，他竟然脅迫縣吏誣告劉備，張飛勃然大怒，將他揪到縣衙大門口，綁在馬樁上用柳條狠狠地抽了一頓。劉備饒過督郵，放棄官職，帶著關、張二人投奔代州太守劉恢去了。幾個月之後，漁陽人張舉、張純發動起義，皇帝令幽州太守劉虞率兵平定叛亂。在劉恢的推薦下，劉備得以隨劉虞出征，又立了戰功，在劉虞和公孫瓚的推薦下，擔任了平原縣令。

原本一無所有的亂世英雄劉備，終於獲得了一官半職，在關羽、張飛的協助下，走上建功立業、爭霸天下的道路。

---

❼【十常侍】指東漢時擔任中常侍的十個宦官，他們控制年幼的漢靈帝，操縱朝政，史稱「十常侍亂政」。

第二回　孟德獻刀

中平六年四月，漢靈帝駕崩❶。中常侍蹇（ㄐㄧㄢˇ）碩主張擁立劉協為帝，大將軍何進主張擁立外甥劉辯為帝，雙方爭執不下。在典軍校尉曹操、司隸校尉袁紹等人的幫助下，何進殺死蹇碩，擁立劉辯為帝。袁紹勸何進趁機誅殺十常侍餘部，遭到何進姐姐何太后的反對。於是，何進向地方諸侯發出密詔，命他們進京誅殺十常侍餘部。西涼刺史董卓認為有機可乘，便率兵挺進至澠池❷，尋找合適的進京時機。

十常侍餘部得到何進打算誅殺他們的消息，決定先下手為強，將何進騙進皇宮殺死了。曹操、袁紹等人大怒，率兵衝進皇宮誅殺十常侍餘部。皇宮立刻陷入混亂，十常侍餘部劫持皇帝劉辯和陳留王劉協逃出皇宮，躲到北邙山，曹操等人一路追殺。最終，十常侍餘部相繼被殺，皇帝和劉協流落野外，在饑寒恐懼中過了一夜，直到第二天才與司徒王允、太尉楊彪等人會合。此時，嗅到良機的董卓才率兵趕來，以救駕為名護送皇帝回宮。

護送皇帝回宮以後，董卓以救駕功臣自居，飛揚跋扈，驕橫無禮，氣焰囂張。他將大軍

駐紮在京城周邊，又收編了原本屬於何進的軍隊，每天率領鐵甲騎兵進出京城，到處耀武揚威，即使到皇帝面前也毫不收斂。朝政被董卓控制了。

在董卓以護駕為名第一次覲見皇帝時，皇帝還沒有從「十常侍之亂」的驚嚇中緩過神來，嚇得哆哆嗦嗦不敢說話，倒是陳留王劉協鎮定自若，不慌不忙，說話得體，給董卓留下了深刻的印象。董卓當時就打定主意，要改立劉協為皇帝。因此，在把持朝政之後，董卓就迫不及待地召集文武百官商議廢立皇帝之事。荊州刺史丁原怒罵道：「你有什麼資格廢立皇帝？難道你想造反嗎？」董卓也怒道：「順從我的活，反對我的死！」董卓本想殺掉丁原，看到丁原身後站著一位威風凜凜的部將，才沒敢動手。

丁原的這位部將名叫呂布，字奉先，使一條方天畫戟❸，武藝高強，有萬夫不當之勇，丁原十分仰仗他，因此認他做了義子。董卓認為，要除掉丁原，必須收買呂布，讓他為己所用。於是，他派虎賁中郎將李肅帶著黃金珠寶和赤兔寶馬暗中勸降呂布。呂布生性見利忘

---

❶【駕崩】又稱賓天，中國古代對皇帝、皇太后、太皇太后死亡的說法。

❷【澠池】位於河南省西部，戰國時發生過「澠池相會」的故事。秦國昭襄王與趙國惠文王在澠池聚會，昭襄王倚仗強大的國力，百般刁難凌辱惠文王，趙國大臣藺相如機智勇敢地與秦國君臣鬥智鬥勇，沒有讓秦國佔得絲毫便宜，傳爲佳話。

曹操暗自得意，認為刺殺董卓的良機已到，便悄悄地拔出寶刀，準備刺向董卓。

義，而且有勇無謀，再加上十分鍾愛赤兔馬，便殺死義父丁原，隨李肅投靠了董卓。投靠董卓以後，呂布又認董卓為義父。

除掉了丁原，董卓氣焰愈發囂張，再次召集文武百官商量廢立皇帝之事，眾人眼見丁原橫死，都不敢反對了。於是，董卓便擁立劉協登上皇位，稱漢獻帝，自己當了相國。董卓的權勢達到頂峰，連皇帝都不放在眼裡，不僅姦淫宮女，甚至還睡在皇帝的龍床上。

董卓的驕橫行為引起文武百官的不滿。司徒王允出面召集眾人商議對策，眾人無計可施，只得抱頭痛哭。正在此時，驍騎校尉曹操卻哈哈大笑起來，說道：「堂堂朝廷命官，竟然想不出一條計策誅殺董卓，只有抱頭痛哭的本事！」王允聽了，問道：「你有良策嗎？」曹操回答道：「董卓很信任我，我能夠靠近他，刺殺他易如反掌。聽說司徒大人有一口寶刀，請借給我，我以獻刀為名，潛進相府伺機動手。」王允大喜，當即就將寶刀取給曹操。

曹操字孟德，小名阿瞞，本姓夏侯，因為父親曹嵩做了曹騰的養子，因此改為曹姓。曹操自幼喜歡騎馬射箭，而且智謀出眾，見過他的人都認為他必成大器，汝南許劭❹就斷言說，曹操是「治世之能臣，亂世之梟雄」。黃巾叛亂時，曹操擔任騎都尉之職，率兵參加平亂，立下戰功，後來投到何進門下，親歷「十常侍之亂」。

第二天，曹操來到相府見董卓。董卓問道：「怎麼這麼晚才來？」曹操回答道：「馬走

❸【方天畫戟（ㄐㄧˇ）】又名「畫杆方天戟」，是古代的一種長柄兵器，頂端有「井」字形的長戟。方天畫戟是一種很難使用的兵器，對使用者的要求極高，因此通常只用於儀仗。根據《蕩寇志》的記載，「三國第一猛將」呂布使用的方天畫戟長一丈二，重四十斤。

❹【許劭】字子將，東漢末年著名的人物評論家。據說他每個月都要對當時的著名人物做一次評論，稱「月旦評」。據《三國志》記載，曹操問許劭「我是什麼樣的人？」許劭閉口不答，曹操再三追問，許劭才說道：「治世之能臣，亂世之奸雄。」

得太慢。」董卓聽了，便命呂布到馬廄裡為曹操挑選一匹好馬。呂布出去以後，董卓躺到床上面朝裡休息，曹操暗自得意，認為刺殺董卓的良機已到，便悄悄地拔出寶刀，準備刺向董卓。正在這時，董卓突然坐起身問道：「你要幹什麼？」原來，董卓從對面的鏡子裡看到了曹操拔出寶刀的動作。曹操立即跪倒在地，說道：「要將這口寶刀獻給恩相。」董卓見果然是一把寶刀，就收下了。等呂布牽著馬回來，曹操以試馬為名，騎上馬慌慌張張地逃出城去。曹操逃走以後，在謀士李儒和呂布的提醒下，董卓才察覺曹操原本打算刺殺他，被發現後才改口說獻刀。董卓大怒，下令通緝曹操。

曹操逃出城以後，馬不停蹄地連夜向家鄉譙（ㄑㄧㄠˊ）郡奔去，在路過中牟縣時被衙役抓獲。縣令陳宮敬佩曹操的忠誠和膽識，不僅暗中釋放了曹操，而且還追隨曹操而去。逃到成皋一帶時，他們投宿到曹嵩的結義兄弟呂伯奢家中。當天夜裡，曹操聽到門外傳來磨刀聲，以為呂伯奢打算殺了他們向官府請賞，決定先下手為強，與陳宮合力殺了呂伯奢的家人。等殺了人，才發現呂家人磨刀是為了殺一頭豬。既然誤殺了好人，他們只得立即逃走。

剛逃出呂家不遠，迎面撞見從酒店買酒回來的呂伯奢。呂伯奢問道：「賢侄怎麼連夜就走？」曹操回答道：「官府追捕得太急，不敢逗留。」呂伯奢又說道：「我已經讓人殺豬擺酒招待你們，就住一晚再走吧。」曹操沒有搭話，猛然說道：「後面來的是誰？」呂伯奢回頭望去，曹操趁機一刀，把呂伯奢也殺了。陳宮看得目瞪口呆，問道：「剛才是誤殺好人，怎麼現在又殺人？」曹操回答道：「如果呂伯奢知道我們殺了他的家人，必然追來，我們就危險了。」陳宮感歎道：「照你這樣的行為，天下人豈能服你？」曹操冷笑道：「寧可我辜負人，也不能讓人辜負我。」陳宮聽了，默然無語。

當天夜裡，兩人在客棧住下。陳宮望著熟睡的曹操，沉思道：「我以為他是好人，才棄官追隨他，沒想到他卻是個不義之徒。本來應該趁這個機會殺掉他，但如果殺了他，我也成了不義之徒。算了，我還是離開他吧。」於是連夜走了。曹操一覺醒來，發現不見陳宮的身影，明白了陳宮的心思，於是趁著夜色逃往陳留。

到了陳留以後，在當地財主衛弘的資助下，曹操得以籌集到大筆錢財，決定招募義軍討伐董卓，便發出告示招兵買馬。很快，曹操的族弟曹仁、曹洪、夏侯惇、夏侯淵，以及陽平衛國人樂進、山陽鉅鹿人李典都來投奔他。曹仁、夏侯惇等人都是弓馬嫻熟、武藝精湛的勇將，成為曹操南征北戰的得力助手。

在招募到義軍之後，曹操發出檄文，號召各路諸侯會盟，共同出兵討伐董卓，以匡扶漢室，拯救國家。

第三回　三英戰呂布

各地諸侯接到曹操討伐董卓的檄文，紛紛率兵前來與曹操會盟。當時，回應曹操的有十七鎮諸侯，包括渤海太守袁紹、南陽太守袁術、長沙太守孫堅、西涼太守馬騰、北平太守公孫瓚、北海太守孔融、徐州刺史陶謙、兗（ㄧㄢˇ）州刺史劉岱等人。袁紹，字本初，是司徒袁逢的兒子，袁家世代都是朝廷高官，四世三公[1]，聲名遠播，深受世人敬仰。當初，董卓要改立劉協為皇帝，袁紹大怒，與董卓鬧翻，憤而出走。為了籠絡人心，董卓讓他擔任了渤海太守。袁術，字公路，是袁紹的胞弟，擔任南陽太守。孫堅，字文台，是孫武[2]的後代，平定黃巾叛亂和區星叛亂時立下戰功，被封為長沙太守。

諸路諸侯到齊以後，推選袁紹為盟主，負責指揮諸路兵馬。孫堅自告奮勇擔任先鋒，率先向汜水關殺來。董卓得到消息後，急忙派驍騎校尉華雄前去汜水關迎戰。孫堅與華雄交戰，初戰告捷，掌管糧草的袁術心生嫉妒，故意不給孫堅提供糧草，孫堅軍中缺糧，軍心不穩，被華雄打敗。袁紹得知孫堅戰敗，急忙召集諸路諸侯商議對策。正在這時，華雄前來挑

戰，袁紹連續派出數員猛將與華雄交鋒，都被華雄斬殺。眾人大驚失色，都不敢出戰。

當時，劉備跟隨公孫瓚前來會盟，因為皇室宗親的身分，被尊為最末一路諸侯。關羽見沒人敢出戰華雄，便挺身而出請求出戰。袁術聽說關羽只是一名馬弓手，呵斥道：「諸侯面前，哪有馬弓手說話的資格？亂棍打出去！」曹操勸道：「此人儀表非凡，華雄怎能知道他只是馬弓手？」於是，親自斟酒為關羽壯行，關羽說道：「等斬了華雄再喝不遲。」說罷，提刀上馬衝出陣去，只一刀就砍死了華雄，回來時那杯酒還冒著熱氣。眾人震驚不已，無不佩服關羽的勇武。

董卓得到華雄戰死的消息，大吃一驚，不敢怠慢，決定親自迎戰，令呂布為先鋒率兵先行。呂布來到虎牢關列陣挑戰，河內名將方悅、上黨名將穆順、北海名將武安國等接連出戰，都被呂布在幾個回合之內打敗。公孫瓚親自出戰，只幾個回合就敗逃回陣。呂布窮追不

---

❶【三公】古代的官職名稱，設置之初是實職，握有實權，後來成爲榮譽性的虛職。「三公」並不是由固定的職務組成，在不同朝代有不同的說法，三國時指太尉、司徒、司空。《三國演義》中說袁紹家族是「四世三公」，是說袁家世代都是朝廷高官，地位顯赫。

❷【孫武】春秋時期齊國人，著名軍事家、政治家。孫武是「兵家始祖」，被譽爲「兵聖」，人稱「孫子」，他的著作《孫子兵法》爲歷代軍事家所推崇，被譽爲「兵學聖典」。

捨，眼見就要刺中公孫瓚的後心了，張飛猛地殺出來，叫道：「三姓家奴休要猖狂，燕人張飛在此！」說罷截住呂布廝殺，公孫瓚才得以活命。

張飛抖擻精神，挺矛躍馬與呂布大戰五十回合都不分勝負。關羽見張飛不能取勝，拍馬舞刀趕來助戰，與張飛一起夾擊呂布。呂布毫不畏懼，反而越戰越勇，又打了三十回合，仍然不分勝負。劉備擔心關羽、張飛被呂布傷害，抽出雙股劍趕來相助，三兄弟聯手圍攻呂布。劉、關、張三人圍著呂布，轉著圈地廝殺，諸路諸侯、兩軍將士從來都沒有見過如此精彩的打鬥，全都驚呆了，目不轉睛地看著，心中不住地喝采。在劉、關、張的圍攻之下，呂布漸漸落了下風，朝著劉備虛晃一戟，然後調轉馬頭退走了。劉、關、張揮軍掩殺，一直追到虎牢關前。

得知呂布也打了敗仗，董卓驚得六神無主，急忙與李儒商議對策。李儒說道：「呂布被打敗，我軍士氣必然低落，再打必敗，不如將都城遷到長安，避開盟軍的攻勢。」董卓說道：「妙計。」便召集文武百官商議遷都之事。眾人議論紛紛，極力反對遷都，因為長安已經荒廢破敗了，不適合作為都城，而且遷都勞民傷財，會引發百姓的抱怨。但董卓主意已定，沒有人再敢阻止。

董卓派兵以反賊逆黨的罪名殺死了洛陽一帶的商賈富戶，霸佔了他們的家產；又令部將李傕（ㄐㄩㄝˊ）、郭汜率領大軍驅趕洛陽百姓搬遷到長安。數百萬百姓浩浩蕩蕩地向長安走

張飛抖擻精神，挺矛躍馬與呂布大戰五十回合都不分勝負。關羽見張飛不能取勝，拍馬舞刀趕來助戰，與張飛一起夾擊呂布。

去，走得慢的都被殺死在路上，一時間哭聲震天，怨聲載道。臨走之時，董卓派人挖掘洛陽一帶的皇家陵墓，搜刮其中的財寶。最後，還命人燒毀了洛陽城，不論是民宅還是宮廟都無一幸免，好端端的洛陽城變成了一堆廢墟。

董卓離開洛陽之後，諸路諸侯殺進虎牢關，進入洛陽。此時，曹操提議乘勝追擊，一舉消滅董卓，但諸路諸侯各懷鬼胎，不願意繼續進兵，曹操大怒，罵道：「庸才飯桶！不配與我謀劃大事！」說罷，獨自率領本部軍馬連夜往長安追去。曹操剛剛追到滎（ㄒㄧㄥ）陽一帶，就中了滎陽太守徐榮的埋伏，受傷被俘，幸虧曹洪及時趕到才被救出，退回洛陽。

回到洛陽以後，曹操料定袁紹等諸侯不能成就大事，便去了揚州。公孫瓚見曹操退出會盟，認為諸侯之間會自相殘殺，便也回了北平。劉備也隨公孫瓚而去，依舊駐紮在平原縣。不出公孫瓚所料，後來果然發生了兗州太守劉岱吞併東郡太守喬瑁之事。袁紹見諸侯會盟成了一團散沙，心灰意冷，也撤走了。聲勢浩大的十八鎮諸侯會盟共討董卓之戰，就這樣草草收場。

袁紹回到河內以後，意欲佔領冀州，便邀公孫瓚共同攻打冀州，約定事成之後平分冀州領地。冀州牧韓馥懦弱無能，得知公孫瓚要攻打冀州的消息，主動將冀州讓給袁紹。公孫瓚派弟弟公孫越前來討要土地，卻被袁紹殺死。公孫瓚大怒，出兵討伐袁紹。兩軍對陣，公孫瓚親自出馬與袁紹部將文醜交戰，公孫瓚不是文醜的對手，落荒而逃，文醜窮追不捨。眼見公孫瓚命在旦夕，突然殺出一位少年將軍截住文醜廝殺，與文醜大戰六十回合，不分勝負。兩軍各自收兵。

這位少年將軍名叫趙雲，字子龍，是常山真定人氏，原本屬於袁紹管轄，見袁紹不是個忠君愛民之人，便離開袁紹陣營，慕名投奔公孫瓚而來，正遇上公孫瓚被文醜打敗，出手救了公孫瓚的性命。

第二天，兩軍再次交鋒，公孫瓚又被打敗，只得撤退。當時，趙雲率領的是後軍，見袁軍先鋒鞠義衝殺過來，便挺槍躍馬與鞠義交戰，幾個回合就殺了鞠義。隨後，趙雲孤身一人殺入袁軍陣中，往來衝突，如入無人之境。袁軍大敗。後來，董卓以皇帝的名義發來詔書，令二人罷兵，袁紹、公孫瓚便退兵了。

袁術得知韓馥將冀州讓給了袁紹，便寫信給袁紹，索要幾千匹戰馬。袁紹與公孫瓚交戰不利，正在氣頭上，便拒絕袁術的要求。袁術不甘心，又向荊州刺史劉表借糧，也遭到拒絕，憤恨不已，便慫恿孫堅攻打劉表。孫堅看了袁術的信，說道：「劉表欺人太甚，不趁這個機會報仇，還要等到何年何月？」於是立即整頓兵馬，帶著長子孫策及部將程普、黃蓋、韓當等向荊州進發。

原來，之前孫堅參與十八鎮諸侯會盟時，率兵進入洛陽，見皇宮裡到處都是火災，便立即率兵滅火。半夜時分，軍士報告說有口井裡透出彩色的光芒，孫堅令人下井打撈，撈上來一具女屍，腰間掛著一個匣子，裡面裝的竟是傳國玉璽❸。程普對孫堅說道：「傳國玉璽在『十常侍之亂』時遺失了，現在竟然落到主公手裡，主公定能成就帝王之業。請主公立即返回江東謀劃大事。」

第二天，孫堅便藉口生病，要返回江東。袁紹已經知道了孫堅撈得傳國玉璽的事情，當場戳穿了孫堅的謊言，孫堅漲紅了臉，賭咒發誓說，如果私藏傳國玉璽就死在亂箭之下。與袁紹鬧翻之後，孫堅率兵回江東。袁紹不肯善罷甘休，寫信給劉表，令劉表攔截孫堅，奪下玉璽。劉表沒有細加考慮就貿然出兵，雖然打敗了孫堅，卻並沒有得到玉璽。不僅如此，還和孫堅結下了深仇大恨。

孫堅與劉表交戰，接連獲勝，打敗了劉表部將黃祖和蔡瑁，將劉表圍困在襄陽城內。一天，孫堅軍營中的帥旗被狂風吹折了，韓當說道：「狂風吹折帥旗是凶兆，還是撤兵吧！」孫堅不聽，認為應該趁勢佔領荊州，因此拒絕撤兵。

劉表被圍困在襄陽城中，只好派部將呂公突出重圍，向袁紹求救。為了防止孫堅的追擊，呂公率領五百名弓箭手殺出城，然後設下埋伏阻截追兵。孫堅得到呂公突圍的消息，親自率領三十多名隨從追來，結果中了埋伏，被亂箭射死。之後，呂公按照約定釋放連珠號炮❹，劉表聽見號炮響，率兵殺出城來，程普等猝不及防，死傷無數。

孫堅被呂公射死以後，江東軍沒有了主帥，兵無戰心，只好用俘虜的黃祖換回孫堅的屍首之後便退兵了。後來，孫堅的長子孫策將家人遷居到曲阿，自己則投靠到袁術門下，等待時機東山再起。

❸【傳國玉璽】古代皇帝的信物，皇權的象徵。傳國玉璽始於秦始皇。據說，秦始皇統一六國以後，得到美玉「和氏璧」，便命人雕琢成傳國玉璽，又命丞相李斯在上面寫下「受命於天，既壽永昌」八個字，作爲秦朝的象徵。秦滅亡後，傳國玉璽幾經流落，後來不知所蹤。

❹【連珠號炮】能連續發射炮彈的信號火炮。號炮是古代打仗時用來傳遞訊息的火炮，一般用於傳遞進攻的命令或表示即將發生某個事件。連珠號炮能夠傳遞的訊息比一般的火炮更加豐富，發射炮彈的數量不同，所代表的訊息也不同。

第四回　美人計

董卓聽到孫堅被劉表射死的消息，喜不自禁，認為除掉了一個心腹大患，於是愈發飛揚跋扈起來。文武百官敢怒而不敢言，只得在暗中籌畫除掉董卓的計謀。

司徒王允苦苦思索，怎麼也找不到除掉董卓的好計策，輾轉反側，難以入睡，就起身來到後花園。他望著月亮，仰天長歎，忽然聽到周圍有女子的哭泣聲，奔過去一看，原來是侍女貂蟬。貂蟬自幼被王允收養，長相美麗，堪稱「閉月羞花，沉魚落雁」。王允追問貂蟬深夜哭泣的原委，貂蟬答道：「我見老爺整日愁眉不展，不免擔心，因此歎息。老爺待我如同親生女兒一般，如果我能為老爺效力，一定盡心盡力。」王允看著貂蟬，許久才說道：「大漢天下原來握在你的手裡啊！」

回到密室，王允將他的計畫全部告訴了貂蟬。原來，王允見董卓、呂布都是好色之人，打算巧使美人計，先將貂蟬許給呂布，再將她獻給董卓。之後，貂蟬將周旋於董卓、呂布二人之間，離間他們的關係。等時機成熟，王允再說服呂布殺死董卓。貂蟬聽了，回答道：

「我已經答應老爺了，就請老爺安排吧。」

第二天，王允請呂布來家中赴宴。席間，叫出貂蟬給呂布斟酒。貂蟬假裝害羞，露出對呂布一見傾心的樣子。呂布見貂蟬美貌如花，也動了心。此時，王允說道：「這是我的女兒貂蟬，我想將她送給將軍作小妾，將軍願意嗎？」呂布聽了，喜出望外，答道：「如果真能這樣，呂布願為大人效勞。」王允便說道：「等我挑個良辰吉日，就送到將軍家裡去。」呂布滿意地走了。

過了幾天，趁呂布不在董卓身邊的機會，王允又邀請董卓來家中赴宴。董卓如約而至。酒宴之後，王允請董卓到內室欣賞歌舞，又命貂蟬隔著簾子唱歌跳舞。董卓隔著簾子看到貂蟬美貌如花，就問王允那人是誰，王允答道：「府中歌姬貂蟬。」董卓讚歎道：「真是美若天仙！美若天仙！」王允便說道：「我想將她獻給太師，太師願意接納嗎？」董卓大喜，連連稱謝。當夜，王允就將貂蟬送到了董卓府上。

在回家的路上，王允遇到了呂布。呂布氣憤地問道：「既然將貂蟬許配給我，怎麼又送給了太師？司徒竟然戲弄我！」王允將呂布請到家中密室，說道：「昨天太師對我說，他聽說我將女兒許配給了你，就說要見見貂蟬。見到貂蟬以後，他又說道，今天就是良辰吉日，要將貂蟬帶回家，讓貂蟬和你成親。既然太師這麼說，我哪敢阻攔？」呂布聽了，信以為真，便回去了。

呂布見貂蟬美貌如花，也動了心。

第二天，呂布前去拜見董卓，侍女說董卓還在和貂蟬睡覺，沒有起床。呂布大怒，到董卓臥室窗前察看，正好看見貂蟬在梳頭。貂蟬也看見了呂布，擺出一副傷心欲絕的樣子。呂布心疼不已。不一會兒，董卓起床了，見呂布望著貂蟬的身影發呆，很不高興，命呂布出去。呂布很不高興地出去了。

董卓得了一場小病，貂蟬殷勤照顧，董卓很是欣慰，更加疼愛貂蟬了。呂布來給董卓請安，正巧董卓睡著了，貂蟬探出半個身子望著呂布，指指自己的心，又指指董卓，然後哭了起來。呂布見了，心如刀絞。正在這時，董卓醒了，見呂布目不轉睛地盯著貂蟬，勃然大怒，將呂布趕了出去，令他不准再進內室。

一天，董卓進宮與皇帝議事，呂布趁機回府，提著畫戟到後堂見貂蟬。貂蟬讓呂布在花園裡的鳳儀亭等她，見面之後，貂蟬說道：「我被太師玷污，恨不得自行了斷，但又惦記著將軍。既然已經見了將軍，我先走一步！」說罷，就要往荷花池裡跳，呂布急忙一把抱住貂蟬。貂蟬又說道：「將軍救救我。」呂布怕被董卓發現，想趕快離開，貂蟬說道：「我聽說將軍是當世第一猛將，哪知竟然如此懼怕太師！看來我只能一直侍奉太師了。」呂布羞愧不已，只好緊緊地抱著貂蟬，不忍分離。

董卓見呂布不在身邊，起了疑心，急忙趕回府中，追到後堂，又追到後花園，正巧看見呂布在鳳儀亭摟著貂蟬，勃然大怒，抓起呂布的畫戟衝了過來。呂布大驚，起身逃脫，董卓將畫戟刺向呂布，結果沒有刺中。呂布慌慌張張地逃走了。董卓認為貂蟬與呂布私通，便怒斥貂蟬。貂蟬說，她正在鳳儀亭賞花，呂布闖了進來，強行將她抱在懷裡。說罷，竟然哭了起來。董卓見狀，不敢再斥責貂蟬。

謀士李儒聽說了這件事，勸董卓將貂蟬賞賜給呂布，以免呂布變心。董卓問貂蟬：「我將你送給呂布，你願意嗎？」貂蟬哭著說道：「寧死不從！」說罷，就要拔劍自殺。董卓急忙攔住，說道：「我是開玩笑的。」貂蟬說道：「這一定是李儒的主意，李儒是呂布的好朋友，當然替呂布著想，哪會為太師和我著想。」第二天，董卓告訴李儒，不能將貂蟬賞賜呂布。李儒暗自感歎道：「我們遲早死在貂蟬手裡。」

過了幾天，王允請呂布到家中赴宴。王允問道：「將軍與小女感情如何？」呂布氣呼呼地答道：「董卓老賊霸佔了貂蟬！」王允吃驚地說道：「沒想到太師竟然做出這種事情！別人聽說這件事，一定會恥笑將軍。可惜將軍一世英雄，卻受這種侮辱。」呂布怒氣沖天，拍著桌子叫道：「我發誓殺了董卓老賊！」王允立即制止：「將軍不能胡說，以免招來殺身之禍。」呂布說道：「我早就想殺他了，只是礙於父子情分，不便動手。」王允說道：「太師姓董，將軍姓呂，天下有不同姓的父子嗎？再說，太師用畫戟刺你的時候，念及父子情分了嗎？」呂布恍然大悟，決心與王允合謀刺殺董卓。

當時，董卓住在私人莊園郿塢，王允、呂布等人假傳聖旨給董卓，稱要將皇位禪讓❶給他。董卓大喜，立即啟程進宮。走到北掖門時，隨駕衛士都被擋在了門外，董卓見呂布手持方天畫戟侍立左右，就放心進了皇宮。到了宮殿門口，董卓見王允等文武百官都手持寶劍，心生懷疑。正在此時，王允厲聲喝道：「擒拿反賊董卓！」數百名御林軍將士衝過來，包圍了董卓的車駕。董卓喊道：「呂布救我。」呂布應聲答道：「奉旨誅殺反賊董卓！」說罷，一戟刺中董卓喉嚨。殺死董卓以後，呂布趕到郿塢救出貂蟬，納為小妾。

董卓的部將李傕、郭汜、張濟、樊稠等人得知董卓被殺，連夜逃回陝西，然後寫信給王允，請求赦免罪責，王允不准。李傕等人無可奈何，只好問計於謀士賈詡（ㄒㄩˇ）。賈詡建議他們起兵攻打長安。於是，李傕等人率兵十餘萬，分四路殺向長安。呂布親自與李傕、郭汜交戰，不料張濟、樊稠卻繞過呂布，包圍了長安。幾天之後，董卓的餘黨李蒙、王方等人偷偷打開城門，放李傕等人入城。呂布抵擋不住，只好帶著幾百名騎兵投奔袁術去了。

李傕等人進入長安以後，放縱軍士燒殺搶掠，殺死了很多朝廷大臣。皇帝親自登上宮門斥責李傕等人，李傕答道：「臣等只求見司徒王允一面。」王允正在皇帝身旁，便跳下宮

---

❶【禪讓】即「禪讓制」，是一種有別於「世襲制」的皇位繼承制度，指君主將皇位讓給與自己不同姓的人。禪讓有著悠久的歷史，三皇五帝時的堯、舜、禹奉行的就是禪讓，後來，只有新舊朝代交替時才會出現一次「禪讓」，但這只是一種政治表演，不是禪讓者的眞實意願。

門，喝道：「王允在此！」李傕問道：「即便董卓有罪，我們有什麼罪？」王允道：「殺就殺吧！廢什麼話。」於是，李傕手起一刀，殺了王允。

皇帝暗中給西涼太守馬騰、并州刺史韓遂下達聖旨，命他們進京誅殺李傕等人。接到密詔，馬騰、韓遂便帶西涼兵殺向長安。李傕派李蒙、王方率兵迎戰。兩軍對陣，馬騰之子馬超單槍匹馬衝殺而來。王方見馬超只是個十七歲的少年，想撿個便宜，便親自出戰，只一回合就被馬超殺了。李蒙見王方被殺，拍馬追來，又被馬超活捉。

李傕、郭汜等人聽說李蒙、王方戰敗的消息，聽從賈詡的建議，緊閉城門，拒守不戰。兩個月以後，西涼軍的糧草用完了，又得不到補充，只好撤退。李傕命張濟、樊稠率兵追殺，大獲全勝。馬騰、韓遂退回西涼。

至此，朝政大權被董卓舊將李傕、郭汜等人掌控。

第五回　挾天子以令諸侯

李傕、郭汜打敗西涼軍不久，青州又發生了叛亂，黃巾餘黨聚眾十幾萬，攻城掠地，聲勢浩大。李傕等與文武百官商議平叛，太僕朱儁說道：「平定青州，非曹操不可。」當時，曹操擔任東郡太守，李傕便命曹操前往青州鎮壓黃巾軍。曹操奉命出兵，很快掃平了叛亂，收服黃巾降兵三十萬，勢力大增，被加封為鎮東將軍。

曹操在兗州招賢納士，海內名士慕名來投。當時，投奔曹操的文武幕僚有荀彧（ㄩˋ）、荀攸、典韋、于禁等，荀彧又舉薦了程昱（ㄩˋ），程昱舉薦了郭嘉，郭嘉舉薦了劉曄，劉曄舉薦了滿寵和呂虔，呂虔舉薦了毛玠（ㄐㄧㄝˋ）。有了這些得力幕僚的輔佐，曹操的實力更加雄厚了。

曹操寫信給避難琅琊的父親曹嵩，請父親帶家人來兗州居住。路過徐州時，陶謙以禮相待，又令部將張闓（ㄎㄞˇ）率兵護送。不料張闓見財起意，殺了曹嵩一家老小，奪取財物逃走了。曹操聞訊，遷怒陶謙，便起兵殺奔徐州而來，要為父親報仇。曹操傳令，只要抓獲徐

州的百姓，不分男女老幼，通通殺死。陶謙得知曹操濫殺百姓的消息，痛哭不止，召集幕僚商議，謀士糜竺提議向臨近的北海和青州求救。

北海太守孔融是孔子第二十世孫，擔任北海太守六年，深得民心。糜竺來到北海請孔融出兵解救徐州。正在此時，忽然得到情報，黃巾餘黨進犯北海。孔融出戰，被黃巾軍打敗。孔融無奈，只得派猛將太史慈去平原縣請劉備前來相助。劉備帶關羽、張飛隨太史慈前來解救，與城內的孔融裡應外合，打退了黃巾軍。劉備進入北海城，得知曹操攻打徐州的事情，答應孔融一同出兵救援徐州。

劉備從公孫瓚那裡借來趙雲和兩千軍馬，來到徐州城下與孔融相會。劉備令關羽、趙雲協助孔融，自己率張飛殺出重圍，進入徐州城面見陶謙。劉備說道：「我先寫封信給曹操，勸他退兵。如果他不退兵，我們就跟他決戰。」曹操接到劉備的來信，與郭嘉等人商議，忽然探馬回報說，呂布打敗兗州守軍，佔領了濮陽。

當初，李傕、郭汜殺進長安，呂布兵敗，前去投奔袁術，結果吃了閉門羹，便投靠了袁紹，之後又先後投靠張楊、張邈。後來，陳宮也投靠了張邈，勸張邈派呂布乘虛襲取曹操的老巢兗州，呂布因此才進犯兗州。曹仁、荀彧等抵擋不住呂布的攻勢，向曹操告急。曹操擔心兗州失守，便送劉備一個順水人情，從徐州退兵了。

呂布得知曹操回救兗州的消息，留部將薛蘭守衛兗州，自己守衛濮陽，互相照應。曹操

呂布追上曹操，卻沒有認出來，用畫戟拍打著曹操的頭盔，問道：「曹操在哪兒？」

派曹仁率兵圍困兗州，親自領軍到濮陽與呂布交戰。兩軍對陣，呂布一馬當先，率兵掩殺，曹軍大敗，退後三四十里。當天夜裡，曹操襲擊呂布的西寨，先勝後敗，被呂布團團包圍，幸虧典韋拼死護衛，才得以脫險。

陳宮給呂布獻計，派濮陽城內的地主田氏向曹操詐降，誘騙曹操入城，然後圍剿曹軍。呂布依計而行。為防意外，曹操在城外埋伏下兩路兵馬，自己親率大軍入城。曹操到濮陽城下，望見西門大開，便率先入城，發現城內空無一人，才知道中計，正要下令退兵，呂布部將張遼、臧霸、高順等率兵殺出，曹軍大敗。曹操想從南門逃走，被呂布軍截住去路，只好轉向北門。呂布追上曹操，卻沒有認出來，用畫戟拍打著曹操的頭盔，問道：「曹操在哪兒？」曹操回答道：「前面騎黃馬的就是曹操。」呂布聽了，拍馬往前趕去。曹操趕緊向東門奔去，又遇到典韋，在典韋的保護下，才逃出城。

曹操逃回營寨後，令人放出消息，說自己傷重而亡。呂布得知曹操已死，率兵襲擊曹營，結果中了埋伏，大敗而回。這一年，蝗災肆虐，糧食減產。曹操和呂布兩軍都缺少軍糧，便各自退兵，暫時停止了戰爭。

曹操從徐州退兵以後，陶謙對劉備感激不盡，再加上對劉備一見如故，便拿出刺史印綬，要將徐州刺史之位讓給劉備。不論陶謙怎樣勸說，劉備始終不肯接受，陶謙無奈，只好請劉備駐紮在小沛，協助他鎮守徐州。

陶謙當時已經六十三歲了，又體弱多病，眼見自己很快就要死了，便再次請來劉備，請他接任徐州刺史，劉備仍然不肯答應。陶謙說不出話來，用手指著心口，氣絕身亡。劉備無奈，只好接任徐州刺史。

曹操得知劉備接任徐州刺史的消息，勃然大怒，說道：「殺父之仇還沒有報，劉備小兒就撿了便宜。我要先殺劉備，再挖陶謙的墳。」說罷便要出兵攻打徐州。荀彧勸道：「如果呂布再來襲擊兗州，主公就危險了。不如出兵攻打汝南、潁川，奪取黃巾餘黨的糧草。」曹操接受荀彧的建議，親自率兵攻打汝南、潁川，大獲全勝，還收降了虎將許褚。

曹操聽說鎮守兗州的薛蘭、李封縱容軍士四處搶掠百姓，城中兵力空虛，認為有機可乘，便出兵襲擊兗州，薛蘭、李封大敗，被許褚殺死。兗州重新回到了曹操手中。之後，曹操率得勝之兵圍攻濮陽，曹操與呂布的戰火復燃了。

呂布見曹操率兵攻來，便要親自出城迎戰，陳宮勸呂布召集部將共同出戰，呂布不聽，說道：「誰敢與我為敵！」便出城挑戰，結果戰敗。呂布想退回濮陽城，不料田氏這次真的投降曹操了，命人緊閉城門，不放呂布進城。呂布無奈，只好逃到定陶。陳宮得知田氏叛變，趕緊打開東門，帶著呂布的家人也逃到定陶。

曹操佔領濮陽之後，乘勝追擊，率兵進逼定陶。當時，定陶城中只有呂布、陳宮和張邈兄弟，張遼、高順、臧霸等在城外運糧。呂布見曹營附近有片林子，便用火攻襲擊曹軍，不料反而中了曹操的埋伏，遭遇慘敗。陳宮得知呂布戰敗，只好放棄定陶，帶著呂布的家人出城與呂布會合。呂布沒有了容身之地，只好派人打聽袁紹的動向，打算再次投奔袁紹，得知袁紹派大將顏良前來援助曹操時，他放棄了投靠袁紹的想法，去徐州投奔了劉備。劉備安排呂布駐在小沛。

太尉楊彪、大司農朱儁得到曹操打敗呂布的消息，暗中與皇帝商議，召曹操進京誅殺李傕、郭汜等人。皇帝與楊彪等人商議決定，先用離間計❶挑撥李傕、郭汜的關係，使他們自相殘殺，再命曹操趁機誅殺他們。

李傕、郭汜果然中計，各帶兵馬在長安城下混戰。李傕派侄子李暹（ㄒㄧㄢ）闖入皇宮，將皇帝和皇后劫持到郿塢。楊彪、朱儁召集六十多位大臣，到郭汜軍中勸說郭汜退兵罷戰，結果郭汜放回了楊彪、朱儁，劫持了其他大臣。朱儁憂憤成疾，沒幾天就病死了。皇帝又派西涼人皇甫酈勸說李傕、郭汜停戰。皇甫酈在李傕軍中散布謠言，擾亂軍心。李傕部將楊奉、李果決定發動兵變，誅殺李傕，結果遭遇失敗，李果被殺，楊奉逃走。經過這次內亂，李傕的實力大不如前。正在此時，張濟從弘農殺來，脅迫李傕、郭汜講和，救出了皇帝、皇后和文武百官。

皇帝接受張濟的建議，前往弘農暫住。一路上，郭汜不斷率兵襲擊，幸虧董承、楊奉及時趕到，才打退了郭汜。董承一面派人與李傕、郭汜講和，一面向河東的韓暹、李樂等人求救。韓暹、李樂趕來與李傕、郭汜交戰，卻吃了敗仗。緊急時刻，皇帝拋棄車駕，坐一隻小舟渡過黃河，才擺脫了李傕、郭汜的追擊。

渡過黃河以後，董承、楊奉、李樂等人護送皇帝來到安邑，在安邑暫時住下。董承、楊奉派人修繕洛陽的皇宮，打算護送皇帝去洛陽，遭到李樂的反對。當皇帝的車駕離開安邑後，李樂勾結李傕、郭汜，圖謀劫持皇帝。李樂率先趕來，被楊奉部將徐晃一斧砍死，皇帝這才得以順利到達洛陽。

曹操聽說皇帝到了洛陽，召集幕僚商議對策。荀彧說道：「皇帝蒙難，朝綱混亂，主公應該前去護駕，趁機掌握朝政，以便建立更大的功業。」曹操接受荀彧的建議，立即起兵趕往洛陽。李傕、郭汜得知曹操來到洛陽的消息，立即前來迎戰，結果被曹軍打敗，逃到山中落草為寇。楊奉、韓暹見曹操勢力強大，情知自己不可能執掌朝政，便離開了洛陽。

曹操接受董昭的建議，以洛陽一帶缺糧為由，請皇帝到許都暫住，皇帝和文武百官不敢反對，只好同意了。車駕剛離開洛陽不久，楊奉、韓暹攔住去路。曹操令許褚出戰，與楊奉

---

❶【離間計】指挑撥對方成員之間的關係，使他們關係破裂，甚至出現矛盾，最終引發內訌，而己方坐收漁翁之利。離間計投入的成本少，得到的回報大，是古代戰爭中常見的計謀。通常而言，缺乏主見和疑心重的君主或主帥最容易中計，從而鑄成大錯。

部將徐晃交戰。許褚與徐晃大戰五十回合，不分勝負，各自收兵。這天夜裡，曹操派滿寵潛入徐晃營中，勸說徐晃投降曹操，徐晃答應了。失去了徐晃輔佐的楊奉、韓暹很快被曹操打敗，投靠袁術去了。

到了許都以後，曹操自封為大將軍、武平侯，又舉薦荀彧擔任侍中、尚書令，完全把持了朝政，達到了「挾天子以令諸侯」的目的。

第六回　孫策佔江東

曹操劫持皇帝、控制朝政以後，擔心劉備和呂布聯合對抗他，便召集幕僚商議對策。荀彧說道：「主公應該奏請陛下，正式加封劉備為徐州刺史，再給他一道密旨，令他除掉呂布。如此一來，劉備、呂布必然自相殘殺。」曹操聽取荀彧的意見，奏請皇帝封劉備為征東將軍、宜城亭侯，領徐州牧。曹操又給劉備寫了一封密信，令他誅殺呂布。

劉備得到命令，與關羽、張飛和麋竺等人商議，說道：「這是曹操離間我和呂布的詭計，誘使呂布和我自相殘殺，他好漁翁得利。呂布走投無路才來投靠我，我如果殺他，就是不講信義。」因此猶豫不決，拿不定主意。呂布得知劉備被封官封侯，前來賀喜，張飛打算趁機殺掉呂布，被劉備阻止。呂布大驚，問道：「張飛為何殺我？」張飛叫道：「曹操讓我哥哥殺你。」劉備只得拿出曹操的密信，並表示不會對呂布下手。

荀彧聽說劉備沒有中計，又獻上一計：給袁術寫封密信，稱劉備打算攻打袁術，誘使袁術先下手為強；再給劉備一道密旨，令劉備攻打袁術。劉備與袁紹交戰之時，呂布必然襲擊

徐州，與劉備結仇。曹操連稱妙計，依計而行。

劉備接到密旨，無可奈何，明知又是曹操的詭計，又不敢抗旨不遵，便命張飛、陳登留守徐州，自己與關羽率三萬大軍攻打南陽。袁術接到曹操的密信，果然中計，打算派兵攻打劉備，又得知劉備已經出兵，勃然大怒，命部將紀靈率兵迎戰。劉備、紀靈各有勝負，在盱眙（ㄒㄩ　ㄧˊ）相峙。

張飛在徐州城內設宴款待文武官員，說道：「今天人人都要痛飲，一醉方休。從明天開始，全城戒酒，小心守城，不得有誤！」酒過三巡，張飛起身親自為眾人斟酒。輪到曹豹時，曹豹稱不會喝酒，張飛不信，非要曹豹喝一杯，曹豹再三婉拒，張飛大怒，喝道：「竟敢違抗軍令，打一百軍棍！」曹豹哀求道：「看在女婿呂布的面子上，饒過我吧。」張飛聽見呂布的名字，更加惱怒，說道：「我本來不想打你，你竟然拿呂布嚇唬我！我非打你不可！打你，就是打呂布。」說罷，令軍士打了曹豹五十軍棍。

曹豹憤恨不已，當天夜裡就派人給呂布送信，請呂布趁張飛醉酒之際襲取徐州。呂布得到消息，立即率兵往徐州而來。曹豹在城樓上看見呂布到了城下，打開城門放呂布進城。張飛得知呂布進城的消息，慌忙上馬迎戰，卻因為醉酒不能應戰，在部將的保護下逃出城去了。

張飛連夜來到盱眙，將呂布襲取徐州城之事告訴劉備、關羽。關羽大驚，問道：「大嫂在哪裡？」張飛回答道：「還在徐州城裡。」關羽埋怨道：「你不僅丟掉徐州城，還將大嫂丟在城裡，這該如何是好。」張飛羞愧難當，拔出佩劍要自刎❶，劉備急忙攔住，說道：「兄弟如同手足，妻子如同衣服；衣服可以更換，手足怎麼能斷！」關羽、張飛聽了，感動地痛哭起來。

袁術聽說呂布襲取了徐州，就派人去見呂布，邀呂布出兵夾擊劉備，許諾事成之後送呂布金銀糧草。呂布答應了，派部將高順攻擊劉備後軍。劉備得到消息，不等高順兵到，連夜離開了盱眙。呂布向袁術索要許諾的金銀糧草，袁術賴帳，又許諾抓獲劉備後再兌現。呂布大怒，痛罵袁術言而無信，打算攻打袁術。陳宮勸道：「現在還沒到攻打袁術的時候。不如讓劉備駐紮到小沛，將來再命劉備為先鋒，以謀圖霸業。」呂布便派人請劉備回徐州。

劉備到徐州與呂布相見，見呂布沒有傷害自己的家眷，這才放下心來。呂布說道：「我本意並不想霸佔徐州，只是擔心張飛醉酒誤事，因此前來替他守城。」說罷，假意要將徐州城還給劉備，劉備極力推辭，率關羽、張飛等人去了小沛。

打敗劉備以後，袁術在壽春宴請文武幕僚。正在此時，孫策從廬江前線得勝歸來，袁術便命孫策一起赴宴。酒宴結束以後，孫策回到軍營，回想袁術傲慢無禮的態度，憤怒不已，

---

❶【自刎】即割斷自己脖頸的動脈，以致失血過多而死，是自殺的一種方式。

太史慈追上孫策，叫道：「東萊太史慈在此，特來捉拿孫策。誰是孫策？」孫策聽了，答道：「我是孫策。」兩人交戰，五十回合不分勝負。

又想到不能重整孫堅舊日的雄風，不禁仰天長歎，痛哭起來。正在此時，走進來一個人，說道：「將軍有事，為何不與我商議？」孫策抬頭一看，來人是孫堅帳下幕僚朱治，便說道：「我恨自己不能繼承父親的事業。」朱治說道：「將軍可以向袁術請命，率兵救援丹陽太守吳景，趁機回江東謀求霸業。」

第二天，孫策面見袁術，說道：「我得到消息，舅舅吳景正在與揚州刺史劉繇（ㄧㄠˊ）交戰。我的家人都在曲阿，可能已經被劉繇迫害，請將軍借給我一些兵馬，前去救援舅舅。」袁術不肯，孫策便將孫堅留下的傳國玉璽獻給袁術，袁術得到傳國玉璽，喜出望外，答應借給孫策三千兵馬。

孫策率領孫堅舊部程普、黃蓋、韓當、朱治、呂範等人向江東進發。路過曆陽時，遇到結義兄弟周瑜。周瑜，字公瑾，與孫策同歲，二人以兄弟相稱，此時正在丹陽探望叔叔周尚，碰巧遇到孫策，便投到孫策門下。周瑜又向孫策舉薦了彭城人張昭和廣陵人張紘（ㄏㄨㄥˊ）。

劉繇得知孫策率兵前來的消息，令部將張英在牛渚阻擊孫策。孫策和張英交戰，兩軍正在混戰，張英營中著了火，張英驚慌退卻，孫策趁機出擊，大獲全勝。原來，附近山林中的匪徒蔣欽、周泰聽說孫策招賢納士，慕名來投，正巧遇到兩軍交戰，便潛入張英營中放了一把火，協助孫策打敗了張英。

打敗張英以後，孫策進兵神亭嶺，與劉繇對峙。孫策率程普等十三人到神亭嶺的光武廟祭拜，太史慈得到消息，單槍匹馬趕來襲擊孫策。太史慈原本在北海，協助孔融打敗黃巾軍以後投靠了劉繇，隨劉繇與孫策交戰。

太史慈追上孫策，叫道：「東萊太史慈在此，特來捉拿孫策。誰是孫策？」孫策聽了，答道：「我是孫策。」兩人交戰，五十回合不分勝負。太史慈見贏不了孫策，詐敗而走，孫策緊追不捨。追到一處平地，又打了五十回合，依舊不分勝負，最後雙雙滾落馬下，孫策奪了太史慈的短戟，太史慈搶了孫策的兜鍪❷（ㄉㄡ ㄇㄡˊ）。劉繇、程普等人分別率兵趕來，兩軍混戰一場，然後各自收兵。

第二天，太史慈與程普交戰，劉繇突然鳴金收兵，原來周瑜襲取曲阿，切斷了劉繇的退路，劉繇大驚，只得撤退。當天夜裡，孫策兵分五路追擊劉繇。劉繇兵無戰心，遭遇慘敗，投奔劉表去了。太史慈孤木難支，退到涇縣。

孫策與劉繇交戰期間，陳武投到孫策門下，奉命攻打秣（ㄇㄛˋ）陵的薛禮。薛禮抵擋不住，堅守不出。孫策親自到秣陵城下勸降薛禮，薛禮大怒，一箭射中孫策的大腿。孫策令人傳出消息，稱他中箭而死。薛禮大喜，親自率兵襲擊孫策軍營，結果中了埋伏，死於亂軍之中。孫策佔領了秣陵，隨後圍攻涇縣。當天夜裡，陳武爬進涇縣四處放火，太史慈大驚，急忙棄城而走。孫策率兵追趕，太史慈拍馬飛馳，被伏軍抓獲。孫策親自勸降太史慈，太史慈推辭不過，便投降了。

打敗劉繇以後，孫策的勢力更加強大了。孫策留兄弟孫權鎮守宣城，自己率兵攻打吳郡。當時佔據吳郡的是嚴白虎，得知孫策打來的消息，嚴白虎命嚴輿迎戰，結果大敗，退到吳郡城中。孫策率水陸兩軍包圍了吳郡。嚴白虎自知不是孫策的對手，連夜逃到了會稽。孫策接連佔領了吳郡、嘉興、烏程等地。在此期間，凌操、凌統父子投靠了孫策。

嚴白虎逃到會稽以後，與會稽太守王朗合兵一處迎戰孫策。兩軍正在混戰，周瑜、程普率兵殺出，與孫策前後夾擊王朗。王朗大敗，退入會稽城中，堅守不出。孫策見攻不破會稽，便傳令撤兵。王朗見孫策撤兵而走，料到孫策要攻打查瀆，急忙命嚴白虎和部將周昕出城追擊，結果中了埋伏，周昕戰死。王朗得到消息，連夜棄城逃跑。孫策佔領了會稽。

孫策剛剛佔領會稽，便得到消息，宣城受到山賊的侵襲，孫權戰敗，險些被山賊殺死，幸虧周泰趕到，奮力救出孫權，但周泰卻身負重傷，命在旦夕。孫策急忙趕到宣城。部將董襲舉薦郡吏虞翻，稱虞翻認識一位能救周泰性命的神醫。孫策便立即請來虞翻，虞翻又請來神醫華佗。華佗藥到病除，果然治好了周泰。

隨後，孫策派出多路大軍剿滅了江東的山賊，完全控制了江東諸郡。孫策派人給袁術送信，索要傳國玉璽。

---

❷【兜鍪】即兜牟，秦代以前稱「冑（ㄓㄡˋ）」，指軍人的頭盔，大都由厚皮革或金屬製成。

第七回　轅門射戟

袁術得到孫策索要傳國玉璽的消息，勃然大怒，罵道：「孫策憑藉我借給他的兵馬平定了江東，不僅不思回報，反而敢來索要傳國玉璽，真是豈有此理！我決定出兵攻打他！」幕僚楊大將說道：「不如先攻打劉備，等除掉劉備再攻打孫策。主公應該送給呂布一些糧草，勸呂布不要援助劉備，呂布是個見利忘義之人，必然答應。等除掉劉備以後，呂布孤立無援，遲早被主公消滅。」袁術依計而行，給呂布送去糧草，又命紀靈、雷薄、陳蘭進攻小沛。

劉備得到消息，急忙向呂布求援。呂布對陳宮說道：「袁術送給我糧草，希望我不要救援劉備。如果任由袁術消滅劉備，徐州也就危險了，因此必須救援劉備。」於是，呂布親自率兵救援小沛。袁術得知呂布出兵的消息，責怪呂布言而無信。呂布說道：「我有一條妙計，能夠讓袁術、劉備各自收兵，還不能怨恨我。」

呂布在營中設宴，邀請劉備和紀靈赴宴。劉備、紀靈見到對方，大吃一驚，不知道呂布有什麼主意。呂布說道：「你們兩家是戰是和，看天意如何安排吧！」說罷，令人將方天畫

戟插在一百五十步以外的轅門❶處，然後取過弓箭，說道：「我一箭射去，如果射中畫戟的小枝，你們兩家即刻講和，各自罷兵；如果射不中，你們就回去準備決戰。」紀靈不敢反對，認為隔著一百五十步的距離，呂布射中的可能性微乎其微，便同意了。劉備也不相信呂布能射中，只得在心中祈禱，希望能射中。

只見呂布彎弓搭箭，嘴裡叫一聲「中」，一箭射去，不偏不倚正好射中了畫戟的小枝。全軍將士見了，忍不住齊聲喝采。呂布哈哈大笑，拉著劉備、紀靈的手，說道：「天意令你們兩家講和，誰都不得違背天意。」劉備欣喜萬分，暗自慶幸。紀靈沉默良久，說道：「既然如此，我只好退兵，只是回去以後怎麼跟主公交代。」呂布說道：「我給袁術寫一封親筆信，你帶回去交給他，必然不會怪罪於你。」紀靈拿了呂布的親筆信就退兵了。劉備對呂布稱謝不已。

紀靈見到袁術，將呂布勸和的事情報告給袁術。袁術大怒，打算出兵攻打呂布。紀靈勸道：「呂布有劉備相助，一時之間難以取勝。聽說呂布有個女兒，主公不如向呂布提親，讓他將女兒嫁給主公的兒子。等兩家結了親，再命呂布除掉劉備，呂布必然同意。」袁術便派

---

❶【轅門】古代君主狩獵或出巡時，以戰車作爲牆壁圍成臨時行宮，在供人出入的地方，將兩輛車仰起來，車轅相對當作城門，稱爲「轅門」，後來指軍營的大門。

幕僚韓胤（一ㄣˋ）到徐州提親。呂布與妻子嚴氏商議，嚴氏說道：「袁術兵多將廣，勢力強大，又有傳國玉璽，遲早要登上皇位。他又只有一個兒子，將來繼承了皇位，我女兒也能當上皇后，不如答應。」呂布便答應了袁術的提親。

陳宮得到消息，去驛館面見韓胤，說道：「這是一條除掉劉備的毒計！如果拖得時間太久，必然被人識破，應該立即讓呂布將女兒送到壽春。」陳宮見到呂布，說道：「皇帝從提親到完婚要一年的時間，諸侯要半年，大夫要一個季度，平民百姓也要一個月。將軍打算怎麼辦？」呂布答道：「袁術有傳國玉璽，遲早必登大位，就按照皇帝的規矩辦。」陳宮答道：「不行。」呂布又說：「那就按諸侯的規矩。」陳宮答道：「不行。」呂布有點兒不高興，說道：「按大夫的規矩怎麼樣？」陳宮答道：「不行。」呂布生氣地說道：「難道要按平民的規矩？」陳宮答道：「也不行。現在天下大亂，諸侯林立，如果得知將軍和袁術結親之事，派兵在半路攔截，該如何應對？不如趁著諸侯不知道，將將軍之女送到壽春，然後再選個良辰吉日完婚。」呂布聽從陳宮的意見，當天便令部將宋憲、魏續將女兒送到了壽春。

陳登之父陳珪聽見街上鑼鼓喧天，詢問家人得知，呂布要將女兒嫁給袁術之子，大驚，說道：「劉備危險了。」立即趕來見呂布，說道：「袁術名義上為兒子提親，實際上是將將軍之女扣為人質。等女兒送去之後，他再派兵攻打小沛，將軍如何是好？丟掉小沛，徐州還能守多久？況且，如果袁術膽敢稱帝，就是篡（ㄘㄨㄢˋ）國逆賊，將軍是國賊的親家，與全

只見呂布彎弓搭箭，嘴裡叫一聲「中」，一箭射去，不偏不倚正好射中了畫戟的小枝。

天下結仇。請將軍三思。」呂布聽了陳珪的話，嚇得汗流浹背，跺腳歎道：「陳宮差點兒害了我。」立即命張遼追回送親隊伍，並囚禁了韓胤。

呂布從山東買回三百多匹戰馬，經過小沛時被張飛奪走了一半。呂布大怒，率兵趕來問罪。張飛罵道：「我奪你幾匹戰馬你就急了，你奪我哥哥的徐州又怎麼說！」呂布大怒，與張飛交戰，大戰一百回合不分勝負。劉備擔心張飛吃虧，收兵退回小沛，然後將馬匹還給呂布，希望呂布退兵罷戰。陳宮勸呂布趁機除掉劉備，呂布便下令全力攻城。劉備堅守不住，與關羽、張飛及文武幕僚連夜出城，投奔曹操去了。呂布令高順守衛小沛，然後回了徐州。

曹操見到劉備，說道：「你我親如兄弟，一起合力除掉呂布。」荀彧勸曹操殺掉劉備，曹操沒有說話，轉而詢問郭嘉的意見。郭嘉說道：「劉備陷入危難才來投奔主公，如果殺掉劉備，以後有誰敢來投奔主公？」曹操說道：「你的話正合我意，不能因為殺掉一個劉備而失去人心。」於是舉薦劉備為豫州牧，又送給劉備兵馬糧草。劉備到豫州上任去了。

曹操正打算攻打呂布，忽然聽說張濟之侄張繡準備攻打許都，於是決定先消滅張繡。為了防止呂布趁機襲擊許都，曹操給呂布加官晉爵，封呂布為平東將軍。呂布果然心滿意足，不再計畫謀取大業。隨後，曹操親自統率十五萬大軍攻打張繡。張繡的謀士賈詡知道張繡不是曹操的對手，便勸說張繡投降曹操，張繡答應了。

這天夜裡，曹操喝醉了酒，問侄子曹安民：「此處有歌姬嗎？」曹安民明白曹操的心意，說道：「張濟的妻子鄒氏美麗無比，現在就在城中。」曹操便命曹安民將鄒氏帶到軍營。曹操見到鄒氏，說道：「看在你的面子上，我才准許張繡投降。今晚你就留在這裡陪我。」隨後的幾天裡，曹操都將鄒氏留在軍營中，夜夜歡歌。張繡聽說曹操與鄒氏偷情之事大怒，罵道：「曹操欺人太甚！」便按照賈詡的計畫，準備伺機襲擊曹操。

當時，典韋是曹操的衛士長，張繡知道典韋勇猛異常，便命部將胡車兒事先偷走了典韋的雙戟。當天夜裡，曹操的軍營裡著了火，曹軍慌亂不已，張繡趁機襲擊曹操的營帳。典韋喝醉了酒，聽見廝殺聲，急忙起身迎戰，卻找不到雙戟，便揮舞著一柄腰刀衝殺出來，一連殺死二三十個軍士，但自己也身負重傷。腰刀不能用了，他便一手拎一個士兵繼續衝殺，又殺死十幾個軍士。張繡大驚失色，令弓箭手放箭，終於射死了典韋。

在典韋截住張繡的同時，曹操在曹安民的掩護下逃出軍營，張繡在後面緊緊追趕。曹安民戰死，曹操在長子曹昂的保護下渡過淯水，才擺脫了張繡的追擊，但曹昂卻被射死了。曹操逃脫以後，集合部將，收攏敗兵，與張繡決戰。張繡大敗，投奔劉表去了。這一戰，曹操失去了猛將典韋，悲傷不已。

第八回　呂布殞命

袁術佔據著淮南之地，地廣民多，兵強將勇，又有傳國玉璽，終於按捺不住稱帝的野心，自立為帝，國號仲氏，又立獨子為太子。之後，袁術派人催促呂布，令他將女兒送來與太子完婚。呂布得了曹操冊封的官爵，自認為得到了曹操的支持，不將袁術放在眼裡，便殺了使者，又將韓胤押送到許都，交給曹操治罪。袁術大怒，命部將張勳、橋蕤（ㄖㄨㄟˊ）及降將楊奉、韓暹等七人，率七路大軍進攻呂布。

呂布召集陳宮及陳登父子商議對策。陳登說道：「楊奉、韓暹本是朝廷舊臣，走投無路才投靠袁術，必然不會竭盡全力為袁術效力，只要說服他們臨陣倒戈，袁術必敗。」呂布便派陳登去遊說楊奉、韓暹，楊奉、韓暹當即倒戈，與呂布約定以放火為號，裡應外合襲擊袁軍。當天夜裡，呂布、楊奉、韓暹裡應外合打敗張勳、紀靈。袁術親自出戰，也被呂布、關羽打敗，只得退回淮南。

袁術又向孫策借兵報仇，遭到拒絕，袁術大怒，又打算攻打孫策，無奈實力不濟，只好

作罷。曹操得知孫策拒絕援助袁術的消息，封孫策為會稽太守，令他攻打袁術。孫策接受張昭的意見，建議曹操與他共同出兵，兩面夾擊袁術，曹操便率領十七萬大軍親征袁術。劉備、呂布得到消息，也趁機出兵攻打袁術，將壽春團團包圍。袁術令部將李豐堅守壽春，自己渡過淮河躲避。

曹軍連續攻打壽春好幾天，都不能取勝，軍糧越來越少了，將士們怨聲載道。管糧的倉官王垕（ㄏㄡˋ）向曹操彙報，說道：「兵多糧少，該怎麼辦？」曹操說道：「用小斛（ㄏㄨˊ）分糧。如果將士抱怨，我自有妙計。」王垕依令而行，將士們果然心生怨氣。曹操又叫來王垕，說道：「我想借你的一樣東西，用來平息兵憤。」王垕問道：「主公要借哪樣東西？」曹操說道：「你的腦袋。我知道你沒有罪過，如果不殺你，將士們就要變心了。」說罷，不等王垕反應，曹操便命武士將王垕斬首。將士們見管糧的倉官被殺，才解了心頭怨氣。曹操傳令眾將，拼盡全力攻城，如果三天之內攻不下壽春，全都斬首。曹操親自到城下擔土填坑，將士們見了歡欣鼓舞、士氣大振，只用一天時間就佔領了壽春，李豐等被殺。

曹操本打算渡過淮河追擊袁術，但得到了張繡捲土重來的消息，只好決定退回許都。退兵之時，曹操將劉備留在小沛，等待時機成熟，配合他攻打呂布。

回到許都之後不久，曹操便親率大軍攻打張繡。當時正是麥子成熟的季節，曹操傳令三軍將士，不得踩踏破壞麥田，違令者斬首示眾。曹操騎馬經過麥田，麥田中突然飛出一隻斑鳩，戰馬受到驚嚇衝進麥田狂奔，踩壞了大片麥田。曹操叫來隨軍主簿，讓他定罪。主簿說道：「怎敢給主公定罪！」曹操說道：「我傳令不得踩踏麥田，又帶頭違令，如果不治罪，有誰願意服從我的命令？」說罷，就要拔出佩劍自刎。郭嘉急忙勸道：「《春秋》說『法不加於尊』。主公如果執意自罰，三軍將士由誰統領？」曹操沉默許久，說道：「既然《春秋》都說了，那就免我死罪。」說罷，用佩劍割下一縷頭髮，說道：「我以割髮代替斬首，傳示全軍，以示懲戒。」將士們見了，肅然起敬，誰都不敢再違抗軍令。

夏侯惇叫道：「身體髮膚是父母所賜，不能丟棄。」說罷，一口吞下眼珠子……

曹操與張繡交戰，張繡大敗，退回南陽城中堅守。曹操令將士在城下堆積土袋雜草，然後親自登上雲梯❶觀察城裡的動向。賈詡見了，對張繡說道：「曹操發現東南角的城牆已經破損，必然要從那裡攻城。將軍應該在東南角埋伏精兵，令百姓假扮軍士守衛西北角。等曹軍從東南角翻入城中，再令伏兵突然出擊，必能獲勝。」張繡依計而行。不出賈詡所料，當天夜裡，曹操果然令軍士從東南角的城牆翻入城中。只聽一聲炮響，張繡率伏兵分四路殺出，曹軍大敗，死傷五萬餘人。劉表聽到曹操戰敗的消息，立即率兵截住曹操的退路。等曹操退到安眾縣時，前有劉表堵截，後有張繡追擊，但被曹操用妙計打敗。

正在此時，曹操接到許都的報告，得知袁紹準備進攻許都，大驚，立即退兵回許都去了。張繡得到消息，要派兵追擊曹操，賈詡說道：「此時追擊曹操，必然遭遇失敗。」張繡、劉表不信，親自率兵追擊，結果大敗而回。此時，賈詡又說道：「現在可以追擊了。」張繡問道：「剛剛打了敗仗，怎麼還能追擊？」賈詡說道：「我以性命擔保，現在去追，定能獲勝。」於是，張繡再次追擊曹操，果然大獲全勝。張繡見到賈詡，問道：「第一次打了敗仗，

---

❶【雲梯】古代戰爭中用於攀爬城牆的攻城器械，由裝有車輪可以推動的底座、可以升降的梯身和裝有掛鉤的梯頂三部分組成，改良後的雲梯還配有頂部裝有輪子的副梯（又稱「飛雲梯」）。雲梯在古代戰爭中被廣泛使用，明代時由於不能抵禦火器而逐漸退出戰爭舞臺。

第二次卻打了勝仗，這是為何？」賈詡說道：「曹操善於用兵，必然防備被人追擊，因此第一次不能取勝。曹操見追兵被打敗，不會再防備，因此第二次就能取勝。」張繡佩服不已。

曹操回到許都，召集荀彧、郭嘉等謀士商量攻打袁紹。郭嘉認為，袁紹雖然實力強大，但是如果兩家交戰，曹操有十勝，袁紹有十敗，因此袁紹不足為慮；眼下的心腹大患是呂布，應該趁著袁紹攻打公孫瓚的機會，先消滅呂布。曹操聽取郭嘉的意見，決定攻打呂布，他給劉備寫去密信，約定共同攻擊呂布。不料，曹操派往小沛的信使被呂布抓獲，呂布得到消息勃然大怒，決定搶先攻打劉備。劉備一面派幕僚簡雍到許都求救，一面堅守城池。曹操得到呂布已經出兵的消息，立即率大軍趕往徐州。

曹軍先鋒夏侯惇與高順相遇，高順戰敗，夏侯惇親自趕來，被高順部將曹性一箭射中左眼。夏侯惇疼得大叫一聲，一把將箭頭拔了出來，眼珠子也隨著箭頭掉了出來。夏侯惇叫道：「身體髮膚是父母所賜，不能丟棄。」說罷，一口吞下眼珠子，挺槍躍馬自取曹性。曹性早被嚇傻了，猝不及防，被夏侯惇一槍刺死。高順見夏侯惇受傷，又率兵殺回來，夏侯惇在夏侯淵的保護下退走了。

打退夏侯惇以後，高順與呂布、張遼合兵一處，共同圍攻小沛。劉備見守不住小沛，單槍匹馬棄城而走，關羽、張飛也率領敗兵退到山中。劉備家眷被呂布送到徐州居住，由糜竺看護。

劉備接受幕僚孫乾的建議，從小路趕往曹操軍中求援。夜裡，劉備投宿到一位名叫劉安的獵戶家。劉安本想打一些野味給劉備享用，但一時半會兒打不到，便殺了自己的妻子，割下大腿上的肉請劉備吃。劉備問道：「這是什麼肉？」劉安回答說是狼肉，劉備便飽餐了一頓。第二天，劉備到後院牽馬，發現一個女人的屍體，才知道了劉安殺妻的事情，感動不已。當時，曹操的大軍已經到了梁城，半路上與劉備相遇，一起來到夏侯惇軍中。曹操令曹仁攻打小沛，自己率大軍攻打徐州。

呂布得知曹操進逼蕭關的消息，命陳登隨他前往蕭關迎戰。陳登說道：「將軍應該事先安排妥當退路。不如將糧草輜重轉移到下邳，與徐州互為照應。」呂布便將妻兒家眷和糧草輜重都轉移到下邳，令宋憲、魏續看守。臨近蕭關時，陳登又說道：「等我先入關探探虛實，將軍再來。」呂布同意了。

陳登來到蕭關，對陳宮說道：「呂公怪你貽誤戰機，要來問罪。」陳宮說道：「曹軍聲勢浩大，不可輕易出戰。你回報呂將軍，請他堅守小沛，不要出戰。」當天晚上，陳登寫了三封信，用弓箭射進曹操的軍營裡，然後去見呂布。見到呂布，陳登說道：「我和陳宮約好，請將軍在黃昏時分進兵。」之後，陳登又來到蕭關，對陳宮說道：「曹軍已經繞過蕭關攻打徐州去了，應該立即回去救援徐州。」陳宮大驚，急忙率兵出城，望徐州而去。陳登見陳宮出了蕭關，便給呂布發信號，令呂布進兵。呂布見了，率兵前來，與陳宮交戰，直到天亮才發現中計，急忙率兵回徐州。

呂布到徐州城下，見城門緊閉，正要叫門，糜竺走上城樓，說道：「徐州已完璧歸趙，呂布不得進城。」呂布大怒，問陳宮道：「陳登在哪裡？」陳宮怒氣沖沖地說道：「到現在你還癡迷不悟？」呂布無奈，只得率兵趕往小沛，半路上遇到張遼、高順，說道：「陳登令我們來救徐州。」呂布急忙來到小沛，見小沛已經落入曹仁之手，正要傳令攻城，曹操、關羽、張飛率兵殺來，呂布無心戀戰，退守下邳。

曹操率兵將下邳城團團包圍，對呂布說道：「你如果願意投降，與我共扶漢室，我保你封侯拜將。」呂布心動了，猶豫不決。陳宮正在呂布身邊，指著曹操大罵「奸賊」，一箭射中曹操的麾蓋❷。曹操大怒，罵道：「我一定將你碎屍萬段。」

陳宮建議呂布親自率兵駐紮在城外，以便互相照應。嚴氏說道：「你在城外，如果城內發生變故，我還能再見你嗎？」說罷哭了起來。呂布見了，心煩意亂，決定就留在城內堅守。陳宮又建議呂布切斷曹操的糧道，嚴氏和貂蟬都勸說呂布不要外出，呂布勸她們道：「我有赤兔馬和方天畫戟，誰敢與我為敵？」於是，又對陳宮說道：「曹操詭計多端，不可輕舉妄動。」陳宮長歎一聲，無話可說。

謀士許汜、王楷建議呂布向袁術求救，呂布便派他們去見袁術。袁術怪呂布言而無信，要求呂布先將女兒送到壽春，然後再出兵救援。呂布無可奈何，只得將女兒綁在背上，親自護送出城。關羽、張飛、許褚等人聞訊趕來攔截，呂布見無法殺出重圍，只得退回。

曹操接受郭嘉的建議，挖掘沂水、泗水倒灌下邳，下邳城被河水圍困，除了東門以外，其餘各門都被淹沒了。呂布無心理會，只知借酒澆愁。一天，發現自己面容消瘦，大吃一驚，認為喝酒誤事，於是傳令全城禁酒。部將侯成無意之間違反了禁酒令，呂布大怒，打了侯成五十背花❸。宋憲、魏續前去看望侯成，抱怨呂布迷戀妻妾，將眾將視為草芥。三人商定，由侯成偷走呂布的赤兔馬，出城投降曹操；宋憲、魏續留在城中，伺機獻城。

當天夜裡，侯成偷走呂布的赤兔馬，然後領著曹軍攻城。呂布慌忙登上城樓指揮守城。中午時分，曹軍撤退，呂布坐在椅子上休息。趁呂布熟睡之際，宋憲、魏續將呂布緊緊綁在椅子上。呂布驚醒過來，卻掙扎不動。隨後，宋憲將呂布的方天畫戟扔到城下，曹操見了，即刻率兵入城。呂布、陳宮、張遼、高順等都被俘虜。

武士先將高順押到白門樓上面見曹操，曹操問道：「你有什麼話說？」高順閉著嘴不回

---

❷【麾蓋】古代將帥使用的旌旗傘蓋。

❸【背花】即杖刑，指用荊條或大竹板拷打犯人的脊背或臀部。杖刑起源很早，在東漢時被確立爲刑種，南北朝時確定了杖刑的制度。杖刑用的杖分爲大杖、法杖和小杖，大杖的大頭一寸三分，小頭八分半；法杖的大頭一寸三分，小頭五分；小杖的大頭只有一寸一分。

答，曹操便命武士將高順斬首。徐晃又將陳宮押來，曹操問道：「你自認為足智多謀，怎麼落到了我的手裡？」陳宮說道：「只恨呂布不聽我的計策，否則你未必抓得住我。」曹操問道：「現在如何是好？」陳宮答道：「只有一死。」曹操又問道：「你的妻兒老小呢？」陳宮答道：「用孝道治理天下的人，不會迫害別人的親人。我的妻兒老小全在你手裡，不是我能掛念的。」說完，轉身走向刑臺。曹操淚流不止，傳令將陳宮的妻兒老小接到許都居住。

呂布被押到跟前，說道：「我願意投降曹公。曹公當大將軍，我當副將，定能平定天下。」曹操轉身問劉備：「你以為怎樣？」劉備答道：「將軍忘記丁原、董卓的故事了嗎？」呂布聽了，衝劉備叫道：「大耳朵賊！忘記轅門射戟了嗎？」正在此時，張遼也被武士押到，呵斥呂布道：「匹夫！最多一死，怕什麼！」曹操下令將呂布縊死，然後看著張遼笑道：「我看你有些面熟。」張遼答道：「濮陽城裡曾經相遇，你忘記了嗎？只可惜當時沒能燒死你。」曹操大怒，拔出佩劍要殺張遼，張遼毫不畏懼。關羽走上前來，拽住曹操的胳膊，說道：「這等勇將最好重用。」曹操哈哈大笑，親自給張遼鬆綁，張遼感動不已便投降了。臧霸聽到張遼投降的消息，也投降了。

第九回　煮酒論英雄

曹操消滅了呂布，令車騎將軍車胄駐守徐州，自己與劉備率大軍班師回許都。曹操帶劉備面見皇帝，奏明劉備的功勞。皇帝得知劉備是中山靖王之後，命人取出宗族世譜查看。按照家族世譜排序，劉備是皇帝的叔叔，皇帝大喜，請劉備到偏殿行叔侄之禮，又封劉備為左將軍、宜城亭侯。至此，世人都稱劉備為「劉皇叔」。

荀彧對曹操說道：「陛下認劉備為皇叔，恐怕對主公不利。」曹操說道：「我既然將劉備留在許都，便能時刻掌控他，即使認為皇叔，又能如何！」程昱說道：「主公威加四海，天下揚名，應該稱王稱帝，建立萬世霸業。」曹操說道：「我也正有此意。改日與皇帝到許田狩獵，藉機試探百官的態度。」

於是，曹操奏明皇帝，率文武百官到許田狩獵。劉備與關羽、張飛二人一同隨行。到了獵場，皇帝見荊棘叢中奔出一隻麋鹿，連射三箭，都沒有射中，惱羞不已，便命曹操再射。曹操借過皇帝的寶雕弓和金鈚（ㄆㄧˊ）箭[1]，一箭射去，正中麋鹿的脊背。文武百官和三軍將士看見皇帝的金鈚箭，以為是皇帝射中的，立即跪倒在地山呼萬歲。曹操將寶雕弓、金鈚箭掛在腰裡，往前一步擋住皇帝，接受眾人的跪拜。關羽見了，拍馬提刀要殺曹操，劉備慌忙擺手制止。狩獵回來，關羽問劉備為什麼不讓他殺曹操，劉備說道：「曹操就在陛下身邊，周圍全是他的心腹，倘若你殺不了曹操，反而傷了陛下，曹操就會誣陷於你，那樣我們反而死罪難逃。」關羽歎一口氣，只好作罷。

皇帝回到皇宮，對伏皇后說道：「曹操獨攬朝政，作威作福，今天更是無禮至極，朕早晚被他所害。」這時，伏皇后之父伏完走進來，說道：「國舅董承能救國難。」皇帝聽了，當時就要召董承進宮，伏完說道：「陛下明目張膽地召董承進宮，必然引起曹操的懷疑。陛下應該寫一道密詔，縫到一條玉帶裡，再將玉帶賜給董承，這樣才能神不知鬼不覺，萬無一失。」皇帝聽了，當即咬破手指寫了密詔，令伏皇后縫進玉帶裡，然後才召董承進宮。

皇帝帶董承來到太廟的功臣閣，趁身邊沒有曹操耳目的機會，解下玉帶，連同一領錦袍一起賜給董承，說道：「朕沒有忘記你當年救駕的功勞，將玉帶和錦袍賜給你，就如同經常在朕身邊。你拿回家仔細欣賞，不可辜負朕的心意。」董承心領神會，拜謝皇帝，然後轉身離去。

曹操早就聽說了皇帝召見董承的消息，急忙趕來，正好在皇宮門口遇到董承。曹操問道：「國舅從哪裡來？」董承回答道：「陛下念我曾經有救駕之功，賜給錦袍玉帶。」曹操向董承索要玉帶，董承知道玉帶裡有密詔，擔心被曹操發現，不願意給。曹操大怒，令武士奪過玉帶和錦袍，拿在手裡看了很久，然後穿在身上，說道：「國舅將錦袍玉帶轉贈給我，怎樣？」董承回答道：「天子賞賜的東西，不敢轉贈。」曹操厲聲問道：「不會有夾帶吧！」董承說道：「既然如此，請拿去吧。」曹操聽了，哈哈大笑，將錦袍玉帶還給董承。

董承回到家中，費盡周折才發現縫在玉帶裡的密詔。讀罷密詔，淚流不止。第二天，侍郎王子服拜訪董承，無意間發現了密詔，表示願助董承一臂之力。二人又請來心腹至交吳子蘭、种輯和吳碩三人商議。碰巧西涼太守馬騰登門拜訪，提起許田狩獵時曹操的無禮舉動，馬騰憤怒不已。董承見馬騰也是忠義之人，便將密詔拿給馬騰看，請出王子服等人共同商議。馬騰翻閱《鴛行鷺序簿》❷，看到劉備的名字，說道：「許田狩獵時，我見劉備部將有殺曹操之心，可以請來一同商議。」這天深夜，董承登門拜訪劉備，探得劉備果然有除掉曹操之心，便拿出密詔給劉備看。劉備讀罷密詔，說道：「既然國舅奉詔討伐曹操，我願效犬馬之勞。」二人約定，等湊齊十個同黨再動手。

為掩人耳目，劉備在後花園種了一些蔬菜，每天都在後花園澆水、施肥，忙於農活。一

❶【金鈚箭】一種箭頭很寬的長桿箭。

❷【《鴛行鷺序簿》】古代記載文武百官官職及名錄的文冊。

劉備聽了曹操的話，大吃一驚，竟然將手中的湯勺摔到了地上。

天，劉備獨自一人在後花園澆菜，曹操派許褚、張遼來請劉備。見到劉備，曹操哈哈大笑，說道：「原來你躲在家裡做『大事』。」劉備以為密詔之事被曹操發覺，嚇得面如土色，只聽曹操又說道：「你竟然在花園裡種菜，真是難得。」劉備這才安心。曹操繼續說道：「我看見梅子熟了，想起一件往事。當年攻打張繡，走到半路，將士們口渴難耐，我心生一計，指著前面說道：『前面有片梅林。』將士們聽了，饞得流出口水，就不口渴了。因此請你來品梅飲酒。」

二人來到一座亭子裡，令人擺上一盤青梅和一樽煮酒，開懷暢飲。酒過半酣，天空中烏雲滾滾，將要下雨。曹操指著天空中的龍掛❸問道：「飛龍就像志得意滿的人，就像人中英雄。在你看來，當今天下，誰是英雄？」劉備說道：「我肉眼凡胎，看不出誰是英雄。」曹操說道：「不要謙虛。即使沒見過英雄的面，也聽過英雄的大名。」

劉備便說道：「袁術袁公路是英雄。」曹操笑道：「袁術是墳墓裡的白骨，遲早被我打敗。」劉備又說道：「袁紹袁本初算是英雄。」曹操又笑道：「袁紹膽小無斷，沒膽量幹大事，不是英雄。」劉備又說道：「劉表劉景升是英雄嗎？」曹操說道：「劉表徒有虛名，不

---

❸【龍掛】又稱「水龍捲」，也指龍捲風，指橫貫天際的奇異龍形雲彩。在古代，人們通常用龍掛暗指英雄的行爲。

是英雄。」劉備又說道：「孫策孫伯符算是英雄嗎？」曹操說道：「孫策藉助孫堅的名望，不是英雄。」劉備又說道：「益州劉璋劉季玉呢？」曹操說道：「劉璋只是看門狗，不是英雄。」劉備又說道：「那麼，張繡、張魯、韓遂呢？」曹操哈哈大笑，說道：「都是碌碌之輩，不必看在眼裡。」劉備說道：「除此之外，我不知道誰是英雄。」曹操說道：「所謂英雄，是胸懷大志之人，能包藏宇宙，能吞吐天地。」劉備問道：「誰能這樣？」曹操用手指指劉備，又指指自己，說道：「當今天下，只有你我二人才是英雄。」

劉備聽了曹操的話，大吃一驚，竟然將手中的湯勺摔到了地上。正在這時，雷聲大作，暴雨如注。劉備慌忙彎腰撿起湯勺，說道：「一聲驚雷竟然把我嚇成這樣。」曹操笑著問道：「大丈夫還害怕雷聲？」劉備說道：「孔聖人聽到雷聲尚且變色，我怎能不怕？」曹操聽了，不再懷疑劉備。

雨剛剛停，就見關羽、張飛二人手持寶劍闖了進來。原來，關羽、張飛外出回來，聽說劉備被曹操請走了，擔心劉備被曹操傷害，急忙趕來探視。曹操問道：「二位『樊噲』有何貴幹？」關羽答道：「聽說兄長在曹公府上飲酒，特來舞劍助興。」曹操笑道：「這不是『鴻門宴[4]』，用不著項莊、項伯。」說罷，命人給關羽、張飛獻酒。喝完酒，劉備告辭，帶著關、張二人回去了。

第二天，曹操又請劉備赴宴。正在這時，前往河北打探袁紹動向的滿寵回來了，說道：

「袁紹與公孫瓚交戰，公孫瓚戰敗，走投無路，殺了妻兒後自縊了。袁術眾叛親離，派人聯繫袁紹，想將帝號讓給袁紹，還打算放棄淮南，到河北與袁紹會合。」劉備聽說公孫瓚戰死的消息，聯想到公孫瓚的恩情，傷感不已；又不知道趙雲的下落，更加放心不下，心中暗想：「這真是脫身的好機會。」便對曹操說道：「二袁聯合，後患無窮，應該早作打算。袁術到河北要經過徐州，我願意率兵在徐州截擊袁術。」曹操說道：「明天奏明陛下就派你出兵。」

第二天，曹操奏明皇帝，派劉備率五萬大軍前往徐州，又派朱靈、路昭二人為副將，隨劉備一起前往。劉備回到寓所，立即收拾行裝，迅速率兵出城。關羽問道：「兄長何必如此著急？」劉備回答道：「我本是被曹操囚禁的魚鳥，離開許都，就好像被放回大海和天空，自然越快越好。」

郭嘉、程昱聽說曹操派劉備到徐州截擊袁術的消息，急忙趕來，說道：「主公放劉備離開許都，就是放虎歸山，後患無窮。即使不殺劉備，也不能放走他。」曹操猛然醒悟，立即

---

❹【鴻門宴】比喻不懷好意的宴會。秦朝末年，劉邦和項羽起兵抗秦，兩人在表面上是盟友，暗地裡都想除掉對方，獨霸天下。項羽在鴻門設宴，邀請劉邦前來赴宴，他的部下預謀趁機誅殺劉邦。劉邦硬著頭皮赴宴，宴會中險象環生，劉邦差點被項莊刺死，最終僥倖脫險。

派許褚追回劉備。劉備聽到後面有人追來，命關羽、張飛手持兵器準備交戰。許褚見到劉備，說道：「曹公請將軍回去，有要事商議。」劉備說道：「陛下和曹公都准我出兵，哪裡還有要事商議！將軍請回吧！」許褚見關羽、張飛滿臉怒氣，不敢多說只好回去了。郭嘉、程昱得知劉備不肯回來，說道：「由此可見，劉備果然有異心。」曹操說道：「我令朱靈、路昭監視劉備，劉備未必敢變心。」

劉備到徐州與車胄相見，立即派人打探袁術的消息，得知袁術很快就要到徐州，便率領關羽、張飛、朱靈、路昭出城攔截。很快，袁軍派出的先鋒紀靈率兵到來。張飛與紀靈交戰，不到十個回合就刺死了紀靈，袁軍大敗。袁術親自與劉備交戰，結果大敗，袁軍死傷無數，袁術帶著一千多人退到江亭。袁術的糧草輜重都被雷薄、陳蘭搶走了，將士們饑餓難耐，又死了很多人。袁術嫌粗茶淡飯難以下嚥，要喝蜜水解渴，近侍回答道：「只有血水，沒有蜜水。」袁術大怒，慘叫一聲，吐血而亡。袁術之侄袁胤保護家眷逃往廬江，半路上被徐璆（ㄑㄧㄡˊ）殺死。徐璆奪得傳國玉璽，到許都獻給了曹操。

劉備得到袁術亡故的消息，留下從許都帶來的五萬兵馬，令朱靈、路昭回了許都。曹操大怒，急忙召荀彧等商議，荀彧建議令車胄設計除掉劉備。車胄得到命令，與陳登商議，陳登說道：「在甕城[5]設下埋伏，先放劉備進城，再令弓箭手在城樓上放箭，擋住關羽、張飛，劉備必被伏兵所殺。」車胄依計而行。

辭別車冑以後，陳登立即出城給劉備報信，半路上遇到關羽、張飛，便將車冑的詭計轉告關羽。關羽大怒，令軍士換上曹軍的衣甲旗號，謊稱是張遼的隊伍，連夜到徐州城下叫門。車冑本不想開門，又怕被劉備發現，洩露了機密，便親自出城接應。車冑剛來到吊橋邊，關羽迎面而來，一刀砍死了他。城中將士見主帥被殺，紛紛倒戈投降。徐州城又回到了劉備手中。

---

❺【甕城】在城門外側或內側修建的方形小城，屬於城牆的組成部分，作用是保護城門，加強城池的防禦能力。

第十回　關羽降曹

劉備聽說關羽殺了車冑，大驚，問陳登道：「倘若曹操怪罪，怎樣應對？」陳登答道：「鄭玄與袁氏世代交好，讓他給袁紹寫信求援，袁紹必然答應。曹操見袁紹出兵相助，必然退兵。」劉備便請鄭玄寫了親筆信，派孫乾帶著信去見袁紹。袁紹召集幕僚商議，田豐、沮授、審配、郭圖等人意見不合，爭執不休。袁紹見田豐、審配等人意見不統一，便召來許攸、荀諶（ㄔㄣˊ）商議，許攸、荀諶主張救援劉備，袁紹便命孫乾回告劉備，即刻出兵攻打曹操。

郭圖說道：「既然主公決定出兵，應該命陳琳寫一篇檄文，歷數曹操的罪過，讓天下人知道主公出師有名。」袁紹依計而行，令陳琳寫伐曹檄文。陳琳才思泉湧，很快就寫好了，袁紹又令人傳示州郡。傳到許都的時候，曹操正犯著頭風病，躺在床上令近侍讀給他聽，嚇得毛骨悚然，出了一身冷汗，頭風病竟然好了。曹操從床上跳起來，說道：「陳琳文采果然出眾，只可惜袁紹武略不足。」

孔融聽到曹操要與袁紹交戰的消息，趕來勸阻，說道：「袁紹帳下人才濟濟，郭圖、審配、許攸、逢紀足智多謀；田豐、沮授忠心耿耿；顏良、文醜、張郃、高覽都是勇猛善戰。只能講和，不可交戰，交戰必敗。」荀彧笑道：「審配專橫而無謀，許攸貪婪而無智，逢紀果敢而無能，田豐剛直而迂腐，他們彼此之間水火不容，內訌不休；至於顏良、文醜、高覽之輩，都是匹夫之勇，不足掛齒。即使袁紹當真有一百萬這樣的兵馬，能有多大作用。」孔融聽了，啞口無言。

曹操令劉岱、王忠打著他的旗號，到徐州攻打劉備，他自己則率二十萬大軍迎戰袁紹。兩軍在黎陽相遇，相峙不戰。原來，果如荀彧所料，審配、許攸、沮授等人互不相讓，不思進取，以至貽誤戰機。袁紹本就優柔寡斷，見幕僚之間分歧嚴重，更拿不定主意，不敢發起攻勢。曹操見此情景，命曹仁、于禁、李典等留守黎陽軍營，自己回了許都。

劉岱、王忠率兵攻打徐州，但他們畏懼關羽、張飛之猛，不敢攻城，只得遠遠地紮下營寨。劉備見曹軍打的是曹操的旗號，以為曹操親自率兵前來，也不敢輕舉妄動，一面傳令堅守城池，一面派人打探黎陽的消息。曹操令劉岱、王忠抓緊攻城，劉岱、王忠不敢不聽，又不敢攻城，只得互相推諉，拖延時日。陳登見曹軍遲遲沒有動靜，對劉備說道：「曹操詭計多端，我料定他必然在黎陽軍中，此處只是虛張聲勢。」劉備便令關羽前去打探虛實。

關羽出城，請曹操搭話，王忠率兵相迎，呵斥道：「你是何人？曹公豈能與你搭話！」

關羽大怒，拍馬舞刀直取王忠，戰不三合，活捉了王忠，曹軍大敗，四散奔逃。劉備見到王忠，厲聲問道：「你竟敢詐稱曹操兵馬。」王忠答道：「曹公命我和劉岱在此虛張旗號，曹公的確不在這裡。」張飛見關羽活捉了王忠，要去活捉劉岱，劉備說道：「千萬不可傷害劉岱性命，以免破壞我的大事。」張飛領命而去。

劉岱見王忠戰敗，更加不敢出戰，任由張飛怎樣挑釁都置之不理。張飛惱怒不已，令人傳出消息，要在夜裡偷襲劉岱的軍營。劉岱信以為真，決定將計就計，結果中了埋伏，被張飛活捉。劉備好言安慰劉岱、王忠，然後放他們回許都，以示和解之意。為了防止曹軍再次前來，劉備分兵三處，以便互相照應，令孫乾、簡雍、糜竺等駐守徐州，關羽保護家眷駐守下邳，自己與張飛駐守小沛。

曹操得知劉岱、王忠戰敗的消息，勃然大怒，罷免了他們的官職，打算親自攻打劉備。孔融建議先招降劉表、張繡，等天氣轉暖後再出兵徐州。曹操接受了孔融的建議，派劉曄招降張繡。在賈詡的勸說下，張繡再次投降曹操。曹操又命張繡寫信招降劉表，荀攸舉薦孔融為使出使荊州，孔融又舉薦了好友禰衡。曹操命人叫來禰（ㄇㄧˊ）衡，令禰衡到荊州勸降劉表。禰衡為人傲慢狂妄，當眾譏諷荀彧、曹仁等人，說他們都是不堪重用的廢物。曹操大怒，懾於禰衡的威名，不敢殺害他，便強行派他出使荊州，想借劉表之手殺掉禰衡。劉表察覺了曹操的意圖，又派禰衡去見黃祖，黃祖受不了禰衡的譏諷，果然殺了禰衡。曹操招降劉表的計畫不了了之。

當時，董承、王子服等人聯絡到太醫吉平，與吉平共同密謀除掉曹操之事。吉平說道：「此事不難。曹操時常找我醫治頭風病，我給他配一方毒藥，令他喝下，便大功告成了。」董承、王子服等人大喜，決定令吉平依計而行。不料，董承等人的密謀被家奴秦慶童聽到，便暗中稟報給曹操。曹操大怒，令人將吉平請來醫治頭風病。吉平暗喜，配了一方毒藥請曹操服用，結果敗露，被抓入大牢。之後，曹操將董承、王子服、吳子蘭、種輯、吳碩等人都抓來，連帶吉平滿門斬首。殺了董承等人，曹操還不肯善罷甘休，又闖進皇宮勒死了董承之妹董貴妃。

曹操召郭嘉、程昱等幕僚來見，說道：「雖然董承等人伏法了，但馬騰、劉備與董承同謀，不可不除。」程昱說道：「馬騰遠在西涼，不如先誘騙到許都，再設計擒殺。」郭嘉也說道：「劉備剛到徐州，人心不服，主公率兵親征，一戰就能打敗。」曹操便親率二十萬大軍，分五路望徐州而來。劉備得到消息，急忙派孫乾到河北向袁紹求救。當時，袁紹的幼子身患重病，袁紹因此心神不寧，不願意援助劉備，對孫乾說道：「回告劉備，如果戰事緊急，可隨時來河北投靠我。」孫乾只好連夜趕回徐州。劉備得知袁紹不願出兵，只好準備迎戰。

當天夜裡，劉備留孫乾駐守小沛，自己與張飛兵分兩路襲擊曹操的軍營。張飛一馬當先殺入曹營，見四下無人，知道中計，急忙撤兵。正在這時，夏侯惇、夏侯淵、張遼、許褚等

關羽說道：『如果曹操能答應我的三個條件，我願意投降，否則情願戰死。』

率兵殺出，一起圍攻張飛。張飛抵擋不住，帶著十幾個人突出重圍，逃往芒碭山。與此同時，劉備也被夏侯惇、夏侯淵、夏侯惇等人打敗，不敢退回徐州，只得連夜逃往河北，投靠袁紹去了。

曹操佔領小沛以後，又圍攻徐州。簡雍、糜竺情知守不住徐州，便出城逃走了，陳登打開城門，放曹操入城。曹操召集幕僚商議攻取下邳，說道：「我敬重關羽的武藝人品，打算設計招降他。有何妙計？」程昱說道：「關羽武藝高強，只能智取，不可力戰。不如令徐州降兵將關羽誘騙出城，在城外困住他，再派人勸降。」曹操便找來幾個徐州降兵，令他們到下邳誘騙關羽出城。

第二天，夏侯惇率兵圍攻下邳，關羽堅守不出，夏侯惇便命軍士大聲辱罵關羽，關羽大怒，出城與夏侯惇交戰。夏侯惇且戰且退，關羽緊追不捨，追出二十里才發覺中計，急忙撤兵。正在此時，許褚、徐晃率兵截住關羽的退路，關羽只得繞道而走，夏侯惇又趕來攔住去路。關羽且戰且退，來到一座土山上，曹軍四面而來，將土山團團圍住。關羽在土山上望見下邳城火光沖天，知道曹操已經佔領了下邳，驚恐不安，又無計可施。

這時，只見張遼單槍匹馬跑上土山來見關羽，說道：「兄長曾經搭救過我，如今兄長蒙難，特來搭救兄長。曹公進入下邳城，不僅沒有傷害軍民，還派重兵保護劉使君的家眷。」關羽大怒，喝道：「你要勸我投降？我寧死不降，你回去吧！」張遼笑道：「兄長真是惹人恥笑。」關羽詫異地問道：「我為忠義而死，為何惹人恥笑？」張遼說道：「兄長如果就此死去，有三個罪過。其一，倘若劉使君日後東山再起，兄長卻不能相助，便辜負了結義時的盟誓。其二，劉使君將家眷託付給兄長，兄長卻捨棄家眷，辜負了劉使君的重託。其三，兄長智勇超群，卻輕易赴死，不願輔佐劉使君匡扶漢室，何來忠義？」

關羽沉思良久，問道：「依你看來，我該如何是好？」張遼答道：「現在看來，兄長如果不降，只有戰死。不如暫時投降曹公，再打聽劉使君的消息，一旦得知劉使君的下落，就趕去投奔。如此一來，便不會犯下任何罪過。」關羽聽了，說道：「如果曹操能答應我的三個條件，我願意投降，否則情願戰死。第一，我只向當今天子投降，不向曹操投降；第二，將兄長的俸祿撥給二位大嫂使用，任何人都不得侵犯她們；第三，打聽到兄長的下落，不論遠近，我都要追隨兄長，不得阻攔。」

張遼聽了，立即下山向曹操彙報。曹操聽到第三個條件，有些不高興，張遼勸道：「只要用恩情籠絡住他，他遲早會回心轉意。」曹操便答應了。關羽得知曹操答應了三個條件，便投降了。

第十一回　身在曹營心在漢

第二天，曹操下令班師回許都。關羽請兩位嫂子坐上馬車，親自護送前往許都。夜裡休息時，曹操有意安排關羽和兩位嫂子住到同一間房間裡，關羽便在門外站了一夜。曹操聽說以後，更加敬佩關羽了。

到了許都，曹操送給關羽一座宅院，關羽將宅院一分為二，內院讓兩位嫂子居住，由十名老兵守護，自己住在外院。曹操送給關羽許多金銀錦帛，關羽都送到內院，交給兩位嫂子。曹操又送給關羽十名侍女，讓她們服侍關羽，關羽也將她們送到內院服侍兩位嫂子。曹操得知這些事情，對關羽的為人讚歎不已。

曹操見關羽的綠錦袍已經很舊了，便命人給關羽量身定做了一件上好的綠錦袍，親自送給關羽。關羽將新錦袍穿在裡面，外面仍然穿著舊錦袍，曹操見了，問道：「不至於如此節儉吧？」關羽回答道：「不是節儉。舊錦袍是兄長送給我的，我穿著它就好像見到了兄長。」曹操嘴上稱讚，心裡卻很不高興。

曹操親自送關羽回去，見關羽騎的馬很清瘦，問道：「戰馬怎麼這樣瘦弱？」關羽聽了，回答道：「我身體太重，就把馬壓瘦了。」曹操便命人牽來一匹好馬，送給關羽。關羽見了，問道：「這是呂布的赤兔馬吧？」曹操答道：「正是赤兔馬。」關羽大喜，連連道謝。曹操問道：「我送你金銀美女，你從不道謝。但我送你一匹馬，你卻再三道謝，這是何故？」關羽回答道：「有了赤兔馬，一旦打聽到兄長的下落，我就能立即飛奔到兄長身邊。」曹操聽了，後悔不已。

曹操令張遼前去打探關羽的心思。張遼見到關羽，問道：「兄長在許都生活是否如意？」關羽回答道：「曹公對我恩重如山，只是我始終掛念兄長，放心不下。」張遼說道：「劉使君對待兄長，未必比得上曹公，兄長又何必對劉使君念念不忘？分不清是非輕重的人，算不上男子漢。」關羽說道：「曹公對我的恩情我牢記在心，只是我與兄長情同手足，生死與共，萬萬不能背棄誓言。等我報答了曹公的厚恩，便要追隨兄長而去。」張遼又問道：「倘若劉使君已經不在人世，兄長怎麼追隨？」關羽答道：「即使到了九泉，也要追隨兄長。」張遼見到曹操，將關羽的話如實稟報曹操，曹操歎道：「關羽真是天下第一義士。」荀彧說道：「既然如此，就不要給他立功報恩的機會。」曹操點頭答應。

劉備在冀州整日煩悶，茶飯不思，袁紹詢問原因，劉備答道：「沒有二位賢弟的音訊，妻兒又落入曹操之手，因此煩惱不已。」袁紹說道：「我早有攻打曹操的主意，現在氣候轉

關羽望見穿著錦袍金甲的顏良，說道：「顏良只是在叫賣腦袋罷了。我願取來他的人頭獻給曹公。」說完，提刀上馬，直奔顏良而去。

暖，正好出兵，為你報仇。」田豐聽說袁紹打算攻打曹操，勸袁紹固守河北，等待更好的時機。劉備說道：「如果還不出兵，恐怕天下人會恥笑袁公，認為袁公不義。」袁紹聽了，不顧田豐的勸阻，決心出兵攻打曹操，於是命顏良率兵攻打白馬，沮授勸道：「顏良雖然勇猛，但沒有擔任主將的能力。」袁紹不聽，催促顏良立即出戰。

關羽得知顏良進攻白馬的消息，向曹操請戰，希望擔任先鋒，被曹操婉拒。隨後，曹操親率十五萬大軍迎戰顏良。兩軍對陣，曹操令降將宋憲出戰，不到三個回合，就被顏良殺了。魏續見宋憲戰死，挺槍躍馬，與顏良交戰，又被顏良殺死了。曹操大驚，讚歎道：

前來。

「顏良真是勇將！」又命徐晃出戰。徐晃與顏良大戰二十回合，大敗而回。曹操無奈，只得退兵。程昱說道：「我保舉關羽出戰，定能斬殺顏良。」曹操說道：「我擔心他立下戰功就離我而去。」程昱說道：「劉備如果活著，必然投奔袁紹。如果令關羽殺死顏良，袁紹得知，必然要殺掉劉備。劉備一死，關羽還能到哪裡去？」曹操大喜，立即命人到許都請關羽前來。

關羽剛到白馬，顏良就率兵前來挑戰。曹操與關羽來到陣前，關羽望見穿著錦袍金甲的顏良，說道：「顏良只是在叫賣腦袋罷了。」起身對曹操說道：「我願取來他的人頭獻給曹公。」說完，提刀上馬，直奔顏良而去。顏良見關羽殺來，正要搭話，不料關羽已經飛奔到面前，猝不及防，竟然被關羽一刀砍落馬下。關羽跳下馬，割下顏良的腦袋，然後提刀上馬，飛馳而去。袁軍將士早就被驚呆了，半晌反應不及。曹軍乘勢出擊，袁軍大敗。

關羽回到曹軍陣中，將顏良的腦袋呈到曹操面前。曹操驚歎道：「將軍真乃神人！」關羽說道：「我的武藝不值一提。義弟張飛比我勇猛數倍，在百萬大軍中取大將的首級❶，對他而言就好比從口袋裡掏東西。」曹操驚愕不已，對身邊諸將說道：「如果遇到張飛，萬萬不可輕敵。」說罷，命人將張飛的名字記在衣襟上。曹操表奏皇帝，封關羽為壽亭侯。

袁紹聽說顏良被一個紅臉長鬚的猛將一刀砍死，大驚失色，問道：「這人是誰？」沮授答道：「必是劉備義弟關羽。」袁紹指著劉備罵道：「你私通曹操，因此才令關羽殺我愛將。」說罷便要將劉備斬首。劉備不慌不忙地說道：「自從失陷徐州，我都不知道關羽的死活，天底下有許多長相相似的人，怎能僅憑相貌便認定是關羽？」袁紹聽了，責怪沮授道：「險些誤殺好人。」命人放了劉備，共商對策。部將文醜說道：「顏良與我親如兄弟，我願為顏良報仇。」沮授勸袁紹分駐延津、官渡，不要渡過黃河。袁紹不聽，令文醜率七萬兵馬為前軍，劉備率三萬兵馬為後軍，前往白馬迎敵。

文醜與曹軍交戰，中了曹操誘兵之計，大敗而回。張遼、徐晃緊緊追趕，文醜一箭射倒張遼的戰馬，轉身殺來。張遼、徐晃抵擋不住，敗退而走。正在此時，關羽迎面趕來，截住文醜，文醜心知不是關羽的對手，沿著黃河河岸退走。關羽拍馬趕上，一刀將文醜砍落馬下。曹軍見文醜被殺，奮力掩殺，袁軍大敗。劉備聽探馬回報說文醜又被紅臉長鬚的猛將殺了，急忙率兵趕來，遠遠望見關羽的旗號，暗自慶幸，正要招呼關羽，見曹軍蜂擁殺來，只得率兵退走。

審配、郭圖向袁紹稟告說，文醜又被關羽殺了。袁紹大怒，命人叫來劉備，大罵道：「你的義弟關羽又殺了我的愛將。」劉備說道：「這是曹操的離間計。曹操明知我投奔袁

---

❶【首級】被砍下的人頭。「首」是人頭的意思，商鞅變法時，以作戰中砍下敵人人頭的多少論功晉級，被砍下的人頭稱爲首級。

公，擔心我協助袁公與他為敵，因此命關羽斬首顏良、文醜，以便使袁公殺掉我。」袁紹聽了，說道：「我險些中了曹操奸計。」劉備又說道：「我寫一封信，派人秘密送給關羽，關羽必然來投奔袁公。」袁紹大喜，說道：「這樣最好，關羽勝顏良、文醜十倍。」

當時，袁軍退守武陽，堅守不戰，曹操便命夏侯惇駐守官渡，自己率大軍回許都。探馬回報說，黃巾餘黨劉辟、龔都二人進犯汝南，曹洪抵擋不住，請求援助。關羽請求出戰，曹操便令于禁、樂進為副將，隨關羽出戰。到達汝南的當天夜裡，曹軍抓獲兩個奸細，關羽認出其中一人正是孫乾，又得知劉備在袁紹那裡，便派孫乾前去打探消息，自己回許都接兩位嫂子。第二天，關羽與龔都交戰，龔都詐敗，將汝南讓給關羽。關羽順利平定汝南。回到許都之後，關羽將劉備在河北的消息告訴了兩位嫂子。

正在這時，南陽人陳震帶著劉備的密信找到關羽，關羽看罷密信，痛哭不已，對陳震說道：「我給兄長寫一封信，請你帶回，以免兄長掛念。等我向曹操辭行以後，便護送二位嫂子到河北與兄長團聚。」

第二天，關羽拜訪曹操，曹操知道關羽是來辭行的，故意避而不見。第二天，關羽再次前去拜訪，曹操依然避而不見。一連幾天，曹操都不見關羽。關羽明白了曹操的心思，便給曹操留下一封信，連同曹操賞賜的金銀錦帛和侯爵印綬都放在大堂上，然後護送二位嫂子出城而去。

第十二回　千里走單騎

曹操得知關羽出城離去的消息，急忙召集文武幕僚商議，部將蔡陽請求率兵追回關羽，曹操斥退蔡陽，不許追趕。程昱說道：「如果關羽投奔袁紹，就是如虎添翼，後患無窮，不如派人追殺，以絕後患。」曹操說道：「既然我答應過他，怎能失信？不如前去為他送行，做個順水人情。」於是命張遼先行一步追上關羽，自己隨後就到。

關羽聽見後面有人追來，回頭一看，見是張遼，便命隨從保護車駕往大路趕去，自己站在原地等待張遼。張遼趕來，說道：「曹公令我留住兄長，他即刻趕來為兄長送行。」正說著話，只見曹操率徐晃、許褚、于禁、李典等人趕來，關羽見他們都沒有帶兵器，才放下心來。曹操問道：「怎麼說走就走，如此緊急？」關羽騎在馬上，拱手答道：「得知兄長在河北，急於相見，因此著急趕路。希望曹公不要忘記當初的約定，放我前去。」曹操說道：「我怎能忘記約定？只是擔心將軍沒有盤纏，因此趕來相送。」說罷，令人呈上一盤黃金。關羽堅持不收。曹操又送上一件錦袍，關羽擔心中計，不敢下馬，便用刀尖挑過錦袍，道一聲謝，轉頭離去。

關羽追出三十多里地，卻怎麼都趕不上車駕，以為丟了車駕，驚慌不已，忽然聽到有人呼喊他的名字，抬眼望去，見是一位少年。這位少年名叫廖化，是附近的山賊，他的同夥下山巡邏，抓了關羽兩位嫂子的車駕。廖化聽說關羽的大名，殺了同夥，護著車駕來送還關羽。關羽見兩位嫂子安全無恙，對廖化拜謝不已。告辭廖化以後，關羽護送車駕往河北趕去。這天夜裡，投宿到一位名叫胡華的老人家。胡華的兒子胡班在滎陽太守王植手下當差，便請關羽給他的兒子帶一封家信，關羽答應了。

第二天，關羽護送車駕來到東嶺關。守將孔秀得知關羽沒有通關文憑，不肯放關羽過關，關羽惱怒，厲聲問道：「當真不放我過關？」孔秀答道：「放你過關可以，但要留下家眷為質。」關羽大怒，拍馬舞刀直奔孔秀，孔秀挺槍來迎，只一個回合，關羽就砍死了孔秀。殺了孔秀以後，關羽護送車駕闖關而過。

過了東嶺關，就到了洛陽境內。洛陽太守韓福率兵出城，向關羽索要通關文憑，說道：「如果沒有文憑，就是通敵逃竄。」關羽大怒，問道：「你要向孔秀學習嗎？」韓福喝道：「拿下關羽！」部將孟坦應聲出馬，揮舞雙刀來戰關羽，只打了一個回合，孟坦回馬便走，想引誘關羽進埋伏圈，不料赤兔馬日行千里，很快就趕上了孟坦，只一刀，孟坦就被關羽砍下馬來。韓福見孟坦被殺，躲在暗處放了一冷箭，正中關羽左臂。關羽奮不顧身，殺到韓福陣中，一刀砍死了韓福。

關羽用布帶綁住傷口，護送車駕連夜趕往汜水關。守關將領卞喜得到消息，事先在鎮國寺設下埋伏，然後出關迎接關羽，與關羽一同來到鎮國寺，準備設宴款待關羽。鎮國寺有位名叫普淨的和尚，是關羽的同鄉，得知卞喜想要謀害關羽的消息，便趕來與關羽敘舊，趁卞喜不備時手舉戒刀給關羽遞眼色。關羽心領神會，便問卞喜：「你請我赴宴，是好心還是歹念？」沒等卞喜說話，關羽就看見了埋伏在壁衣❶裡的刀斧手，於是厲聲喝道：「匹夫竟敢害我！」卞喜急忙招呼刀斧手追殺關

關羽見到張飛，激動不已，拍馬來迎，張飛卻怒氣沖沖地將蛇矛刺向關羽……

羽，關羽拔出佩劍，將刀斧手擊退，然後手提青龍偃月刀追殺卞喜，將卞喜一刀砍成兩段。謝過普淨以後，關羽立即護送車駕前往滎陽。

滎陽太守王植與韓福是親家，得知韓福被關羽殺死的消息，決心為韓福報仇。關羽來到滎陽，王植笑臉相迎，將關羽等人安排到驛館休息。當天夜裡，王植令胡班率一千人馬悄悄包圍驛館，三更時分放火焚燒驛館，要將關羽等人燒死在驛館裡。胡班率領兵馬在驛館安排放火之事，由於好奇關羽的長相，便偷偷到關羽房間的窗外偷看，見關羽正在燈下讀書，不禁失聲讚歎道：「真乃天人下凡！」關羽聽到窗外有人說話，叫他進去，胡班便進去拜見關羽。關羽得知他正是胡華的兒子，便取出胡華的家書遞給他。胡班感歎道：「我竟然險些害死好人。」便將王植的計謀告訴關羽。關羽大驚，連忙收拾車駕離開驛館，在胡班的協助下出城而去。剛出城不久，王植率兵趕來，被關羽殺死。

走到滑州地界，滑州太守劉延出城迎接，問關羽道：「將軍要到哪裡去？」關羽說道：「追隨兄長劉玄德。」劉延說道：「劉使君在河北袁紹帳下。黃河渡口由夏侯惇部將秦琪守衛，他怎能容許將軍渡河？」關羽請劉延給他找條渡船，劉延害怕夏侯惇怪罪，不敢答應，關羽只好辭別劉延，來到黃河渡口。

秦琪聽說關羽到了黃河渡口，率兵截住去路，向關羽討要通關文憑。關羽惱怒，答道：「我不受曹操節制，哪裡用得著他的文憑。」秦琪說道：「我奉夏侯將軍之命守衛渡口，沒有通關文憑，即使你長了翅膀，我也不放你過去。」關羽喝道：「你可知道攔截我的下場？」秦琪說道：「你殺的都是無名鼠輩，敢和我交戰嗎？」關羽大怒，說道：「你比顏良、文醜如何？」秦琪也不搭話，手舞大刀直取關羽。二馬相交，只一個回合，關羽就砍了秦琪的腦袋。秦琪的部下正要逃跑，被關羽喝住，令他們安排渡船，送車駕過河。

過了黃河以後，遇到孫乾，得知劉備已經到汝南與劉辟、龔都會合，關羽便與孫乾保護車駕往汝南而去。沒走多遠，夏侯惇率兵追來，關羽令孫乾保護車駕先走，自己斷後。原來，夏侯惇聽說關羽殺了秦琪，便來追趕關羽，要治關羽闖關殺將之罪。兩人正要交手，張遼趕到，說道：「主公得知關羽一路闖關殺將，擔心受到阻攔，特命我趕來傳令各處不得為難關羽。」夏侯惇說道：「秦琪是蔡陽外甥，被關羽殺了，我怎麼對蔡陽交代？」張遼說道：「怎能為了秦琪違抗主公將令！」夏侯惇只得與張遼一起回去了。

關羽趕上車駕，繼續往汝南趕去。路過臥牛山時，山中賊寇裴元紹、周倉攔路打劫，要搶關羽的赤兔馬。二人認出是關羽後，拜倒在地，稱願意追隨關羽。關羽見他們誠心誠意，就留下周倉一人，裴元紹帶著部眾回了山寨。

---

❶【壁衣】用布帛或織錦製成、用於裝飾牆壁的帷幕。

又走了一天，來到一座名叫古城的城池。關羽從當地百姓處得知，張飛就在城裡，不禁喜出望外，命孫乾先進城見張飛。原來，自從徐州失散之後，張飛先到了芒碭山，後來下山尋找劉備，路過古城，趕走了縣令，在古城住了下來。孫乾見到張飛，告訴張飛劉備去了汝南，關羽保護著二位嫂子到了城外。張飛聽了，立即飛身上馬，手持蛇矛出城而來。

關羽見到張飛，激動不已，拍馬來迎，張飛卻怒氣沖沖地將蛇矛刺向關羽，關羽急忙躲避，問道：「兄弟這是何意？」張飛說道：「我已經知道你投了曹操，今天不正是來抓我的嘛？」關羽聽了，便請二位嫂子給張飛解釋，張飛聽了解釋，還是不相信，說道：「二位嫂子不要被他欺騙。他分明就是奉了曹操將令，來捉拿我的。」說罷，指著關羽的身後，說道：「你看，那就是你帶來的兵馬。」

關羽回頭望去，見的確有一支曹軍飛奔而來，便對張飛說道：「等我殺死來將，你就該相信我了。」原來，率兵趕來的正是蔡陽，蔡陽聽說關羽殺了外甥秦琪，便瞞著曹操趕來報仇。關羽也不說話，拍馬舞刀，直奔蔡陽，幾個回合就砍死了蔡陽。曹軍大亂，四散奔逃。張飛這才相信了關羽，翻身下馬，抱著關羽痛哭起來。

第二天，關羽留張飛保護二位嫂子住在古城，自己和孫乾去汝南面見劉備。趕到汝南以後，又得知劉備回了河北。於是，關羽命周倉去臥牛山調來裴元紹的人馬，與他在半路會合，一起去河北見劉備；又派孫乾先行前往河北，探聽劉備的確切下落。

孫乾見到劉備，將關羽、張飛及家眷都在古城的消息告訴劉備，劉備當即決定離開河北，到古城與關羽等人會合。第二天，劉備勸袁紹聯合劉表共同抗擊曹操，袁紹便派劉備到荊州聯絡劉表。當時，關羽正投宿在一位名叫關定的人家，劉備、孫乾、簡雍便來到關定家與關羽相會。關定希望關羽收他的兒子關平為養子，追隨關羽南征北戰，關羽答應了。第二天，劉備與關羽、孫乾、簡雍、關平等人往古城而來。

走到半路，遇到遍體鱗傷的周倉。原來，當周倉趕到臥牛山時，裴元紹已經被一位年輕將軍殺死了，周倉便與年輕將軍交戰，又被打敗。關羽大怒，拍馬趕到臥牛山，要為周倉報仇。年輕將軍挺槍躍馬奔下山來，劉備、關羽才看清來人正是趙雲，不禁喜出望外。原來，自從公孫瓚戰死以後，趙雲便流落四處，想投奔劉備，又不知劉備的下落，後來打聽到張飛在古城，便奔古城而來。路過臥牛山時，裴元紹要奪他戰馬，他便殺了裴元紹，佔據了臥牛山。第二天，趙雲放火燒了臥牛山的營寨，率領部眾隨劉備前往古城。從此，趙雲就一直追隨著劉備。

到了古城，劉備召集眾人，殺雞宰牛慶賀團聚，然後率領兵馬到汝南與劉辟、龔都會合。袁紹見劉備一去不復返，怒氣沖天，打算出兵攻打汝南，郭圖建議先聯合孫策攻打曹操，然後再消滅劉備，袁紹便派陳震出使江東，聯絡孫策。

孫策佔領江東以後，勢力越來越大，便上書朝廷，希望獲得大司馬的官職，遭到曹操拒絕，孫策便懷恨在心，準備襲擊許都。吳郡太守許貢得到消息，暗中建議曹操將孫策召到許都監視起來，不料密信被孫策截獲，反被孫策所殺。許貢的莊客發誓要為主人報仇，趁著孫策外出打獵之機，用毒箭射傷了孫策。

陳震到江東以後，孫策帶傷在城樓上款待陳震。正巧神人于吉從城樓下經過，眾人都爭先目睹神仙的面目，孫策見了，怒氣沖天，將于吉抓了起來，令他做法求雨。于吉法術靈驗，大雨如注，江東軍民欣喜不已，紛紛拜倒在于吉面前。孫策更加惱怒，認為于吉是惑亂人心的妖人，命人將于吉斬首。殺了于吉之後，孫策多次見到于吉如復活般出現在他面前，更加惱火，終於導致箭傷發作，氣絕身亡了。臨死之時，孫策將江東基業託付給兄弟孫權，令張昭、周瑜等人輔佐。

曹操聽說孫策病死的消息，接受侍御史張紘的建議，封孫權為會稽太守。孫權掌握了江東大權以後，繼續招賢納士，魯肅、顧雍、諸葛瑾等紛紛被孫權聘請為幕僚。之後，孫權接受魯肅、諸葛瑾等人的建議，回絕了袁紹聯合出兵攻打曹操的建議，與曹操交好，意圖稱霸整個江南。

第十三回　官渡之戰

袁紹得知孫權與曹操交好的消息，勃然大怒，不顧田豐的勸阻，調集七十萬大軍，經由官渡向許都殺來。到武陽之後，袁軍安營紮寨，營寨綿延九十里。曹操聞訊，率七萬兵馬趕來迎敵，兩軍在官渡相遇。

兩軍相峙一個多月，曹軍糧草用盡，曹操便派人回許都催糧，不料信使被袁紹的謀士許攸抓獲。許攸建議袁紹趁許都空虛、曹軍缺糧之機，分兵襲擊許都，袁紹不肯。正在此時，審配派人向袁紹彙報，說許攸曾經接受賄賂、私收稅賦。袁紹大怒，罵許攸道：「你還有臉給我出主意？你是曹操的故友，必然是接受了他的賄賂，來誘騙我中計吧！我先記下你的死罪，得勝之後再和你算帳！」許攸回到營中，羞憤不已，打算拔劍自刎，被隨從勸住，思前想後，決定連夜投奔曹操。

當時，曹操已經休息了，聽說許攸來訪，欣喜萬分，連鞋都來不及穿，就光著腳跑出來迎接。許攸說道：「我在袁紹帳下不得重用，只好連夜趕來投奔故友。」曹操笑著說道：

「有你相助，我定能打敗袁紹。」許攸問道：「曹公還有多少軍糧？」曹操回答道：「足可以應付一年。」許攸笑著說道：「怕是未必吧！」曹操改口道：「還夠用半年。」許攸聽了，起身就告辭，曹操急忙挽留，許攸說道：「我誠心來投靠你，你卻欺騙我。」曹操說道：「實不相瞞，軍中還有三個月的糧草。」許攸又笑著說道：「世間傳言曹孟德狡詐無比，果然如此。」曹操哈哈大笑，說道：「兵不厭詐。」然後，曹操壓低聲音，說道：「其實只有一個月的糧草了。」許攸臉色一沉，說道：「別騙我了，已經沒有糧草了。」曹操大驚，問道：「你怎麼知道？」許攸便把抓獲信使的事告訴了曹操。曹操握著許攸的手，說道：「請故友教我，我該如何是好。」許攸說道：「我有一條妙計，三天之內，定能使袁軍不戰自亂。袁軍的糧草輜重都在烏巢，倘若燒毀烏巢的糧草輜重，袁軍自然大亂。」曹操大喜，依計而行。

第二天，曹操命曹洪、荀攸、賈詡、許攸等人留守軍營，又令曹仁、夏侯惇、夏侯淵、李典等人埋伏在兩側，以防袁紹趁機劫營，自己與張遼、徐晃、許褚、于禁等率兵前往烏巢，焚燒袁軍的糧草。當天夜裡，星光璀璨，沮授見太白星逆行，侵犯牛斗之分❶，急忙求見袁紹，勸袁紹派重兵巡防烏巢。袁紹不聽，斥退沮授。

曹操率兵直奔烏巢，途中遇到袁軍盤問，便詐稱袁將蔣奇奉命前往烏巢護糧，一路順利，沒有遇到阻礙。四更天時，到了烏巢，曹操命將士們點起火把，衝入袁軍營寨。當時，烏巢守將淳于瓊喝醉了酒，聽見戰鼓聲，正要派人查看，就被曹軍擒獲了。曹操燒毀烏巢的糧草輜重，又割掉淳于瓊的耳朵、鼻子和手指，放回袁紹營中。

袁紹見烏巢方向火光沖天，知道烏巢被曹操襲擊，急忙召集文武幕僚商議。張郃主張救援烏巢，郭圖主張趁機襲擊曹操營寨，兩人爭執不休，袁紹沒有主意，便令張郃、高覽率兵襲擊曹營，蔣奇率兵救援烏巢。蔣奇在半路上遇到詐稱烏巢敗兵的曹軍，不加提防，被張遼一刀斬殺。袁紹以為烏巢已經被蔣奇奪回，不再派兵救援烏巢。張郃、高覽襲擊曹營，被曹仁等伏兵打敗，郭圖得知張郃、高覽戰敗的消息，擔心袁紹怪罪，搶先誣告張郃、高覽，說他們早就打算投降曹操，袁紹大怒，令人前去問罪。郭圖又秘密派人告訴張郃、高覽，說袁紹要殺他們。張郃、高覽走投無路，只好投降曹操。

袁紹不僅損失了烏巢的糧草輜重，還失去了許攸、張郃、高覽、蔣奇、淳于瓊等將領，心煩意亂，全軍上下也是人心惶惶。曹操接受許攸的建議，令張郃、高覽等率三路大軍夜襲袁軍，大獲全勝。荀攸又獻計，揚言要攻打鄴郡、黎陽，切斷袁軍歸路。袁紹惶恐萬分，不

---

❶【太白星逆行，侵犯牛斗之分】古人認爲，日月星辰的運行起於牽牛星，止於北斗星，如果有其他星宿不遵循這個順序，就是災難的預兆。此時的太白星就違背了這一規律，沮授因此斷定曹操要襲擊烏巢。太白星即金星，中國古代將金星稱爲太白星，牛斗指牽牛星和北斗星。

郭圖又秘密派人告訴張郃、高覽，說袁紹要殺他們。張郃、高覽走投無路，只好投降曹操。

辨真假，便分兵十萬，令長子袁譚統率，救援鄴郡、黎陽。曹操得到袁紹分兵的消息，立即分兵八路，大舉進攻袁軍。袁軍無心戀戰，四散逃竄，袁紹連衣甲都來不及穿，便在幼子袁尚的保護下逃跑了。張遼、徐晃等人緊追不捨，袁紹丟了金銀細軟，只率八百騎兵逃過黃河。由於被袁紹囚禁，沮授沒能及時逃脫，被曹軍抓獲，後來企圖逃回河北被曹操殺死，成為忠義之士的典範。

逃到黎陽以後，袁紹收集敗兵，重整軍容，然後返回冀州。半夜時分，在荒郊野嶺露營，袁紹聽到軍士私下議論，抱怨他不聽田豐的忠告，導致兵敗，袁紹也後悔不已，心想：「回到冀州還有什麼臉面再見田豐。」第二天，逢紀趕來，稱田豐得知袁紹兵敗的消息拍手大笑，袁紹惱羞成怒，立即派人趕往冀州處決田豐。臨刑前，田豐歎道：「我不能挑選賢明的主公，是我的過錯，死有餘辜！」

回到冀州以後，袁紹的妻子劉氏勸他及早確定繼承人。袁紹有三個兒子，長子袁譚，次子袁熙，幼子袁尚。幼子袁尚是劉氏所生，也最受袁紹器重。袁紹便召集郭圖、審配、逢紀、辛評四人商議，郭圖、辛評擁護袁譚，審配、逢紀擁護袁尚，因此爭論再起。郭圖說道：「袁譚是長子，又握有兵權，如果立袁尚為繼承人，必然引發內亂，後患無窮。」袁紹拿不定主意，猶豫不決。

得知袁紹戰敗以後，駐防青州的袁譚、駐防幽州的袁熙和駐防并州的外甥高幹率十五萬大軍到冀州助戰。袁紹大喜，率兵到倉亭，繼續與曹軍交戰。曹操得到消息，也前進到倉亭。兩軍交戰，袁尚射死徐晃部將史渙，兩軍混戰一場，不分勝負。曹操接受程昱的計策，分兵十路埋伏在左右兩側，又令許褚引誘袁軍到黃河邊。曹軍將士見無路可退，奮力死戰，袁軍抵擋不住，急忙回撤，遭到曹軍十路伏兵的掩殺，大敗。這一次，袁紹再遭慘敗，袁熙、高幹重傷，只得退回冀州。

曹操正準備攻打冀州，忽然得到消息，劉備自汝南率兵襲擊許都。曹操大驚，留下曹洪防禦袁紹，自己率大軍趕往汝南迎戰劉備。曹操與劉備交戰，劉備獲勝，曹操堅守不出。幾天之後，劉備得到消息，襲都運糧到半路被曹軍包圍，便派張飛前去救援，不料張飛也被曹軍包圍。劉備正在煩惱之時，又得到消息，夏侯惇率兵包圍了汝南，又派關羽救援汝南，也被曹軍包圍。劉備驚慌不已，只得趁著夜色撤兵，半路遭到曹軍截殺，在趙雲的保護下逃出重圍。劉備收攏敗兵，接受孫乾建議，到荊州投奔劉表。

曹操本想追擊劉備，又擔心袁紹趁機襲取許都，只得接受程昱的建議，暫時退兵。第二年春天，曹操再次攻打河北，以圖徹底剷除袁紹。袁紹得到曹操再次出兵的消息，令袁尚、袁譚、袁熙、高幹兵分四路迎戰。袁尚自不量力，不等袁譚等趕到搶先出戰，被張遼打敗退回冀州。袁紹聽到袁尚戰敗的消息，吐血不止，昏死過去。劉氏、審配、逢紀等人趕來，到袁紹床前商議後事，擁立袁尚為繼承人。

袁譚聽說袁紹病死的消息，本要討伐袁尚，被郭圖勸住，轉而前往黎陽與曹操交戰，結果大敗，向袁尚求救。袁尚希望借曹操之手除掉袁譚，因此拒不救援。袁譚無奈，打算投降曹操。袁尚得到消息，擔心袁譚與曹操聯合攻打他，便親自率兵前來救援。幾天之後，袁熙、高幹率兵趕到，與曹軍在黎陽相峙。第二年春季，四人被曹操分兵打敗，袁譚、袁尚退守冀州，袁熙、高幹在城外駐紮，互為救應。郭嘉認為，袁氏三兄弟一定會自相殘殺，因此建議曹操撤兵，任由他們自相殘殺，然後坐收漁利。曹操便留下賈詡守衛黎陽、曹洪守衛官渡，自己撤兵了。

曹操撤兵以後，袁熙、高幹返回幽州、并州，袁譚滯留冀州，圖謀奪取大權。袁譚請袁尚赴宴，企圖在酒宴上殺死袁尚。袁尚識破了袁譚的詭計，率兵攻打袁譚，身先士卒，奮勇衝殺，袁譚大敗退到平原，袁尚包圍了平原。郭圖勸袁譚假意投降曹操，引誘曹操攻打袁尚，以趁機漁利。曹操也接受了荀攸的建議，決定先消滅袁尚，再消滅袁譚。

袁尚得知曹操再次出兵的消息，急忙退回鄴郡，袁譚則投降了曹操。袁尚聽取審配的意見，再次攻打平原，計畫迅速打垮袁譚。曹操趁機派曹洪、張遼、許褚攻打鄴郡、邯鄲等地，然後在冀州城下會合。袁尚見冀州被圍，急忙回軍救援，被曹軍打敗，丟棄衣甲輜重，逃到了中山。許攸建議水淹冀州，曹操便引了漳河的水灌進冀州城。審配之侄暗中投降曹操，放曹軍入城。曹操攻克了冀州，審配被俘虜，拒不投降，面向袁氏所在的北方引頸就刃。

袁譚得知袁尚逃往中山的消息，親自率兵追擊，袁尚無心戀戰，逃到幽州投奔袁熙。袁譚收攏袁尚的敗兵，意欲奪取冀州，曹操大怒，率兵進逼平原。袁譚連忙向劉表求救，劉表婉言拒絕。袁譚無可奈何，只好放棄平原，逃到南皮堅守。曹操親自率兵包圍南皮，袁譚再次向曹操投降，曹操怪他反覆無信，不准投降。袁譚只得以百姓為掩護，親自殺出城與曹操決戰，結果大敗，被曹洪殺死。郭圖見勢不妙，急忙撤退回城，被樂進一箭射死。

消滅袁譚之後，曹操令袁氏降將呂曠、呂翔、張南、焦觸、馬延、張愷等人分兵三路進攻幽州，又令李典、樂進等攻打并州。袁尚、袁熙料敵不過，放棄幽州，逃到遼西，投靠烏桓[2]去了。幽州刺史出城投降，曹操進入幽州。之後，曹操聽取郭嘉的意見，進入沙漠荒原，追擊袁尚、袁熙。袁尚、袁熙糾集烏桓首領蹋頓的騎兵，在白狼山與曹軍交戰，再次大敗，逃往遼東。

等曹操回到易州時，郭嘉已經病逝了。諸將請求繼續追擊袁尚、袁熙，曹操卻下令停止追擊。原來，郭嘉臨終前給曹操留下一封信，郭嘉在信中說，遼東太守公孫康對袁氏心懷戒備，如果派兵追擊二袁，公孫康必然聯合二袁以自保；如果不追擊二袁，公孫康必然除掉二袁。事實果然如此，公孫康見曹操屯兵易州，沒有攻打遼東的意圖，便誘殺了二袁，將頭顱送到易州。

至此，曹操消滅了袁紹的勢力，統一了北方。回到許都以後，曹操接受荀彧的建議，一面養精蓄銳，一面訓練水軍，準備南下攻打劉表、孫權。

❷【烏桓】又稱「烏丸」、「烏延」，古代北方的少數民族之一，與鮮卑族同屬於「東胡」。西漢初年，東胡被匈奴打敗，烏桓人逃到大興安嶺南端。漢武帝打敗匈奴以後，烏桓向漢朝稱臣。東漢末年，曹操討伐烏桓，大部分烏桓人向曹操投降。後來，這個民族逐漸消失不見了。

第十四回　躍馬過檀溪

劉表得到曹操打敗袁氏的消息，料到很快就會攻打荊州，便請來劉備商議。正在此時，又傳來消息，張武、陳孫聚眾造反，在江夏劫掠百姓，便派劉備前去平亂。劉備率領關羽、張飛、趙雲來到江夏，與張武、陳孫對陣。劉備遠遠望見張武胯下的戰馬，稱讚道：「必然是匹千里馬。」趙雲聽了，挺槍躍馬與張武交戰，三個回合就刺死了張武，又將那匹戰馬搶到手。陳孫見張武被殺，趕來報仇，又被張飛殺死。劉備揮軍掩殺，一舉打垮了反賊，平定了叛亂。

回到荊州以後，劉表親自出城迎接，又擺酒宴慶功。劉表說道：「我擔憂江東孫權、東川張魯和南越進犯荊州，賢弟有何計策？」劉備說道：「可以令趙雲鎮守三江，關羽鎮守固子城，張飛巡防南越，兄長便能高枕無憂了。」劉表大喜，依計而行。劉表的妻弟蔡瑁得到消息，對蔡夫人說道：「劉備令三位部將在外領兵，自己又住在荊州，必然成為心腹大患。」蔡夫人便勸劉表防範劉備，劉表沉思良久，沒有說話。

劉表見到劉備的戰馬，知道是趙雲搶奪的張武的坐騎，稱讚不已，劉備便將它送給劉表。劉表的幕僚蒯（ㄎㄨㄞˇ）越見了，告訴劉表，那馬名叫的盧❶，雖然是千里馬，但會傷累主人的性命。劉表聽了，大驚，便將馬退還給劉備。劉表的另一位幕僚伊籍將這件事告訴了劉備，勸劉備不要再騎那匹馬。劉備不以為然，說道：「人命生死由天，豈是一匹馬所能決定的？」

劉表最終接受了蔡夫人的意見，令劉備到新野小縣駐守，劉備欣然前往。一天，劉表請劉備到荊州赴宴，私下對劉備說道：「長子劉琦雖然賢良，但生性懦弱，不能成事；蔡氏所生次子劉琮聰明機智。如果立次子為繼承人，我擔心有違禮法；如果立長子為繼承人，又擔心蔡氏兄弟握有兵權，引發內亂。」劉備說道：「自古以來，廢長立幼都會招致動亂。如果擔心蔡氏兄弟位高權重，可以慢慢地奪去大權。」劉表沒有說話，但蔡夫人卻聽到了劉備的話，於是懷恨在心。

蔡夫人勸劉表除掉劉備，劉表也不說話，只是不住地搖頭歎息。蔡夫人便叫來蔡瑁商議，議定由蔡瑁率兵到館舍誅殺劉備，然後再向劉表彙報。伊籍聽到了蔡氏姐弟的陰謀，立即跑來催劉備回新野，劉備大驚，顧不上向劉表告辭就逃走了。蔡夫人和蔡瑁不肯善罷甘休，又準備趁著在襄陽宴請荊州官員的機會刺殺劉備。劉備收到宴請，與趙雲率三百騎兵來襄陽赴宴。

當時，蔡瑁已經預先安排蔡中、蔡和、蔡勳等人堵住南門、東門和北門，只有西門有檀溪阻隔而沒有設防。為了防止趙雲的阻撓，蔡瑁又令文聘、王威在外廳設宴招待武將，用以拖住趙雲。宴會開始，酒過三巡，伊籍走到劉備面前，低聲對劉備說道：「請使君更衣。」劉備心領神會，立即起身去了後院。伊籍跟到後院，將蔡瑁的陰謀告訴劉備，劉備急忙牽出馬，飛身上馬，出西門而去。蔡瑁得到報告，率五百名軍士隨後追來。

劉備飛奔出襄陽西門，走不多遠，就被檀溪擋住了去路。檀溪直接通往襄江，江面寬闊，水流湍急。劉備見無法渡河，便想退回，又望見蔡瑁率兵趕來，無可奈何，只得騎馬進到溪水中。溪水逐漸沒過了馬腿的膝蓋，劉備不禁歎息道：「的盧的盧！你終於要傷累於我。」話音剛落，只見那馬縱身一躍，像長了翅膀一般飛上對岸。此時，蔡瑁也率兵趕到，見劉備飛馬躍過檀溪，驚訝不已，只好退回城裡去了。不一會兒，趙雲率三百騎兵也趕到檀溪岸邊，四處找不到劉備，便回新野去了。

劉備躍過檀溪，往南走去。迎面走來一位騎著牛的牧童，看著劉備問道：「將軍是劉玄

---

❶【的盧】即的盧馬，指額頭上帶有白色斑點的馬，速度快，跳躍能力強。的盧馬雖然也是千里馬，卻不被伯樂看好，在《相馬經》中，伯樂稱「奴乘客死，主乘棄市，凶馬也」，認爲的盧馬「妨主」。

德嗎？」劉備問道：「你怎麼知道我的名字？」牧童回答道：「經常聽師父說起將軍的容貌，因此認得。」劉備又問道：「你師父是誰？」牧童回答道：「是司馬徽，道號『水鏡先生』。」劉備便請牧童帶他去拜訪司馬徽。

司馬徽見到劉備，就知道劉備是逃難來到這裡的，劉備便將蔡瑁追殺之事告訴了司馬徽。司馬徽問道：「久聞將軍大名，為何至今還如此落魄？」劉備歎氣道：「時運不好。」司馬徽說道：「不怪時運，怪將軍身邊沒有得力助手。關羽、張飛、趙雲雖說都是當世猛將，但沒有人會用他們。將軍缺的不是白面書生，而是經邦濟世的大才。」劉備聽了，拱手說道：「請先生賜教。」司馬徽說道：「天下奇才都在荊襄，將軍應該求訪他們。」劉備又問道：「天下奇才都是誰？」司馬徽答道：「臥龍、鳳雛，得一人可安天下。」劉備又問道：「臥龍、鳳雛又是誰？」司馬徽只是笑著，卻不說話。第二天，關羽、張飛、趙雲登門尋找劉備，劉備便辭別司馬徽，回了新野。

一天，劉備在集市上看到一位衣著奇異的隱士，便請到縣衙。那人自稱名叫單福，聽說劉備招賢納士，因此趕來投奔。劉備欣喜萬分，拜單福為軍師，請他操練兵馬。在單福的輔助下，劉備招兵買馬，囤積錢糧，勢力漸增。

曹操聽說劉備在新野招兵買馬，便令曹仁、李典進駐樊城，監視劉備。呂曠、呂翔二將自告奮勇，率兵五千攻打新野，結果被劉備打敗，呂曠被趙雲殺死，呂翔被張飛殺死。曹仁得到

溪水逐漸沒過了馬腿的膝蓋，劉備不禁歎息道：「的盧的盧！你終於要傷累於我。」

二呂戰敗的消息，親自率大軍奔新野而來。

兩軍對陣，趙雲出馬與李典交戰，李典打不過趙雲，退回本陣，勸曹仁收兵回樊城，曹仁不肯。第二天，曹仁擺出八門金鎖陣出戰，被趙雲打破，曹軍大亂，四散逃走。曹仁與李典商議，約定夜間襲擊劉備軍營，如果不能獲勝就立即收兵回樊城。當夜，曹仁親自率兵劫營，又被趙雲的伏兵打敗。曹仁損兵折將，無力再戰，只好連夜回到樊城，不料樊城已經被關羽趁機佔領，只得與李典連夜逃回許都。

曹操得知曹仁戰敗的消息，問道：「誰給劉備出的主意？」曹仁答道：「都是單福的計謀。」曹操問道：「單福又是誰？」程昱聽了，笑道：「這人不叫單福，本名叫徐庶，因為少年時殺了人，因此改名單福。」曹操又問道：「徐庶的才能與你相比，誰高誰低？」程昱答道：「徐庶的才能比我高十倍。」曹操歎息道：「大才竟然到了劉備手下。」程昱說道：「徐庶是個大孝子，如果將他的母親接到許都，令她寫信給徐庶，徐庶必來許都。」曹操便命人立即去接徐母。

幾天之後，徐母來到許都，曹操說明心意，請她寫信給徐庶，令徐庶來許都為皇帝效力。徐母知道劉備是仁德之士、當世英雄，厲聲說道：「你名為丞相，實是國賊，倒想欺騙我，讓我的兒子離開劉備，來許都助紂為虐，不覺得羞恥嗎？」說罷，拿起石硯向曹操砸來。曹操大怒，要殺徐母，被程昱勸住。後來，程昱暗中學會了徐母的字體，模仿徐母的筆跡給徐庶寫信，騙徐庶來許都。

徐庶收到信，痛哭失聲，對劉備說了實情，劉備這才知道他就是徐庶。徐庶說道：「曹操囚禁了我的母親，如果我不去許都，母親必然被曹操所害。」劉備聽了，悲傷不已，又無可奈何，只得放徐庶離去。徐庶說道：「從此以後，即使曹操以死相逼，我都不會為他出謀劃策。」

劉備率眾人為徐庶送行，一直送到一片樹林處，徐庶才獨自離去。劉備望著徐庶的背影，說道：「我要砍掉那片林子，它遮擋了徐庶的身影。」眾人聽了，無不傷感。忽然，徐庶又快馬回來了，劉備立即迎上去，徐庶說道：「剛才走得太急，差點兒忘記一件大事。襄陽城外二十里的隆中，有一位天下奇才，姓諸葛，名亮，字孔明，自稱『臥龍先生』。請將軍親自前去請他出山相助。」劉備聽了，謹記在心。

徐庶到許都以後，急忙趕去拜見母親。徐母見了徐庶，大為驚訝，問道：「你怎麼在這裡？」徐庶回答道：「收到家書以後，便連夜趕來。」說罷，拿出程昱偽造的家書給徐母看，徐母勃然大怒，罵道：「你飽讀經書，應該知道忠孝不能兩全的道理。劉備當世英雄，忠厚仁義，你輔佐他，正合我意。不料你竟然如此粗心，被欺騙到了這裡。你玷污祖宗，白活一世，我有什麼臉面見你。」說罷，進到內室去了。徐庶跪在地上，懊惱不已，也不敢抬頭。過了一會兒，侍女跑出來說道：「老夫人自縊了。」徐庶急忙趕到內室，徐母已經氣絕身亡了。

曹操聽說徐母自縊而亡的消息，令人厚葬徐母。從此以後，徐庶心灰意冷，雖然留在曹操身邊，卻並不出力。

第十五回　三顧茅廬

劉備時時惦記著徐庶說的話，籌辦聘禮準備到隆中拜訪諸葛亮。一天，司馬徽來訪，劉備將徐庶去了許都的事告訴司馬徽，司馬徽感歎道：「那封家書必然是偽造的。徐庶去了許都，徐母反而必死。」劉備聽了，更加悲傷了。劉備又告訴司馬徽，徐庶臨走時舉薦了諸葛亮，司馬徽說道：「諸葛亮經常將自己與管仲[1]、樂毅[2]相比，才能不可限量。」關羽當時也在劉備身邊，便說道：「諸葛亮自比管仲、樂毅，未免過分了吧？」司馬徽笑道：「以我之見，他可比興周八百年之姜子牙[3]，旺漢四百年之張子房。」劉備、關羽驚愕不已。司馬徽站起身來，歎息道：「可惜臥龍雖得其主，卻不得其時。」說罷揚長而去。

第二天，劉備與關羽、張飛一起到隆中臥龍崗拜訪諸葛亮。劉備對開門的書童說道：「左將軍、宜城亭侯、領豫州牧、皇叔劉備特來拜見諸葛先生。」書童回答道：「我記不住這麼多名字。」劉備說道：「那就說劉備來訪。」書童回答道：「先生今早出去了。」劉備問道：「到哪裡去了？」書童回答道：「不知道。」劉備又問道：「什麼時候回來？」書童

回答道：「也不知道。可能三五天，也可能十幾天。」劉備失落地說道：「如果先生回來，告訴他劉備來訪。」說罷就回去了。

幾天之後，探馬報告說諸葛亮已經回到臥龍崗了，劉備便令關羽、張飛準備行裝再去拜訪。當時正是隆冬季節，天氣寒冷，烏雲密布，朔風凜凜，瑞雪霏霏，山如玉簇，林似銀裝。來到臥龍崗，書童出迎，劉備問道：「先生在家嗎？」書童回答道：「正在堂上讀書。」劉備大喜，跟隨書童來到草堂上，見一位年輕書生正在讀書，便施禮道：「劉備仰慕先生大名已久，冒雪前來拜訪，終於見到先生，真是三生有幸。」年輕書生急忙還禮，說道：「將軍是劉備？要拜訪家兄？」劉備驚訝地問道：「先生不是諸葛亮？」年輕書生回

---

❶【管仲】名夷吾，史稱管子，春秋時期政治家、軍事家，有《管子》一書傳世。管仲輔佐齊桓公成爲春秋第一位霸主，被譽爲「春秋第一相」。

❷【樂毅】春秋時期著名軍事家，輔佐燕昭王。西元前二八四年，樂毅提出「舉天下而攻之」的策略，聯合楚、魏、趙、韓四國攻打勢力強大的齊國。在樂毅的指揮下，五國聯軍接連佔領齊國的七十餘座城池，險些令齊國滅亡。

❸【姜子牙】即姜尚，字子牙，又稱呂尚、呂望、姜太公，中國歷史上最著名的政治家、軍事家、謀略家。姜子牙官居「太師」，是西周文武大臣中職位最高的人，先後輔佐周文王、周武王等六位西周君主，爲周朝的興旺做出巨大貢獻。

答道：「我是諸葛亮的兄弟諸葛均。我家弟兄三人，長兄諸葛瑾，現在江東；諸葛亮是二兄。」劉備便問道：「那麼，諸葛亮先生在家嗎？」諸葛均回答道：「昨晚剛回來，今早又出去了。」劉備頓了頓，說道：「那麼過幾天我再來。請借給我紙筆，我給諸葛先生寫封信。」寫完信，劉備請諸葛均將信轉交給諸葛亮，便回去了。

隆冬過去，便是新春。劉備找了算命先生，挑選了一個黃道吉日[4]，齋戒[5]三天，沐浴更衣，命關羽、張飛收拾行裝，再去臥龍崗拜訪諸葛亮。關羽勸劉備道：「那諸葛亮大概只有虛名，沒有真才實學，因此避而不見，兄長不去也罷。」劉備說道：「當年齊桓公拜見東郭野人[6]，尚且前後去了五次，更何況我要見的是曠世奇才。」張飛說道：「不勞兄長大駕，我去將他綁到新野來。」劉備厲聲說道：「周文王[7]拜訪姜子牙尚且恭敬有禮，你怎敢如此無禮！」說罷，騎馬上路，關羽、張飛不敢再勸，隨後跟來。

在距離臥龍崗還有半里路時，遇到了諸葛均，劉備問道：「諸葛亮先生今天在家嗎？」諸葛均說道：「昨天傍晚剛剛回來，將軍可以見到家兄了。」說罷就走了。劉備與關羽、張飛來到臥龍崗，書童出迎，說道：「先生雖然在家，但正在睡覺。」劉備便命關羽、張飛在門外等待，自己隨書童進門，站在臺階下等諸葛亮睡醒，等了很久都不見醒來，書童要上前通報，劉備說道：「不要驚動。」又等了一個時辰[8]，諸葛亮才睡醒。

諸葛亮醒來以後，書童報告說劉備等候良久，諸葛亮說道：「既然有客來訪，怎麼不叫醒我？」說罷進內堂換衣服，又過了很長時間才出來。劉備見諸葛亮身高八尺，面如冠玉，頭戴綸（ㄍㄨㄢ）巾❾，飄飄然有神仙氣概，暗自稱讚。

二人分賓主入座，劉備說道：「請先生看在天下蒼生的面上，為劉備指點一二。」諸葛亮笑道：「請問將軍的志向。」劉備低聲說道：「漢室傾頹，國賊當道，我願為黎民百姓主持公道。」諸葛亮聽了，說道：「曹操有百萬大軍，又挾天子以令諸侯，將軍不可與他相

---

❹【黃道吉日】根據農曆曆法挑選的良辰吉日。

❺【齋戒】在祭祀等重大活動的莊重場合，舉行齋戒儀式以表達敬重和虔誠之情。「齋」指沐浴、更衣及不喝酒、不吃葷腥等，而「戒」主要指不參與娛樂活動。

❻【東郭野人】《新序》記載，齊桓公曾去拜訪一個叫稷的小人物，去了五次才終於見到。東郭野人就指小人物稷。

❼【周文王】名姬昌，商朝末年周國的領袖，西周王朝的奠基人。

❽【時辰】古人將一天的時間劃分爲十二個時辰，一個時辰相當於現在的兩個小時。十二時辰以十二地支命名，從夜裡十一點算起，依次爲子時、丑時、寅時、卯時、辰時、巳時、午時、未時、申時、酉時、戌時和亥時。

❾【綸巾】古代的一種頭巾，是副巾的一個種類，由青色的絲帶編製而成。據說是由諸葛亮發明的，因此又稱爲「諸葛巾」，與羽扇一起成爲諸葛亮的象徵。

劉備見諸葛亮身高八尺，面如冠玉，頭戴綸巾，飄飄然有神仙氣概，暗自稱讚。

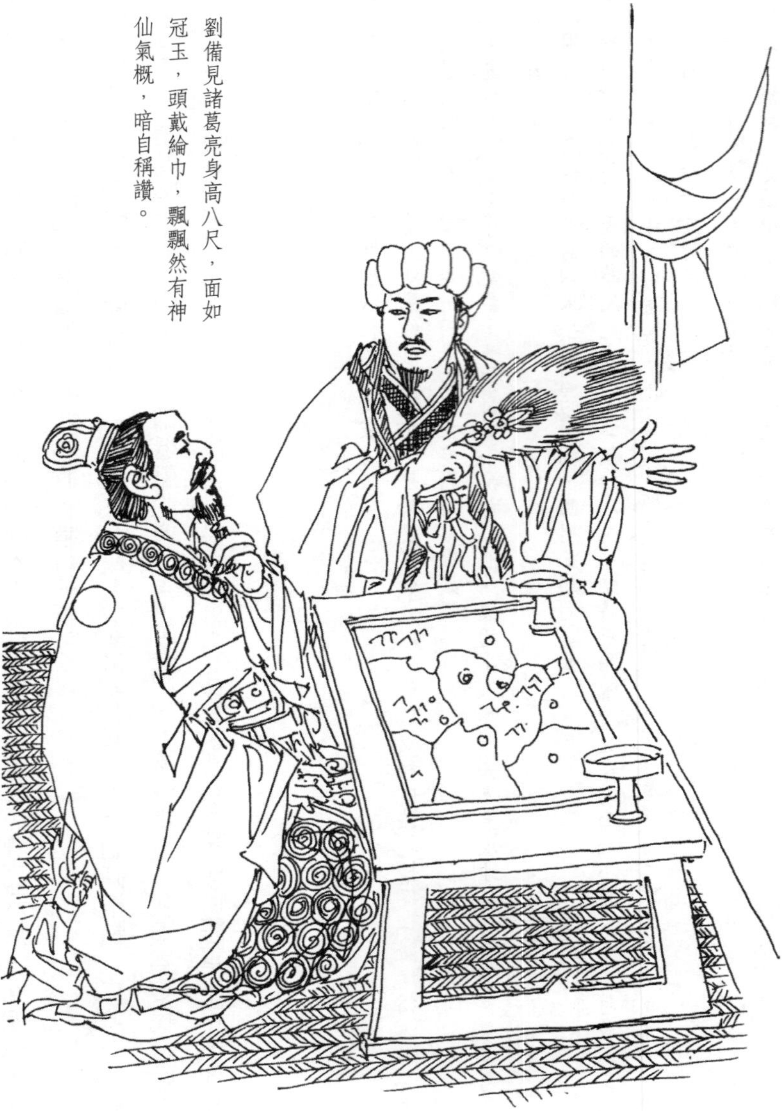

爭。孫氏三代佔據江東，又有長江天塹，將軍雖然不可與他抗衡，但可以結為外援。荊州位置險要，將軍是否願意佔據？益州沃野千里，國強民富，但劉璋昏聵無能，人人渴望明君。將軍如果能夠佔據荊益之地⑩，一旦等到機會，派兩路大軍從荊州、益州出發，攻取洛陽、秦川，天下百姓怎能不望風歸附？將軍如果能夠佔據荊益，定能興復漢室，成就大業。」

說罷，諸葛亮拿出一個圖軸掛在堂上，說道：「這是西川五十四州的地圖。將軍可以讓曹操佔據天時，讓孫權佔據地利，自己佔據人和。先佔據荊州，再謀取西川，與曹操、孫權成鼎足之勢，然後進取中原。」劉備聽了，豁然開朗，起身拜謝道：「先生一席話使我茅塞頓開。只是，荊州劉表和益州劉璋也是漢室宗親，我怎能忍心奪取他們的基業？」諸葛亮說道：「我夜觀天象⑪，劉表很快就會病逝；劉璋不是立業之主，益州早晚必然歸於將軍。」劉備拜謝不已。

---

⑩【荊益之地】指荊州和益州。西元前一〇六年，爲了加強對地方的控制，漢武帝將京城周邊的七個郡之外的國土劃分爲十三個區域，每區由一名刺史巡察，稱爲「十三刺史部」，簡稱「十三部」，荊州、益州是其中的兩部。荊州指湖北、湖南之地，益州指四川和漢中盆地。

⑪【天象】古人對天空中發生的各種自然現象的統稱。古人認爲天空中自然現象的發展變化代表天意，反映人世間的世事變化，因此觀察天象能夠預知未來將要發生的事情。

劉備請諸葛亮出山輔佐他成就大業，諸葛亮回答道：「我已經習慣鄉間的耕種生活，不懂得處理世間俗事，不敢遵命。」劉備淚流滿面，說道：「先生不願意出山，天下蒼生該依靠誰呢！」眼淚流下來滴到了衣襟上，把衣襟都沾濕了。諸葛亮見劉備情深意切便答應了，說道：「既然如此，願效犬馬之勞。」劉備大喜，命關羽、張飛進來拜見諸葛亮。第二天，諸葛均返回家中，諸葛亮囑咐道：「我受劉皇叔三顧之恩，不得不出山。你要照看好家園田畝，功成之時我就回來。」說罷，便隨劉備、關羽、張飛回了新野。

劉備自從得到諸葛亮，對待諸葛亮就像對待師父那樣，在同一張桌子上吃飯，在同一張床上睡覺，整日在一起談論天下大事。劉備時常在關羽、張飛面前稱讚諸葛亮，說得到諸葛亮就是如魚得水。關羽、張飛認為諸葛亮言過其實，實際上未必有大才，因此不以為然。當時，曹操聽取荀彧的意見，在冀州修築了玄武池，用於操練水軍，準備南征，諸葛亮便派人到江東打探東吳的動向。

孫權繼承了父兄的基業，繼續招賢納士，四方賢才聞訊紛紜而來，闞（ㄎㄢˋ）澤闞德潤、嚴畯（ㄐㄩㄣˋ）嚴曼才、薛綜薛敬文、程秉程德樞、朱桓朱休穆、陸績陸公紀、張溫張惠恕、駱統駱公緒、呂蒙呂子明、陸遜陸伯言、徐盛徐文向、丁奉丁承淵、潘璋潘文珪等人，都投到了孫權門下。一時之間，孫權身邊人才濟濟，勢力日盛。

建安十三年春，黃祖部將甘寧投降江東，甘寧建議孫權盡早奪取荊州，以免被曹操捷足先得。孫權便拜周瑜為大都督，率兵十萬攻打江夏。周瑜與黃祖交戰，甘寧、呂蒙捨命衝殺，黃祖大敗，退守夏口。黃祖情知守不住夏口，便棄城而走，被甘寧追上，一箭射死。孫權佔領了江夏，但擔心孤城難守，便棄城退回江東。

劉表得知黃祖戰死的消息，急忙請劉備到荊州商議，劉備與諸葛亮一同到荊州面見劉表。劉表準備起兵攻打孫權，為黃祖報仇，劉備說道：「不行。如果曹操趁機進兵，荊州就危險了。」劉表又說道：「我年老多病，你來協助我處理政事吧，等我死了，荊州歸你掌管。」劉備惶恐不已，婉言謝絕。回到館舍，劉備對諸葛亮說道：「劉表對我有恩，我不能乘人之危奪人基業。」諸葛亮聽了，對劉備佩服不已。

劉表長子劉琦擔心住在荊州被蔡氏迫害，便求諸葛亮為他指點保命計策，諸葛亮不肯，劉琦反覆哀求，諸葛亮才說道：「黃祖死後，江夏無人駐守，公子可以去駐守江夏。躲到江夏，就能避免殺身之禍。」劉琦稱謝不已，向劉表請兵駐守江夏，劉表與劉備商議，劉備滿口贊成，劉表便派劉琦去了江夏。

曹操召集文武幕僚商議攻打江南，命夏侯惇、于禁、李典率兵十萬攻打新野。荀彧說道：「劉備有諸葛亮輔佐，不可輕敵。」徐庶也說道：「劉備得到諸葛亮，如虎添翼，不可輕視。」曹操問徐庶道：「諸葛亮比你如何？」徐庶笑道：「諸葛亮有經天緯地之才能，神出鬼沒之計謀，實在是當世奇才，我不敢與他相比。如果我是螢蟲之光，他便是皓月之明。」夏侯惇說道：「如果不能生擒劉備和諸葛亮，我甘願受死。」說罷，率兵奔新野而來。

得到夏侯惇率兵攻來的消息，劉備先召關羽、張飛商議，張飛說道：「兄長何必與我們商議？派『水』去迎戰吧！」說罷，就退出去了。劉備又請諸葛亮商議，諸葛亮說道：「就怕關羽、張飛不聽調遣。」劉備便將印信、佩劍授予諸葛亮，令他儘管調度。

於是，諸葛亮召集諸將聽令，說道：「關羽率一千兵馬，到博望坡左側的豫山埋伏，見到南面起火，便殺出來焚燒曹軍的糧草輜重。張飛率一千兵馬，到博望坡右側的安林埋伏。南面起火時，殺出來焚燒博望城的糧倉。關平、劉封率五百軍士，到博望坡後側等待，見曹軍到來，放火為號。從樊城召回趙雲，作為前部先鋒，與曹軍交戰，不許敗，不許勝。主公親率一軍接應趙雲。」

張飛說道：「我們出城迎敵，軍師卻坐守縣城，真是自在！」諸葛亮指指印信、佩劍，說道：「違令者斬。」劉備也說道：「運籌帷幄之中，決勝千里之外。你們不可違背將令。」關羽對諸葛亮說道：「等你的計謀不靈，再來問你。」說罷就走了。諸葛亮對劉備說道：「主公今天就率兵去博望山駐紮，曹軍到時，主公就棄營而走，看到南面起火再回頭衝殺。」劉備也依計而行，但心裡也疑惑不定。

夏侯惇與于禁、李典等人來到博望，忽然颳起了大風，夏侯惇不以為然，下令全速進軍。走不多遠，趙雲擋住去路，夏侯惇親自與趙雲交戰，才打了幾個回合，趙雲就敗走了。

夏侯惇拍馬趕來，趙雲望見，調轉馬頭又與夏侯惇交戰，幾個回合之後又敗走了，夏侯惇又拍馬追趕。一直趕到博望坡，劉備率兵接應，與夏侯惇交戰，打了幾個回合也敗走了。夏侯惇愈發驕橫，傳令三軍，連夜佔領新野。

曹軍繼續前進，走到一片蘆葦地裡，李典見狀，對于禁說道：「此處雜草叢生，而且又颳著大風，如果劉備用火攻，我軍必敗。」于禁聽了，急忙趕上夏侯惇，說道：「此地道路狹窄，遍地蘆葦，都督應該防備劉備火攻。」夏侯惇猛然醒悟，急忙下令撤軍。話音未落，就見火光沖天，兩側的蘆葦都燒著了，火借風勢，越燒越猛，曹軍大亂，自相踩踏，死者不計其數，趙雲、關羽、張飛又率兵殺出，曹軍抵擋不住，被殺得屍橫遍野，血流成河。夏侯惇、于禁、李典收攏敗兵逃回許都去了。

諸葛亮收集得勝之師回到新野，上至劉備、關羽、張飛，下至新野百姓，都對諸葛亮拜服不已。諸葛亮料到曹操一定會親自率兵前來，便建議劉備從劉表手中接過荊州，以便與曹操抗衡，劉備說道：「我寧死都不做這等忘恩負義之事。」諸葛亮只好作罷，整頓兵馬準備與曹操交戰。

第十六回　敗走漢津口

夏侯惇與于禁、李典逃回許都向曹操請罪，曹操說道：「勝敗乃兵家常事。劉備、孫權一直是我的心腹大患，正好藉著這個機會一舉平定江南。」於是，曹操下令，起兵五十萬，分五路進攻荊州。

劉表得知曹操親率五十萬大軍進攻荊州的消息，大吃一驚，身體更加虛弱了，決定將荊州大權託付給劉琦，請劉備輔佐。蔡夫人得到消息，勃然大怒，令蔡瑁、張允封鎖府門，不許劉琦與劉表見面。劉表病入膏肓，見劉琦遲遲不來，大叫數聲而死。蔡夫人見劉表死了，便假傳遺囑，扶持劉琮掌握荊州大權。劉琮剛剛掌握大權，就聽說曹軍殺奔襄陽而來，急忙與蔡瑁、蒯越等人商議。蒯越、傅巽、王粲等人勸劉琮投降，劉琮便派宋忠趕到宛城向曹操投降。

宋忠從宛城回來時，被關羽抓獲，劉備這才知道了劉表已死、劉琮投降曹操的事情。諸葛亮勸劉備率兵前往襄陽，以為劉表弔喪為名奪取荊州，劉備不肯。正在此時，探馬回報

說，曹軍已經進至博望了。諸葛亮說道：「新野守不住了，不如及早到樊城躲避。」劉備便發布告示，命願意追隨的百姓一起搬到樊城居住。諸葛亮召集諸將聽令，安排與曹軍交戰。

曹軍先鋒許褚率領三千鐵騎浩浩蕩蕩殺到鵲尾坡，見劉封、糜芳率領兩隊兵馬擋住去路，懷疑有埋伏，便派人報告前軍主將曹仁。曹仁令許褚全速進兵，許褚便率兵殺來，卻不見了劉封、糜芳的人影。許褚望見劉備、諸葛亮正在山頂上對坐飲酒，勃然大怒，正要上山，卻被山上打下來的石塊木塊擋住去路，只好作罷。

曹仁率大軍趕到新野城下，見城門大開，便率兵一擁而入，城裡空無一人，曹洪說道：「劉備必然棄城而逃，我們就在城裡休息一夜，明天再追擊。」於是，曹仁下令大軍在新野城安營休息。初更時分，狂風四起，新野城裡起了火，西門、北門、南門也起了火，風助火勢，火越燒越大，曹仁急忙傳令全軍退到城外，自己一馬當先往東門奔去。曹軍將士爭先出城，自相踩踏，死者不計其數。剛逃出城，趙雲又率兵殺來，曹仁無心戀戰，奪路而逃。劉封、糜芳也率兵殺來，曹仁如喪家之犬般率殘軍敗將逃到白河岸邊。將士們見河水不深，便下河蹚水。關羽在上游聽到喧囂之聲，令軍士撤掉攔截河水的布袋，河水狂奔而下，河中的曹軍躲避不及，大都被淹死了。曹仁見了，急忙奪路奔逃，又被張飛追殺一陣，才擺脫追擊。

曹操得知曹仁兵敗的消息，勃然大怒，親自率領大軍進駐新野，又分兵八路進攻樊城。曹操接受劉曄的建議，派徐庶招降劉備，劉備不肯投降，曹操下令即刻進兵樊城。劉備自知不能抵擋，便率領百姓到襄陽躲避。到襄陽城下，劉備對城樓上的蔡瑁喊話，希望能放百姓進城，蔡瑁下令放箭，射死不少百姓。正在此時，劉琮部將魏延殺散守門軍士，打開城門請劉備進城，蔡瑁派文聘與魏延交戰。劉備見襄陽城內發生內亂，不願意進入襄陽，諸葛亮說道：「既然如此，那就到江陵吧！」於是，劉備率軍士百姓往江陵而去。魏延與文聘交戰，不能取勝，投奔長沙太守韓玄去了。

劉備率領百姓緩慢前行，百姓拖家帶口，肩挑背扛，走得很慢，每天只能走十幾里路。眾將勸劉備放棄百姓，盡快到江陵駐守，劉備不肯。諸葛亮見狀，便派關羽到江夏向劉琦求救，又命張飛斷後，趙雲保護百姓。

曹操佔領樊城以後，召劉琮相見，劉琮不敢前來，派蔡瑁、張允前來拜見曹操。曹操封蔡瑁、張允為水軍都督，負責操練水軍，又許諾舉薦劉琮為荊州牧。劉琮得到蔡瑁的回報，大喜，與母親蔡夫人一起渡江迎接曹操，曹操進入了襄陽城。曹操封蒯越為江陵太守，又以防備被人加害為由，封劉琮為青州刺史，令他即刻赴任。劉琮不敢不從，與蔡夫人一起前往青州，走到半路時，被于禁率兵殺死。

殺死劉琮以後，曹操命部將各率五千騎兵，隨他追擊劉備。劉備見關羽去江夏求救沒有消息，便派諸葛亮再次前往江夏。劉備率領軍士百姓走到當陽縣境內的景山，在那裡露營。當夜四更時分，曹軍追殺而來，劉備率兵迎戰，大敗，被張飛救走。天亮時，劉備見隨行的

趙雲的戰馬憑空一躍，跳到坑外。張郃見了，大吃一驚，不再追趕……

只有一百多名騎兵，十幾萬百姓及家眷都不知所蹤，痛哭不已。正在這時，糜芳跑來報告說趙雲投靠曹操去了，劉備不信。張飛率二十名騎兵前去查看，站在長阪橋頭觀望。

原來，曹軍殺到之時，趙雲與曹軍交戰，到天亮時發現劉備家眷不見了蹤影，大驚失色，急忙殺到曹軍陣中尋找，糜芳見了，不知道原因，以為趙雲要去投靠曹操。趙雲帶領三十名騎兵殺到曹軍陣中，從簡雍口中得知劉備家眷在長坂坡，便往長坂坡趕去。見到一群走散的百姓，趙雲大聲問道：「夫人在裡面嗎？」甘夫人聽見，望著趙雲痛哭起來。趙雲趕過去，問道：「糜夫人和小主人在哪裡？」甘夫人回答說不知道。趙雲將甘夫人扶上馬，護送到長阪橋。張飛見了，說道：「幸虧簡雍報信，否則我又錯怪你了。」趙雲將甘夫人交給張飛，又調轉馬頭尋找糜夫人和劉備幼子阿斗。

半路上，趙雲遇到曹操的隨身背劍將軍夏侯恩，只一個回合就殺死了夏侯恩，奪取了青釭寶劍。這時，趙雲的隨從都戰死了，只剩趙雲一個人，但他毫不畏懼，依然在曹軍陣中往返衝殺，尋找糜夫人和阿斗。在一處斷牆處，趙雲找到了左腿受傷的糜夫人。糜夫人見到趙雲，求趙雲救走阿斗，趙雲不從，堅持要扶糜夫人上馬，他步行護衛。糜夫人說道：「武將不能沒有戰馬！將軍只管救走阿斗，我身負重傷，死不足惜。」正說話間，一撥曹軍殺到，趙雲轉身迎戰，糜夫人趁機投井自盡。趙雲殺散曹軍，見糜夫人已死，無可奈何，只好推倒斷牆掩埋了井口，將阿斗綁在懷中，飛身上馬。

曹洪部將晏明帶一隊步兵趕來，趙雲挺搶躍馬直取晏明，只三個回合便殺死了晏明。迎面趕來一隊騎兵，旗號上寫著「河間張郃」四個字，趙雲與張郃交戰，只打了十個回合，便虛晃一槍奪路而走。張郃隨後趕來，趙雲拍馬急行，忽然馬失前蹄，連人帶馬跌進土坑裡。張郃舉槍便刺，只見土坑中突然升起一道紅光，趙雲的戰馬憑空一躍，跳到坑外。張郃見了，大吃一驚，不再追趕，趙雲上馬就走。張郃剛剛退走，又有張南、焦觸攔住去路，後面馬延、張愷也率兵追來。趙雲拔出青釭劍望著曹軍一陣亂砍，劍到之處血湧如注，張南等不能抵擋，趙雲突圍而走。

曹操在景山上望見趙雲所到之處殺得曹軍人仰馬翻，銳不可當，不知是誰，便命曹洪去問姓名。曹洪趕到山下，望著趙雲高聲問道：「那位猛將請留下姓名。」趙雲應聲答道：「我乃常山趙子龍！」曹洪回報曹操，曹操稱讚道：「真是一員虎將。」於是傳下命令，只許生擒趙雲，不得傷害性命。正因為曹操的這條命令，趙雲才得以殺透重圍，突圍而出。這一場廝殺，趙雲懷抱著阿斗，橫衝直撞，殺死曹軍有名將領五十餘名，殺得曹軍將士心驚膽寒，望風而逃。

趙雲脫離了重圍，直奔長阪橋而去，文聘率兵在後面緊追不捨，眼看就要趕上時，趙雲已經到了長阪橋頭，見張飛手持蛇矛站在橋上，大聲疾呼：「翼德救我。」張飛說道：「你快過橋，追兵由我抵擋。」趙雲奔過長阪橋，走了二十多里地，見到劉備等人，將搭救糜夫人和阿斗的經過說了一遍，然後從懷中解下阿斗，見阿斗正在熟睡，便雙手遞給劉備。劉備接過阿斗，又扔到地上，說道：「為了救他，險些讓我損失一員大將。」趙雲急忙抱起阿斗，痛哭不已。

文聘率兵趕到長阪橋邊，不見了趙雲，卻見張飛手持蛇矛瞪著眼睛站在橋頭，又見對岸樹林裡塵土飛揚，懷疑有伏兵，站在橋邊不敢前進。不一會兒，曹仁、夏侯惇、夏侯淵、張遼、許褚、張郃、李典、樂進等人率兵趕到，擔心中諸葛亮的埋伏，也不敢前進，派人報告曹操。曹操得到報告，親自趕來查看。

張飛遠遠望見曹軍陣後閃現青羅傘蓋、旄（ㄇㄠˊ）鉞（ㄩㄝˋ）旌旗，知道是曹操親自趕來，便厲聲喝道：「我乃燕人張翼德，誰敢與我決一死戰？」聲如巨雷，曹軍將士聽了，兩腿發抖，不寒而慄。曹操聽了，對左右說道：「關羽說過，張飛在百萬軍中取大將首級，就像從口袋裡拿東西。今天遇見，千萬不可輕敵。」這時，只聽張飛又喝道：「誰敢與我決戰！」曹操聽了，心生退意。張飛見曹操有退兵之意，又厲聲喝道：「戰又不戰，退又不退，這是為何！」話音剛落，曹操身邊的夏侯傑從馬上跌下來，肝膽碎裂而死。曹操見狀，急忙撥馬就走，全軍將士見曹操回馬，也一哄而散。

張飛嚇得曹操心驚膽戰，拍馬往西疾馳而走，帽子掉了都顧不上管。張遼、許褚追上曹操，說道：「料想張飛只是一個人，此時率兵殺過橋去，必能活捉劉備。」曹操這才回過神來，令張遼、許褚回去打探消息。不一會兒，張遼、許褚回報說，張飛拆掉橋梁撤走了，曹操立即傳令搭起三座浮橋，渡河追擊劉備。

正在這時，只見山坡後殺出一隊兵馬，擋住曹軍的去路，來人正是到江夏求救的關羽。關羽從江夏借來一萬大軍，趕來接應劉備。曹操見關羽從半路殺出，驚呼道：「又中了諸葛亮的詭計。」於是下令撤退。關羽保護劉備等人乘船趕往漢津。不一會兒，劉琦、諸葛亮先後率船隊前來接應，劉備這才脫離了險境。劉備令關羽駐守夏口，隨後率兵暫回江夏。

曹操退到襄陽以後，佔領了江陵。荀攸說道：「主公應該派使者到江東，邀約孫權一起攻打劉備，孫權必然望風歸降，江南就一舉平定了。」於是，曹操一面派使者前往江東勸降孫權，一面派水陸兩軍沿江東進。

孫權得知劉琮投降曹操的消息，大驚失色，急忙召集文武幕僚商議。魯肅說道：「我願意到江夏面見劉備，勸說劉備與主公聯合，共同對抗曹操。」孫權同意了，令魯肅以為劉表弔喪為名前往江夏。

魯肅來到江夏，與劉備相見，問道：「請問皇叔，曹操有多少兵馬？」劉備說道：「我沒有與曹操正面交戰，不知他有多少兵馬。」魯肅說道：「聽說諸葛亮兩把火燒得曹操魂飛魄散，怎能不知道曹軍底細？」劉備說道：「詳細軍務得問諸葛亮才行。」於是請出諸葛亮與魯肅相見。

魯肅見到劉備和諸葛亮，問道：「劉皇叔眼下有何打算？」諸葛亮答道：「先投靠蒼梧太守吳臣，再另作打算。」魯肅說道：「不如派一位心腹之人隨我到江東去，與江東交好，共同對抗曹操。」諸葛亮答道：「只是沒有合適的人選。」魯肅便說道：「先生長兄諸葛瑾現在就在江東，先生正是合適人選。」劉備假裝不同意，諸葛亮說道：「軍情緊急，請主公放我走一趟。」劉備猶豫再三才同意了。

第十七回　舌戰群儒

魯肅與諸葛亮到柴桑以後，安排諸葛亮在驛館休息，自己去拜見孫權。當時曹操派遣的使者已經帶著檄文到了江東，孫權正與文武幕僚商議。張昭說道：「江東與曹操抗衡的資本是長江天塹，曹操已經佔據了荊州，長江天塹不復存在。曹操勢大，江東勢必抵擋不住，不如投降曹操。」眾人隨聲附和，表示贊同張昭的主張。孫權低頭不語。

孫權起身更衣，魯肅緊隨其後走出大殿，對孫權說道：「主公不能採納張昭的主張，江東人人可以投降曹操，唯獨主公不能。我們投降，仍然可以擔任州郡的長官，主公投降能得到什麼？還能稱霸江東嗎？張昭的主張都是為自己考慮，不為主公考慮。」孫權說道：「先生的見解正合我意。只是曹操兵多將廣，江東恐怕不是他的對手。」魯肅說道：「我從江夏請來了諸葛瑾之弟諸葛亮，主公可以問問他。」孫權說道：「明天先請他見見江東的才俊之士，然後我再見他。」

第二天，魯肅見到諸葛亮，囑咐道：「見到我家主公，千萬不要說曹操兵多將廣這種

話。」諸葛亮說道：「先生放心，我心裡有數。」二人來到議事堂，見張昭、顧雍等二十餘人已經等在那裡。張昭等人料到諸葛亮是來遊說孫權的，便搶先刁難道：「聽說先生曾經建議劉皇叔佔據荊襄之地，但現在荊襄已經被曹操佔據，先生有何打算？」諸葛亮心想，張昭是江東第一謀士，要說服孫權，必須先駁倒張昭，於是答道：「在我看來，奪取荊襄易如反掌。我家主公宅心仁厚，不忍乘人之危奪取同宗基業，才致使劉琮暗自投降，被曹操佔據荊襄。」

張昭說道：「先生自比管仲、樂毅。管仲輔佐齊桓公成就霸業，樂毅扶持燕國收復七十二座城池。劉皇叔沒有先生輔佐時，尚且能割地稱侯，得到先生以後，丟盔棄甲，潰不成軍，反倒不如當初。請問先生，管仲、樂毅也是這樣？」諸葛亮聽了，笑著說道：「新野只是山野小縣，缺兵少糧，劉皇叔也只是暫時居住，怎能長期固守？憑藉新野的兵馬錢糧，依然能夠打得曹仁、夏侯惇心驚膽戰，管仲、樂毅也未必有這些才能。劉皇叔打敗仗時，數十萬百姓扶老攜幼緊隨其後，劉皇叔不忍心拋棄百姓，這是仁義之舉。為國君出謀劃策和定國安邦，靠的是智慧計謀，不是坐在朝堂上高談闊論。如果紙上談兵無人能及，處事決斷卻百無一能，才惹人笑話。」張昭聽了，無言以對。

虞翻高聲說道：「現在曹操率領大軍百萬，良將千員，已經吞併江夏，先生怎麼看？」諸葛亮說道：「曹操統率的是袁紹和劉表的烏合之眾，雖然有一百萬，但不必恐懼。」虞翻冷笑道：「在當陽打了敗仗，躲避到夏口，然後到處求救，還說不必恐懼，真是自欺欺人。」諸葛亮厲聲說道：「數千兵馬怎能抵擋一百萬的虎狼之師？退守夏口是等待時機。江東兵精糧足，又有長江天塹，你依然不顧天下人的恥笑，奉勸主公屈膝投降，由此看來劉皇叔真是不懼怕曹操。」虞翻無話可說。

步騭（ㄓˋ）問道：「先生要效仿蘇秦❶、張儀❷，遊說我江東嗎？」諸葛亮答道：「你只知道蘇秦、張儀是舌辯之士，卻不知蘇秦、張儀也是智謀之士。蘇秦擔任六國的國相，張儀兩次擔任秦國國相，由此可見，他們都是有治國安邦才能的豪傑。而你見到曹操的勸降檄文便畏懼請降，居然也敢笑話蘇秦、張儀？」步騭默然無語。

薛綜問道：「在先生看來，曹操是什麼人？」諸葛亮說道：「這還用說？曹操是國

---

❶【蘇秦】字季子，戰國時外交家、縱橫家。出身貧寒，後來拜鬼谷子爲師，學習縱橫捭闔之術。學成以後，蘇秦遊說東方六國，以一己之力促成六國聯合抗秦的局面，迫使秦王取消帝號、不敢向東擴張，可謂居功至偉。

❷【張儀】戰國時魏國外交家、政治家。出身貴族，早年與蘇秦一起在鬼谷子門下學習，後來成爲縱橫家的鼻祖。張儀到秦國宣傳「連橫」主張，得到秦王的信任，兩次擔任秦國的宰相。作爲一位傑出的縱橫家，張儀的主張對戰國兼併戰爭的發展變化產生了重大的影響。

諸葛亮說道：「迂腐文人常做的尋章摘句能定國安邦嗎？況且我也沒有聽說伊尹、姜尚、張良、鄧禹這些有匡扶國家之才的人研讀過什麼經典。」

賊！」薛綜說道：「怕是未必！大漢傳到現在氣數已盡。當今天下，曹操佔據三分之二，且人人歸附，只有劉皇叔不識時務，強行以卵擊石，怎能不失敗？」諸葛亮駁斥道：「你居然說這種無父無君的話！忠孝是立身之本，你身為漢臣，應該誅殺奸臣國賊。曹操世代享受皇恩，不僅不思回報，反而還有篡逆之舉。而你居然妄稱天數，說出無父無君的話來！閉上嘴，不要再胡言亂語了！」薛綜滿臉羞愧，低頭不語。

陸績說道：「曹操是相國曹參❸的後代。劉備雖然自稱是中山靖王之後，卻不見記載。我所看到的劉備，只是個織席販履之徒，怎能與曹操抗衡？」諸葛亮回答道：「既然曹操是曹參後人，那麼世代都是漢臣。現在，曹操卻專橫弄權，欺凌君父，不僅不忠，而且還不孝；不僅是國賊，也是家賊。劉皇叔的身分經過皇帝的查驗，準確無誤，怎能不見記載？高祖皇帝原本只是亭長，最終佔有天下，織席販履之徒有什麼可羞恥？你的見識就像小孩那樣淺薄，不該再和我說話。」陸績語塞。

嚴畯說道：「你的話都是強詞奪理，不聽也罷。請問你研讀哪家經典？」諸葛亮說道：「迂腐文人常做的尋章摘句能定國安邦嗎？況且我也沒有聽說伊尹❹、姜尚、張良、鄧禹❺

---

❸【曹參】西漢開國功臣，是西漢繼蕭何之後的第二位相國。曹參早年追隨劉邦起兵反秦，屢立戰功。《三國演義》中稱曹操是曹參的後代，但經考證，曹操與曹參之間沒有關係。

❹【伊尹】商初政治家，中國歷史上第一個賢相。他輔佐商湯滅掉夏桀，建立了商朝。

❺【鄧禹】東漢開國名將，位列光武帝劉秀所封「雲台二十八將」之首。他輔助劉秀建立東漢政權，功勳卓著，被封爲高密侯。

這些有匡扶國家之才的人研讀過什麼經典。」嚴畯聽了，垂頭喪氣，無言以對。

程秉說道：「先生只是喜歡說大話，未必有真才實學，恐怕會惹讀書人恥笑。」諸葛亮說道：「讀書人分君子和小人。讀書人中的君子忠君愛國，守正惡邪，流芳百世。讀書人中的小人只知雕琢詞句，吟詩作賦，雖然下筆千言，胸中卻沒有什麼智謀，揚雄❻便是這種人，有何可取之處？」程秉啞口無言。

眾人見諸葛亮對答如流，大吃一驚，盡皆失色。張溫、駱統正要發問，從外面走進一位老年將軍，厲聲說道：「強敵壓境，你們不想著怎麼退敵，倒在這裡鬥嘴。」來人是江東老將黃蓋。黃蓋對諸葛亮說道：「先生為何不去面見我家主公，將高論傳達給我家主公？」說罷，就與魯肅一起請諸葛亮去見孫權。

諸葛亮見到孫權，見孫權相貌堂堂，料到只有使用激將法才能奏效。孫權問道：「先生輔佐劉皇叔與曹操交戰，一定知道曹軍的實力。請問，曹操有多少兵馬？」諸葛亮回答道：「大概有一百多萬。」孫權一驚，問道：「未必吧？」諸葛亮說道：「的確有一百多萬。曹操本來有青州軍二十萬，後來又招募中原兵三四十萬，收服袁紹之兵五六十萬，現在又收服荊州兵二三十萬。如此說來，足足有一百五十萬，我只說一百萬，是擔心孫將軍害怕。」魯肅見諸葛亮這麼說，急忙給諸葛亮使眼色，諸葛亮假裝沒看見。

孫權又問道：「曹操有多少猛將？」諸葛亮回答道：「曹操帳下的猛將謀士，不少於一兩千。」孫權又問道：「曹操還有進兵的打算嗎？」諸葛亮回答道：「現在曹操收拾戰船，操練水軍，自然是準備攻打江東。」孫權又問道：「我是否應該與曹操決戰？」諸葛亮回答道：「請將軍量力而行。如果有能力與曹操抗衡，請盡早下決心決戰；如果不能，不如聽取張昭的主張，束手就擒，投降曹操。」孫權還沒有說話，諸葛亮又說道：「如果將軍猶豫不決，必將大難臨頭。」孫權問道：「既然如此，劉備為何不投降曹操？」諸葛亮回答道：「劉皇叔是帝王之後，當世英雄，怎能屈居曹操之下？」孫權面露不悅之色，起身進了後堂。

魯肅責怪諸葛亮道：「你太藐視我家主公。」諸葛亮說道：「我有妙計，他不問我，我就不說。」魯肅聽了，急忙到後堂面見孫權，稱諸葛亮已經有了主意。孫權聽了，立即請諸葛亮到後堂商議。孫權說道：「我意已決，要與曹操抗衡到底。只是劉皇叔已經遭遇失敗，還有力量與曹操決戰嗎？」諸葛亮說道：「關羽和劉琦帳下有數萬精兵。況且曹操遠道而來，人困馬乏，又不善於水戰，荊襄百姓也沒有真心歸順曹操。如果將軍能與劉皇叔聯合，曹操必敗。」孫權大喜，說道：「我意已決，明天就商議出兵。」

張昭等人聽說孫權決心迎戰曹操，連夜面見孫權，勸他不要中了諸葛亮的奸計，孫權陷

❻【揚雄】又稱「揚雄」，西漢末年文學家，博覽群書，善於辭賦，被認爲是繼司馬相如之後西漢最負盛名的辭賦家，代表作品有《甘泉賦》等。

入了猶豫之中。當時，以張昭、顧雍為首的文官大都主張投降曹操，以魯肅、黃蓋等人為首的武將主張與曹操決戰，眾人議論紛紛，孫權拿不定主意。孫權之母吳國太見狀，令孫權從鄱陽湖召回周瑜商議。

周瑜回到柴桑的當晚，魯肅帶著諸葛亮與周瑜相見。諸葛亮見到周瑜，說道：「我有一條妙計可以使曹操退兵。曹操是好色之徒，早就聽說江東喬公有兩個女兒，大喬和小喬，長得美貌至極。曹操帶兵百萬虎視江東，就是為了搶奪這兩個女子。如果用重金從喬公那裡買來這兩個女子，派人送給曹操，曹操心滿意足，必然退兵。」周瑜聽了，勃然大怒，罵道：「曹操老賊欺人太甚！」諸葛亮假意勸道：「天子尚且用公主與匈奴和親[7]，將軍何必在乎兩個民女。」周瑜說道：「先生有所不知，大喬是孫策孫伯符之妻，小喬是我的妻子。」諸葛亮急忙謝罪。周瑜說道：「我早有北伐的打算，希望先生助我共破曹賊。明日面見主公，就商議出兵。」諸葛亮、魯肅滿意而去。

第二天，周瑜面見孫權，當堂駁斥張昭等人的投降主張，又向孫權指出曹操的四個弱點，最後向孫權請命出戰曹操。孫權精神大振，說道：「我與曹賊勢不兩立！」說罷，拔出佩劍，一劍砍斷桌角，說道：「有人膽敢再勸我投降，桌角便是他的下場！」然後將佩劍賜給周瑜，任命他為大都督，程普為副都督，率兵與曹操交戰。

周瑜請諸葛亮前來商議出兵之事，諸葛亮說道：「現在還不可出兵。孫將軍擔心曹軍兵多將廣，以為寡不敵眾。只有先解除他的疑惑，才能馬到成功。」於是，周瑜再次拜見孫權，問道：「主公是否還有疑慮？」孫權說道：「我擔心曹操兵多，江東寡不敵眾。」周瑜笑道：「曹操詐稱有一百萬大軍，實際上沒有那麼多。曹操的青州兵只有十五六萬，收服的袁紹軍有七八萬。這些兵馬不是疲憊不堪，便是軍心不服，雖然數量眾多，但的確不足為慮。我只要五萬精兵，就能戰勝曹操。主公不必為此憂慮。」孫權聽了，頓時放下心來，堅定了與曹操決戰的決心。

❼【和親】西漢初年，國力薄弱，無法抵禦北方遊牧民族匈奴的侵掠，爲了緩和與匈奴的緊張關係，漢朝統治者被迫將宗室女兒嫁給單于爲妻，以換取邊境的和平安寧。歷史上將這種聯姻稱爲「和親」，最具代表性的「和親」事件是西元前三十三年的昭君出塞。

第十八回　草船借箭

第二天一大早，周瑜在中軍帳❶召集眾將聽令，命韓當、黃蓋為先鋒，即日前進至三江口駐紮；蔣欽、周泰為第二隊，潘璋、凌統為第三隊，呂蒙、太史慈為第四隊，陸遜、董襲為第五隊，呂範、朱治為巡戒使，敦促各軍前進，各路人馬都要按期出發，不得延誤。辭別孫權以後，周瑜與程普、魯肅、諸葛亮一道前往三江口軍營。

周瑜見諸葛亮比他更加明白孫權的心思，嫉恨不已，便聽取魯肅的建議，派諸葛瑾前去勸說諸葛亮投靠江東。諸葛亮看穿了周瑜的心思，反而勸說諸葛瑾投靠劉備，諸葛瑾尷尬不已，只得作罷。周瑜計畫失敗，更加惱怒，於是決定除掉諸葛亮。

到三江口以後，周瑜請諸葛亮率兵到聚鐵山劫取曹操的糧草，企圖借曹操之手殺掉諸葛亮，諸葛亮欣然領命。魯肅於心不忍，前去拜望諸葛亮。諸葛亮說道：「水戰、馬戰、步戰、車戰都是我的強項，先生不必為我擔憂。如果換成周瑜，怕是未必成功。」魯肅追問原因，諸葛亮說道：「江南童謠說『伏路把關饒子敬，臨江水戰有周郎』，由此可見，周瑜的

強項是水戰，不會陸戰。」周瑜聽了魯肅的回報，勃然大怒，要親自前往聚鐵山劫糧。諸葛亮得到消息，說道：「曹操詭計多端，最擅長截斷糧道，怎能不提防別人劫他糧道？如果周瑜執意前往，必然失敗。」魯肅又將諸葛亮的話轉告周瑜，周瑜歎息道：「諸葛亮智謀在我之上，如果不除，必成後患。」魯肅勸周瑜先擊退曹操再說。

劉備見諸葛亮久久不回江夏，便派糜竺以犒勞軍隊為名到江東探聽消息。周瑜見到糜竺，不僅不放諸葛亮回江夏，反而以商議軍務為名，邀請劉備到江東相見，意圖趁機誅殺劉備。劉備便帶著關羽及二十名隨從來到江東。周瑜在中軍帳❶設宴接待劉備，準備在酒宴上令埋伏在外的刀斧手誅殺劉備。酒過三巡，周瑜看見站在劉備身後的關羽，問道：「這人是誰？」劉備答道：「義弟關羽。」周瑜大驚，問道：「可是斬殺顏良、文醜的關羽？」劉備回答道：「正是。」周瑜聽了，大驚失色，汗流浹背。送走劉備以後，魯肅問周瑜為什麼不令刀斧手動手，周瑜說道：「關羽跟在劉備身後，如果我謀害劉備，關羽必然殺我。」

劉備與關羽來到江邊，正要登船離開，見諸葛亮在船內等候，劉備便教諸葛亮一起回江夏，諸葛亮說道：「我雖然在虎口裡，卻穩如泰山。主公回去以後，調派兵馬船隻準備作戰。十一月二十日時，派趙雲來南岸等候，不可有誤。」劉備追問原因，諸葛亮說道：

---

❶【中軍帳】古代行軍作戰時全軍主帥的營帳。

曹軍看不清船上是草人，只管放箭，箭射過來，插到草人上，很快就插得密密麻麻。

「東南風颳起時，我就回去了。」說罷，催促劉備上船返回。

曹操派人給周瑜送來一封信，周瑜大怒，沒有拆封就撕了信，然後將使者斬首，命甘寧為先鋒，韓當、蔣欽為兩翼，向曹營挺進。

曹操得到消息，命蔡瑁率領荊州降將為前部先行，自己親率後軍進至三江口。蔡瑁剛到三江口江面上，就迎面撞見了甘寧的船隊。蔡瑁令兄弟蔡珣出戰。兩隻船正要靠近時，甘寧彎弓搭箭，一箭射死蔡珣，隨後一聲令下，江東船隊萬箭齊發，蔡瑁大敗。韓當、蔣欽又率兵殺到，曹軍大亂。曹軍將士大都是北方人，沒有經受過水戰訓練，戰事一起，大多數士兵站都站不穩，哪裡顧得上打仗？曹軍因此大敗而回。曹操命蔡瑁、張允二人抓緊操練水軍。

第二天，周瑜親自乘船前往曹軍水寨附近查看軍情，見曹軍井然有序，歎道：「深得水軍之法。」便問隨從負責操練曹軍的水軍將領是誰，隨從回答說是蔡瑁、張允，周瑜心裡暗道：「要打敗曹操，必須先除掉蔡瑁、張允。」這時，曹操軍營令旗閃動，周瑜知道曹軍發現了他，便調轉船頭回去了。

曹操召集文武幕僚商議軍情，謀士蔣幹說道：「我與周瑜是同窗好友，願意前往江東說服周瑜投降。」曹操問道：「你要帶什麼去？」蔣幹說道：「只要一葉輕舟、一個書童就夠。」曹操大喜，便令蔣幹即刻啟程。

周瑜得到蔣幹來訪的消息，命眾將依計行事，自己率數百隨從前來迎接。見到蔣幹，周瑜笑道：「兄長遠道而來，是給曹操充當說客吧！」蔣幹大吃一驚，連忙說道：「故人特地來與賢弟敘舊，哪裡是做說客。」周瑜說道：「既然不是說客，那就只談論舊日友情，不談論軍事。」說罷，命人在中軍帳擺酒宴接待蔣幹。周瑜解下佩劍交給太史慈，說道：「蔣幹雖然從曹營而來，但不是說客。今天只敘舊，不談論國事，如果有人違抗命令，你便替我將他斬首。」蔣幹見了，不敢多說一句。

酒至半酣，周瑜拽著蔣幹的手，到帳外觀看軍容。周瑜指著持戟而立的將士，問道：

「我的軍士健壯嗎？」蔣幹答道：「都是虎狼之師。」周瑜又拉著蔣幹來到糧倉，指著堆積如山的糧草問道：「我的糧草夠多嗎？」蔣幹回答道：「果真是兵精糧足。」周瑜假裝喝醉了酒，笑道：「你我同窗時，哪會想到我能有現在的成就？我家主公對我言聽計從，恩重如山，即使陸賈❷、酈生❸復生，也休想說服我！」蔣幹聽了，面如土色。

當晚，周瑜留蔣幹在中軍帳與他一起休息。周瑜假裝喝醉，倒頭就昏睡過去了。蔣幹心中有事，翻來覆去睡不著，便起床偷看桌子上的文卷。桌子上堆積的都是書信，蔣幹意外發現一封蔡瑁、張允寫給周瑜的信，急忙拿出來細讀，得知蔡瑁、張允有意殺死曹操後投降江東，大吃一驚，急忙將信件藏在衣服裡。這時，周瑜躺在床上，嘴裡喊道：「兄長，過幾天我給你看曹操的人頭。」原來是在說夢話。蔣幹擔心周瑜酒醒之後找不到那封信而起疑，便連夜逃回曹營去了。

蔣幹見到曹操，將蔡瑁、張允二人意欲謀害他的事彙報給曹操，又拿出信件為證，曹操勃然大怒，令人召來蔡瑁、張允，說道：「我要命你們即刻進兵擒拿周瑜。」蔡瑁答道：「水軍還沒有操練完畢，不能進軍。」曹操罵道：「等水軍操練完畢，我的腦袋就獻給周瑜了。」說罷，命人將蔡瑁、張允斬首，蔡瑁、張允二人至死都不明白犯了什麼罪。殺了蔡瑁、張允以後，曹操才猛然醒悟，知道中了周瑜的計謀，追悔莫及，只得命于禁、毛玠接任水軍都督。周瑜得到消息，大喜過望，派魯肅去見諸葛亮，試探諸葛亮是否識破了他的計謀。

諸葛亮見到魯肅，說道：「連日繁忙，沒有為周都督賀喜，實在有罪。」魯肅問道：「賀什麼喜？」諸葛亮說道：「周都督派先生來試探我是否知道哪件事，哪件事就是喜事。」魯肅驚訝不已，問道：「先生是怎麼知道的？」諸葛亮說道：「這條計策只能瞞住曹操一時，現在曹操已經醒悟了。蔡瑁、張允被殺，周都督除去一個心頭大患，這便是喜事。」魯肅無話可說，只好起身告辭。諸葛亮說道：「先生見到周都督，就說我不知道此事，以免他心生嫉妒，又要設計害我。」魯肅回報周瑜，說諸葛亮看破了他的計謀，周瑜大驚道：「諸葛亮絕不能留，必須除掉！」魯肅說道：「就怕被人嘲笑。」周瑜說道：「我有辦法讓他死而無怨。」

第二天，周瑜請諸葛亮商議軍情，問道：「請問先生，水戰首選什麼兵器？」諸葛亮答道：「弓箭。」周瑜說道：「英雄所見略同。只是現在我軍弓箭不夠，因此請先生負責督造十萬枝箭。」諸葛亮滿口答應，問道：「十萬枝箭什麼時候使用？」周瑜說道：「越快越

---

❷【陸賈】西漢初年政治家、文學家、思想家和外交家，口才出眾，善於辯論，是歷史上有名的說客，經常被劉邦派遣出使諸侯列國。

❸【酈生】即酈食（ㄧˋ）其（ㄐㄧ），年過六旬才追隨劉邦，以勸降和遊說著稱，被劉邦派去遊說齊王田廣，不用一兵一卒就招降了七十多座城池。

好，最好十天之內。」諸葛亮說道：「拖延十天豈不延誤戰機？我只需要三天時間，便能交付十萬枝箭。」周瑜說道：「軍中無戲言，先生不能開玩笑。」諸葛亮說道：「我立下軍令狀[4]，如果三天之後交不出十萬枝箭，甘願受罰。」周瑜大喜，請諸葛亮寫了軍令狀。諸葛亮告辭而去，周瑜對魯肅說道：「諸葛亮自己送死，可不是我逼他。我已經吩咐下去，不準備齊全造箭的材料，工匠也不得用盡全力。三天之後，看他怎麼說。」

魯肅趕去拜望諸葛亮，諸葛亮說道：「周都督害我，先生要幫我啊！」魯肅說道：「你自己誇下海口，我怎麼幫你？」諸葛亮說道：「請先生借我二十條船和六百名士兵，按照我的吩咐行事。只是千萬不能再讓周都督知道，否則我只有死路一條。」魯肅答應了，回報周瑜時，果然沒有提及諸葛亮借船之事。

魯肅早早就按照諸葛亮的吩咐準備好了船隻軍士，卻遲遲不見諸葛亮的動靜。到第三天夜裡，實在等不住了，便來見諸葛亮。諸葛亮說道：「先生來得正是時候，請隨我前去取箭。」魯肅問道：「去何處取箭？」諸葛亮說道：「去了便知道。」說罷，命人用鎖鏈將二十條船連接起來，便往北岸開去。當天夜裡，江面上霧氣瀰漫，伸手看不清五指。諸葛亮的船隊就在迷霧中駛向曹軍水寨。

五更時分，船隊靠近曹軍水寨，諸葛亮命人將船隊自西向東一字排開，然後擂鼓吶喊。魯肅大驚失色，問道：「如果曹軍殺出來，如何是好？」諸葛亮笑道：「大霧瀰漫，曹軍肯定不敢出戰。等大霧散了我們就回去。」

于禁、毛玠聽到戰鼓聲，急忙飛報曹操。曹操說道：「重霧鎖江，不得輕舉妄動，以免中了周瑜的埋伏。傳令弓箭手放箭，用亂箭擊退周瑜。」又命張遼、徐晃各率三千弓箭手趕到水寨助戰。曹軍一萬名弓箭手領命，彎弓搭箭，爭先朝著諸葛亮的船隊放箭。原來，諸葛亮命人紮了一千個草人，綁在船隻兩側，又用青布遮擋起來，曹軍看不清船上是草人，只管放箭，箭射過來，插到草人上，很快就插得密密麻麻。

黎明時分，天色亮了，大霧也慢慢散去，草人身上插滿了箭。這時，諸葛亮命軍士齊聲喊道「謝曹丞相送箭」，于禁等人見了才知道上當，急忙報告曹操。曹操下令追擊，但諸葛亮的船隊已經開出二十多里，追不上了。

諸葛亮對魯肅說道：「每條船上有五六千枝箭，不費周都督半點兒氣力，就得到了十幾萬枝箭，先生認為如何？」魯肅說道：「先生怎麼知道會有大霧？」諸葛亮說道：「帶兵打仗怎能不懂天文地理。三天前我就料定今天會有大霧，因此才敢立下軍令狀。周都督讓我督造十萬枝箭，分明就是要害我，我豈能不知道？」魯肅聽了，欽佩不已。

---

❹【軍令狀】古代將領在接受命令以後，爲了表示保證完成任務而寫下的保證書。一旦立下軍令狀，如果不能完成任務，就要受到嚴厲的軍法處置，被斬首示眾。

船到岸時，周瑜派來取箭的軍士已經等候多時了，諸葛亮令他們將船上的箭搬到中軍帳交差。魯肅見了周瑜，將諸葛亮借箭的經過詳細告訴周瑜，周瑜哀歎道：「諸葛亮神機妙算，我不如他。」

片刻，諸葛亮來見周瑜，周瑜說道：「我家主公催我與曹操決戰，我思考再三，想出一條妙計，請先生賜教，看看是否可行。」諸葛亮說道：「我也有一條妙計，你我各自寫在手掌上，看是否相同。」於是，二人各自將計策寫在手掌上，然後互相觀看，相視而笑。原來，兩個人寫的都是「火」字。

第十九回　周瑜打黃蓋

曹操平白無故地損失了十幾萬枝箭，惱怒不已，恨不得將周瑜和諸葛亮生吞活剝，便召集文武幕僚商議進兵之計。荀攸說道：「可以派人去江東詐降，以為內應。」曹操說道：「正合我意。依你之見，應該派誰前去？」荀攸說道：「蔡瑁族弟蔡中、蔡和可以前往。」於是，曹操派人召來蔡中、蔡和，許以高官厚祿，令他們率五百軍士到江東詐降。

蔡中、蔡和見到周瑜，跪倒在地上哭訴道：「兄長蔡瑁沒有罪過，卻被曹操無辜殺害，我們要為兄長報仇，因此前來投降。」周瑜大喜，命他們到甘寧帳下聽令。蔡中、蔡和十分得意，以為周瑜中計了。周瑜暗中對甘寧說道：「蔡中、蔡和投降不帶家眷，必然是詐降，我打算將計就計，你要盯緊他們，到出兵之時殺他們祭旗。」甘寧領命而去。

魯肅得到消息，趕來提醒周瑜不要中了曹操的奸計，周瑜假裝訓斥魯肅道：「蔡中、蔡和為蔡瑁報仇而來，情真意切，豈能是詐降？」魯肅又去拜見諸葛亮，將事情告訴了諸葛亮，諸葛亮笑道：「先生沒有發現周都督是在將計就計？曹操派蔡中、蔡和來做內應，周都督卻利用他們給曹操通報假消息，誘使曹操中計。」魯肅恍然大悟。

一天深夜，黃蓋悄悄來見周瑜，說道：「曹軍勢大，都督為何不用火攻？」周瑜大驚，說道：「我也有這個打算，只是找不到合適的人到曹營詐降。」黃蓋說道：「我願意到曹營詐降。」周瑜說道：「如果不吃些皮肉之苦，怕是很難取信曹操。」黃蓋說道：「我受主公厚恩，正愁沒有機會報答，吃些皮肉之苦又算什麼。」周瑜大喜，與黃蓋商定計劃，只等天亮依計而行。

第二天，周瑜召集諸將議事，說道：「曹軍有一百萬，不是一朝一夕能打敗的。眾將各領三個月糧草，準備長期禦敵。」話音未落，黃蓋說道：「恐怕即使三十個月也不能打敗曹操。依我之見，這個月能打敗曹軍最好，如果不能，不如聽從張昭的主張，盡早投降曹操。」周瑜臉色大變，怒道：「我奉主公之命與曹操決戰，誰再敢提投降，定斬不饒。」黃蓋也大怒，罵道：「我縱橫江東多少年，三代主公誰不知道我？你從哪裡冒出來的？竟敢教訓於我！」周瑜怒不可遏，喝道：「黃蓋惑亂軍心，不罰不能服眾。推出去斬首！」甘寧見狀，急忙出列為黃蓋求情，周瑜喝道：「你竟敢擾亂軍法！」喝令軍士將甘寧亂棍打出中軍帳。眾將紛紛跪下求情，希望能寬恕黃蓋。周瑜指著黃蓋罵道：「如果不看眾將情面，今天非斬你不可！」說罷，令軍士責打黃蓋一百脊杖[1]以示懲戒。打到五十脊杖時，眾將見黃蓋皮開肉綻，鮮血直流，已經昏死過去，又苦苦哀求，周瑜才說道：「看在眾將的情面上，先記下五十脊杖，再敢小覷本都督，定斬不饒！」

眾將將黃蓋扶回營寨，圍著黃蓋歎息不已。魯肅從黃蓋營中出來，逕直來見諸葛亮，說道：「我們都是都督的部下，不敢勸他。先生是座上賓，怎麼不勸一勸？」諸葛亮笑道：「先生不知道周都督責打黃蓋是苦肉計❷？既然如此，我又何必勸解？」魯肅這才恍然大悟。諸葛亮又說道：「子敬見到周都督時，千萬不要說我識破了他的計謀。」魯肅點頭答應，轉頭去見周瑜，問道：「都督為什麼責打黃蓋？」周瑜說道：「責打黃蓋是苦肉計，為了瞞住曹操，再派黃蓋詐降，就勢放火燒曹操。」接著又問道：「諸葛亮有何看法？」魯肅回答道：「他也埋怨都督不講人情。」周瑜哈哈大笑，說道：「終於瞞過他了。」魯肅聽了，低頭不語。

黃蓋在營中臥床養傷，闞澤前來探望，問道：「都督責罰將軍，是苦肉計吧？」黃蓋問道：「你怎麼知道？」闞澤回答道：「看都督的舉動就能猜到了。」黃蓋說道：「正是如

---

❶【脊杖】與「背花」同，杖擊後背的刑罰。

❷【苦肉計】為了獲得對方的信任而故意傷害自己。苦肉計給對方造成假象，使對方在不知不覺間被欺騙，從而掉進設計好的圈套，一步步走向失敗。苦肉計需要做出很大的犧牲，犧牲越大、越違背常理，計策才越能讓人信服。

此。只是沒有心腹之人託付大事。先生為人忠義，因此才敢如實相告。」闞澤問道：「將軍要讓我去曹營獻詐降書？」黃蓋問道：「先生願意嗎？」闞澤滿口答應，黃蓋大喜。

闞澤拿到黃蓋的詐降書，便化裝成漁翁獨自駕船奔曹營而去，三更時分就到了曹軍水寨。軍士得報，連夜報知曹操，曹操傳令將闞澤帶到中軍帳。曹操問道：「你是江東謀士，深夜到此有何貴幹？」闞澤答道：「黃蓋是江東老將，無緣無故被周瑜責打，憤恨不已，準備投奔曹公。我是他的骨肉兄弟，替他來獻降書。」說罷，取出降書呈給曹操。

曹操拿著降書，反覆看了十幾遍，突然喝道：「黃蓋用苦肉計，派你獻詐降書，竟敢欺瞞我！」傳令武士將闞澤斬首。闞澤不僅毫無畏懼，反而哈哈大笑。曹操問道：「我已經識破了你的詭計，你還笑什麼？」闞澤說道：「我笑黃蓋不會識人。你說說看，哪裡是我的詭計？」曹操說道：「也罷，讓你死個明白！既然投降，為何不約定日期？」闞澤笑道：「你不懂算計，不明事理，不知道『背主作竊，不可定期』的道理。倘若事先約定了日期，但又不能得手，你卻前去接應，還能成功？」曹操聽了，站起身來說道：「是我的過錯，先生不要見怪。」闞澤說道：「我和黃蓋真心投降，豈敢有詐！」曹操謝罪不已。

正在此時，蔡中、蔡和的密信也到了，曹操看了密信，對黃蓋投降之事更加信以為真。曹操對闞澤說道：「請先生即刻回去，與黃蓋約定日期，再來通知我率兵接應。」闞澤說道：「我既然已經離開江東，不敢再返回。」曹操說道：「你必須回去，才不會招致周瑜懷疑。」闞澤推辭再三才答應。

闞澤回到江東，先探望了黃蓋，又找到甘寧商議。當時，蔡中、蔡和也在甘寧營寨中，見甘寧、闞澤有背叛江東的心思，便將自己詐降之事全盤托出，稱願意引薦他們。甘寧、闞澤聽了，假裝大喜，稱謝不已，與蔡中、蔡和開懷痛飲。蔡中回營以後，將甘寧也願意投降的事密報給曹操；闞澤也給曹操寫了密信，約定黃蓋投降時，船頭插一面青龍牙旗❸。

曹操收到闞澤和蔡氏兄弟的密信，心中疑惑不定，便派蔣幹到江東探聽虛實。周瑜得知蔣幹來訪的消息，命人請來正寄居江東的龐統，請他依計行事。一切安排妥當以後，周瑜才與蔣幹相見，藉口擔心蔣幹再次盜取機密，將蔣幹送到西山居住。在西山的寓所，蔣幹遇到了龐統，便邀龐統投奔曹操，龐統滿口答應，當時就與蔣幹一起來到曹營。

曹操聽說「鳳雛先生」龐統投奔而來，大喜過望，親自出帳迎接。當時，曹軍將士水土不服，生病的很多，曹操煩惱不已，便向龐統請教對策。龐統建議將大小船隻搭配在一起，再用鐵環鎖鏈相連，然後鋪上木板，船上就會像陸地一樣平穩，軍士不再受風浪顛簸之苦，

---

❸【牙旗】旗杆上裝飾著象牙的旗幟，通常是全軍主帥的旗幟或儀仗旗幟。在古代，官署被稱爲「牙」，因此所在城池被稱爲「牙城」，住的房屋稱爲「牙宅」，用的將領稱爲「牙將」，親兵稱爲「牙兵」，旗幟稱爲「牙旗」。

曹操拿著降書，反覆看了十幾遍，突然喝道：「黃蓋用苦肉計，派你獻詐降書，竟敢欺瞞我！」

自然就不會嘔吐生病。曹操聽了連連稱妙，當即命令工匠連夜打造鐵鎖大釘，將船隻連在一起。

龐統辭別曹操，來到江邊，正要乘船回去，岸上走來一個人，拽住龐統的衣服說道：「你好大的膽子，竟然跑來獻連環計❹，唯恐一把火燒不盡曹操。這種詭計怎能瞞得過我。」龐統聽了大驚失色，轉身望去，見來人是徐庶，才放下心來。徐庶說道：「我已經發過誓，終生不會為曹操獻策，自然不會揭穿你們的妙計。只是曹操兵敗之時，我該如何自保？」龐統湊近徐庶的耳朵，低聲教給徐庶一條妙計，然後告辭離去。

第二天，曹操聽到軍中傳言，說馬騰、韓遂率兵殺奔許都而來。曹操大驚，急忙召集文武幕僚商議。徐庶說道：「我願率三千兵馬守衛散關，阻擋馬騰、韓遂。」曹操大喜，說道：「你肯前去，我必然放心。」於是，命臧霸為先鋒，隨徐庶一道駐守散關。實際上，馬騰、韓遂並沒有進攻許都，這正是龐統教給徐庶的脫身之計。

十一月十五日這一天，天氣晴朗，風平浪靜，曹操在船上設宴，與文武幕僚飲酒。當夜，曹操望著眼前的風景人物，意氣風發，說道：「我今年已經五十四歲，佔據江東以後，如果能夠迎娶江南喬公的兩個女兒，就心滿意足了。」說罷哈哈大笑。正在這時，有一群烏鴉往南飛去，曹操見了，又說道：「我打敗了張角、呂布、袁術、袁紹，縱橫天下十餘年，真不愧為大丈夫！」眾人聽了，歡笑不已。

第二天，于禁、毛玠回報說，水軍已經操練完畢，大小船隻也都用鎖鏈連接好了，曹操

❹【連環計】連續使用兩個或兩個以上的計策。兩個計策如同兩個圓環，環環相扣，使對方接連中計。連環計講求「一計累敵，一計擊敵，兩計扣用」，不僅要求用計的數量多，還要求品質高，一計不成時要再出一計，情況變化時要調整計策，使對方防不勝防。

便率領眾人來到中間的大船上觀看水軍演練。曹操志得意滿，說道：「如果不是龐統的妙計，將士們還要遭受顛簸之苦，如今渡江如履平地，擊敗周瑜，指日可待。」程昱說道：「將船隻連接在一起固然平穩，只是，如果遇到火攻，必然躲避不及。」曹操笑道：「你考慮得很深遠，但總有想不到的地方。火攻必須藉助風力，現在是隆冬季節，只有西北風，哪能有東南風？我軍在西北方，周瑜在東南方，如果用火攻，就會燒到周瑜自己。」眾人都拜服道：「丞相高見。」

第二天，曹操命張南、焦觸率二十隻小船出戰，周瑜得到消息，令韓當、周泰迎戰，自己率領眾將在山頂上觀戰。韓當、周泰與張南、焦觸交戰，大獲全勝，韓當刺死焦觸，周泰砍死張南。曹操見了，令文聘率船隊接應敗軍。韓當、周泰奮力拼殺，文聘抵擋不住，急忙退走。周瑜也下令退兵。這一戰，曹操損兵折將，又輸了一陣。

第二十回　火燒赤壁

周瑜在山頂上觀看韓當、周泰與文聘交戰，又見曹軍中央的大黃旗被風吹折了旗杆，大笑道：「這是不祥之兆。」一陣風吹過，被風颳起的旗角拂過周瑜的臉頰，周瑜猛然想起一件心事，大叫一聲，昏倒在地。眾將急忙將周瑜送回中軍帳。

諸葛亮聽說周瑜病了，對魯肅說道：「周都督的病我能治。」魯肅聽了，急忙帶諸葛亮來見周瑜。周瑜見到諸葛亮，假意說道：「俗話說『人有旦夕禍福』，病痛在所難免。」諸葛亮笑道：「『天有不測風雲』，也不是人所能預知的。」周瑜聽了，明白諸葛亮已經知道了他的心事，便試探著問道：「依先生之見，我該服何藥？」諸葛亮拿過紙筆，寫下十六個字：「欲破曹操，宜用火攻；萬事俱備，只欠東風。」周瑜看了，心裡說道：「諸葛亮真是神人，早知道了我的心事。」便不再隱藏，直接問道：「先生所說正是我的心事。如今軍情緊急，先生有何良策教我？」諸葛亮說道：「我學過奇門遁甲❶之術，會呼風喚雨。都督需要東南風，可在南屏山建一座九尺高的『七星壇❷』，我登壇作法，為都督借來三天

三夜的東南風。」周瑜大喜，說道：「哪怕只有一夜的東南風都夠。」兩人約定，十一月二十日甲子時祭風，二十二日丙寅時風停。

諸葛亮與魯肅來到南屏山指揮軍士建造七星壇。七星壇佔地二十四丈，共三層，每層高三尺。最下面一層插二十八宿[3]旗，正東方七面旗幟按青龍形狀布局，正南方七面旗幟按朱雀形狀布局，正西方七面旗幟按白虎形狀布局，正北方七面旗幟按玄武形狀布局；第二層插六十四面黃旗，分八位按六十四卦[4]布局；第三層站著四位身穿皂羅袍的人，左前方的人負責招風信[5]，右前方的人負責招風色[6]，左後方的人手持寶劍，右後方的人手捧香爐。壇下又站著

十一月二十日甲子時分，諸葛亮沐浴齋戒，穿上道袍，光腳散發來到七星壇……

二十四名手持旌旗、寶蓋、黃鉞、白旄、大戟、長戈等物的軍士。

十一月二十日甲子時分，諸葛亮沐浴齋戒，穿上道袍，光腳散髮來到七星壇，囑咐守壇軍士道：「不得擅離方位，不得交頭接耳，不得胡言亂語，不得失驚打怪，違令者立斬不赦。」說罷，登壇作法。

十一月二十二日，周瑜召集眾將到中軍帳等候，只等颳起東南風便發動總攻。黃蓋已經準備好了二十隻裝滿點火之物的大船，在船頭插上青龍牙旗，只等周瑜一聲令下，便向曹營

---

❶【奇門遁甲】在中國傳統文化中，奇門遁甲是一種集大成的預測術，它以易經八卦為基礎，結合星相、曆法、天文、地理、陰陽、五行等諸多要素，可以幫助帝王、政治家、軍事家把握玄機，做出正確決策。據說，姜子牙、范蠡、張良、諸葛亮、劉伯溫等都精通奇門遁甲。

❷【七星壇】道教用於祭祀北斗七星的高壇。

❸【二十八宿（ㄒㄧㄡˋ）】即「二十八星區」，古人為觀測和說明日月星辰的運行而劃分的星區。東方青龍七宿是角、亢、氐、房、心、尾、箕，西方白虎七宿是奎、婁、胃、昴（ㄇㄠˇ）、畢、觜（ㄗ）、參，南方朱雀七宿是井、鬼、柳、星、張、翼、軫，北方玄武七宿是斗、牛、女、虛、危、室、壁。

❹【六十四卦】《周易》中由兩個八卦上下組合成六十四個卦，還有種說法是由數字直接演化而來。

❺【風信】風的動靜起止。

❻【風色】風向的強弱變化。

開進。正在此時，探馬回報說孫權已經率兵前來接應，周瑜於是傳令全軍準備決戰。這天夜裡，天色晴朗，沒有一絲風，周瑜對魯肅說道：「諸葛亮說了大話，隆冬季節怎能有東南風？」魯肅說道：「怕是未必，再等一等。」三更時分，周瑜在中軍帳中聽到風聲響起，跑出來一看，果然颳起了東南風。

周瑜見諸葛亮果然借來了東南風，說道：「諸葛亮有巧奪天工之能、神鬼莫測之術，如果不及早剷除，必成江東大患。」說罷，令丁奉、徐盛各率兵馬，分水陸兩路趕到七星壇誅殺諸葛亮。徐盛、丁奉趕到七星壇，見諸葛亮不在壇上，詢問守壇軍士得知，諸葛亮已經乘坐停靠在灘口的一艘大船離開了。徐盛、丁奉聽了，立即追趕。徐盛很快就追上了諸葛亮的船，站在船頭喊道：「都督請先生商議軍情，請先生返回。」諸葛亮笑道：「我料到周瑜必然要派你來害我，便預先令趙雲來接我。你回去吧。」徐盛不聽，傳令全速追擊，趙雲見了，拈弓搭箭，一箭射落徐盛船隻的風帆。徐盛的船開不動了，眼睜睜地望著諸葛亮乘風而去。徐盛、丁奉回報周瑜，周瑜無可奈何，只得召集眾將聽令，與曹操決戰。

周瑜命甘寧率兵扮成曹軍從陸路直奔烏林，到曹操存糧之地後舉火為號；命太史慈率兵三千趕往黃州境內，阻擊合肥曹軍的救援；命呂蒙率兵三千，等甘寧發出信號後，趕去接應，焚燒曹軍糧草輜重；命凌統率兵三千，到彝（一）陵埋伏，看到甘寧的信號後前去接應；命董襲率兵三千殺奔漢陽，攻擊曹軍旱寨；命潘璋率兵三千，打白旗接應董襲。分配完以上六路軍馬，周瑜令黃蓋派人給曹操送信，約定今夜歸降；又令韓當、周泰、蔣欽、陳武四人率船隊接應黃蓋。眾將領命，依令而行。隨後，周瑜將蔡和綁來，呵斥道：「你也敢來詐降？正好殺你祭旗。」說罷，命武士將蔡和押到江邊斬首祭旗。祭旗完畢，黃蓋手提尖刀登上戰船，率船隊往赤壁駛來。

程昱見東南風颳得很猛，勸曹操多加防範，曹操說道：「『冬至一陽生，來復之時❼。』怎能沒有東南風？不必大驚小怪。」軍士回報說黃蓋派人送來密信，曹操看了密信，得知黃蓋今晚將率領江東糧船來降，大喜，與眾人登上大船等待黃蓋來降。

曹操坐在大船上，看著月光照耀下的波浪如同金蛇般翻滾，迎風大笑，志得意滿。這時，軍士望見大江上有一隊戰船順風而來，急忙回報曹操。曹操登高遠望，見戰船上插著青龍牙旗，又寫著「先鋒黃蓋」四個字，哈哈大笑，以為是黃蓋來投降了。程昱觀看良久，對曹操說道：「黃蓋說率糧船來降，如果是糧船，必然吃水很深，但這些船隻卻吃水極淺，恐怕未必是糧船。今夜風大，如果黃蓋使詐，恐怕追悔不及。」曹操聽了，猛然醒悟，急忙令

---

❼【冬至一陽生，來復之時】古人結合陰陽學說總結的氣候變化規律。古代曆法以夏至日爲「陽」的極點，之後開始向「陰」的方向轉化，稱「夏至一陰生」；又以冬至日爲「陰」的極點，之後向「陽」的方向轉化，稱「冬至一陽生」。陰陽之間的一個循環稱爲「來復」。

文聘率船隊前去阻攔黃蓋。

文聘率船隊出寨，站在船頭上喊道：「南船不得靠近，就此停船。」話音未落，就被黃蓋一箭射倒，曹軍大亂，四散逃走。此時，黃蓋的船隊距離曹軍水寨只有二里遠近了，黃蓋便下令各船點火，往曹軍水寨衝去。很快，曹軍水寨就變成了汪洋火海，戰船被鐵鎖鏈在一起，逃脫不開，都燒著了。一時間，三江口江面上火光沖天，一派通紅，曹軍慌亂逃竄，被燒死、淹死者不計其數。曹操見勢不妙，在張遼的保護下，登上一隻小船往岸上逃去。黃蓋見了，也跳到一隻小船上冒著煙火趕來。張遼拈弓搭箭，一箭射中黃蓋肩窩，黃蓋應聲倒地，張遼護著曹操上岸。

曹操登上岸，騎馬往旱寨奔去。當時，甘寧、呂蒙、潘璋、董襲等將已經殺到曹軍旱寨，四處放火，到處吶喊，曹軍旱寨也陷入一片混亂。曹操在張遼的保護下慌不擇路，直奔烏林。甘寧、呂蒙率兵圍追堵截，幸虧徐晃、張郃及時殺出，才得以逃出重圍，望彝陵而去。

在周瑜與曹操決戰之前，諸葛亮已經回到了江夏。一到江夏，諸葛亮便在中軍帳召集眾將聽令，命趙雲率兵三千到烏林小路埋伏，等曹操經過時衝殺出來；命張飛到通往彝陵的葫蘆口埋伏，望見曹軍埋鍋做飯時衝殺出來；命糜竺、糜芳、劉封三人沿江擒拿曹操敗軍，並收拾器械輜重。吩咐完畢，諸葛亮說道：「主公就在樊城安坐，看周瑜大敗曹操。」

當時，關羽就在劉備身邊，諸葛亮卻像沒有看見一般，不理不睬。關羽忍耐不住，問道：「大戰在即，軍師為何單單不派我出戰？」諸葛亮這才笑道：「我本想命你把守一處最重要的關口，但又不敢派你前去。」關羽追問原因，諸葛亮說道：「曹操對你有恩，你必然要報答他。我本想命你在華容道埋伏，等曹操來時捉拿他，但又擔心你念及舊日恩情，放他一條生路。」關羽聽了，說道：「曹操的舊恩，我已經斬顏良、誅文醜報答過了，這次相遇，必然不會放過他。」諸葛亮說道：「既然如此，你寫下軍令狀，我便派你去。」於是，關羽寫了軍令狀，率關平、周倉及五百校刀手趕往華容道。劉備問道：「雲長情深義重，就怕他當真放過曹操。」諸葛亮說道：「曹操死期未到，我派關羽前去，正好讓關羽做個順水人情。」

曹操率殘軍敗將逃出周瑜的追擊，走到一處樹木叢雜、山川險峻的地方，仰面大笑，說道：「周瑜、諸葛亮見識不夠，如果是我用兵，就在此地設下埋伏。」話音未落，只聽兩側山林間鼓聲震天，趙雲率兵殺出。曹操大驚失色，急忙命令徐晃、張郃迎戰，自己奪路而逃。趙雲追殺了一陣就退兵了。

曹操率殘兵敗將繼續往彝陵奔去。走到葫蘆口時，人困馬乏，再也走不動了，曹操便下令軍士埋鍋做飯，燒馬肉充饑。曹操坐在樹林中，又仰面大笑，說道：「周瑜、諸葛亮畢竟智謀不足，如果在此處設下埋伏，即使不能趕盡殺絕，也能大獲全勝。」正在此時，將士們一片驚呼，原來是張飛率兵殺出。曹操慌忙上馬，拼命奔逃，張飛拍馬趕來，張遼、徐晃、許褚三人一起出戰才打退了張飛。這一戰，曹軍損失慘重，軍士死傷無數，還丟棄了許多馬匹器械。

往前走到一處岔路口，軍士回報，小路上有煙霧冒出，大路上沒有動靜，請示該走哪條路。曹操說道：「『虛則實之，實則虛之』，諸葛亮詭計多端，在小路點火放煙迷惑我，卻在大路設下埋伏。我偏偏走小路，不中他的詭計。」於是，令兵馬望小路前進。此時，追隨曹操的只有三百多人了，而且個個缺衣少甲，饑寒交迫。

走出沒多遠，曹操又大笑起來，說道：「周瑜、諸葛亮終究是無能之輩，如果此處設下埋伏，我只能束手受縛。」話音未落，關羽率五百校刀手殺出，說道：「奉軍師將令，關羽等候多時了。」曹軍將士見了，面面相覷，肝膽俱裂。曹操哀歎道：「既然如此，只好拼死一戰。」程昱說道：「關羽欺強不凌弱，又極重情義。丞相對他有恩，與他訴說往事，他必然不忍緊逼。」曹操聽了，便拍馬向前，與關羽搭話，說道：「我兵敗勢危，望將軍以舊日恩情為重。」關羽說道：「曹公的厚恩，我已經斬顏良、誅文醜報答過了，不敢再因私廢公。」曹操說道：「將軍記得過五關斬六將之事嗎？望將軍以信義為重。」關羽見曹操提到往事，怎能不動心？又見曹軍將士驚恐不安，悲慘至極，更加於心不忍，便命令部將道：「四散擺開。」曹操見了，立即率眾將衝過去了。關羽突然大喊一聲，曹軍將士紛紛下馬，拜倒在地。關羽長歎一聲，擺擺手，全都放走了。

關羽放走了曹操，回見諸葛亮，說道：「請軍師給我定罪。」諸葛亮假意問道：「難道曹操沒有從華容道經過？」關羽說道：「曹操是來了，是我無能，放他逃脫了。」諸葛亮說道：「原來是你念及舊日情義放走了他。既然已經立了軍令狀，必須按軍法處置。」說罷，令武士將關羽斬首。關羽默然無語。劉備大驚，急忙勸道：「我和雲長結拜時，發誓同生共死，雖然雲長觸犯了軍法，但我不忍背叛約定。請軍師寬恕他，令他戴罪立功。」諸葛亮這才饒了關羽。

曹操率兵回到南郡，與曹仁會合，在南郡城中休整。曹仁設宴為曹操壓驚，酒至半酣，曹操突然痛哭流涕，眾謀士問道：「在打敗仗時都沒有痛哭，如今已經脫離了險境，為何反而痛哭？」曹操說道：「我在哭郭嘉。如果郭嘉還在世，我肯定不會如此慘敗。」說罷，頓足捶胸。眾謀士聽了，慚愧不已，默然無語。

第二天，曹操令曹仁駐守南郡，令夏侯惇駐守襄陽，令張遼與李典、樂進駐守合肥，自己返回許都。曹操統一江南的設想破滅了，三分鼎立的局面不可避免。

第二十一回　劉備佔荊州

周瑜在赤壁水戰中打敗曹操，之後乘勝追擊，準備攻打曹仁駐守的南郡。正在此時，劉備派孫乾前來賀喜，周瑜從孫乾口中得知，劉備和諸葛亮駐紮在油江，料到劉備也有攻取南郡的打算，勃然大怒，便以道謝為名，率三千騎兵前來探聽劉備的口風。

周瑜來到劉備的軍營，見兵強馬壯，實力雄厚，心中極為不安。周瑜問道：「皇叔駐紮在此，打算攻取南郡吧？」劉備毫不避諱地說道：「正是。如果都督不攻打南郡，我便要攻打。」周瑜說道：「南郡就在我的手掌心裡，怎麼可能不要？」劉備說道：「曹操委派曹仁駐守南郡，曹仁智勇雙全，只怕都督不能取勝。」周瑜聽了，惱怒地說道：「如果我拿不下南郡，便將南郡讓給皇叔。」說罷告辭而去。

周瑜回到軍營，立即派蔣欽、徐盛、丁奉率兵五千進攻南郡，自己隨後接應。得到周瑜率兵前來的消息，曹仁部將牛金請求出戰，曹仁便令他率五百軍士出城迎戰。結果，牛金被蔣欽、徐盛包圍，曹仁見狀，親自出城救援，衝殺一陣，救出牛金，殺退蔣欽等人。周瑜得

知蔣欽打了敗仗，親自趕來與曹仁交戰，又派甘寧率兵三千攻打曹洪駐守的彝陵。曹仁擔心彝陵失守，便派族弟曹純與牛金支援彝陵。甘寧中了曹洪的誘敵之計，被包圍在彝陵城，周瑜只得留下凌統與曹仁相峙，自己率大軍救援甘寧。曹軍與周瑜在彝陵交戰，曹軍大敗，彝陵失守。

曹操在回許都之前，給曹仁留下一條密封妙計，令曹仁在形勢萬分危急時打開。彝陵失守以後，曹仁打開了錦囊，依計而行。曹仁在城牆上插滿旗幟，然後率領大軍出城去了。周瑜見南郡成了一座空城，以為曹仁棄城逃走了，便率兵攻城。兩軍在城下交戰，曹軍大敗，往西北方向逃去，周瑜進入南郡。當周瑜單槍匹馬衝進城門時才發現中計，曹軍萬箭齊發，周瑜中箭落馬，被徐盛、丁奉救走。江東軍大敗，死傷無數。

周瑜回到營中，才知道中的是毒箭，一旦發怒傷口就會復發。程普與眾將商議，打算退兵回江東。周瑜聽說程普有退兵的打算，從病床上一躍而起，強忍傷口率兵出戰。曹仁見周瑜帶傷出戰，命將士高聲辱罵周瑜，意欲惹怒周瑜，使他的箭傷復發。周瑜果然大叫一聲跌下馬來，程普等人急忙將周瑜救了回去。周瑜令人放出消息，稱他已經死了。曹仁信以為真，連夜率兵劫營，卻被江東軍打敗。打了敗仗的曹仁不敢再回南郡，率兵望襄陽而去。周瑜趕到南郡城下，見城上旗幟密布，趙雲站在城樓上說道：「我奉軍師之令，已經佔領南郡多時。」周瑜大怒，下令攻城，卻被亂箭射退。

周瑜怒不可遏，決定命甘寧、凌統分兵攻打荊州和襄陽，最後再攻打南郡。甘寧、凌統還沒有出發，就得到消息，荊州和襄陽已經被張飛、關羽佔領了。原來，趙雲佔領南郡以後，諸葛亮得到了曹仁的兵符❶，利用兵符調出荊州、襄陽的守軍，令關羽、張飛乘機佔領荊州和襄陽。周瑜得知這些情況，大叫一聲，箭傷復發。清醒過來以後，咬牙切齒地說道：「不殺諸葛村夫，難解我心頭之恨。」說罷便要起兵攻打南郡。魯肅毛遂自薦，前往荊州與劉備、諸葛亮理論。

魯肅見到諸葛亮，說道：「江東耗費兵馬錢糧協助劉皇叔打敗曹操，因此荊州地盤理應歸江東所有，如今劉皇叔卻乘機攻佔了荊襄之地，於情於理都說不通吧！」諸葛亮說道：「荊襄之地原本是劉表的基業，劉皇叔是劉表的族弟，如今劉皇叔輔佐劉表之子劉琦奪回荊州，有何不妥？」魯肅說道：「如果真是劉琦佔據荊州，江東自然無話可說，就怕劉琦不在此處。」諸葛亮聽了，便命人請出劉琦與魯肅相見。魯肅大吃一驚，無話可說，只好說道：「如果劉琦病逝，便要將荊州還給江東。」諸葛亮連連點頭。周瑜得到消息，也無可奈何，只好撤兵了。

劉備得了荊州、南郡、襄陽三座城池，志得意滿，召集文武幕僚商議攻取荊襄其他城池。伊籍向劉備舉薦了馬良。馬良對劉備說道：「荊州是塊是非之地，主公應該留下劉琦駐守荊州，然後親自率兵攻打武陵、長沙、桂陽和零陵。」劉備便留下關羽鎮守荊州，自己與諸葛亮、張飛、趙雲等率兵攻打武陵、長沙等地。

零陵太守劉度得到劉備率兵打來的消息，命獨子劉賢和部將刑道榮率兵迎戰。劉備與劉賢、刑道榮交戰，俘虜了刑道榮。諸葛亮將刑道榮放回，令他勸降劉度，刑道榮卻與劉賢商議約定將計就計，企圖活捉諸葛亮。諸葛亮早就料到刑道榮會反悔，便在交戰中殺死刑道榮，活捉劉賢。劉賢稱願意勸父親劉度投降，諸葛亮便將劉賢放回。在劉賢的勸說下，劉度出城投降。

佔領零陵以後，劉備命趙雲率兵三千進攻桂陽。桂陽太守趙範派部將陳應出戰，被趙雲活捉。趙雲令陳應勸降趙範，趙範也早有投降之心，便出城投降，迎接趙雲入城。趙範有意將自己孀居❷的嫂子嫁給趙雲，趙雲大怒，說道：「既然你我二人以兄弟相稱，你的嫂子就是我的嫂子，怎麼能夠亂倫？」趙範羞愧難當，萌生了謀害趙雲的想法。

趙範令陳應、鮑隆到趙雲營中詐降，企圖裡應外合活捉趙雲。趙雲識破了陳應、鮑隆的

---

❶【兵符】又稱「虎符」，是古代調集兵力或傳達軍令的憑證。一般由金屬或玉石製成，分左右兩半，一半由皇帝持有，一半由帶兵將領持有，使用時，皇帝將持有的兵符交給帶兵將領，兩半拼在一起才能生效。兵符可以有效地防止武將私自調動兵力陰謀叛亂。

❷【孀居】即「寡居」，指死了丈夫的女子獨自生活。

奸計，將陳應、鮑隆斬首，又連夜換上陳應的旗號，到桂陽城下叫門。趙範以為是陳應回來了，親自出城迎接，被趙雲活捉。劉備趕到桂陽，聽了原委，對趙雲說道：「趙範將嫂子嫁給你也是好事，你何必拒絕？」趙雲答道：「天下女人不少，我只怕不能建功立業，大丈夫還愁沒有妻子？」劉備讚歎道：「真是大丈夫。」

張飛見趙雲佔領了桂陽，便請命奪取武陵，劉備便派他率三千兵馬攻打武陵。武陵從事鞏志勸太守金璿出城投降，金璿不肯，親自率兵出城迎戰。金璿命部將出戰，眾將面面相覷，誰都不敢出戰，金璿只得親自出戰。張飛大喝一聲，聲如巨雷，令人喪膽，金璿心怯，收兵回城。剛走到城門口，見鞏志喊道：「我和百姓已經投降了劉皇叔。」說罷，一箭射來，金璿中箭而死。張飛奪取了武陵。

劉備將趙雲奪取桂陽、張飛奪取武陵的消息寫信告訴關羽，關羽主動請纓奪取長沙。劉備命張飛前去鎮守荊州，換關羽前來奪取長沙。諸葛亮對關羽說道：「長沙有一位老將，名叫黃忠，雖然年近六旬，但刀法純熟，箭術絕倫，有萬夫不當之勇、百步穿楊之能。你要多帶些兵馬。」關羽說道：「黃忠不過只是個老兵而已，有什麼可怕的。」說罷，率領部下五百名校刀手出發了。劉備放心不下，親自率兵接應。

黃忠得知關羽率兵殺來的消息，便要親自迎戰，小將楊齡請求出戰，太守韓玄便命楊齡出戰，交手只三個回合楊齡便被關羽殺死。韓玄大驚，急忙令黃忠出戰。黃忠與關羽交戰，

第二天，兩人又交戰六十回合，仍然不分勝負。關羽回馬就走……

一百回合不分勝負，約定明天再戰。第二天，兩人又交戰六十回合，仍然不分勝負。關羽回馬就走，黃忠趕來，關羽正要用拖刀計[3]砍殺黃忠，忽然聽到黃忠馬失前蹄，被摔到了地上。關羽轉過頭，喊道：「快去換馬，我等你決戰。」

韓玄將自己的戰馬借給黃忠，並命令黃忠用箭射死關羽。黃忠想到關羽饒了他一命，不忍射死關羽，便連續放了兩次空箭，第三次也只是射中關羽的盔纓。韓玄見了，認為黃忠與關羽私通，不顧眾將的反對，要將黃忠處斬。正在這時，魏延闖進大堂，說道：「黃忠是長沙的頂梁柱，黃忠死了，還有誰能保衛長沙？韓玄殘暴嗜殺，嫉賢妒能，願誅殺韓玄的跟我來。」數百人回應魏延的號令，亂刀砍死韓玄，救了黃忠。隨後，魏延打開城門，將關羽迎進長沙。

劉備和諸葛亮率領大軍進入長沙，黃忠、魏延前來相見。諸葛亮見了魏延，喝令武士將他斬首，劉備大驚，追問原因。諸葛亮說道：「魏延腦袋後面有反骨，遲早反叛，因此及早斬首，以除後患。」劉備說道：「如果斬了魏延，還有誰肯投奔於我？」諸葛亮聽了，便指著魏延說道：「你要忠心耿耿，不得心生異念，否則定不輕饒。」魏延聽了，嚇得汗流浹背，連連點頭答應。劉備就這樣佔領了武陵、長沙、桂陽和零陵。

火燒赤壁以後，周瑜攻打荊襄之地，孫權則親自率兵攻打合肥，與張遼交戰。周瑜從襄陽撤兵以後，令程普等率兵援助孫權。孫權親自與張遼交戰，樂進突然衝到孫權面前，舉刀便砍，護衛孫權的宋謙、賈華奮力死戰，才救了孫權的性命，張遼率兵掩殺，孫權大敗。張遼的養馬後槽❹嫉恨被責罰，暗中投降孫權，稱願意作內應，幫助孫權活捉張遼，孫權便派太史慈接應，不料張遼防守嚴密，太史慈被騙進城，中了埋伏，身受重傷。孫權見不能戰勝張遼，便撤兵了。回到南徐以後，太史慈傷重而死。

孫權退回南徐的同時，劉琦病逝。魯肅得到消息以後，便以弔喪為名，向劉備討要荊州，諸葛亮給魯肅寫了一張「暫借荊州」的文憑，約定等劉備佔領西川就歸還荊州。周瑜看了文憑，說道：「如果劉備十年都不奪取西川，難道要借荊州十年？」魯肅說道：「劉備不會辜負我吧！」周瑜說道：「劉備是當世梟雄，諸葛亮為人奸詐，哪裡像你這樣實誠。」魯肅問道：「既然如此，我該如何是好？」周瑜說道：「你對我有恩，我怎能忍心不幫你？等我找個機會，設一條妙計，幫你奪回荊州。」

---

❸【拖刀計】在與對方交戰時詐敗，拖著大刀逃跑，等對方追到跟前時，猛然掄起大刀朝著面門劈下來。拖刀計是關羽的必殺技。

❹【養馬後槽】負責養馬的馬夫。

第二十二回　賠了夫人又折兵

幾天以後，周瑜得到消息，劉備的妻子甘夫人死了，便對魯肅說道：「我有奪回荊州的妙計了。劉備死了妻子，必須續娶，主公之妹正值婚嫁年齡，可以作為誘餌，以招婿為名，將劉備騙到江東扣為人質，那時不怕他不還荊州！」魯肅連聲稱妙，立即到南徐與孫權商議，孫權便派呂範到荊州說媒。

呂範來到荊州面見劉備，說道：「我主孫權有個妹妹還沒有出嫁，希望嫁給劉皇叔，孫劉兩家結為秦晉之好❶，曹操必然不敢侵擾我們。只是太夫人不肯遠嫁女兒，劉皇叔必須到江東成親。」劉備聽了，將呂範留在驛館中休息，隨後與諸葛亮商議。諸葛亮說道：「既然如此，就請主公選個良辰吉日到江東成親。」劉備說道：「恐怕又是周瑜的奸計。」諸葛亮笑道：「周瑜的計謀怎能瞞得過我？我保管主公既得了夫人，又能佔著荊州。」劉備還是猶豫不決，諸葛亮便說道：「主公放心，我派趙雲隨主公前往，再交給趙雲三條錦囊妙計❷，一定萬無一失。」

這一年的十月，劉備率趙雲、孫乾及五百軍士前往南徐成親。船隻靠岸時，趙雲取出第一個錦囊，按照諸葛亮的吩咐，派軍士上岸採辦結婚物品，令他們到處傳說劉備到江東與孫權之妹結親的事，弄得江東人盡皆知。同時，劉備親自前去拜見喬國老，將入贅❸（ㄓㄨㄟˋ）江東的事告訴了他。

喬國老得到消息，立即向吳國太賀喜，吳國太大吃一驚，說道：「我怎麼不知道此事？」便立即召來孫權，問道：「男大當婚，女大當嫁，這是人間常理。你既然把妹妹許配給劉備，為何不許我知道？」孫權解釋道：「這是周瑜的計策，只是要奪回荊州。等劉備一到江東，便將他囚禁起來，逼迫他歸還荊州。」吳國太聽了，罵道：「周瑜是六郡八十一州的大都督，沒有一條妙計奪取荊州，竟然以我的女兒為誘餌使美人計！這豈不是要耽誤我女兒的終身大事？」喬國老也說道：「即使奪得荊州，也惹天下人恥笑。這條計策萬萬不可行。事已至此，為免出醜，便招劉備做個真女婿吧！」吳國太說道：「明天在甘露寺見劉

---

❶【秦晉之好】春秋時，秦國、晉國上層相互通婚，結成政治聯盟。是一種國家之間的聯合，後來漸漸將普通男女間的婚姻也稱爲「秦晉之好」。

❷【錦囊妙計】裝在小錦囊中的計策，在使用時才可以拿出，使用之前是密封的，不能隨意察看。

❸【入贅】即「上門女婿」，指男女結婚以後，男方到女方家生活，成爲女方家族的成員。

備，倘若我能滿意，便招他做女婿；倘若我不滿意，便任由你們行事。」孫權便命呂範告知劉備，吳國太要在甘露寺召見他；又命賈華率三百名刀斧手在甘露寺設下埋伏，如果吳國太不滿意，便立即捉拿劉備。

第二天，劉備內穿軟甲、外罩錦袍，趙雲披甲佩劍，率五百軍士護送劉備到甘露寺。吳國太見了劉備，心中暗喜，對喬國老說道：「真是我的好女婿。」便請劉備在方丈❹中赴宴。吳國太看到站在劉備身後的趙雲，問道：「這人是誰？」劉備答道：「部將趙雲。」吳國太問道：「是當陽長坂坡的趙雲嗎？」劉備說道：「正是。」吳國太便命人給趙雲賜酒。趙雲對劉備說道：「我看到房內埋伏有刀斧手。」劉備聽了，拜倒在吳國太面前，說道：「國太如果要殺劉備，就請動手。」吳國太聽了，大罵孫權道：「劉備既然是我女婿，也是我的兒女，你竟敢加害他！」孫權假裝不知何事，推給呂範，呂範又推給賈華，吳國太將賈華臭罵一頓，令他帶著刀斧手退下。

劉備來到院中，見到一塊大石頭，拔出劍來，心裡說道：「如果我能回到荊州，便將這塊石頭剁為兩半；如果要死在江東，便不能剁開石頭。」說罷，舉劍向石頭砍去，石頭裂成兩半。孫權見了，問道：「皇叔為何憎恨這塊石頭？」劉備說道：「我向天買卦，如果能除掉曹賊，將石頭剁為兩半。」孫權說道：「既然如此，我也向天買卦，如果能除掉曹操，也將石頭剁為兩半。」但在心裡卻暗暗說道：「如果能奪回荊州，將石頭剁為兩半。」說罷，一劍砍去，石頭裂成為兩半。

幾天以後，吳國太大擺筵席，為劉備和女兒舉辦婚禮。當天夜裡，劉備來到孫夫人的房中，見房中放著刀槍兵器，侍女們都佩帶寶劍，嚇得面如土色。侍女解釋道：「夫人自幼愛好武術，經常與奴婢們舞劍取樂，因此房中擺放刀槍兵刃。」劉備說道：「兵器武藝哪裡是女人應有的愛好？我看了心驚肉跳，暫時撤掉吧。」孫夫人聽了，笑道：「戎馬半生，還懼怕兵器？」便令人撤掉了。

孫權派人到柴桑，將吳國太當真把劉備招為女婿之事告訴周瑜。周瑜大驚，又思索了一條計策，請孫權將劉備軟禁在南徐，送給他各種奢華禮物，使他不願返回荊州，到那時再出兵攻取荊州，諸葛亮等群龍無首，必然抵擋不住。孫權與張昭商議，張昭說道：「劉備在江東遲遲不回，必然疏遠與諸葛亮、關羽、張飛的關係，長此以往，諸葛亮、關羽、張飛必然心生異念，荊州便很容易攻取了。」於是，孫權令人修建了一座豪華的府第，送給劉備和孫夫人居住，又送給劉備十幾位歌女和大量金銀古玩。劉備果然被聲色所迷，絕口不提返回荊州之事。

---

❹【方丈】又稱「堂頭」、「正堂」，指佛教寺院住持居住的房間或供來客居住的客房，後來引申為對寺院住持的稱謂。

當天夜裡，劉備來到孫夫人的房中，見房中放著刀槍兵器，侍女們都佩帶寶劍，嚇得面如土色。

劉備被聲色所迷，趙雲也無所事事，只好去城外射箭遊獵。到了年底，趙雲想起諸葛亮的吩咐，打開第二個錦囊。按照諸葛亮的計策，趙雲對劉備說道：「接到軍師的密報，曹操率五十萬大軍殺奔荊州，請主公速回荊州。」劉備令趙雲先退下，然後與孫夫人商議，說道：「我如果不回荊州，導致荊州失守，天下人便會恥笑於我；如果回荊州，又捨不下夫人。」孫夫人說道：「你去哪裡，我便跟你去哪裡。」劉備說道：「國太和吳侯怎肯放你走？」孫夫人說道：「我去哀求母親，母親必然同意。至於兄長，我們就藉口到江邊祭祖，來個不辭而別。」劉備大喜，說道：「夫人的恩情，劉備終生難忘。」於是，劉備命趙雲和五百軍士到城外等候。

正月元旦這一天，孫權宴請文武幕僚，喝得酩酊大醉。劉備帶孫夫人拜見吳國太，稱要到江邊祭拜父母祖宗，吳國太同意了，令孫夫人隨劉備一同前往。劉備和孫夫人便瞞著孫權出城，與趙雲會合，離南徐而去。那天，孫權喝醉了酒，直到第二天五更才醒，得知劉備出城的消息，急忙令陳武、潘璋率五百精兵追趕，陳武、潘璋領命而去。程普說道：「陳武、潘璋未必能捉得住劉備。郡主既然肯隨劉備出城，必然是真心順從劉備，陳武、潘璋見了郡主，怎敢捉拿劉備？」孫權聽了，解下佩劍交給蔣欽、周泰，說道：「去將劉備和我妹妹的人頭提來。」蔣欽、周泰領命而去。

當時，劉備、孫夫人一行已經走到了柴桑境內，見後面有追兵趕來，劉備便命趙雲斷後，自己和夫人往前趕路，不料前面也有人擋住了去路。追趕的是孫權派來的陳武、潘璋，攔截的是周瑜派來的徐盛、丁奉。劉備見被前後包圍，便與趙雲商議對策，趙雲說道：「軍師交給我的第三個錦囊還沒有打開，在這等危急關頭，應該拆開。」劉備看了錦囊，對孫夫人說道：「吳侯之所以要將夫人嫁給我，是聽了周瑜的美人計，想將我騙到江東，然後伺機奪取荊州，夫人只是誘騙我的一個誘餌。昨天，我得知周瑜要害我，便謊稱曹操攻打荊州，以便逃回荊州。現在，吳侯派人在後面追趕，周瑜又派人在前面攔截，要脫離險境，只得請夫人出面。」

孫夫人聽了，便令人捲起馬車上的布簾，喝問徐盛、丁奉道：「你們要造反嗎？我已經稟報過母親和兄長，要隨劉皇叔到荊州去。你們要攔路搶劫嗎？」徐盛、丁奉急忙下馬，連連說道：「不敢。」孫夫人又將周瑜大罵一頓，便令車駕繼續前行。徐盛、丁奉無可奈何，只得放他們過去。

劉備、孫夫人過去不久，陳武、潘璋便追來了，與徐盛、丁奉合兵一處。陳武說道：「我們奉主公將令，就是來追他們回去的。」徐盛、丁奉得知有孫權的命令，便調轉馬頭，與陳武、潘璋一起追趕劉備。劉備見又有人追來，便告訴了孫夫人。孫夫人讓劉備先往岸邊走，她和趙雲斷後。陳武等四人追到跟前，見孫夫人等在那裡，只好下馬施禮。孫夫人罵道：「都是你們離間我們兄妹感情，我是嫁給了劉皇叔，又不是跟人私奔。我奉母親旨意跟丈夫回荊州，就算兄長親自趕來，也得放我走，你們率領兵馬趕來，難道要殺我？」陳武等人面面相覷，暗自合計道：「即使主公也不敢違背吳國太的旨意，更何況我們？倒不如做個順水人情。」於是退下了。孫夫人與趙雲調轉車頭望江岸而去。

陳武等四人正拿不定主意時，蔣欽、周泰率一千兵馬趕到，說道：「主公令我們先殺郡主，再殺劉備。」陳武等人說道：「已經過去很久了，就怕追不上。」蔣欽說道：「徐盛、丁奉二將軍迅速回報大都督，請大都督率兵在水路攔截；我們在旱路追擊。追上之後，不問二話，立即誅殺。」

劉備等人來到劉郎浦，想渡江卻找不到渡船，眼見蔣欽等人就要追來，卻無可奈何。正在此時，趙雲望見江岸邊閃出二十幾條戰船，便立即請劉備和孫夫人上船。等眾人都上了船，只見諸葛亮笑著從船艙裡走出來。這時，蔣欽等人也追到岸邊，諸葛亮說道：「回去告訴周瑜，不要再耍美人計的手段。」說罷傳令開船。

劉備等人正在大江中急行，忽然聽見背後喊聲大震，原來是周瑜率船隊追來了。諸葛亮便令船隻靠岸，上岸騎馬繼續走。周瑜追到岸邊，也率兵上岸追趕。忽然，關羽率兵殺出來，周瑜大驚失色，撥馬就逃。黃忠、魏延又從左右兩側殺出來，周瑜大敗，退到船上。荊州將士在岸上齊聲喊道：「周郎妙計安天下，賠了夫人又折兵。」周瑜大怒，要上岸決戰，被黃蓋、韓當勸住。周瑜說道：「我有什麼臉面再見主公。」說罷，大叫一聲，倒在船上。黃蓋、韓當等人見狀，急忙傳令撤兵。

第二十三回　氣死周瑜

孫權得知劉備帶著孫夫人回到荊州的消息，憤怒不已，準備派程普率兵攻打荊州，顧雍勸道：「萬一劉備投靠曹操，與曹操聯手，江東就危險了。不如派人到許都，舉薦劉備為荊州牧，不僅能拉攏劉備，還能令曹操畏懼。等日後時機成熟了，再使離間計，令曹操和劉備交戰，我們坐收漁翁之利。」孫權大喜，便派華歆出使許都。

當時，鄴郡的銅雀台[1]剛剛完工，曹操率文武百官在鄴郡慶賀。曹操頭戴嵌寶金冠，身穿綠錦羅袍，坐在銅雀台上，命人將一件西川紅錦戰袍掛在柳枝上，讓武將們比試弓箭，射中箭垛紅心的人能得到那件戰袍。號令一下，曹氏宗族中的小將曹休飛馬而出，一箭射中紅心。文聘見了，叫道：「應該讓我們外姓人先射。」也一箭射中紅心。曹洪厲聲說道：「我來為你們二人解箭。」說著話，拈弓搭箭，正中紅心。張郃說道：「你們的射法不足為奇，看我的。」說罷，翻身背射，也射中紅心。眾人齊聲喝采。夏侯淵說道：「翻身背射何足道哉？看我的。」扭回身一箭射去，正好射在那四枝箭的正中間，夏侯淵叫道：「能得到戰袍

嗎？」徐晃飛馬而出，叫道：「留下戰袍。」說吧，拽滿弓，望著掛戰袍的柳枝就是一箭，柳枝被射斷，戰袍落到地上，徐晃撿起戰袍披到身上。許褚見戰袍被徐晃奪走，怒氣沖天，衝上來便要搶奪戰袍。兩人扭打在一起，戰袍都被撕成碎片了。曹操急忙令人將他們分開，然後將眾將請上銅雀台，每人賞賜一匹蜀錦❷。

曹操又命文官展露文采，王朗、鍾繇、陳琳、王粲等人都抒寫了歌頌曹操功德、勸曹操稱帝的文章，曹操看了，說道：「我已經是丞相了，位極人臣，還能有什麼願望？有人見我手握大權，懷疑我有野心，簡直荒謬！如果沒有我曹操，不知天下有多少人稱帝稱王。我也想放棄兵權，但又擔心被人所害。如果我被害死了，國家就會再次陷入混亂。」文武百官聽了，齊聲說道：「丞相的功績超過伊尹、周公❸。」

曹操喝了幾杯酒，借著酒勁寫詩，正要落筆，聽人彙報說孫權表奏劉備為荊州牧，心頭

---

❶【銅雀台】曹操打敗袁紹後在鄴郡修建的三座樓臺之一。據說，曹操駐紮在鄴郡時，夜裡見到地下冒出一道光，便命人挖地三尺，挖出一隻銅雀，荀攸認爲是吉祥之兆，曹操大喜，命人在漳河上修建一座樓臺，命名爲「銅雀台」。

❷【蜀錦】成都出產的錦類絲織品，已有兩千多年的歷史。蜀錦織紋精細，著色典雅，獨具一格，與南京雲錦、蘇州宋錦和廣西壯錦齊名，並稱「四大名錦」。

周瑜看完信，長歎一聲，拿過紙筆，給孫權上書。周瑜對眾將說道：『我壽命將近，不能再為國家效力，你們要盡力輔佐主公，成就千秋大業。』

一驚，毛筆掉到了地上。當曹操得知孫權將妹妹嫁給劉備，劉備又佔領了大半個荊襄時，說道：「劉備是人中蛟龍，現在佔據了荊州，如同蛟龍入海，怎能不令人心驚！」程昱說道：「我有一條妙計，可以令孫劉相爭，丞相趁機出兵，一舉平定江南。」曹操笑顏逐開，問道：「你有何妙計？」程昱說道：「請丞相表奏周瑜、程普為南郡和江夏的太守，再將華歆留在許都，周瑜、程普必然因此仇視劉備。」曹操依計而行。

周瑜被任命為南郡太守，果然更加急於奪回荊州，孫權便派魯肅向劉備討要荊州。魯肅見到劉備，說道：「現在孫劉兩家成了親家，請皇叔看在親戚的份上，早日歸還荊州。」劉備聽了，失聲痛哭起來，驚得魯肅目瞪口呆。諸葛亮從屏風後面走出來，說道：「我家主公答應過先生，佔領西川就歸還荊州。但西川劉璋也是漢室宗親，是主公的兄弟。如果出兵攻打西川，就是骨肉相殘，會被外人唾罵；如果不攻打西川，又無容身之地；如果不歸還荊州，又傷害了親情。因此左右為難，忍不住哭泣。」魯肅聽了，不知該說什麼。諸葛亮繼續說道：「先生回去以後，千萬懇求吳侯多寬限些日子。」魯肅是個老實人，見劉備如此傷

---

❸【周公】即姬旦，又稱叔旦、周公旦，周文王的第四個兒子，西周初年政治家、軍事家和思想家。周武王死後，周公攝政當國，輔佐周成王平定「三監叛亂」，訂立典章制度，爲鞏固和發展周朝做出關鍵貢獻。周公還被認爲是儒學的奠基人，被尊爲「元聖」。

心，便答應了。

魯肅來到柴桑，對周瑜說了那些事情，周瑜跺著腳說道：「你又中了諸葛亮的奸計。你先別回南徐，再去一趟荊州，告訴劉備，既然他不忍心奪取西川，我們代他去取西川，打下西川以後，用西川換回荊州。」魯肅說道：「西川距離江東路途遙遠，恐怕不易攻取。」周瑜說道：「我不是當真要攻打西川，只是以此為藉口突襲荊州。大軍路過荊州時，命劉備出城犒軍，我們趁勢殺死劉備，奪取荊州。」

魯肅再次來到荊州，稱江東願意出兵攻取西川，再用西川換回荊州，諸葛亮假裝同意，說道：「大軍路過荊州時，我們必定出城迎接。」魯肅告辭以後，諸葛亮對劉備說道：「周瑜的死期到了。這是『假道滅虢』❹之計，名義上攻取西川，實際上企圖趁主公出城犒軍時出其不意奪取荊州。」於是，令人做好安排，只等周瑜上門。

周瑜得知諸葛亮親口答應將出城犒軍的消息，哈哈大笑，說道：「他也中我的計了！」便請魯肅回南徐稟報孫權，又令程普率兵接應。之後，周瑜令甘寧為先鋒，率兵奔荊州而去，自己與淩統、呂蒙、徐盛、丁奉等率大軍隨後趕來。到達夏口時，糜竺在半路迎候，告知周瑜劉備已經在城門外等候了。周瑜欣喜若狂。到達公安時，還不見有人接應，周瑜心裡有些著急，命令船隊加速前進。距離荊州不遠時，探馬回報，荊州城上插著兩面白旗，但不見半個人影。周瑜疑惑不已，傳令停船上岸。

周瑜率領甘寧、徐盛、丁奉及三千兵馬來到荊州城下，城內還是沒有動靜，正在猶豫，忽然一聲炮響，城上湧出來無數全副武裝的軍士，只見趙雲登上城樓，說道：「諸葛軍師已經看穿了周都督『假道滅虢』之計！」周瑜聽了，回馬就走。這時，探馬報告說，關羽、張飛、黃忠、魏延分四路殺來。周瑜大叫一聲，箭傷復發，掉落馬下。甘寧等急忙將周瑜救到船上。探馬又回報說，劉備、諸葛亮正在前面的山上喝酒。周瑜咬牙切齒地說道：「你以為我不能攻取西川，我偏偏要去！」於是命令船隊繼續前進。

到達巴丘時，諸葛亮給周瑜送來一封信，勸周瑜不要攻打西川。周瑜看完信，長歎一聲，拿過紙筆，給孫權上書。周瑜對眾將說道：「我壽命將近，不能再為國家效力，你們要盡力輔佐主公，成就千秋大業。」說罷便昏死過去，過了很久又清醒過來，仰天長歎道：「既然生下周瑜，又何必生下諸葛亮！」大叫幾聲，氣絕身亡，年僅三十六歲。孫權得知周瑜病故，痛哭不已，接受周瑜的建議，拜魯肅為大都督，總管江東兵馬。

諸葛亮夜觀天象，見有將星❺墜落，笑道：「周瑜死了。」劉備令人打探，周瑜果然死

---

❹【假道滅虢（ㄍㄨㄛˊ）】以借道為名，出其不意、攻其不備，攻打對方。據記載，晉獻公給虞國國君送去金銀寶馬，請求借道攻打虢國。虞國國君貪圖錢財，不聽大夫宮之奇的勸阻，允許晉軍經過虞國領地攻打虢國。晉軍滅掉虢國以後，經虞國領地返回，順道滅掉了虞國。

了。諸葛亮說道：「我要以為周瑜弔喪為名，到江東走一趟，尋找能夠輔佐主公的大賢。」劉備擔心江東將士仇視諸葛亮，不許諸葛亮前往。諸葛亮說道：「周瑜在時我尚且不怕，如今周瑜都死了，我更不會害怕。」於是，在趙雲的護衛下來到柴桑。江東眾將認為周瑜是被諸葛亮害死的，因此打算為周瑜報仇，見有趙雲護衛，才不敢動手。

諸葛亮將祭品擺到周瑜靈前，親自奠酒，跪在地下朗讀祭文，讀罷又伏地大哭，淚如泉湧，哀痛不已。江東將士見了，互相議論道：「都說周瑜與諸葛亮關係不好，現在看來都是謠言。」魯肅見諸葛亮哭得如此悲傷，在心裡說道：「諸葛亮情深意厚，反倒是周瑜氣量狹小，把自己氣死了。」

祭拜了周瑜，諸葛亮便要登船離開。剛剛來到江邊，就見一位身穿道袍的人走過來，一把拽住諸葛亮，說道：「你氣死了周郎，又跑來弔喪，欺負江東沒人！」諸葛亮大驚，抬眼一看，來人正是「鳳雛」龐統，便哈哈大笑起來。諸葛亮給龐統留下推薦信，說道：「如果江東不能重用先生，便到荊州來，與我一起輔佐劉皇叔。」龐統點頭答應。

辦完周瑜的喪事，魯肅對孫權說道：「我才能平庸，難當都督大任。我向主公舉薦一位上知天文、下知地理，智謀與管仲、樂毅相當，勇略與孫臏、吳起相近的人。」孫權問道：「這人是誰？」魯肅答道：「龐統龐士元，道號『鳳雛先生』。」孫權便命魯肅將龐統請來相見。

魯肅很快便請來了龐統。孫權見龐統相貌古怪，有些不高興，隨口問道：「先生以哪種學問為主？」龐統答道：「不必拘執，隨機應變。」孫權又問道：「與周瑜相比如何？」龐統答道：「大不相同。」孫權很器重周瑜，見龐統很輕視周瑜，更加不高興了，命龐統先退下。孫權對魯肅說道：「這種狂妄之人不用也罷。」魯肅說道：「火燒赤壁時，龐統獻了連環計，主公可知道？」孫權說道：「那是曹操的主意，與他何干！」

魯肅送給龐統一封推薦信，請龐統到荊州投靠劉備。龐統拿了推薦信，便來荊州求見劉備。當時，諸葛亮外出巡視地方，劉備見龐統相貌醜陋，也不太高興，說道：「荊州沒有空缺的職務，耒（ㄌㄟˇ）陽縣令空缺多時，請先生前去赴任。」龐統見諸葛亮不在，沒有多說，便去了耒陽。

到了耒陽以後，龐統並不處理公務，只是整天喝酒。有人向劉備報告說，龐統荒廢了耒陽的政務，劉備大怒，派張飛、孫乾前來巡視。張飛來到耒陽，見龐統沒有出城迎接，詢問得知龐統還在睡覺，勃然大怒，便要派人將龐統綁來。孫乾勸道：「我們先看看他如何處理政務，有不當之處再問罪。」

---

❺【將星】星空中象徵大將的星星。古人認爲，帝王將相與夜空中的星星一一對應，觀察將星的狀態，可以了解對應的將領狀態。

張飛來到縣衙，命人叫醒龐統。龐統醉醺醺地從臥室走出來，張飛見了，怒氣沖沖地問道：「我兄長任命你為縣令，你竟敢醉酒誤事。」龐統說道：「方圓只有百里的一個小縣城能有多少公務？我現在就處理給將軍看。」說罷，命人將積壓的所有公文卷宗都拿到堂上來，只見龐統手中批判，口中發令，耳中聽詞，不到半天的時間就處理完了所有公務，而且曲直分明，沒有半點兒差錯。龐統將筆丟到地上，對張飛說道：「曹操、孫權在我看來，就好比舉手看書，更何況一座小縣城。」張飛趕緊起身施禮，說道：「我一定向兄長舉薦先生。」龐統這才拿出魯肅的推薦信，交給張飛。

劉備得到消息，大吃一驚。正在此時，諸葛亮巡視回來，詢問龐統的情況，劉備說道：「在耒陽當縣令，好酒誤事。」諸葛亮笑道：「龐統的才能勝我十倍，到百里小縣任職，不願理事，因此才整天沉醉。」劉備便命張飛到耒陽請龐統到荊州來。見面以後，劉備親自向龐統謝罪，龐統這才拿出諸葛亮的推薦信。劉備大喜過望，說道：「水鏡先生說過，臥龍、鳳雛得一人可安天下，現在我得到兩個，復興漢室，指日可待！」於是拜龐統為副軍師中郎將，與諸葛亮共掌軍務。

第二十四回　馬超討賊

曹操得知劉備得到諸葛亮、龐統二位當世奇才的輔佐，料到其遲早會出兵北伐，便準備趁劉備羽翼未滿之時搶先攻打荊州。荀攸建議先打江東後打荊州，曹操說道：「如果我率兵攻打荊州，馬騰趁機襲擊許都，如何應對？」荀攸說道：「不如加封馬騰為征南將軍，命他攻打江東，以此為藉口騙他到許都。等除掉馬騰再出兵，許都便沒有後顧之憂了。」曹操便命人到西涼，召馬騰進京。

馬騰是漢朝伏波將軍[1]馬援[2]的後代，時任征西將軍，與鎮西將軍韓遂共同鎮守西涼。接到命令以後，馬騰與長子馬超商議，說道：「我與董承、劉備等約定共同誅殺曹操，如今

---

❶【伏波將軍】漢武帝設置的封號，將軍的一種，「伏波」的意思是降伏波濤。歷史上第一任伏波將軍是漢武帝時期的將領路博多，最著名的伏波將軍是東漢初年的馬援，馬援幾乎成了伏波將軍的代名詞。

董承慘死，劉備遠在荊州。我正想與劉備聯絡，曹操又來召我，該如何抉擇？」馬超說道：「如果不去許都，曹操又怪父親違抗聖旨；不如到許都見機行事，趁機除掉曹操。」馬騰之侄馬岱說道：「曹操詭計多端，叔叔如果去了許都，恐怕會慘遭毒手。」馬騰對馬超說道：「我和馬岱、馬休、馬鐵前往許都，你留在西涼，曹操必然不敢害我。」於是，馬騰與馬休、馬鐵帶五千兵馬啟程前往許都，令馬岱在後接應。

曹操得知馬騰到了許都城外，便派門下侍郎黃奎傳話，令馬騰在城外駐紮。馬騰在軍營中設宴款待黃奎，酒過三巡，黃奎痛罵曹操是欺君之賊，馬騰便與黃奎約定，趁曹操出城閱兵之際刺殺曹操。黃奎回家以後，失口將刺殺曹操的密謀洩露給小妾李春香，李春香又轉述給黃奎妻弟苗澤。苗澤一心想得到李春香，便連夜求見曹操，將馬騰、黃奎的密謀報告給曹操。曹操大怒，當即將黃奎一家抓進大牢。

第二天，馬騰見一隊兵馬打著曹操的旗號出城而來，以為是曹操前來閱兵，便率兵相迎。忽然一聲炮響，曹洪率兵殺來，夏侯淵、許褚、徐晃也從左右兩側和身後殺來。馬騰只帶了五千兵馬，抵擋不住曹軍的圍攻，竟然全軍覆沒，馬鐵戰死，馬騰、馬休被俘，與黃奎一起被斬首。苗澤說道：「我不願意得到賞賜，只求丞相將李春香賜給我。」曹操說道：「為了一個女人，你害死姐夫一家，留你何用！」將苗澤與黃奎家眷一起處斬。馬岱得到馬騰等人被殺的消息，捨棄兵馬，隻身一人逃回西涼。

西涼軍又大叫「長長鬍子的是曹操」，曹操心驚膽戰，拔出短刀割斷了鬍子……

曹操除掉了馬騰，再次商議進攻江南，忽然得到消息，劉備準備出兵攻打西川，大驚道：「如果劉備得了西川，勢力更大，必然後患無窮。」陳群說道：「不如出兵攻打江東，孫權必然向劉備求援，劉備一心攻打西川，未必願意救援孫權。等佔領了江東，消滅劉備易如反掌。」曹操大喜，率兵三十萬攻打江東。

孫權得到消息，果然派魯肅到荊州向劉備求援。諸葛亮說道：「我有妙計使曹操不戰自退。曹操始終擔心

❷【馬援】字文淵，東漢軍事家，開國功臣。馬援原本是西漢末年割據軍閥隗囂的部將，後來投靠劉秀，協助劉秀建立了東漢政權。之後，馬援西征羌人，南征交趾，北征烏桓，立下赫赫戰功，被封爲伏波將軍。

西涼趁機襲擊許都，現在曹操殺了馬騰，馬騰之子馬超必然懷恨在心，主公可以派人聯絡馬超，請馬超出兵攻打許都，曹操得知許都危急，必然撤兵回救。」劉備大喜，當即派人到西涼聯絡馬超。

馬超正因為父親和兄弟被曹操害死而恨得咬牙切齒，見劉備相邀攻打曹操，便立即整頓兵馬準備出戰。韓遂聽到馬超出兵的消息，率八位部將趕來相助。於是，馬超、韓遂率兵二十萬，殺奔長安而來。長安太守鍾繇率兵迎戰，被馬岱打敗，退入長安城中堅守。馬超見打不下長安城，便下令撤兵。鍾繇見馬超退兵，立即派人出城打水，馬超又殺到城下，鍾繇急忙命人關上城門，軍民人等一哄而入。趁著這個機會，馬超部將龐德扮作百姓混進城裡。當天夜裡，龐德殺散守城軍士，放馬超、韓遂入城。鍾繇退守潼關，向曹操求救。

曹操得到消息，派曹洪、徐晃率兵援助鍾繇，自己率大軍隨後趕來。曹洪性情暴躁，被西涼軍激怒，出城迎戰，結果被馬超、龐德打敗，丟了潼關。曹操聞訊，親自率兵趕到潼關與馬超決戰。馬超接連打敗于禁、李通，曹軍大亂，四散奔逃。馬超直奔中軍，要活捉曹操。曹操見狀，撥馬便逃，馬超緊緊追趕。曹操聽西涼軍大叫「穿紅袍的是曹操」，立即脫掉袍子；西涼軍又大叫「長長鬍子的是曹操」，曹操心驚膽戰，拔出短刀割斷了鬍子；馬超見了，喊道：「短鬍子的是曹操！」曹操只得扯過旗幟的一角包住下巴。馬超追上曹操，望著曹操的後背一槍刺去，結果刺到了樹上，等拔下長槍時，曹操已經走遠了。馬超繼續追趕，曹洪、夏侯淵先後趕到，馬超只得返回，曹操逃過一劫。

曹操退回大營堅守不出。幾天以後，曹操得到消息，羌人派兵為馬超助戰，便派徐晃渡過渭河切斷馬超的退路，自己也準備率兵渡河。馬超聽說曹操要渡河的消息，接受韓遂的意見，準備在曹軍渡河時發動突然襲擊。曹軍渡河時，馬超殺到，曹軍一片慌亂，死傷無數，曹操在許褚的保護下脫離險境。

馬超與韓遂商議，由馬超率兵據守渭河北岸，防止曹軍渡河；韓遂則率龐德等將渡河與曹操交戰。結果韓遂中了曹操的埋伏，幸虧龐德奮力拼殺，才逃出重圍，部將程銀、張橫戰死。馬超又與韓遂商議在夜間偷襲曹營，結果兩軍互有勝負，混戰一夜，到天亮才收兵。

在西涼軍的襲擾下，曹軍的營寨始終沒有搭建完畢，曹操焦慮不已，又無計可施。當時是九月底，天氣變得愈發陰冷。終南山隱士婁子伯給曹操出主意，趁著颳西北風之時，將水潑在土牆上，天亮以後，水結成冰，土牆便不會倒塌了。曹操依計而行，終於築成營寨。馬超得知大驚，率兵趕來查看，曹操派許褚出戰。馬超與許褚交戰，大戰兩百回合不分勝負。曹操見狀，令夏侯淵、曹洪夾擊馬超，龐德、馬岱率鐵騎橫衝直撞而來，曹軍抵擋不住，大敗。曹操盛讚馬超有呂布之勇，馬超也稱讚許褚是真虎癡。

曹操與馬超相持不下，便密令徐晃、朱靈盡快渡河，與他形成前後夾擊之勢。馬超得知曹操已經在河西建立了營寨，大驚，急忙與韓遂商議。韓遂部將李堪建議講和罷兵，韓遂同意，馬超猶豫不決。隨後，韓遂派部將楊秋到曹營講和，曹操沒有立即答覆。賈詡建議使離間計挑撥馬超與韓遂的關係，使馬超猜疑韓遂，然後逐個擊破。曹操聽了，便給馬超、韓遂回信，許諾歸還河西之地。馬超、韓遂為防曹操使詐，約定輪流監視曹操。

這天，輪到韓遂監視曹操，曹操親自出陣與韓遂搭話，只談論陳年舊事，沒有談及軍事。馬超得到消息，趕來問韓遂道：「曹操與叔叔說了什麼？」韓遂答道：「都是舊日交情。」馬超問道：「沒有談論軍務？」韓遂答道：「曹操不提起軍務，我又何必提及？」馬超滿心狐疑。曹操又給韓遂送來親筆信，在要緊之處做了塗抹刪改，又有意讓馬超得知。馬超果然向韓遂索要信件，見有塗改的痕跡，說道：「怕是有見不得人的勾當，不敢讓我知道，叔叔便預先塗改了吧！我和叔叔齊心協力，叔父怎敢心生異念！」韓遂說道：「賢侄既然懷疑我，明天我叫曹操出陣搭話，你從旁邊殺出來，一槍刺死曹操。」

第二天，韓遂來到陣前，請曹操搭話，曹操令曹洪到陣前與韓遂相見，說道：「將軍不要忘記與丞相的約定。」說罷就回去了。馬超聽見，氣得暴跳如雷，當時便要殺韓遂，被韓遂部將勸住。韓遂辯解道：「我沒有異心，賢侄不要懷疑。」馬超不聽，憤憤地走了。韓遂見馬超有殺他之心，便與部將商議，楊秋等人勸韓遂投降曹操，韓遂被迫無奈，只好派楊秋到曹營投降。曹操大喜，許諾加封韓遂為西涼侯，楊秋為西涼太守。韓遂與曹操約定，當天夜裡裡應外合襲擊馬超。

不料，馬超暗中派人打探得知了韓遂與曹操的密謀，便親自到韓遂軍中問罪。馬超衝進韓遂的中軍帳，見韓遂與楊秋等人正在議事，勃然大怒，一劍往韓遂臉上砍去，韓遂用手去擋，手被砍掉了。楊秋等人立即圍住馬超混戰，馬超越戰越勇，梁興、馬玩被殺，楊秋等人逃走。正在此時，曹軍從四面八方殺來，馬超急忙上馬，與龐德、馬岱殺出一條血路，往西北方向逃跑。曹軍急追不捨，馬超不敢停留，帶著三十多名騎兵逃到了臨洮一帶。

打敗馬超以後，曹操封韓遂為西涼太守，令他率部將楊秋、侯選駐守渭口；封韋康為涼州刺史，駐守冀城；令夏侯惇率大軍駐守長安，自己率大軍班師回朝。皇帝得知曹操回京的消息，親自出城迎接，禮遇之極，震驚天下。

漢中太守張魯得到曹操打敗馬超的消息，召集幕僚商議道：「曹操打敗馬超，必將入侵漢中。我準備自稱漢寧王，出兵攻打曹操。」謀士閻圃說道：「不如先奪取西川之地，再與曹操抗衡。」張魯便命兄弟張衛整頓兵馬，準備攻打西川。巴西太守龐羲獲悉張魯準備攻打西川的消息，火速報知西川之主劉璋。劉璋生性懦弱，得到消息憂愁不已，益州別駕張松說道：「我願意前往許都，說服曹操出兵攻打張魯，張魯自顧不暇，自然不敢與西川為敵。」劉璋便準備厚禮，令張松即刻前往許都。

曹操見到張松，問道：「西川為何連年不向朝廷進貢？」張松答道：「一來路途遙遠，二來盜賊太多，道路不通，不敢進貢。」曹操本來就不喜歡張松猥瑣的外貌，又見張松言語無理，勃然大怒，不再理睬張松。曹操的近侍責怪張松不會說話，張松說道：「西川沒有獻媚之人。」主簿楊修聽見了，喝道：「難道中原有獻媚之徒嗎？」張松見楊修口才不凡，便與楊修攀談。

楊修問道：「川中有人才嗎？」張松答道：「文有司馬相如[3]，武有馬援，神醫有張仲景[4]，神卜有嚴遵[5]，怎能說沒有人才？其餘出類拔萃之人更是數不勝數。」楊修又問道：「劉璋手下，如先生這樣的人物有多少？」張松答道：「文武雙全、智勇足備之輩便有數百人，如我這樣的更是不勝枚舉。」張松反問楊修道：「先生世代都是朝廷公卿，怎麼到先生這一代，卻投到丞相府當了主簿？」楊修羞愧難當，答道：「只為時刻聆聽丞相教誨。」張松問道：「丞相能給先生什麼教誨？」楊修答道：「你從偏遠之地來，不了解丞相的才能。」命人取過曹操剛剛寫就的《孟德新書》給張松看，張松翻看一遍，說道：「這是戰國無名氏所作，西川三尺兒童都會背誦，你被曹丞相騙了。」說罷，便將《孟德新書》背了一遍，絲毫不差。楊修見了，直誇張松是天下奇才。

楊修見到曹操，稟報張松背出《孟德新書》之事，曹操惱怒不已，令人將《孟德新書》全都燒毀，又對楊修說道：「明天命張松到西教場觀看閱兵。」第一天，楊修陪張松來到西教場，曹操指著威武雄壯的軍士，問張松道：「西川可有如此強壯的將士？」張松答道：「西川以德服人。」曹操又問道：「我帶兵打仗，戰無不勝，攻無不克，你可知道？」張松答道：「略有耳聞。丞相在濮陽遇到呂布時，在宛城遇到張繡時，在赤壁遇到周瑜時，在華容遇到關羽時，在潼關遇到馬超時，都是天下無敵。」曹操惱羞成怒，罵道：「你竟敢揭我的短！」命人將張松攆走了。

---

❸【司馬相如】漢武帝時期文學家、辭賦家、政治家，漢賦的代表作家，被尊為「賦聖」、「辭宗」，代表作品有《子虛賦》、《上林賦》、《美人賦》、《長門賦》等。

❹【張仲景】東漢末年著名醫學家，被尊稱為「醫聖」。張仲景廣泛地收集醫方，寫出了醫學經典《傷寒雜病論》，推動了醫學的發展，成為醫學史上最為重要的著作之一，受到歷代醫學家的推崇。

❺【嚴遵】字君平，西漢時川中知名卜者。嚴遵卜卦，不以賺錢為目的，在賺足了生活必需的錢財之後，他便不再卜卦，專心研讀《老子》，著有《老子指歸》。

第二十五回　截江奪阿斗

張松被曹操趕出西教場，羞愧難當，連夜離開了許都。張松本打算將西川之地獻給曹操，不料反遭到曹操的羞辱，不甘心毫無作為地回到西川，便打算將西川獻給劉備，於是，直奔荊州方向而來。

走到郢州地界時，遇到一隊兵馬，為首大將趙雲對張松說道：「奉主公之命特地趕來為先生進獻酒肉。」張松暗自說道：「劉玄德果然寬厚仁義。」於是與趙雲一起來到荊州。在荊州驛館門外，關羽帶隊迎候，張松感動不已。第二天，還沒有走多遠，劉備帶著諸葛亮、龐統等人親自趕來迎接。遠遠地看見張松，劉備便下馬站在路邊施禮，張松趕緊下馬回禮，隨劉備一同進城。

劉備設宴款待張松，但並不提及西川之事，張松便問道：「皇叔除了荊州之外，還佔有幾座州郡？」諸葛亮代劉備回答道：「只有荊州一郡，還是向東吳借來暫時落腳的。」龐統也說道：「我家主公是大漢皇叔，反而不能據有州郡，令有智之士深感不平。」劉備說道：

「我何德何能，哪敢有過多奢求？」張松說道：「皇叔是漢室宗親，即使稱王稱帝也不過分，更何況佔據州郡？」劉備慌忙說道：「不敢當，不敢當！」

張松在荊州連住三天，劉備每天都設宴款待，但是絕口不提西川之事。張松要回西川了，劉備親自送到十里長亭，又是淚如雨下。張松見劉備如此厚待自己，感激不盡，便主動說道：「荊州離曹操、孫權太近，不是長久的安身之地。西川之地國富民強，地勢險要，百姓久聞皇叔大名，如果能佔據西川，不愁霸業不成。」劉備推辭道：「劉璋也是漢室宗親，世代經營西川，我怎敢取而代之！」張松說道：「劉璋懦弱昏聵，不能選賢任能，人心思變。皇叔應當奪取西川，然後北伐中原，匡扶漢室。如果皇叔有意，我願作為內應，效犬馬之勞。」劉備問道：「西川道路艱險，即使進軍西川，先生可有良策？」張松取出親手繪製的西川地圖獻給劉備，又說道：「我的摯友法正、孟達也願助皇叔一臂之力。」說罷告辭，劉備令關羽率兵護送出境。

張松回到西川，暗自聯絡法正和孟達，約定共同獻西川之地給劉備。張松又面見劉璋，請劉璋派法正、孟達為使，到荊州請劉備入川幫助對抗張魯。主簿黃權、從事王累極力反對，認為劉備有奪取西川的野心，請劉備入川便是引狼入室。劉璋不聽，認為劉備不會奪取他的基業。軍情緊急，劉璋催促法正立即動身。

法正帶著劉璋的親筆信來到荊州，劉備對法正說道：「西川沃野千里，物產豐富，我不是不想佔有，只是劉璋也是漢室宗親，不忍奪取他的基業。」法正說道：「劉璋不是治亂之主，必定守不住西川，即使皇叔不忍奪取，也會被別人奪取，皇叔不可錯失良機啊。」劉備說道：「容我再想想。」

龐統獨自一人來見劉備，說道：「荊州東有孫權，北有曹操，難成大業。西川益州地廣人多，是成就大業的資本。正巧又有張松、法正相助，主公還遲疑什麼？」劉備說道：「曹操與我水火不容，我之所以能成事，是因為做事與曹操相反。如果因為奪取西川而失去信義，我寧願不要西川。」龐統說道：「凡事拘泥於天理，只能寸步難行。奪取西川以後，厚待劉璋，也不至於丟失信義。請主公三思。」劉備恍然大悟，於是下定決心出兵西川。

劉備又請來諸葛亮商議，諸葛亮說道：「荊州必須留重兵鎮守，不得有半點閃失。」劉備說道：「我與龐統、黃忠、魏延入川，由你總督荊州，關羽、張飛、趙雲分駐荊州各處。」諸葛亮領命。於是，劉備令黃忠為先鋒，魏延為後軍，自己與龐統、劉封、關平居中，率大軍五萬望西川進發。

劉璋得到劉備率兵入川的消息，準備親自前去迎接。黃權勸道：「主公這一去，恐怕會被劉備毒害，請三思而行。」劉璋不聽，黃權跪倒在劉璋腳下，用牙齒拽住劉璋的衣服，不讓劉璋走。劉璋大怒，用力一扯，拽掉了黃權的兩顆門牙，血流不止。劉璋上馬出城，剛走到城門口，見王累將自己倒吊在城樓上，聲稱如果劉璋不聽從他的勸諫，便割斷繩索撞死在地上，劉璋大怒，罵道：「我和自己的同宗兄弟相會，你為何苦苦阻攔？」王累大叫一聲，揮劍割斷繩索，摔死在城樓下。劉璋毫不理會，逕直往涪城而來。

劉備的兵馬已經行進到墊江，所到之處與民秋毫無犯，百姓見劉備的軍隊紀律嚴明、愛護百姓，紛紛走出家門夾道歡迎。法正得到劉璋將來涪城迎接劉備的消息，與龐統商定在會面之時殺死劉璋。劉備到涪城以後，與劉璋相見，喝酒飲宴，相談甚歡。劉璋見劉備沒有奪取西川之意，大喜，令人重賞遠在成都的張松。

龐統勸劉備設宴款待劉璋，四周設下埋伏，在宴會上伺機殺死劉璋，然後火速進佔成都，一舉控制西川，劉備執意不肯。龐

趙雲說道：「不留下幼主，即使死，也不敢放夫人走。」說罷，一把奪過阿斗……

統見不能說服劉備，便與法正商量，命魏延以舞劍取樂為名殺死劉璋。第二天，劉備請劉璋到營中赴宴。酒過數巡，魏延起身舞劍，劉璋部將張任見了，也拔劍在手，要與魏延一起舞劍。劉封見狀，拔出劍來；劉璋部將劉璝、泠（ㄌㄧㄥˊ）苞、鄧賢立即拔劍在手，說道：「我們一起舞劍。」劉備急忙制止，說道：「這不是『鴻門宴』，哪裡需要舞劍！違令者立斬。」劉璋也說道：「我們兄弟相會，眾將都不得帶刀。」魏延、張任等將紛紛下堂去了。

幾天以後，張魯派兵攻打葭（ㄐㄧㄚ）萌關，劉璋請劉備前去迎敵，劉備便率領大軍去了葭萌關。在劉璝、張任等人的苦勸之下，劉璋才命令白水都督楊懷、高沛駐守涪水關，以防劉備突襲成都。

顧雍得知劉備率大軍入川的消息，建議孫權派兵截斷劉備的歸路，然後奪取荊州。正說話間，吳國太從屏風背後走出來，罵顧雍道：「這是要害死我女兒！我女兒還在荊州，一旦孫劉交戰，讓她怎麼辦？」又呵斥孫權貪心不足，為奪取領土而不顧親情。孫權連連點頭，不敢違命。張昭建議派人到荊州面見孫夫人，詐稱吳國太病重，接回孫夫人，順便將阿斗也帶到江東扣為人質。孫權便命家將周善去荊州接孫夫人。

周善帶領五百軍士，扮成客商的模樣混進荊州城，秘密拜見孫夫人。孫夫人聽說吳國太病危的消息，在周善的催促下，沒有與諸葛亮商議，便帶著阿斗隨周善上船，望江東而去。周善正要開船，見趙雲騎馬趕來，急忙開船。趙雲沿著江岸緊緊追趕，追了十幾里，望見江邊停靠著一艘小船，便手持長槍，棄馬上船，繼續追趕。周善令軍士向趙雲放箭，趙雲掄轉長槍，將箭撥到了江裡；小船靠近大船時，周善又令軍士用槍刺趙雲，趙雲拔出青釭劍，砍斷槍頭，然後縱身一躍，跳到了大船上。

孫夫人見了趙雲，說道：「我母親病重，要趕回江東探視，趙雲不得無禮！」趙雲問道：「既然如此，又為何帶上幼主？」孫夫人回答道：「阿斗是我的孩子，留在荊州沒人照顧。」趙雲說道：「主公只有幼主一個孩子，夫人要將他帶到江東，是何道理？夫人要去便一個人去，但要留下幼主。」孫夫人大怒，喝道：「你擅自阻攔我，要造反嗎？」趙雲說道：「不留下幼主，即使死，也不敢放夫人走。」說罷，一把奪過阿斗，來到船頭上，卻無法上岸。周善見了，傳令全速開船，直奔江東而去。趙雲一隻手抱著阿斗，一隻手握著寶劍，焦急萬分，又無可奈何。

危急時刻，正在江中巡哨的張飛率領船隊擋住了去路。張飛大叫一聲：「留下侄兒！」便跳上大船，周善提刀來迎，被張飛一刀砍死。孫夫人大驚失色，問道：「叔叔為何如此無禮？」張飛說道：「嫂子瞞著兄長私自回家，我便無禮。」孫夫人說道：「母親病重，來不及與你兄長商議。如果叔叔不放我回江東，我現在就跳江。」張飛、趙雲見狀，連連向孫夫人行禮，然後帶著阿斗回去了。

孫夫人回到江東以後，將張飛、趙雲殺死周善、截走阿斗的事告訴孫權，孫權大怒，正要出兵攻打荊州，忽然接到報告，曹操率領四十萬大軍打來，只得停止攻打荊州的打算，召集文武幕僚商議擊退曹操的計策。

曹操與孫權在濡須相遇。曹操見沿江一帶遍布旗幟，擔心有伏兵，便親自登山查看，望見孫權正端坐在江中的大船上，威風凜凜，感歎道：「養兒子就要像孫權這樣。」正說話間，從濡須口殺出一路人馬，曹操見了，撥馬就走。剛轉過山腳，就見孫權親自殺來，曹操大驚，急忙命許褚迎敵，這才逃回營中。當天夜裡，孫權又派兵劫營，曹操再次大敗，後退五十里下寨。

這天夜裡，曹操從夢中驚醒，率五十名騎兵來到夢中的山上，不巧遇到孫權。孫權見了曹操，指著曹操說道：「丞相已經佔據中原，為何還貪心不足，執意入侵江東？」曹操答道：「我奉皇命來討伐你。」孫權笑道：「誰不知道你挾天子以令諸侯？我也正想替朝廷除掉你。」曹操大怒，命軍士捉拿孫權，只見韓當、周泰、陳武、潘璋四將率弓箭手殺出，便急忙逃回營中。

回營以後，曹操回想夢中的情景，認為孫權絕非等閒之輩，有意退兵，又怕被孫權恥笑，因此猶豫不決。兩軍對峙數月，互有勝負。到了第二年春天，曹操終於下令班師。

孫權見曹操退兵了，準備親自率兵攻打荊州。張昭勸道：「與其出兵攻打荊州，不如用計害死劉備。主公給劉璋和張魯各寫一封信，慫恿他們攻打劉備，我們再出兵攻打荊州，劉備首尾不能兼顧，必然大敗。」孫權大喜，依計而行。

龐統得知曹操攻打江東的消息以後，建議劉備以回荊州援助孫權為由，向劉璋借兵借糧。在黃權、劉巴和楊懷等人的極力勸阻下，劉璋借給劉備四千老弱兵丁和一萬斛軍糧。劉備見了，勃然大怒，龐統趁機向劉備提出上、中、下三條計策，上策是率精兵連夜襲擊成都；中策是誘殺楊懷、高沛，奪取涪城，然後進軍成都；下策是退回荊州。劉備選擇了中策，便給劉璋寫信，說曹操派樂進攻打荊州，他要回去救援荊州，以誘騙楊懷、高沛前來送行。

張松得知劉備要回荊州的消息，信以為真，給劉備寫了密信，勸他襲取成都。不料密信被兄長張肅得到，張肅大驚，連忙稟告劉璋，劉璋這才知道張松是劉備的內應，立即殺了張松一家老小，又傳令川內各個關口加強戒備，防止劉備突襲。

楊懷、高沛得知劉備要回荊州的消息，大喜，決定趁送行之際刺殺劉備，便率兩百軍士到劉備營中送行。高沛、楊懷剛見到劉備，便被躲在暗處的劉封、關平二人擒獲了。龐統令人將他們斬首，又命那兩百名軍士帶路襲取涪水關，兵不血刃便佔領了涪水關。劉備終於與自己的同宗兄弟劉璋刀兵相見了。

第二十六回　劉備取西川

劉璋得知劉備佔領涪水關的消息，終於相信劉備果真是來奪取他基業的豺狼虎豹，立即召集文武幕僚商議。黃權建議派重兵把守通往成都的咽喉要道雒（ㄌㄨㄛˋ）城，劉璋便派劉璝、泠苞、張任、鄧賢四人率兵五萬駐守雒城。劉璝等四人到雒城以後，分兵兩處，互為照應。

劉備率兵來到雒城，派黃忠、魏延分別攻打泠苞、鄧賢的軍營。魏延要搶奪黃忠的功勞，便連夜率兵襲擊泠苞的營寨，不料中了泠苞、鄧賢的埋伏，幸虧黃忠及時趕到，一箭射死鄧賢，才逃得性命。黃忠救了魏延、射死鄧賢，繼續與泠苞交戰，泠苞抵擋不住，棄營而走，在半路上被魏延的伏兵抓獲。劉備親自勸降泠苞，泠苞表示願意投降，並願意回雒城勸降劉璝、張任。劉備便放了泠苞，又釋放了抓獲的所有俘虜。泠苞見到劉璝、張任，全然忘記了對劉備的許諾，不說是被劉備放回的，反而宣稱是逃回來的。

劉璋得知鄧賢戰死的消息，急忙派長子劉循、娘舅吳懿率兩萬兵馬支援雒城。到達雒城

以後，吳懿派泠苞率兵五千，在夜間伺機挖掘涪水，準備水淹劉備的軍營。劉備事先得到廣漢人彭羕（一ㄤˋ）的提醒，令魏延在涪水岸邊巡邏，再次抓獲泠苞。劉備斬了泠苞，下令全軍出擊，圍攻雒城。

龐統探知通往雒城的道路有一大一小兩條路，便對劉備說道：「主公親率大軍從大路進軍，我率兵走小路，在雒城會合。」劉備說道：「我習慣騎馬行軍，還是我走小路，你走大路。而且我昨晚夢到有人敲打我的右臂，右臂現在還有疼痛感，恐怕此行會有不利。」龐統堅持己見，劉備只好傳令明天一早進攻雒城。第二天，龐統正要騎馬上路，卻被戰馬掀翻在地，劉備見了，便將的盧馬換給龐統。

龐統一路兵馬以魏延為先鋒，從小路望雒城而來。張任得到消息，親自率三千弓箭手在半路設下埋伏。遠遠望見龐統率兵而來，張任指著龐統對軍士說道：「騎白馬的是劉備。」傳令集中最強火力射殺劉備。龐統走進張任的包圍圈，見兩側山林陡峭，樹枝繁茂，便問道：「這是什麼地方？」西川降兵回答說是落鳳坡，龐統大驚，說道：「我道號『鳳雛』，它叫『落鳳坡』，於我不利！」急忙下令全軍後退。正在此時，埋伏在暗處的張任下令放箭。一時間，箭如雨下，龐統和的盧馬都被亂箭射死了。魏延見龐統被殺，慌亂不已，又無法後退，只好率兵衝出張任的包圍圈，殺到雒城。

當時，劉備、黃忠也到了雒城，但又被吳懿、劉璝打敗，退回涪城。劉備得知龐統被亂

一時間，箭如雨下，龐統和的盧
馬都被亂箭射死了。

箭射死的消息，痛哭不已，悲傷欲絕。黃忠建議從荊州請來諸葛亮商議，劉備便派關平回荊州請諸葛亮前來。

諸葛亮夜觀天象，見正西方的一顆流星落到地平線下方，知道龐統戰死了，痛哭失聲。幾天之後，關平果然帶回龐統戰死的消息。諸葛亮說道：「主公在涪城進退兩難，我必須前去相助。」關羽問道：「荊州由誰駐守？」諸葛亮說道：「既然主公令關平回來報信，便是命你留守荊州。」關羽並不推辭，一口答應。諸葛亮又說道：「我留給將軍八個字，將軍牢記在心，便能保荊州平安無事。」關羽問道：「哪八個字？」諸葛亮說道：「北拒曹操，東和孫權。」又留下糜竺、糜芳、伊籍、馬良、廖化、向朗、周倉、關平等人協助關羽。

諸葛亮命張飛率兵一萬從旱路前往雒城，自己與趙雲率兵一萬五千從水路前往雒城。張飛率兵入川，一路所向披靡，川中將領望風而降，很快就到了巴郡。巴郡太守是老將嚴顏，武藝高強，誓死不降，擋住了張飛的去路。張飛大怒，屢次挑戰，嚴顏都堅守不出。張飛靈機一動，想出一條妙計，將嚴顏引誘出城，然後活捉了他。嚴顏大義凜然，寧死不降，張飛見狀，哈哈大笑，親自給嚴顏鬆綁，然後拜倒在地，表示對嚴顏欽佩不已。嚴顏感激不盡，終於投降了。在嚴顏的協助下，張飛兵不血刃，日夜兼程往雒城而來。

劉備接受黃忠的建議，親自率兵攻打雒城西門，又令黃忠、魏延攻打雒城東門，南門和北門分別被大山和涪水阻隔，便沒有派兵攻打。張任命副將吳蘭、雷銅出戰黃忠、魏延，自己率兵襲擊劉備。劉備抵擋不住，隻身一人飛奔逃命，張任率兵窮追不捨，萬急時刻，幸虧張飛及時趕到，才打退了張任。隨後，劉備、張飛率兵支援黃忠、魏延，吳蘭、雷銅被重重包圍，被迫投降。張飛向劉備引薦老將嚴顏，劉備大喜，將一副黃金鎖子甲❶賜給嚴顏。

第二天，張任、吳懿與張飛交戰，將張飛團團包圍，趙雲及時殺到，活捉了吳懿，張任敗退城中，吳懿投降。諸葛亮率兵來到雒城，與劉備合兵一處。吳懿說道：「張任膽略過人，要佔領雒城，必須抓獲張任。」諸葛亮到雒城一帶視察一番，制定了活捉張任的計畫。

劉璋得知張任損兵折將的消息，派卓膺、張翼率兵馳援雒城。張任請劉璝、張翼協助劉循守城，自己與卓膺分前後兩軍出城與劉備交戰。諸葛亮親自率兵渡過雒城東門外的金雁橋迎戰張任，張任見諸葛亮兵容不整，揮軍掩殺，諸葛亮退到金雁橋另一側。張任追過金雁橋，見劉備、嚴顏兵分兩路殺來，情知中計，正想撤退，發現金雁橋已經被拆毀，只好沿著涪水往南退走，又被黃忠、魏延截殺一陣，率領十幾名騎兵望山路奔去。走不多遠，迎面撞上張飛，撤退不及，被張飛活捉。張任誓死不降，被劉備斬首。第二天，劉備率大軍圍攻雒城，張翼殺死劉璝，打開城門迎劉備入城。劉循逃出西門，連夜逃往成都。

法正建議給劉璋寫一封親筆信，勸劉璋放棄抵抗，率眾投降。劉璋看了劉備的勸降信，勃然大怒，令妻弟費觀、部將李嚴率兵三萬守衛綿竹，阻止劉備進軍成都。益州太守董和建議向張魯求援，劉璋便派黃權前往漢中面見張魯。

黃權見到張魯，闡明唇亡齒寒的利害關係，又許諾打退劉備以後割讓二十個州的土地作為答謝，張魯被利益誘惑，令馬超率兵兩萬入川援助劉璋。原來，馬超被曹操打敗以後，在羌人的支持下佔據了隴西一帶，後被冀城參軍楊阜聯合夏侯淵打敗，走投無路之下投靠張魯，見劉璋向張魯求救，便請命出戰。

諸葛亮派黃忠攻打綿竹，李嚴率兵迎戰，黃忠將李嚴引誘到山谷之中，然後將他團團包圍。為了避免像龐統那樣被亂箭射死，李嚴下馬投降。投降以後，李嚴返回綿竹城勸降費觀，費觀聽從李嚴的建議，也出城投降了。劉備佔領了綿竹。正在此時，傳來馬超攻打葭萌關的消息，劉備便留諸葛亮、趙雲、黃忠、嚴顏等人駐守綿竹，自己率張飛、魏延來葭萌關迎戰馬超。

劉備趕到葭萌關的第二天，馬超便前來挑戰。劉備見了馬超，感歎道：「『錦馬超』果然名不虛傳。」馬超叫陣，要與張飛交戰，劉備不許張飛出戰，直到過了正午，見馬超的兵馬士氣低落，才准許張飛出戰。張飛出關，與馬超大戰一百回合不分勝負，各自回營歇息片刻，又大戰一百回合。劉備見天色漸黑，勸張飛收兵，張飛不聽，要與馬超挑燈夜戰。二人

❶【鎖子甲】又名「鏈甲」、「鎖甲」，一種由細小的鐵環環環相套構成的鎧甲，相傳由斯基泰人發明，歷時三個多世紀才傳到中國。鎖子甲造價昂貴，比其他鎧甲更加貼身，不僅能夠更好地防護刀槍等利器的傷害，還能防護一般弓箭的傷害。

又大戰二十回合，仍然不分勝負，才各自收兵。

第二天，諸葛亮趕到葭萌關，對劉備說道：「馬超是當世虎將，最好用計招降。」劉備大喜，說道：「我喜愛馬超武藝，能招降最好。」諸葛亮派人到漢中面見張魯，許諾向朝廷保舉張魯為漢寧王，條件是召回馬超。張魯答應了，命馬超撤兵，一連傳令三次，馬超都拒絕撤兵。張魯的幕僚楊松向來憎恨馬超，此時又收了劉備的賄賂，便傳播謠言稱馬超意圖謀反。張魯聽到謠言，一面傳令馬超，限期一個月佔領西川，否則便按軍法處置；一面令人嚴防死守，以防馬超叛亂。馬超心知一個月不能佔領西川，便打算撤兵。此時，楊松又傳出謠言，稱馬超撤兵是為了攻打漢中。張魯大怒，令人守住各處交通要道，不許馬超返回漢中。馬超陷入進退兩難的境地。

馬超無計可施之時，諸葛亮派馬超的舊友李恢前去勸降。馬超見李恢來見他，知道是諸葛亮的說客，便說道：「你有什麼說辭，說來聽聽，如果不合道理，便試試我的寶劍是否鋒利。」李恢笑道：「將軍大禍臨頭，恐怕要拿自己的腦袋試劍了。將軍既不能救援劉璋，又不能返回漢中，天地之大，卻沒有將軍容身之處。倘若再遭遇大敗，還有何臉面活在世上？」馬超聽了，拱手稱謝，向李恢問計。李恢說道：「劉皇叔求賢若渴，必能成就驚世大業。令尊❷曾經與劉皇叔約定共同誅殺曹操，將軍不如投降劉皇叔，一來繼承父親遺志，二來博取自己的功名。」馬超聽了，當即隨李恢來葭萌關向劉備投降。

馬超投降劉備以後，親自率兵攻打成都，令劉璋放棄抵抗，出城投降。劉璋驚得面如土色，對文武幕僚說道：「不如出城投降，救全城百姓一命。」董和、黃權、劉巴等人都不願意投降，譙（ㄑㄧˊㄠ）周說道：「我夜觀天象，西川歸屬劉備乃是天數，主公不可逆天而行。」劉璋猶豫不決，得知蜀郡太守許靖已出城投降了，憂愁不已。第二天，劉備又派簡雍進城勸降劉璋，許諾不會傷害性命，劉璋才下定決心投降，迎接劉備入城。劉備封劉璋為振威將軍，率一家老小搬到南郡居住。

佔領西川以後，劉備自己擔任益州牧，重賞劉璋帳下的文武幕僚，令法正擔任蜀郡太守，嚴顏擔任前將軍，黃權擔任右將軍，劉巴擔任左將軍，董和擔任掌軍中郎將，許靖擔任左將軍長史，其餘李嚴、吳懿、費觀、譙周、費禕、費詩、鄧芝、孟達、張翼、李恢、彭羕等六十餘人各有重用；又封諸葛亮為軍師，關羽為蕩寇將軍，張飛為征虜將軍，趙雲為鎮遠將軍，黃忠為征西將軍，馬超為平西將軍，魏延為揚武將軍。

至此，劉備佔據了西川益州和荊襄之地，完成了諸葛亮在隆中提出「先取荊州後取川」的戰略部署。

---

❷【令尊】對對方父親的尊稱。

第二十七回　單刀赴會

孫權得知劉備佔領西川的消息，便要令人前去討要荊州。張昭說道：「不如假裝囚禁諸葛瑾一家老小，然後派諸葛瑾去面見諸葛亮，勸諸葛亮歸還荊州，以解救全家老小的性命。諸葛亮念及同胞之情，必然勸說劉備歸還荊州。」孫權便軟禁了諸葛瑾的家眷，令諸葛瑾到成都向諸葛亮求救。

諸葛瑾見了諸葛亮，痛哭流涕，諸葛亮便答應他向劉備討回荊州。諸葛亮帶著諸葛瑾去見劉備，劉備怒道：「孫權將妹妹嫁我，又暗地裡接回江東。我正要興師問罪，他竟然還敢索要荊州。」諸葛亮哭訴道：「如果不歸還荊州，兄長一家老小便要被孫權殺死了。請主公看在我的面子上，將荊州還給江東。」苦求再三，劉備才答應將長沙、桂陽、零陵還給東吳。於是，諸葛瑾拿了劉備的親筆信，到荊州去見關羽，要求交還長沙等三郡。關羽不肯交還，說道：「孫權的詭計瞞不過我，你快回去吧！」諸葛瑾只得再回成都哀求劉備，劉備說道：「等我奪取了漢中，調關羽守衛漢中，再向你交還荊州。」

孫權見劉備已經答應歸還長沙等三郡，便派人到長沙等地出任官職，結果被關羽趕了回來。孫權責備魯肅道：「當初是你擔保將荊州借給劉備，現在劉備已經佔據了西川，還不歸還荊州，該如何是好？」魯肅答道：「我親自率兵到陸口，請關羽相見，勸說他歸還荊州。如果關羽不答應，我便命刀斧手殺死關羽，然後起兵奪取荊州。」孫權大喜，命魯肅依計而行。

魯肅率甘寧、呂蒙等來到陸口，請關羽到臨江亭相聚，關羽滿口答應。關平、馬良等人料到魯肅必然不懷好意，勸關羽不要赴宴，關羽說道：「我在百萬軍中縱橫馳騁，如入無人之境，豈能害怕江東鼠輩？」於是命關平率領船隊在江面上接應，以防萬一，自己率領周倉等十幾個隨從，駕著小舟過江來與魯肅相會。

魯肅得到關羽願意前來赴宴的消息，與甘寧、呂蒙約定，如果關羽率兵前來，便與他廝殺一場；如果關羽沒有率兵，便埋伏下刀斧手，在宴會上殺死關羽。正在此時，探馬回報說，關羽只帶著幾個隨從過江而來。魯肅趕到江邊一看，見關羽端坐在船頭上，周倉手持青龍偃月刀站在身後，又有十幾個身挎腰刀的關西大漢跟在後面，驚訝不已。

關羽到岸，與魯肅到臨江亭飲酒。酒過三巡，魯肅說道：「當初是我擔保將荊州借給劉皇叔，約定奪取西川以後便奉還。如今劉皇叔已經答應先交還長沙、桂陽、零陵三郡，但將軍卻執意不肯，恐怕不合道理。」關羽說道：「烏林之戰，兄長身先士卒，與東吳聯手破敵，功勞無數，反而不能獲得尺寸土地？」魯肅說道：「當初劉皇叔被曹操打敗，無處容身，江東才借給荊州。如今既然已經佔領西川，卻背信棄義，遲遲不歸還荊州，恐怕會惹人恥笑。」關羽說道：「這是兄長的事，不是我能過問的。」魯肅說道：「將軍與劉皇叔情同手足，何必推託。」

關羽還沒有說話，站在亭外的周倉厲聲說道：「天下土地，豈能容你東吳一家獨佔。」關羽站起身來，接過周倉手中的青龍偃月刀，呵斥道：「國家大事，豈能容你多嘴？退下！」周倉會意，退到江邊，揮動紅旗向關平發出信號。正在江中的關平望見紅旗招展，率領船隊飛速駛來。

此時，只見關羽右手提刀，左手挽住魯肅，邊往江邊走邊說道：「我喝醉了，不能再談荊州之事。改日請先生到荊州慢慢商議。」魯肅嚇得魂不附體，早說不出話來。關羽來到江邊，放開魯肅的手，一步跨上船頭，告辭而去。甘寧、呂蒙等率刀斧手埋伏在兩側，見關羽緊緊拽著魯肅，害怕關羽傷害魯肅，自始至終都不敢殺出來。

孫權得知魯肅的計策也失敗了，勃然大怒，正要起兵攻打荊州，忽然得到消息，曹操即將統率三十萬大軍進攻江東，只得放棄攻打荊州的計畫，將兵力集結到合肥、濡須一帶，以防曹操發起攻勢。

曹操原本打算進攻江東，參軍傅幹上書勸曹操興辦教育，增修文德，曹操採納了他的意見，令人廣設學校，延禮文人。當時，侍中王粲等人勸曹操晉位魏王，中書令荀攸表示反

只見關羽右手提刀，左手挽住魯肅，邊往江邊走邊說道：「我喝醉了，不能再談荊州之事。改日請先生到荊州慢慢商議。」

對，認為曹操已經貴為魏公，位極人臣，不能再晉升王爵。曹操大怒，罵道：「他是想效仿他的叔叔荀彧。」原來，當年曹操晉升魏公時，時任侍中的荀彧表示反對，招致曹操的憎恨，後來被迫服毒自殺。荀攸聽到曹操的話，憂憤成疾，沒幾天便病死了。曹操見荀攸病死，心生悔意，放棄了晉升魏王的打算。

皇帝聽到曹操意圖晉位魏王的消息，知道曹操遲早要篡奪皇位，整日哀歎。伏皇后給皇帝出主意，派宦官穆順給國丈伏完暗通消息，密謀誅殺曹操，不料被曹操察覺，搜查到了伏完寫給皇帝的密信。曹操大怒，誅殺了穆順及伏完一家老小，又派尚書令華歆、御林將軍郗慮率兵闖進皇宮捉拿伏皇后，將伏皇后亂棍打死。殺死伏皇后以後，曹操請皇帝將他的女兒立為皇后。

曹操召集文武幕僚商議討伐孫權、劉備，夏侯惇建議先攻打漢中的張魯，消滅張魯以後再進攻西川。於是，曹操命夏侯淵、張郃為先鋒，率兵進攻漢中，自己親率大軍隨後接應。張魯得到消息，派弟弟張衛及部將楊昂、楊任駐守陽平關，阻截曹軍。當天夜裡，楊昂、楊任趁夏侯淵、張郃不備，襲擊了曹軍，夏侯淵、張郃大敗。曹操得到消息，親自率兵前來。兩軍相峙近兩個月，都堅守不戰。曹操假裝退兵，吸引張衛追擊，又設下埋伏大敗楊昂，楊昂被張郃所殺。張衛、楊任得知楊昂被殺的消息，連夜棄關而走，曹操佔領了陽平關。

張魯得知陽平關失守，不怪罪張衛，反怪罪楊任，令楊任戴罪立功，如果不能擊退曹操，便要斬首示眾。楊任率領兩萬兵馬趕到南鄭與曹操交戰，結果被夏侯淵殺死。張魯得知楊任被殺、南鄭失守的消息，大驚失色，聽取閻圃的建議，令留在漢中養病的馬超部將龐德率兵出戰。龐德帶一萬兵馬出城迎敵。

曹操見到龐德，對眾人說道：「龐德是西涼舊將，驍勇善戰，我想活捉他，使他為我所用。你們有何妙計？」賈詡說道：「可以暗中派人向楊松行賄，令他在張魯面前說龐德的壞話，使張魯懷疑龐德，逼龐德投降。」第二天，兩軍交戰，曹操先敗後勝，使者混入龐德軍中入城，面見楊松。楊松收了賄賂，連夜到張魯面前詆毀龐德，稱龐德暗中勾結曹操。張魯大怒，不辨真假便要將龐德斬首，被閻圃勸住，才改口說道：「如果明天還不能取勝，定斬不饒。」

第二天，龐德與曹軍混戰，曹操站在山坡上說道：「快來投降吧！」龐德大怒，拍馬上山捉拿曹操，不料掉入陷阱，被曹軍俘虜。曹操親自給龐德鬆綁，又勸龐德投降，龐德感激不盡，便投降了。張魯得知龐德投降曹操的消息，更加相信楊松了。

曹操三面圍攻南鄭，張魯抵擋不住，完好地封存了倉廩府庫❶，然後棄城逃往巴中。曹操進入南鄭，見倉廩府庫完好無損，便命人到巴中招降張魯。張魯願意投降，但張衛不肯，曹操進兵巴中，殺死張衛。張魯聽信楊松的讒言，親自出城迎敵，大敗，被迫投降曹操。曹操封張魯為鎮南將軍，處斬了賣主求榮的楊松。曹操佔據了東川。主簿司馬懿勸曹操乘勝攻打西川，曹操感歎道：「人性都是不知滿足，既然得到了隴地，為何還盯著蜀地不放？」傳令按兵不動，暫不攻打西川。

劉備知道曹操有進攻西川的意圖，與諸葛亮商議。諸葛亮說道：「可以將長沙、桂陽、江夏交還東吳，請孫權出兵襲擊合肥，曹操見孫權出兵，必然撤兵支援合肥。」劉備便派伊籍到江東面見孫權，勸孫權趁曹操在東川之際起兵攻打合肥，孫權同意了，令甘寧、呂蒙為先鋒，率兵進攻合肥，自己與周泰、陳武等率大軍接應。

孫權率兵到達宛城，趁著士氣旺盛之時強行攻破宛城，隨後進逼合肥。曹操得知宛城失守，派人給張遼送來一個木匣，令張遼在孫權到來之時拆封查看。孫權率十萬大軍趕到合肥之時，張遼打開木匣，依計而行，令李典在逍遙津設下埋伏，自己與樂進出城迎戰。樂進與甘寧、呂蒙相遇，樂進詐敗撤退，孫權得到消息，命令全軍全速追擊。追到逍遙津時，張遼、李典率伏兵殺出，直奔孫權而來。孫權急忙渡過小師橋撤退，不料小師橋已經被李典拆毀了，情急之中，孫權拍馬躍過小師橋，才逃脫張遼的追擊。逍遙津一戰，孫權大敗，軍士死傷無數，凌統身負重傷，甘寧、呂蒙等拼命死戰，才逃得性命。從此以後，江南的幼兒只要聽到張遼的大名，夜裡都不敢哭泣。

孫權整頓兵馬再次圍攻合肥，張遼料到兵力懸殊，終究不是孫權的對手，便向曹操求救。曹操留下夏侯淵、張遼等人駐守漢中，自己率大軍趕往合肥迎戰孫權。孫權得知曹操從漢中率大軍前來的消息，令甘寧率一百名騎兵劫營。甘寧身先士卒，一馬當先殺入曹營，一百名騎兵也奮勇爭先，隨甘寧殺奔中軍帳而來。曹軍大亂，不能抵擋，被甘寧如砍瓜切菜般大殺一陣。曹操害怕中埋伏，不敢追擊，甘寧從容退走。孫權見甘寧如此英勇，說道：「曹操有張遼，我有甘寧，足以相敵。」

第二天，曹操派張遼出戰，孫權令凌統迎戰，二人大戰五十回合不分勝負。曹休見了，躲在暗處一箭射倒凌統的戰馬，甘寧也一箭射中樂進臉頰，雙雙罷戰。又過了一天，曹操兵分五路進攻孫權。孫權趕到江邊，觀看徐盛與李典在江中交戰、陳武與龐德在陸地交戰。正在此時，張遼、許褚、徐晃率兵殺到，將孫權團團圍住，周泰率兵殺出重圍，見孫權仍然被曹軍包圍，又殺回去救出孫權，在呂蒙的接應下脫離險境。周泰又見徐盛被曹軍圍困，殺回去救了徐盛。周泰往返曹軍重圍多次，被槍刺箭射，身負重傷，依然奮力死戰。曹操見孫權逃脫包圍，親自率弓箭手到江邊追擊孫權，幸虧陸遜及時趕到，孫權才打敗了曹操。這一戰，孫權損失慘重，大將陳武被龐德所殺，董襲落水而死。

❶【倉廩府庫】古代對倉庫的統稱。古人將存儲穀物的庫房稱爲「倉」，將存儲稻米的庫房稱爲「廩」，將存儲檔案文書的庫房稱爲「府」，將存儲金銀及兵器等物的庫房稱爲「庫」，又用「倉廩」統稱存儲各類糧食的庫房，用「府庫」統稱存儲檔案文書、金銀兵器的庫房。

孫權與曹操交戰數月，互有勝負，張昭見不能戰勝曹操，建議孫權撤兵罷戰，孫權派步騭前往曹營講和，曹操答應了。於是，孫權留下蔣欽、周泰駐守濡須口，自己率大軍回去了。曹操留下曹仁、張遼駐守合肥，自己班師回許都。

第二十八回　定軍山之戰

曹操回到許都以後，文武百官商議奏請加封曹操為魏王，皇帝無可奈何，只好令鍾繇擬詔，冊立曹操為魏王。曹操在鄴郡修建魏王宮，又立長子曹丕為王世子。這一年，曹操遇到一位身懷絕技的神人，名叫左慈，自稱從一本名為《遁甲天書》的書上學得「天遁」「地遁」和「人遁」之術。左慈戲弄曹操，請曹操將官爵讓給劉備，隨他到峨眉山中修行。曹操大怒，稱左慈是劉備派來的奸細，令人嚴刑拷打左慈，但被左慈用法術破解了。曹操更加惱怒，令人四處捉拿左慈，斬殺了數百位與左慈長相一模一樣的人。那些屍體不僅沒有倒下，反而提著被砍掉的腦袋追打曹操，曹操驚倒在地，因此大病一場。

曹操從平原召來神卜管輅（ㄌㄨˋ），令管輅卜劉備的動向，管輅說道：「劉備將派張飛、馬超攻打漢中。」曹操大怒，準備親自率兵迎戰。管輅又說道：「明年春天許都必有火災。」曹操聽了，便命曹洪率兵到漢中協助夏侯淵、張郃，又命夏侯惇在許都警戒，以防不測。

侍中少府耿紀對曹操晉位魏王之事憤恨不已，暗中聯絡司直韋晃，密謀除掉曹操，韋晃又聯絡了金禕。三人約定，先殺死總督御林軍的王必，奪得御林軍的控制權，然後率領御林軍攻打鄴郡。正月十五日夜裡，許都百姓張燈結綵，共度元宵佳節，王必與御林軍將領在軍營中喝酒，軍營突然著了火，急忙逃到曹休家躲避。曹休得知耿紀、韋晃、金禕謀反，立即率兵鎮壓。在城外巡邏的夏侯惇望見城中著火，也率兵殺進城來。耿紀等人寡不敵眾，金禕被殺，耿紀、韋晃被夏侯惇活捉，押到鄴郡後被處斬。

曹洪率兵來到漢中，與夏侯淵、張郃一起迎戰張飛、馬超。馬超的副將吳蘭與曹洪交戰，損兵折將，馬超堅守不戰，曹洪率兵退回南鄭，對張郃說道：「管輅曾說，漢中將折損一員大將，我們不可輕敵冒進。」張郃笑道：「將軍怎能輕信卜者的謠言？我願意率兵攻取巴西。」曹洪說道：「張飛是當世猛將，如果不能取勝怎麼辦？」張郃便立下軍令狀，然後率兵望巴西而來。

張飛得知張郃率兵前來的消息，令副將雷銅在閬（ㄌㄤˊ）中設下埋伏，然後親自與張郃交戰。張郃與張飛大戰二十回合，望見山後有蜀軍的旗號，以為有埋伏，率兵撤退。張飛率兵追殺，雷銅也殺出來助戰。張郃大敗，退回營寨堅守不出。張飛心生一計，喝醉酒以後到張郃營前叫陣，引誘張郃出戰。諸葛亮得到消息，令魏延帶好酒好肉來犒勞張飛，張飛便命魏延、雷銅埋伏在軍營兩側。張郃忍受不了張飛的辱罵，決定在夜裡劫營，不料中了埋伏，大營被魏延、雷銅佔領，只好連夜退守瓦口關。

曹洪得知張郃退守瓦口關的消息，不僅不派兵支援，反而催促張郃盡快出戰。張郃無奈，只得出戰，用詐降計誘殺了雷銅。張飛識破張郃的計謀，決定將計就計，親自率兵與張郃交戰，令魏延阻擊張郃的伏兵。張郃得不到伏兵的援助，又敗一陣，退回瓦口關堅守。張飛、魏延進逼瓦口關，魏延攻打前門，張飛在山民的指引下從山路繞到後門，前後夾擊張郃。張郃大敗，棄馬上山，率十幾名步兵從山路逃回南鄭。曹洪大怒，打算按軍法將張郃斬首，被行軍司馬郭淮勸住，又令張郃率兵五千攻取葭萌關，戴罪立功。

葭萌關守將孟達與張郃交戰失利，一面堅守不戰，一面向劉備求救。諸葛亮召集眾將說道：「張郃是曹操帳下名將，除了張飛，無人能敵。」黃忠聽了，厲聲說道：「我願意出戰，必斬張郃。」諸葛亮說道：「將軍已經年邁，不是張郃的對手。」黃忠聽了，說道：「我雖然老了，但是還有千鈞之力。」說罷，拿過寶刀飛舞掄轉，以示不老。諸葛亮問道：「誰能做你的副將？」黃忠說道：「老將嚴顏。」於是，劉備便令黃忠、嚴顏前往葭萌關與張郃交戰。趙雲等人問道：「葭萌關事關荊州安危，軍師為何只派兩員老將前去？」諸葛亮回答道：「這兩位老將必然能拿下整個漢中。」

黃忠到葭萌關以後，親自出關與張郃交戰。兩軍正在混戰，嚴顏率兵繞到張郃身後，與黃忠配合，前後夾擊張郃。張郃大敗，連夜敗退八九十里。曹洪得知張郃戰敗，又想處罰張郃，郭淮勸道：「如果逼迫太緊，張郃必然投降劉備，不如派兵監視他。」曹洪便派夏侯惇

劉備來到天蕩山，問黃忠道：「將軍還敢奪取定軍山嗎？」黃忠滿口答應，便要率兵出戰，諸葛亮急忙勸阻……

之侄夏侯尚與降將韓浩率兵五千協助張郃。韓浩是長沙太守韓玄的兄弟，說道：「黃忠和魏延害死我的兄長，今日相見，定要報仇。」於是與夏侯尚一起到葭萌關，與黃忠決戰。

嚴顏對黃忠說道：「天蕩山是曹軍囤積糧草的地方。如果能佔領天蕩山，漢中必為我們所得。」黃忠便與嚴顏商定了奪取天蕩山的計策。正在此時，夏侯尚、韓浩率兵趕來。黃忠與韓浩交戰，夏侯尚見韓浩不是黃忠的對手，便出馬援助韓浩，兩人一起夾擊黃忠，黃忠抵擋不住，棄營逃走了。第二天，黃忠再次戰敗，棄營逃走，夏侯尚、韓浩佔領了黃忠的營寨。張郃說道：「黃忠連敗兩陣，恐怕有詭計。」夏侯尚說道：「如此膽小，由此可見你為何兵敗！」張郃羞愧滿面，再也不敢勸阻。

黃忠接連敗退，到後來甚至望風而走，最後退到了葭萌關內。孟達暗中將黃忠打敗仗之事報告給劉備，劉備放心不下，令劉封前來相助。黃忠知道劉備不放心，對劉封說道：「這是我的驕兵之計，今晚一戰，定能奪回失去的營寨。」當夜二更，黃忠親自率五千騎兵衝擊夏侯尚、韓玄的軍營，夏侯尚、韓玄猝不及防，被黃忠打得人仰馬翻，如驚弓之鳥般逃走了。到天亮時，黃忠連勝三場，奪回三座營寨。

夏侯尚、韓玄兵敗如山倒，累及張郃，只得全都撤退到漢水沿岸。張郃對夏侯尚、韓玄說道：「天蕩山和米倉山是屯糧之地，一旦失守，漢中難以駐守，必須小心提防。」夏侯尚說道：「米倉山有叔叔夏侯淵把守，固若金湯。天蕩山有兄長夏侯德把守，我們便去天蕩山。」三人便來到天蕩山與夏侯德合兵一處。

很快，黃忠率兵追到天蕩山。夏侯德令韓浩率領三千兵馬與黃忠交戰，被黃忠一刀斬落馬下，曹軍大敗，黃忠趁勢進攻天蕩山。張郃、夏侯德正要與黃忠交戰，忽然營中起火，夏侯德急忙率兵救火，被嚴顏一刀砍死。張郃、夏侯尚見陷入黃忠、嚴顏的前後夾擊之中，急忙放棄天蕩山，逃往定軍山。劉備得知黃忠、嚴顏佔領天蕩山的消息，親自率兵前來，準備一舉奪取漢中。

劉備來到天蕩山，問黃忠道：「將軍還敢奪取定軍山嗎？」黃忠滿口答應，便要率兵出戰，諸葛亮急忙勸阻，說道：「夏侯淵精通兵法，有將帥之才，絕非張郃可比。以我之見，應該從荊州調來關羽。」黃忠厲聲說道：「我願意率本部三千兵馬攻打定軍山，定要拿來夏侯淵的人頭。」諸葛亮說道：「既然將軍執意要去，我派法正與你一同前往。」黃忠、法正便率兵望定軍山而去。諸葛亮又令趙雲率兵接應黃忠；令劉封、孟達廣布疑兵，以震懾曹軍；令張飛、馬超、魏延來天蕩山聽令，共取漢中。

夏侯淵得知劉備親自率兵前來奪取漢中的消息，連夜派人報告曹操，曹操急忙親率四十萬大軍到漢中迎戰。大軍經過潼關，到了蔡邕（ㄩㄥ）的莊園門前，曹操便順道登門拜訪蔡邕之女蔡琰。蔡琰早年被匈奴劫持到北方草原，嫁給匈奴的左賢王為妻，曹操聽說以後，派人將她贖了回來，改嫁給董祀為妻。曹操在蔡邕家看到一幅碑文畫軸，見畫上有蔡邕的題字，「黃絹幼婦，外孫齏臼」，便問跟在身後的眾位幕僚：「你們知道這是什麼意思？」眾人搖頭，只有楊修說道：「我已經知道了。」曹操說道：「那你說說看。」楊修說道：「『黃絹』是帶有顏色的絲，色旁加絲，是個『絕』字；『幼婦』是指少女，女旁加少，是個『妙』字；『外孫』是女兒的兒子，女旁加子，是個『好』字；『齏臼』是盛放辛辣調料的器皿，受旁加辛，是個『辭』。四個字連起來，便是『絕妙好辭』。」曹操驚訝地說道：「正合我意。」眾人對楊修的才智欽佩不已。

曹操來到南鄭，令夏侯淵即刻出兵與黃忠交戰。夏侯淵接到命令，令夏侯尚為先鋒出戰，只許敗，不許勝。黃忠見夏侯尚率兵出戰，便派部將陳式迎戰。陳式輕敵冒進，中了誘敵之計，被夏侯淵活捉。黃忠接受法正的意見，步步為營，逐漸逼近定軍山。夏侯淵令夏侯尚出戰，被黃忠活捉。夏侯淵急忙派使者面見黃忠，表示願意用陳式換回夏侯尚，黃忠同意了。兩軍約定在陣前交換，結果，當夏侯尚即將回到曹軍陣營時，黃忠一箭射傷了夏侯尚。夏侯淵大怒，親自出馬與黃忠交戰，兩人剛打到二十回合，曹軍的壓陣官見山林中閃現著蜀軍的旗號，急忙鳴金收兵。

當天夜裡，黃忠佔領了定軍山西側的一座高山。法正對黃忠說道：「將軍率兵駐紮在半山腰，我駐紮在山頂，如果夏侯淵率兵前來，見我舉起紅旗，將軍便衝下山與夏侯淵交戰。」黃忠依計而行。夏侯淵得知黃忠佔領了對面的高山，勃然大怒，說道：「黃忠能輕而易舉地窺視我軍虛實，必須出戰。」張郃勸道：「這是法正的計謀，目的就是逼將軍出戰，將軍應該堅守不出。」夏侯淵不聽，率兵出戰。

夏侯淵命人在山下叫陣，逼黃忠出戰。黃忠見法正舉起的是白旗，任由夏侯淵百般挑釁都不出戰。中午過後，曹軍將士人困馬乏，大多坐在地上休息，夏侯淵也下馬坐下來休息。法正在山頂上，望見曹軍士氣低落，立即舉起紅旗。半山腰的黃忠望見紅旗，立即命人搖旗擊鼓，吶喊助威，隨後率兵衝下山來。

黃忠一馬當先，以迅雷不及掩耳之勢衝入曹軍陣中，直奔夏侯淵而來。夏侯淵正坐在麾蓋下休息，還沒有來得及上馬，便被黃忠一刀砍成兩段。曹軍將士見了，大驚失色，紛紛逃命。張郃率兵阻擊黃忠，被黃忠、趙雲殺敗，想退回定軍山大營，不料定軍山已被劉封、孟達佔領，只好逃往漢水。

第二十九回　智取漢中

曹操接到張郃的報告，得知夏侯淵被黃忠斬殺，悲憤交加，立即率兵二十萬到漢水與劉備決戰。劉備得到消息，與諸葛亮商議。諸葛亮說道：「如果能燒毀曹操的糧草輜重，曹操必敗。」黃忠請命出戰，諸葛亮便命黃忠、趙雲一起出戰。

黃忠和趙雲約定，由黃忠率領前軍出戰，趙雲率領後軍接應，如果在約定時間黃忠還沒有回來，趙雲便率兵前來接應。當天夜裡，黃忠悄悄渡過漢水，來到北山曹操的屯糧之處，曹軍寡不敵眾，棄糧而逃。黃忠正要令人放火燒糧，張郃趕來與黃忠混戰，不一會兒，徐晃也趕來助戰，黃忠陷入曹軍的包圍。趙雲等到第二天正午，還不見黃忠回來，立即前去接應。率兵殺到北山，見黃忠被曹軍圍在中央，大喊一聲，殺進包圍圈營救。徐晃、張郃見趙雲勇猛過人，不敢正面交鋒。趙雲救出黃忠，又救出黃忠部將張著，然後退走了。曹軍將士望見趙雲的旗號，紛紛逃竄，不敢與趙雲為敵。

曹操見趙雲救走黃忠、張著，勃然大怒，親自率兵追趕趙雲。這時，趙雲已經退回自己

的軍營，部將張翼見曹軍追來，說道：「趕快關上寨門吧！」趙雲說道：「不要關門！當初在長坂坡時，我只有一個人，照樣殺得八十三萬曹軍人仰馬翻，如今有兵有將，還怕曹操嗎？」於是令弓箭手到寨外的壕溝中埋伏，寨內偃旗息鼓，假裝設下埋伏的樣子。之後，趙雲單槍匹馬站在營門外，等待曹軍前來。

徐晃、張郃追到趙雲的營寨前，見寨中悄無聲息，正在懷疑，又望見趙雲單槍匹馬站在營門外，猶豫不定，不敢前進。正在此時，曹操親自趕到，命令徐晃、張郃殺向趙雲。曹軍吶喊一聲，向趙雲衝來，見趙雲毫不畏懼，一動不動，又退了回來。趙雲見曹兵後退，命令壕溝中的弓箭手放箭，曹軍死傷無數。曹操見了，率先撥馬撤退，曹軍將士見了，紛紛撤退。趙雲率兵掩殺，曹軍被追到漢水岸邊，踩踏和淹死者無計其數。曹操抵擋不住，放棄北山的糧草輜重，退回南鄭城中。趙雲、黃忠大獲全勝，向劉備、諸葛亮報捷，劉備親自率兵挺進到漢水。

曹操不甘心失敗，率大軍挺進至定軍山以北，又派徐晃為先鋒奪取漢水，牙門將軍王平自告奮勇，隨徐晃出戰。徐晃到漢水以後，便下令全軍渡過漢水與趙雲、黃忠交戰，王平說道：「趙雲、黃忠不是沒有計謀之人，如果現在渡過漢水，便不能緊急撤退了。」徐晃不聽，令王平率領步兵為後軍，自己率領騎兵為前軍，渡河紮營。

黃忠得知徐晃渡過漢水的消息，對趙雲說道：「等天黑以後，曹軍士氣下降，我們再

曹操隨口說道：「雞肋。」夏侯便傳令三軍，以「雞肋」為夜間口號。

分兵出擊。」徐晃在趙雲、黃忠軍營外整整挑戰一天，趙雲、黃忠都堅守不戰。黃昏時分，徐晃令弓箭手放箭，隨後率兵撤退。這時，趙雲、黃忠兵分兩路殺出，徐晃大敗，退到漢水岸邊，奮力死戰才得以逃脫。回營以後，徐晃責備王平不率兵接應，王平說道：「如果我出兵相救，這座營寨也就丟了。我勸將軍不要渡河，將軍不聽，才導致失敗。」徐晃大怒，有意殺害王平。王平看出了徐晃的心意，當天夜裡在曹營放了一把火，然後渡過漢水投降趙雲。徐晃退回定軍山北。

徐晃見到曹操，不說自己戰敗，只說王平投降劉備的事。曹操大怒，親自率兵來奪取漢水。趙雲、黃忠退到漢水以西，兩軍隔河相峙。諸葛亮來到漢水岸邊觀察地形，見上游有幾座土山，便命趙雲率五百兵士到土山埋伏，聽到號炮響起便擂鼓吶喊。第二天，曹操派兵出戰，諸葛亮傳令堅守不出，曹軍只好退回營中。當天夜裡，諸葛亮見曹軍熄滅燈火，知道曹軍休息了，便命人放射號炮。趙雲聽見號炮響，立即擂鼓吶喊，卻不出戰。曹軍聽到擂鼓吶喊聲，以為諸葛亮派兵劫營，急忙集合備戰，卻不見兵馬殺來，只得回營休息。曹軍剛熄燈，號炮又響，鼓聲又響，曹軍再次集合出戰。這天夜裡，號炮聲和擂鼓聲此起彼伏，曹軍不得安睡。曹操無計可施，只好後退三十里。諸葛亮率兵渡過漢水，背水紮營。

第二天，兩軍在中路五界山前會戰。曹操命徐晃出戰，劉封出馬與徐晃交戰，大敗而回，曹操揮軍掩殺。劉封等退到漢水，旗幟兵器丟得到處都是，曹操見了，立即傳令停止追擊，說道：「我見劉備背水紮營，恐有詭計；又見兵士隨意丟棄旗幟兵器，必有詐謀，不可追擊。」曹軍剛轉過身準備回營，劉備又率兵殺來，趙雲、黃忠也兵分兩路殺來，曹軍大敗，退回南鄭。剛到南鄭城下，得知南鄭已經被張飛、魏延攻佔，只得連夜逃到陽平關。諸葛亮令張飛、魏延截斷曹操的糧道，又命趙雲、黃忠放火燒山。

曹操得到張飛、魏延截斷糧道的消息，命許褚前去迎接糧隊，不料許褚喝醉了酒，不能抵擋張飛的攻勢，糧草被張飛劫走了。曹操大怒，親自率兵與劉備決戰。徐晃、劉封再次交鋒，劉封又戰敗，曹操又揮軍追擊。這時，號炮響起，戰鼓齊鳴，曹操怕有埋伏，急忙傳令撤兵，劉備率兵四面追殺，曹操大敗，退回陽平關。趙雲等趕到陽平關下，東門放火，西門吶喊，南門放火，北門吶喊。曹操驚恐不安，棄關撤退，半路上又遭到張飛、趙雲、黃忠的截殺，狼狽逃竄，在斜谷界口遇到前來助戰的次子曹彰，才停下來。

曹彰字子文，臂力過人，精於騎射，勇猛異常，原本在代郡平定烏桓的叛亂，得知曹操在陽平關遭遇兵敗，便趕來助戰。曹操得到曹彰的援助，回軍繼續與劉備交戰。劉備得到消息，派劉封、孟達迎戰。劉封與曹彰交鋒，只三合便被打敗，孟達率兵接應。兩軍正要混戰，馬超率兵殺來，曹彰大敗，退回斜谷界口。

曹操在斜谷界口駐紮好幾天，進不能進，退又怕被人嘲笑，猶豫不決。一天，庖官❶給曹操端來一碗雞湯，曹操見碗裡有一根雞肋❷，若有所思。正在這時，夏侯惇進帳詢問夜間的口號，曹操隨口說道：「雞肋。」夏侯惇便傳令三軍，以「雞肋」為夜間口號。楊修得知

---

❶【庖官】廚房的總管。

❷【雞肋】即雞的肋骨，一般爲七對。雞肋不僅肉少骨多，而且吃起來很麻煩。吃起來沒有意義，扔掉又覺得可惜，用來比喻沒有價值又不忍放棄的事物。

口號是「雞肋」，便令隨從收拾行囊準備回許都。夏侯惇見楊修在收拾行囊，便詢問原因，楊修說道：「我從今晚的口令得知，幾天之後魏王便要撤兵了，因此事先準備，以免臨時慌亂。」夏侯惇問道：「先生怎麼知道魏王有意退兵？」楊修笑道：「雞肋雞肋，食之無味，棄之可惜。現在我軍不能前進，後退又怕被人笑話，待在這裡也沒有用處，不如及早回去。」夏侯惇聽了，也命部下收拾行囊。全軍將士，紛紛收拾行裝，等待撤兵。這天夜裡，曹操睡不著覺，便在營中散步，見將士們都在收拾行囊，便問夏侯惇原因，夏侯惇又叫來楊修，楊修將「雞肋食之無味，棄之可惜」的意思向曹操說了一遍，曹操大怒，責怪楊修擾亂軍心，將楊修斬首。

原來，曹操早就有殺掉楊修的打算。楊修聰慧過人，總能猜到曹操的心思，因此遭到曹操的嫉恨。有一次，曹操令人建造一個花園，造好以後，曹操在園門上寫了一個「活」字，眾人都不知道是什麼意思，楊修說道：「門內加『活』，是個『闊』字。魏王嫌園門太闊。」曹操聽說以後，口頭上稱讚楊修，心裡卻很不高興。又有一次，塞北進獻給曹操一盒酥，曹操在盒子上寫了「一合酥」三個字，楊修見了，打開盒子，將酥與眾人分著吃了。曹操問他原因，他答道：「盒子上寫著『一人一口酥』。」曹操大笑，但心裡很厭惡。曹操擔心有人趁他熟睡時殺他，便對近侍說道：「我喜歡在夢中殺人，我睡著時你們不要靠近我。」一天，曹操睡著了，近侍見被子掉到了地上，便走過去把被子撿了起來，曹操跳起身，拔劍殺死了那位近侍。眾人都以為曹操是夢中殺人，只有楊修說道：「魏王不在夢中，倒是近侍在夢中。」曹操聽到以後，更加惱怒了。

楊修與曹操的第三個兒子曹植交往密切。曹操打算立曹植為王世子，曹丕聽說以後，暗中請朝歌長吳質到府中商議，楊修將此事報告給曹操，曹操派人查看，但中了吳質的計謀，沒有發現證據，便懷疑楊修誣衊曹丕。曹操要考驗曹丕和曹植的能力，令他們到城外去，卻暗中命守門將領不得放他們出城，曹丕被堵在城內，曹植卻在楊修的幫助下順利出城。曹操知道以後，不僅更加憎恨楊修，也不喜歡曹植了。曹操又用國家大事考驗曹植，楊修暗中幫助曹植解答，曹操大發雷霆，決心殺掉楊修。這次，曹操終於找到機會，殺掉了楊修。

殺了楊修以後，曹操傳令大舉進兵。曹軍剛出斜谷界口，便被魏延攔住去路，曹操命龐德與魏延交戰。正在此時，馬超又襲取了曹操的營寨，曹軍轉而與馬超交戰。曹操站在高處觀看兩軍交戰，魏延突然殺出，直奔曹操而來，一箭射中曹操的人中❸，幸虧龐德奮力死戰，才救回曹操。曹操帶著傷回到軍營，發現兩顆門牙都被魏延射掉了，心煩意亂，便下令撤兵了。劉備佔領了漢中。

---

❸【人中】即人中穴，人體穴位之一，在上嘴唇和鼻梁之間。

劉備佔領漢中以後，諸葛亮、法正等人勸劉備登基稱帝，劉備大吃一驚，說道：「我如果稱帝，便是造反。」堅決不答應。諸葛亮說道：「如今天下大亂，英雄豪傑都希望輔佐仁德開明之君建立功名，主公拒絕稱帝，恐怕會讓眾人寒心。」劉備依然不答應，諸葛亮便說道：「那就暫時先稱『漢中王』吧。」劉備推辭不過，只好答應了。這年秋天，劉備正式稱漢中王，立劉禪為王世子，封諸葛亮為軍師，總理軍事；封法正為尚書令，許靖為太傅；封關羽、張飛、趙雲、馬超、黃忠為五虎上將，魏延為漢中太守。

曹操見到劉備給朝廷的奏章，得知劉備自稱漢中王，勃然大怒，立即召集文武幕僚商議攻打劉備。司馬懿勸曹操聯合孫權，令孫權派兵攻打荊州，使劉備首尾不能相顧。曹操便派滿寵為使者出使東吳，約定共同出兵攻打劉備，孫權進攻荊州，曹操進攻漢中，瓜分劉備的土地。

第三十回　水淹七軍

孫權聽取顧雍的意見，一面與曹操約定共同攻打荊州，一面派人打探荊州的情況。諸葛瑾說道：「聽說關羽有個女兒，我願意面見關羽，為主公的世子提親，如果關羽願意將女兒許配給世子，便聯合關羽對抗曹操，否則便聯合曹操攻打荊州。」孫權答應了。

諸葛瑾來到荊州，表達了結親的意願，關羽大怒，罵道：「我的女兒怎肯下嫁給孫權之子！如果不是看在軍師的面子，現在就殺了你。」罵得諸葛瑾抱頭鼠竄，回到東吳以後如實向孫權稟報。孫權大怒，召集文武幕僚商議進攻荊州。步騭說道：「曹仁就駐紮在襄陽、樊城。主公應該勸曹操從旱路進攻荊州，關羽必然率荊州駐軍與曹仁交戰。等荊州城空虛之時，我們再派兵襲取荊州。」孫權便派使者遊說曹操從旱路進攻荊州，曹操便命滿寵到樊城協助曹仁進攻荊州。

劉備得到曹操聯合孫權共同攻打荊州的消息，急忙與諸葛亮商議。諸葛亮說道：「我早就料到曹操會聯合孫權，孫權定會說服曹操先行攻打荊州。不如令關羽搶先攻打曹仁，瓦解曹操與孫權的聯合。」劉備便派費詩到荊州給關羽傳令。關羽見到費詩，問道：「漢中王封我什麼官爵？」費詩答道：「五虎將之首。」關羽又問道：「五虎將都有誰？」費詩答道：「將軍與張飛、趙雲、馬超、黃忠。」關羽聽了，說道：「黃忠只是老兵，怎能與我並列！」堅持不接受分封。費詩說道：「漢中王雖然封了五虎將，但與將軍有兄弟之情，將軍即漢中王，漢中王即將軍，這種關係非別人能比，將軍又何必計較官爵高低？」關羽聽了，點頭稱謝，接受了分封。

關羽得到攻打樊城的命令，當即便命糜芳、傅士仁為先鋒，率兵在城外駐紮。這天夜裡，城外的軍營著了火，關羽急忙率兵救火，到四更時火才被撲滅。原來，糜芳、傅士仁粗心大意，點燃了火苗，以致燒毀糧草輜重，還點燃了火炮，炸死許多軍士。關羽大怒，要將糜芳、傅士仁斬首，費詩替他們求情，才免了死罪，各打四十軍棍，奪了先鋒印信，令他們駐守南郡、公安。第二天，關羽命廖化為先鋒，率先進攻樊城，自己與關平等隨後接應。

曹仁得到關羽率兵前來的消息，大吃一驚，準備堅守不出，滿寵也主張堅守，但部將夏侯存、翟元主張出戰，曹仁便命滿寵守城，自己親自率兵出戰。兩軍對陣，曹仁派翟元出戰，與廖化交鋒，廖化詐敗，撥馬就逃，翟元率兵追來，廖化退兵二十里。第二天，翟元又率兵出戰，廖化又詐敗，後退二十里。曹仁見狀，親自率兵大舉追擊，忽然背後鼓角齊鳴，關平、廖化分兵殺來，曹仁情知中計，急忙率兵退回襄陽，半路上被關羽截住，不敢與關羽交鋒，奪路而逃。曹軍大敗，退回樊城。關羽佔領了襄陽。

隨軍司馬王甫說道：「將軍雖然打敗了曹仁，但東吳呂蒙駐紮在陸口，如果趁機襲取荊州，荊州就危險了。」關羽思索片刻，說道：「你去沿江修築烽火臺❶，每隔二三十里便修築一座。每座烽火臺再派五十名軍士把守，一旦呂蒙渡江，白天放煙為號，晚上點火為號，我立即率兵前去截殺。」王甫又說道：「糜芳、傅士仁恐怕不會盡心守城，應該派一員得力幹將留守荊州。將軍雖然委派了潘濬（ㄐㄩㄣˋ），但潘濬為人嫉賢妒能，貪財好利，不能重用，不如委派糧官趙累代替。」關羽不耐煩地說道：「我了解潘濬的為人，既然已經決定了，便不能更改。趙累負責糧草，也是要事。」王甫只好退下。

曹仁退回樊城，與滿寵商議，決定堅守不戰。正在此時，探馬回報說關羽渡過長江，向樊城殺來。部將呂常請求出戰，稱要趁關羽渡河時出擊。曹仁便派呂常率兵兩千出城交戰。呂常來到江口，與關羽狹路相逢。呂常正要與關羽交戰，不料軍士們畏懼關羽，竟然臨陣脫逃，呂常只好退回樊城。曹仁連敗數陣，派人向曹操求救。曹操令于禁率兵救援曹仁，于

---

❶【烽火臺】又名「烽燧」、「煙墩」，古代用來傳遞情報的高臺，是古代防禦體系中重要的設施。一般依山傍水而建，在遭遇敵軍入侵或發生突發事件時，放煙點火爲號，將情報傳遞給相鄰的烽火臺。白天點燃的是狼糞，夜間則點燃火把。

禁請求再派一位先鋒同去，龐德應聲答道：「我願意生擒關羽。」曹操見了，欣喜地說道：「關羽威震華夏，龐德正是對手。」於是加封于禁為征南將軍，龐德為征西先鋒，率七路兵馬出戰。

這七路大軍中有兩位名叫董衡、董超的將領，私下對于禁說道：「龐德原本是馬超的部將，現在馬超就在西川，龐德的兄長龐柔也在西川。如果龐德臨陣投敵，我軍必敗。」于禁大驚，連夜向曹操彙報，請求更換先鋒。曹操猛然醒悟，立即召來龐德，令他交回先鋒印信。龐德追問原因，曹操說道：「即使我不懷疑你的忠心，但馬超和龐柔都在西川，眾將也不相信你。」龐德立即跪在地上，說道：「兄長怨恨我殺了不賢的大嫂，發誓與我終生不相見；馬超雖然是我昔日主將，但如今各事其主，恩義兩斷。我受大王厚恩，怎敢投敵背叛？」曹操扶起龐德，安慰了一番，仍舊命他為先鋒。

回家以後，龐德命人做了一口棺材，對親友們說道：「這次前往樊城與關羽交戰，如果我不能殺死關羽，必然被關羽所殺，即使不被關羽殺死，我也會自殺謝罪，因此提前預備下棺材，以表我的決心。」眾人聽了，大為震驚。龐德又對部將說道：「如果我被關羽殺死，你便將我的屍首裝進這口棺材；如果我殺死關羽，也會將他的屍首裝進棺材。」說罷，帶著棺材率兵出征。

關羽聽到龐德帶著棺材前來與他決一死戰，勃然大怒，說道：「各路英雄聽說我的大名，無不膽戰心驚，龐德竟敢藐視我！」便命關平率兵圍攻樊城，自己迎戰于禁、龐德。關平請求代關羽出戰，關羽便命關平先行出戰，自己隨後接應。關平與龐德大戰三十回合，不分勝負，鳴金收兵，各回營寨。

關羽得知關平與龐德大戰三十回合不分勝負，親自出戰與龐德交鋒。兩人大戰一百回合，不分勝負，兩軍將士無不目瞪口呆。龐德部將擔心龐德失手，鳴金收兵，兩軍各自罷戰回營。于禁來見龐德，勸龐德躲避關羽的鋒芒，龐德不肯，于禁不敢再阻攔。第二天，關羽、龐德再次交鋒，剛打到五十回合，龐德撥馬便走，關羽緊追不捨，龐德將大刀掛到馬鞍上，彎弓搭箭要射關羽，關平見了，喝道：「賊將不得暗箭傷人！」話音剛落，關羽翻身落馬，原來是被龐德射中了左胳膊。關平急忙殺出，救了關羽。龐德調轉馬頭，正要追趕，聽到金鑼響起，于禁傳令鳴金收兵，只好退回本陣。原來，于禁見龐德射中了關羽，擔心龐德立下大功，急忙下令收兵。

關羽回到軍營，包紮了傷口，依然憤恨不已，發誓要殺了龐德。第二天，龐德率兵挑戰，關平瞞住關羽，傳令不得出戰。一連十幾天，龐德每天都來挑戰，關平都堅守不戰。龐德對于禁說道：「眼見關羽受箭傷所累，不能出戰。不如趁機率兵大舉進攻，解除樊城的包圍。」于禁擔心龐德搶了自己的鋒頭，不肯聽從龐德的意見，反而令大軍駐紮在樊城以北十里的山腳下，又令龐德率領後軍，自己率前軍擋住進軍的大道。

這天夜裡，風雨大作，龐德聽見帳外萬馬奔騰，急忙出帳查看，見江水從四面八方洶湧而來……

幾天以後，關羽的箭傷癒合了。得知于禁將大軍駐紮在樊城北面的山腳下時，關羽親自前來視察地形，見襄江水流湍急，有了主意；又問嚮導官于禁駐軍的山谷的名稱，嚮導官回答說是「罾❷（ㄗㄥ）口川」。關羽聽了，哈哈大笑，說道：「于禁必然被我擒獲。『魚』入『罾口』，怎能逃脫？」於是傳令準備船隻等水戰工具。關平問道：「在陸地上打仗，哪會用得上水戰工具？」關羽說道：「現在秋雨連綿，襄江水位暴漲，曹軍又駐紮在狹窄之地，到時放水一淹，罾口川的曹軍往哪裡逃？只能束手就擒。」關平這才醒悟。

于禁部將成何見連日陰雨，對于禁說道：「將軍將大軍駐紮在狹窄之地，如果江水氾濫，我軍如何是好？」于禁罵道：「你竟敢擾亂軍心！再胡言亂語，定斬不饒！」成何見于禁不聽勸，來後軍面見龐德，龐德聽從成何的建議，決定明天將本部兵馬移到高處。

這天夜裡，風雨大作，龐德聽見帳外萬馬奔騰，急忙出帳查看，見江水從四面八方洶湧而來，將士們猝不及防，到處亂竄，被淹死者不計其數。龐德顧不上多想，與于禁等登上一處高坡躲避。天亮時，關羽率船隊殺來，于禁見無力抵擋，又無處可逃，便投降了關羽。關羽命人脫掉他的衣甲，然後囚禁在船艙裡。

---

❷【罾】古代一種用木棍或竹竿做支架的方形漁網。

龐德與成何、董衡、董超等人聚在一起，見關羽殺來，奮起迎戰，結果被弓箭手射死大半將士。董衡、董超見打不過關羽，便勸龐德投降。龐德大怒，親手斬了董衡、董超，說道：「誰再敢勸降，他們就是榜樣。」將士們見了，紛紛奮勇作戰。成何親自出戰，被關羽一箭射中，落水而死。正午時分，只剩龐德一個人了。龐德奪了一條小船，準備逃往樊城。沒走多遠，遇上從上游乘舟而來的周倉，龐德的船被撞翻，落入水中。周倉二話不說，跳到水中活捉了龐德。于禁、龐德帶來的七路兵馬非死即降，被關羽全部消滅。于禁被關羽囚禁到了荊州大牢，龐德誓死不降，最終被殺。

打敗于禁、龐德以後，關羽又率船隊圍攻樊城。曹仁見樊城的城牆就要被江水泡倒了，準備接受部將的建議棄城逃命。滿寵勸道：「將軍不能放棄樊城。不出十天，大水必然退去，而且關羽也擔心我軍襲擊他的後方，不敢大舉攻城。將軍如果放棄樊城，便是放棄了黃河以南的所有領土。」曹仁幡然醒悟，決定堅守樊城，調集城中百姓上城防禦，又在城樓上增派了弓箭手。

關羽率兵來到樊城，到北門衝曹仁喊道：「曹仁鼠輩，還不出城投降。」曹仁望見關羽沒有穿鎧甲，只披著掩心甲，便令弓箭手放箭。關羽回馬便走，但胳膊上已經中了一箭，翻身落馬。關平救起關羽，率兵撤退，曹仁趁勢追殺一陣。

關羽回營，拔出箭頭查看，才發現箭頭上有劇毒，毒液已經滲入骨頭，整條胳膊都腫了。關平等人見關羽傷勢嚴重，勸關羽退兵回荊州，關羽不肯，不願因為個人安危而耽誤國家大事。關平等人只得遍求名醫，為關羽療傷。一天，神醫華佗來到軍營，稱得知關羽受傷，特地趕來醫治。眾人喜出望外，安排華佗給關羽療傷。

華佗對關羽說道：「只怕將軍害怕我的治法。」關羽笑道：「我視死如歸，沒有能令我害怕的。」華佗便說道：「將軍要將手臂伸進一個固定的鐵環中，用繩子捆綁好，然後再蒙住眼睛，我用尖刀割開將軍的皮肉，刮掉骨頭上的毒液，便好了。」關羽聽了，說道：「不用如此麻煩。」一面與馬良下棋，一面伸出胳膊，請華佗醫治。華佗拿過尖刀，割開皮肉，仔細地刮掉骨頭上的毒液。眾人看了，全都面如土色，關羽卻談笑風生，毫無痛苦之感。治療完畢，華佗用線縫住傷口，才感歎道：「將軍真是神人啊！」關羽哈哈大笑，拱手稱謝。

第三十一回　大意失荊州

關羽擒于禁、殺龐德，又水淹七軍，已是威震華夏，天下皆驚。曹操得到消息，驚懼萬分，準備遷都躲避。司馬懿勸道：「不如派人到東吳，勸說孫權起兵襲擊荊州，使關羽首尾不能相顧，樊城之圍也就解除了。」曹操聽從司馬懿的建議，不再準備遷都，令人出使江東，勸說孫權出兵，又令徐晃駐紮在陽陵坡，等候孫權的消息。

孫權接到曹操的書信，立即召集文武幕僚商議。正在此時，呂蒙從陸口趕回，請求趁著關羽圍攻樊城之時襲取荊州，孫權便命呂蒙率兵進攻荊州，自己隨後接應。呂蒙回到陸口，聽說關羽沿江修築了烽火臺，大驚失色，又無計可施，只好稱病不出。孫權得知呂蒙生病的消息，派陸遜看望呂蒙。陸遜見到呂蒙，說道：「我有個妙方，能治將軍的病。」呂蒙大喜，說道：「請立即教我。」陸遜說道：「關羽始終擔心將軍襲擊荊州，將軍不如藉口生病，離開陸口，再令繼任者極力讚美關羽，關羽必然驕傲輕敵，放鬆對東吳的警惕。那時再派出奇兵襲擊荊州，便能大獲成功。」呂蒙同意了，藉口生病向孫權辭職，孫權任命陸遜為

右都督，接替呂蒙駐守陸口。

陸遜到任以後，立即派人到樊城面見關羽，並帶去酒肉錦帛等禮物。關羽當著使者的面說道：「孫權果然目光短淺，竟然派陸遜為主將。」然後打開陸遜的親筆信，見滿篇都是對他的讚美之詞，哈哈大笑起來。使者回到陸口，對陸遜說道：「關羽欣喜不已，看上去不再擔憂我們了。」陸遜又派人打探荊州的動向，得知關羽果然抽調荊州的大部分兵力到樊城，便報告給孫權。孫權立即任命呂蒙為大都督，率兵襲取荊州。

呂蒙令一部分將士穿上白色的衣服，裝扮成商人的模樣在船上搖櫓掌舵，又令精銳將士躲藏在船艙裡，然後率領船隊向荊州進發。韓當、蔣欽、周泰、朱然、潘璋、徐盛、丁奉等率兵隨行，孫權親自率兵接應。

呂蒙的船隊晝夜兼程來到荊州地界，守衛烽火臺的荊州軍士見了，盤問他們是什麼人，呂蒙令穿白衣的軍士回答說是客船，到岸邊躲避風浪，又給荊州兵送去財物。荊州兵相信了他們的謊話，允許船隊停靠在岸邊。當夜二更時分，船艙裡的精兵悄悄殺出，佔領臨近的烽火臺，將守台軍士全都抓到船裡，然後連夜向荊州城奔去。到荊州城下以後，呂蒙令俘虜的荊州兵頭目騙開城門，然後攻佔了荊州，潘濬被俘虜。

孫權進入荊州城以後，將于禁放回許都，又派虞翻前去勸說傅士仁投降。傅士仁想起關羽的責罰，惱怒不已，便投降了孫權。孫權又令傅士仁到南郡招降糜芳。糜芳本來不願意投

關羽死時，年僅五十八歲。義子關平也被一起斬首。關羽的坐騎赤兔馬被馬忠獲得，關羽死後，絕食而死。

降，傅士仁當著他的面殺死了關羽派來的使者，又說道：「將軍如果不投降，遲早會被關羽所殺。」麋芳被逼無奈，只好投降。

曹操得知孫權出兵襲取荊州的消息，立即命徐晃趕往樊城與關羽交戰，又親自率大軍駐紮在陽陵坡。當時，關平駐紮在郾城，廖化駐紮在四塚，前後連成十二座營寨。徐晃命副將呂建、徐商打著他的旗號與關平交戰，自己卻率兵攻打郾城。呂建、徐商不是關平的對手，被關平打敗，後退二十餘里。關平正在追擊呂建、徐商，得知徐晃已經佔領了郾城，急忙回救郾城，又被徐晃打敗，退守四塚。徐晃繼續進兵，關平、廖化抵擋不住，逃到大營面見關羽。關平說道：「傳言說孫權已經襲取了荊州。」關羽喝道：「胡說！呂蒙病危，陸遜無謀，東吳不足為慮！」

正說話間，徐晃率兵挑戰，關羽命人備馬，要親自出戰。關平勸道：「父親箭傷沒有痊癒，最好不要出戰。」關羽說道：「我和徐晃過去有些交情，知道他的能力。如果他不退兵，我便斬了他。」於是出馬迎戰徐晃，曹軍將士見了，無不驚懼。關羽問徐晃道：「我和你交情不淺，你為何數次為難關平？」徐晃對部將喝道：「如果殺死關羽，重賞一千兩黃金。」關羽大驚，問道：「你這是何意？」徐晃說道：「我不敢因私廢公。」說罷，親自出馬與關羽交戰。兩人大戰八十回合不分勝負，關平擔心關羽箭傷復發，鳴金收兵。正在此時，曹仁率兵殺出城助戰，與徐晃夾擊關羽，關羽抵擋不住，率兵往襄陽撤退。

半路上，關羽得知孫權襲取了荊州的消息，便改變方向奔公安、南郡而來，半路上又得到消息，糜芳、傅士仁投降了孫權，公安、南郡也被孫權佔領。關羽大怒，箭傷復發，氣絕於地。醒來以後對王甫說道：「真後悔沒有聽從你的意見。」又跺腳歎息道：「丟了荊州，我還有何面目再見兄長。」趙累勸關羽向成都求救，關羽便派馬良、伊籍晝夜不停地趕往成都；又整頓兵馬，準備奪回荊州。趙累又建議關羽給呂蒙寫信，責備他違背盟約，看呂蒙如何答覆再見機行事。關羽依計而行。呂蒙回覆說，以前與關羽交好是他自己的主意，現在奪取荊州是奉孫權的命令，身不由己。關羽大怒。將士們從使者口中得知，荊州的家屬都得到呂蒙的照顧，於是放下心來，不願意再與東吳為敵。

關羽繼續率兵向荊州進發，進軍途中，很多軍士都悄悄逃離隊伍，回了荊州。關羽越發惱怒，又無計可施。正在此時，蔣欽攔住去路，喝道：「關羽為何還不投降？」關羽大怒，親自與蔣欽交戰，蔣欽抵擋不住，退走了。關羽緊追不捨，忽然韓當、周泰分左右兩路殺出，與蔣欽一起圍攻關羽，關羽急忙傳令撤兵。走不多遠，徐盛、丁奉又率兵殺出，與韓當等將關羽團團圍住，關羽率兵奮力拼殺。到黃昏時，軍士大多脫離隊伍，逃回荊州去了，留下的只有三百餘人。三更時分，關平、廖化率兵殺入重圍，救出關羽，然後退守麥城。徐盛、丁奉包圍了麥城。

退守麥城以後，關羽派廖化前往臨近的上庸，向守將劉封、孟達求救。接到關羽的求救信，劉封對孟達說道：「關羽是我叔父，不能不救。」孟達說道：「將軍把關羽當作叔父，恐怕關羽未必將將軍當作侄子啊！」原來，劉封是劉備收養的義子，劉備收養劉封時，徵求關羽的意見，關羽不高興地說道：「兄長有親生兒子，又何必收養義子。」劉備自稱漢中王以後，關羽認為劉封是螟蛉（ㄇㄧㄥˊ ㄌㄧㄥˊ）之子❶，為免後患，應該安置在偏遠的上庸。孟達向劉封講述了這些事情，劉封聽了，決定不救關羽，便對廖化說道：「上庸是剛剛佔領的城池，不敢分兵外出。」廖化大驚，跪在地上苦苦哀求，劉封、孟達不予理睬。廖化只好連夜趕往成都報信。

關羽在麥城缺兵少糧，又不見上庸的救兵，處境艱難。孫權派諸葛瑾前來勸降，關羽說道：「玉可碎，而不可改其白；竹可焚，而不可毀其節；身雖殞，而名可垂於竹帛。你快出城去吧，我要與孫權決一死戰。」諸葛瑾說道：「我家主公只是想與將軍結秦晉之好，共同對抗曹操，將軍為什麼執迷不悟？」關平聽了，要殺諸葛瑾，關羽說道：「殺他傷害軍師的兄弟之情。」諸葛瑾回報孫權，說關羽拒絕投降。孫權便命呂蒙設計活捉關羽。

---

❶【螟蛉之子】養子、義子。《詩經．小雅．小宛》中寫道：「螟蛉有子，蜾蠃負之。」螟蛉和蜾蠃（ㄍㄨㄛˇ ㄌㄨㄛˇ）都是昆蟲。古人認爲，蜾蠃有雄無雌，無法交配產卵，沒有後代，於是捕捉螟蛉來當作義子餵養。後世用螟蛉之子指稱義子。

趙累建議向西川撤退，等得到救援再來奪取荊州。關羽登上城樓，見北門外的吳軍很少，便傳令趁著夜色從北門出城。王甫勸道：「北門外都是崎嶇的山路，恐怕有埋伏。」關羽說道：「即使有埋伏，我也不怕。」於是留下王甫、周倉守衛麥城，自己與關平、趙累率兩百殘兵從北門出城。

關羽從北門離開麥城，走了二十餘里，被吳將朱然攔住去路。關羽親自與朱然交戰，朱然敗走，關羽趁勢追殺，埋伏在四周的吳兵紛紛殺出，關羽不敢戀戰，望臨沮小路而走。走不到五里地，潘璋率兵殺出，關羽打退潘璋，令關平斷後。此時，趙累已經戰死，關羽身邊只剩十幾個人了。走到一處雜草叢生之地時，埋伏在道路兩側的吳軍拋出長鉤套索，絆倒了關羽的戰馬，關羽滾落下馬，被吳將馬忠抓獲。關平見了，急忙趕來解救，又被朱然、潘璋抓獲。

孫權得知抓獲了關羽，大喜，對文武幕僚說道：「我準備勸降關羽，你們認為如何？」主簿左咸說道：「當初曹操抓獲關羽時，三天一小宴，五天一大宴；上馬一提金，下馬一提銀。這樣的厚恩都沒能留住他。主公既然抓獲了他，如果不將他斬首，必成後患。」孫權沉思良久，才下令將關羽斬首。

關羽死時，年僅五十八歲。義子關平也被一起斬首。關羽的坐騎赤兔馬被馬忠獲得，關羽死後，絕食而死。王甫、周倉得知關羽被殺的消息，自殺身亡。關羽死後，陰魂不散，蕩蕩悠悠到了當陽玉泉山，在玉泉山顯聖護民，百姓在山頂上為他建了廟，四時祭祀。

孫權佔領荊州以後，大宴文武幕僚。孫權親自給立下戰功的呂蒙賜酒，呂蒙接過酒杯，正要一飲而盡，忽然將酒杯扔到地上，揪住孫權罵道：「孫權小兒，還認得我嗎？」然後推倒孫權，坐在孫權的座位上說道：「我關雲長生不能吃你的肉，死了也要追你呂蒙的魂魄！」孫權大驚，急忙率領眾人跪倒在地，呂蒙這才七竅流血而死。

孫權殺死關羽，料到劉備必然會起傾國之兵為關羽報仇，便聽取張昭的建議，將關羽的首級送到許都，以便向劉備表明曹操是幕後主使，使劉備嫉恨曹操。曹操得知孫權殺死關羽的消息，高興地說道：「關羽死了，我能安穩地睡覺了。」令人打開盛放關羽首級的木匣，望著關羽的面容，笑道：「將軍別來無恙？」話還沒有說完，只見關羽的嘴巴和耳朵都張開了。曹操大吃一驚，昏死過去。醒過來以後，心有餘悸地感歎道：「關羽真是天神啊！」司馬懿說道：「孫權將關羽的首級送來，是在嫁禍於人。」曹操猛然醒悟，按照司馬懿的建議，用香木給關羽雕了一個身軀，與頭顱一起厚葬。

關羽被殺以後，劉備心神不寧，又多次接到荊州的求救公文，得知關羽戰敗，與諸葛亮、法正等人商議，決定親自率兵救援。正在此時，得到消息，關羽被孫權殺害，劉備大叫一聲，昏死過去，諸葛亮等急忙救醒。一連好幾天，劉備茶飯不思，只是痛哭不已，淚濕衣襟。在諸葛亮等人的苦苦勸說下，劉備的心情才有所好轉，傳令三軍為關羽掛孝，在南門外招魂祭奠。

第三十二回　曹操之死

曹操自從厚葬關羽以後，每天晚上都要夢到關羽，整夜不得安睡，幕僚們建議他重新修建一座宮殿居住，曹操便命巧匠蘇越設計宮殿，又命人砍伐洛陽城外躍龍祠旁的一株大梨樹，作為新建宮殿的大梁。奉命砍樹的工匠報告說那棵梨樹刀斧不入，無法砍伐。曹操不信，親自前去查看，見那棵樹如華蓋般直入雲霄，附近的百姓說道：「這棵樹已經有數百年的壽命，有神人住在樹上，恐怕不能砍伐。」曹操大怒，說道：「上至天子，下至黎民，誰不怕我？誰敢違抗我的命令？」說罷，拔出佩劍往樹上砍去，結果濺了一身血污，曹操驚愕不已，扔掉劍掉頭回宮去了。

這天夜裡，曹操睡不著覺，便趴在書案上打盹，忽然看見一個身穿皂衣的人來到面前，說道：「我是梨樹樹神，你的陽壽將盡，我特地來取你的性命。」說罷，揮劍砍向曹操。曹操大驚，叫了一聲，從夢中醒來。醒來以後，覺得頭痛難忍，遍訪名醫都無法治癒，華歆舉薦了神醫華佗，曹操便命人請來華佗。

華佗檢查了曹操的病症，說道：「大王的病根在腦子裡，只有用斧頭砍開腦袋，從裡面取出風涎，才能完全止痛。」曹操聽了，大怒，呵斥道：「你是想謀害於我！人的頭顱豈能用斧頭砍開？你是想趁機殺死我，為關羽報仇！」說罷，令人將華佗抓進大牢。在曹操的嚴刑拷打之下，沒過幾天，華佗就死在獄中。華佗死前，將自己的醫書《青囊書》傳給一位姓吳的獄卒，但《青囊書》被吳獄卒的妻子燒毀，沒能流傳下來。

華佗死後，曹操的頭痛病更加嚴重了。一天夜裡，睡到三更時分，曹操覺得頭暈目眩，便爬起床來。忽然聽見殿外傳出一陣聲響，曹操向殿外望去，見伏皇后、董貴人、伏完、董承等二十幾人滿身血污地站在雲端，齊聲呼喊道：「奸賊拿命來！」曹操嚇得昏死過去，被近侍救起。第二天，曹操又聽到殿外傳來痛哭的聲音。天亮以後，曹操召集文武幕僚，歎氣道：「我就要死了，不會有救了。」

第二天，曹操覺得眼睛看不見了，急忙召夏侯惇前來。夏侯惇剛剛走到宮殿門口，抬眼望見伏皇后等人站在雲端，嚇得昏倒在地，得了重病。曹操又召曹洪、賈詡、司馬懿等安排後事，說道：「我縱橫天下三十餘年，先後剿滅多路諸侯，只剩西蜀劉備和江東孫權，但我卻身患重病，不久於人世。我生了曹丕、曹彰、曹植、曹熊四個兒子，只有長子曹丕能繼承我的事業，你們要好好輔佐他。」說罷，又傳令在他死之後要設立七十二疑塚，防止後人挖掘墳墓。安排完所有後事，曹操長歎一聲，氣絕身亡，死時六十六歲。

曹操死後，在華歆的逼迫下，皇帝下達聖旨，封曹丕為魏王、丞相、冀州牧，曹丕即日登位，大宴文武幕僚。正在這時，傳來消息，鄢陵侯曹彰率十萬大軍兵臨城下。曹丕大驚，說道：「曹彰率兵前來，必然要爭奪王位。」諫議大夫賈逵說道：「我願說服曹彰，令他棄兵來投。」曹丕便派賈逵去見曹彰。曹彰見到賈逵，問道：「先王的璽綬還在嗎？」賈逵厲聲說道：「國有儲君，家有長子，先王璽綬豈是你能過問的？」曹彰無話可說。賈逵反問道：「公子是來奔喪還是爭奪王位？」曹彰答道：「奔喪。」於是，曹彰將大軍駐紮在城外，隻身一人進城面見曹丕。曹丕接管了曹彰的兵權，令曹彰返回鄢陵。

曹丕見曹植、曹熊二人遲遲不來奔喪，便派人前去問罪。曹熊膽小，竟然嚇得自縊身死；曹植整日與丁儀、丁廙(一)兄弟飲酒吟詩，見到使者，丁儀、丁廙大聲痛罵，曹植也怒氣沖沖，將使者打了出去。曹丕大怒，令許褚率兵三千到臨淄捉拿曹植。曹植和丁氏兄弟被抓來以後，曹丕殺了丁氏兄弟，又將曹植關入大牢。曹丕、曹植的母親卞夫人得到消息，急忙召來曹丕，哭訴道：「你的兄弟曹植只是恃才傲物，看在是你親兄弟的份上，你千萬不要傷他性命。」曹丕連聲答應。

華歆給曹丕出主意，命曹植即興作詩，否則便立即誅殺。曹丕同意了，命人召曹植相見，說道：「你我既是兄弟，又是君臣，你怎能不尊禮數？先王在時，你經常到處炫耀文采，我總懷疑你是請人代筆。現在我限你七步之內作一首詩，否則從重治罪。」當時，牆壁上掛著一幅畫，畫的是兩隻牛在牆角爭鬥，一頭牛落敗，墜井而亡。曹丕便指著那幅畫，說道：「就以這幅畫為題目，但不許出現『二牛鬥牆下，一牛墜井死』字樣。」曹植不假思索，走了七步，寫出一首詩來：「兩肉齊道行，頭上帶凹骨。相遇塊山下，欻（ㄒㄩˋ）起相搪（ㄊㄤˊ）突。二敵不懼剛，一肉臥土窟。非是力不如，盛氣不洩畢。」

曹丕大驚，暗自稱奇，又說道：「七步成詩還是有些慢了，你能應聲作詩嗎？」曹植說道：「請大王出題。」曹植說道：「你我是兄弟，便以『兄弟』為題，但不許出現『兄弟』二字。」曹植不假思索，出口成詩：「煮豆燃豆萁❶，豆在釜❷中泣。本是同根生，相煎何太急！」曹丕聽了，忍不住流下淚來。這時，卞夫人從屏風後面走出來，呵斥曹丕道：「何必相逼太甚！」曹丕慌忙起身施禮，當即封曹植為安鄉侯，然後放他離去。

劉備聽說曹操病死、曹丕登位的消息，召集文武幕僚商議，準備先攻打東吳，為關羽報仇，然後再攻打曹丕。廖化哭訴道：「關將軍父子遇害，都是因為劉封、孟達不出兵營救之過。」劉備大怒，聽取諸葛亮的意見，決定先將劉封、孟達調開，再設法擒拿二人。彭羕與

---

❶【豆萁】即大豆的豆秸，是大豆的莖，曬乾後可以當柴燒。

❷【釜】古代一種圓口圓底的金屬器皿，沒有支撐柄，使用時需要安置在爐灶上或用其他物品支撐起來，可以用於煮飯、燉湯和炒菜。

孟達交情深厚，得到消息，立即派人給孟達報信，結果報信人被馬超截獲，馬超又報告給劉備，劉備一怒之下殺了彭羕。孟達得知彭羕被殺，與部屬申耽、申儀兄弟商議，連夜投靠曹丕去了。曹丕令他守衛襄陽、樊城。

劉備得知孟達投靠曹丕的消息，大怒，令劉封率兵攻打襄陽，誅殺孟達。孟達派人勸降劉封，劉封怒不可遏，殺了使者，約孟達交戰。劉封與孟達交鋒，孟達敗走，劉封率兵追擊，被徐晃、夏侯尚的伏兵打敗。劉封想退守上庸，但駐守上庸、房陵的申耽、申儀暗中投降了曹丕，不放劉封入城，劉封只得率領一百多名騎兵逃回成都。見到劉備，劉封辯解說，不是他不想救關羽，而是被孟達阻撓。劉備罵道：「你吃的是人飯，穿的是人衣，又為何聽信別人的讒言？」說罷，命人將劉封斬首。

這一年八月，中郎將李伏、太史丞許芝等人聯合王朗、華歆、賈詡、劉曄、辛毗（ㄆㄧˊ）等四十餘位朝廷大臣，奏請皇帝將皇位禪讓給魏王曹丕。皇帝驚得目瞪口呆，哭著說道：「朕雖然沒有才能，但也沒有過錯，怎能忍心將祖宗基業拱手讓人？請諸位愛卿再商議商議。」李伏回奏道：「自魏王登位以來，上天多次傳出曹魏代漢的徵兆。」許芝也回奏道：「民間傳言『鬼在邊，委相連。當代漢，無可言。言在東，午在西。兩日並光上下移。』『鬼在邊，委相連』是個『魏』字；『言在東，午在西。兩日並光上下移』是『許昌』二字，便是指陛下應該在許昌將皇位禪讓給魏王。」王朗又奏道：「自古以來，有興就有亡，沒有永不滅亡的國家。

漢室傳到陛下這裡，已經四百多年了，氣數已盡，應該及早讓位。」皇帝哭著退入後殿去了。

第二天，王朗、華歆等聚在大殿上請皇帝議事。皇帝不敢出殿，曹皇后見了，追問原因，皇帝答道：「你的兄長逼朕禪位給他。」曹皇后大怒，說道：「兄長竟然做出這等叛逆之事！」這時，曹洪、曹休闖進後宮，請皇帝出殿議事。曹皇后罵道：「父親威震天下，都不敢篡奪皇位，兄長登位才幾天，就敢做這種事！上天定然不會保佑你們！」說罷，哭著走了。

曹丕大驚，暗自稱奇，又說道：「七步成詩還是有些慢了，你能應聲作詩嗎？」曹植說道：「請大王出題。」

皇帝被逼無奈，只好來到大殿上，說道：「你們都是漢朝大臣，怎能忍心做這種不臣之事？」華歆奏道：「如果陛下不答應，恐怕會禍起蕭牆[3]。」皇帝問道：「誰敢弒[4]朕？」華歆厲聲奏道：「如果沒有魏王，弒陛下者不止一人！」皇帝大驚，站起身來，打算退回後殿。華歆上前一步，扯住皇帝的龍袍，說道：「答不答應，給一句話。」曹洪、曹休拔出佩劍，喊道：「符寶郎[5]在哪裡？」符寶郎祖弼應聲而出，喝道：「玉璽是天子的寶物，豈是你能索要的！」曹洪大怒，令武士將祖弼推出去斬首。

皇帝見殿外都是手持兵器的魏兵，哭著說道：「朕願意將皇位禪讓給魏王，只求能夠頤養天年。」賈詡說道：「魏王不會辜負陛下。請陛下即刻降詔。」皇帝便命陳群起草詔書，又令華歆帶著玉璽，率文武百官獻給曹丕。曹丕見到詔書，欣喜若狂，就要受詔，司馬懿說道：「請魏王上書推辭，以便杜絕世人的非議。」於是，曹丕命王朗草擬奏表，稱不敢受詔。華歆又請皇帝再次給曹丕下詔書，皇帝便命桓階起草詔書，令張音帶著玉璽獻給曹丕。曹丕見到詔書，跟賈詡商議，賈詡說：「可以命陛下修建一座『受禪壇』，召集文武大臣到壇下，令陛下在受禪壇上將皇位禪讓給大王。」曹丕依計而行。

皇帝只好命人築起一座高三層的受禪壇，於十月庚午日寅時在受禪壇上將皇位禪讓給曹丕。曹丕接受了皇位，隨即登基稱帝，改國號為魏，追諡曹操為太祖武皇帝。曹丕封皇帝劉協為山陽公，到封地居住，沒有宣召不得擅自進京。劉協含淚拜謝，出城去了。

文武百官又奏請曹丕答謝天地，曹丕剛剛跪倒，突然颳起一陣怪風，一時間飛沙走石，暴雨如注，白晝如同黑夜。曹丕受驚倒地，昏死過去，半晌才醒。幾天之後，曹丕才緩過勁來，封王朗為司空，華歆為司徒，又在洛陽大興土木，將都城遷到洛陽。

劉備得知曹丕篡漢稱帝的消息，憂慮不已，竟然大病一場。諸葛亮與太傅許靖、光祿大夫譙周等人商議，決定請劉備稱帝，繼承漢統。劉備見到許靖、譙周等人請他即皇帝位的奏表，大吃一驚，堅決不答應。諸葛亮說道：「曹丕篡漢自立，大王是漢室苗裔，理所當然即位延續漢祀。」許靖也說道：「曹丕篡位，如果大王不即帝位而討伐曹丕，便是不忠不義。」劉備勃然大怒，退入後殿去了。

諸葛亮見劉備不願稱帝，便託病告假。劉備親自前來探望，問道：「軍師為何事擔憂？」連問好幾遍，諸葛亮都閉口不答，良久才說道：「臣自出山以來，輔助大王佔據兩川之地。現在曹丕篡漢，文武大臣希望大王繼承帝位，延續漢祀，以圖個人功名。但大王堅持

---

❸【禍起蕭牆】內部或家裡發生了禍亂，即身邊的人導致災亂。蕭牆又稱「塞牆」，是古代正對著大門修建的矮牆，用於遮擋路人的視線，防止路人窺探門內的秘密。華歆是在威脅皇帝，暗示如果不將皇位讓給曹丕，皇宮裡的大臣近侍都可能弒君。

❹【弒】封建時代稱臣殺君、子殺父母爲弒，都是大逆不道的罪行。

❺【符寶郎】又稱「符璽郎」，專門負責掌管皇帝玉璽的官員。

不肯，眾人心生怨氣，恐怕很快就會離大王而去。如果文武大臣都離開大王，大王如何保守兩川？我正為此事擔憂。」劉備說道：「我是怕天下人的非議。」諸葛亮說道：「大王即位，名正言順，天下人沒有可議論的。」劉備這才同意了。許靖等人在屏風後面聽見，紛紛湧出來拜倒在地。

建安二十六年四月，劉備在成都即皇帝位，改元章武元年，立吳氏為皇后，劉禪為太子；封諸葛亮為丞相，許靖為司徒，其餘大小官員各有升賞。兩川軍民得知劉備稱帝，無不歡欣鼓舞。

第三十三回　彝陵之戰

劉備登基稱帝的第二天，便決定起全國之兵進攻東吳，為二弟關羽報仇雪恨。虎威將軍趙雲奏道：「曹丕篡漢，人神共憤，陛下應該在渭河上游屯兵，伺機進攻關中。如果出兵攻打東吳，戰端一旦發生，短時間內不會平息，得不償失。」劉備說道：「東吳孫權殺死朕的二弟關羽，糜芳、傅士仁、潘璋、馬忠都是朕的仇人，朕恨不得殺光他們全家。」趙雲又奏道：「兄弟之仇畢竟只是私人恩怨，懇請陛下以國事為重。」劉備說道：「如果不為二弟報仇，即使佔有萬里江山，又有何用？」於是傳令起兵進攻東吳，又派人到閬中，封張飛為車騎將軍，領司隸校尉、閬中牧，封西鄉侯。張飛接到任命，隨使者來到成都，劉備命張飛從閬中率兵出發，與他在江州相會，共同進攻東吳。

劉備要御駕親征東吳，諸葛亮、許靖等人苦苦勸諫，劉備一心想著為關羽報仇，不論怎麼勸說都不聽從。劉備見諸葛亮反對他攻打東吳，便命諸葛亮留在成都，輔佐太子劉禪處理朝政；命驃騎將軍馬超、鎮北將軍魏延守衛漢中，監視曹魏的動向；命虎威將軍趙雲為後援，押運糧草輜重；命黃忠為前部先鋒，率兵先行。這一年的七月丙寅日，劉備率七十五萬大軍攻打東吳。

張飛回到閬中，命部將范疆、張達在三天內置辦齊全白衣白甲，要全軍戴孝出師。范疆、張達報告說三天之內不能完成，請求寬限期限。張飛大怒，喝道：「我恨不得明天就滅掉東吳，你們竟敢違抗將令！」便重重責罰范疆、張達，又說道：「如果三天之內不能完工，提著腦袋來見我。」范疆、張達帶傷回營，湊在一起商量對策。張達說道：「與其等他殺我們，不如我們先殺了他，然後投靠東吳去。」

這天夜裡，張飛心中煩悶，與部將喝酒，喝醉之後便睡在中軍帳中。初更時分，范疆、張達悄悄摸進中軍帳，口稱有要事稟告，走進張飛的床榻，見張飛圓睜著眼睛，驚慌失措，不敢動手。後來聽到張飛鼾聲如雷，一動不動，才確認張飛睡著了，便拔出短刀殺了張飛。之後，范疆、張達割下張飛的腦袋，連夜逃往東吳。張飛死時，年僅五十五歲。第二天，張飛部將吳班發現張飛被殺，急忙報告給張飛的兒子張苞、張紹，張苞、張紹悲痛不已，由張紹留守閬中，張苞來向劉備稟報。

張苞見到劉備，伏地大哭，說道：「臣父被范疆、張達殺害，范疆、張達逃到東吳去了。」劉備聽了，放聲大哭，昏死過去，被救醒以後仍哀痛不已，茶飯不思。正在這時，關羽之子關興也來拜見劉備，跪在地上痛哭失聲。劉備見了關興、張苞，悲傷之情無以復加，說道：「朕當年與關羽、張飛結為兄弟，誓同生死。現在朕當了皇帝，二位賢弟還沒來得及與朕共用富貴，便死於非命，怎能不令人肝腸寸斷。」

隨軍文武官員見劉備悲傷至極，又勸解不住，便請來青城山的隱士李意卜問凶吉。劉備見李意鶴髮童顏，眼睛炯炯有神，才相信李意是神人，便以禮相待。劉備問道：「朕親率大軍為二位賢弟報仇，結果如何？」李意答道：「這是天數，不是我能知道的。」劉備再三追問，李意便在紙上畫了四十多個馬匹兵器，然後一一撕碎；又畫了一個躺在地上的人，被旁邊的人挖土埋到了坑裡，在土坑上寫了個「白」字。畫完這些，李意便拱手告辭了。劉備很不高興，說道：「狂叟不足為信。」

第二天，吳班率閬中兵馬與劉備會合，劉備命吳班為先鋒，關興、張苞護駕，率水陸兩軍殺奔東吳而來。

孫權得到劉備率七十五萬大軍殺來的消息，大吃一驚，召集文武幕僚商議，眾人全都驚慌失色，無計可施。諸葛瑾說道：「我願去面見劉備，勸他退兵，與東吳聯合，共同討伐曹丕。」孫權便命諸葛瑾即刻出發。

當時，蜀軍已經前進到了夔（ㄎㄨㄟˊ）關，劉備駐紮在白帝城。諸葛瑾到白帝城拜見劉備，將襲取荊州之事推到呂蒙頭上，說是呂蒙擅自作主，孫權並不知情；稱願意將糜芳、傅士仁、范疆、張達等降將送還劉備，由劉備治罪；許諾願意送還孫夫人、割讓荊州全境。劉

關興大怒，提著劍殺了出去。潘璋見了關興，轉身便往門外跑。這時，從門外走進一位面如重棗、綠袍長鬚的將軍，正是關羽。

備大怒，誓言報仇。諸葛瑾又勸說劉備以大局為重，聯合東吳共同討伐篡奪帝位的曹丕。劉備怒道：「殺弟之仇不共戴天，想讓朕退兵，除非朕也死了！」諸葛瑾無話可說，只好回了江東。

孫權得知劉備不肯退兵的消息，憂心忡忡。中大夫趙諮獻計，願意前往洛陽面見曹丕，請曹丕派兵進攻漢中，逼劉備退兵。孫權急忙給曹丕寫了奏表，然後派趙諮趕赴洛陽。曹丕見到趙諮，百般刁難，趙諮對答如流，曹丕稱讚道：「真是『使於四方，不辱君命』啊！」於是封孫權為吳王。劉曄勸曹丕出兵伐吳，與劉備聯合滅掉東吳，曹丕不肯，說道：「朕準備按兵不動，看吳蜀交戰，如果吳被蜀消滅，朕再出兵滅蜀，易如反掌。」

當時，蜀軍在番兵和洞溪漢將杜路、劉寧的配合下，水陸並進，聲勢震天，水路挺進至巫口，旱路挺進至秭（ㄗˇ）歸。孫權見曹丕不願出兵襲取漢中，只得派宗族子弟孫桓、虎威將軍朱然率兵迎戰。蜀軍在宜都安營紮寨，孫桓在宜都界口安營紮寨。劉備得到消息，命關興、張苞出戰。兩軍對陣，張苞出馬與孫桓部將謝旌交鋒，謝旌不是張苞的對手，敗回本陣，孫桓的另一位部將李異出馬與張苞交戰。二人正在交鋒，吳將譚雄一箭射中張苞的戰馬，張苞滾落下馬，李異趕來要殺張苞，幸虧關興及時殺出來，一刀砍死李異。孫桓大敗，退回營寨。

第二天，兩軍再次交戰，關興與孫桓交鋒，孫桓大敗，逃回本陣。關興、張苞、吳班等人趁勢率兵掩殺，吳軍大敗，謝旌被張苞殺死，譚雄被關興活捉。孫桓見部將謝旌、李異、譚雄都被殺，勢孤力窮，不敢出戰，只得派人向孫權求救。

吳班聽取部將張南、馮習的意見，決定趁著吳軍士氣低落之時劫營。為了將朱然率領的水軍順勢打敗，又故意將消息洩露給朱然。朱然得知蜀軍要在夜間劫取孫桓的營寨，急忙派部將崔禹率兵救援。當夜，吳班、張南、馮習兵分三路殺入孫桓營寨，孫桓措手不及，連夜逃走了。崔禹率水軍來救援孫桓，走到半路中了關興、張苞的埋伏，被張苞活捉。朱然得知孫桓、崔禹被打敗，不敢出戰，率船隊後退六十里。東吳得到消息，不論官民將兵，無不膽寒心驚。

孫桓退到彝陵駐守，吳班、關興、張苞又追到彝陵，將彝陵團團包圍。孫權得知彝陵被圍的消息，急忙派老將韓當與甘寧、周泰、凌統、潘璋率十萬大軍迎戰。

黃忠見關興、張苞等小輩將領屢立戰功，又見劉備感歎昔日眾將老邁無用，勃然大怒，率兵趕到前線，要與吳軍交戰。劉備得知後，急忙派關興、張苞趕來助戰。

黃忠剛到彝陵，吳軍先鋒潘璋便率兵殺來了。黃忠翻身上馬，與吳軍交戰。潘璋部將史蹟挺槍躍馬與黃忠交戰，只三個回合便被黃忠砍落馬下。潘璋見了，揮舞著關羽的青龍偃月刀親自與黃忠交戰。黃忠奮勇惡戰，潘璋抵擋不住，逃走了。黃忠率兵追殺，大獲全勝。這時，關興、張苞也來到彝陵。

第二天，潘璋又來挑戰，黃忠不許關興、張苞助戰，獨自與潘璋交戰，結果被韓當、周泰、凌統、潘璋四面包圍，身負重傷，幸虧關興、張苞及時趕到，才救回營寨。回營以後，黃忠傷重而亡。

劉備得知黃忠戰死的消息，越發惱怒，親率御林軍挺進至猇（ㄒㄧㄠ）亭。韓當、周泰率兵與劉備交戰，吳將周平、夏侯恂出馬，與關興、張苞交鋒，結果雙雙被殺。韓當、周泰大敗，被蜀軍殺得血流成河，死傷無數。甘寧率領的水軍也被番兵殺敗，甘寧頭上中箭，退到富池口後不治身亡。劉備趁勢追殺，佔領了猇亭。

在兩軍混戰之時，關興遇到了潘璋，便拍馬追來，潘璋不敢迎戰，逃到了山谷裡。關興追進山谷，不見了潘璋，便到一戶農家投宿。三更時分，關興聽見有人敲門，爬起來一看，原來潘璋也來到這戶農家投宿。關興大怒，提著劍殺了出去。潘璋見了關興，轉身便往門外跑。這時，從門外走進一位面如重棗、綠袍長鬚的將軍，正是關羽。潘璋見關羽顯聖，驚得魂飛魄散，不知所措，關興趕上前來，一劍砍了他的腦袋。關興在農家堂屋的關公像前祭奠了關羽，便提著青龍偃月刀返回軍營，走到半路被吳將馬忠包圍，幸虧張苞及時殺出，才得以回營。

麋芳、傅士仁駐紮在江渚，二人見蜀軍勢大，吳軍不能抵擋，為了保命，便殺了馬忠，再次投降了劉備。劉備先用馬忠的人頭祭奠關羽的亡靈，又將麋芳、傅士仁凌遲處死，以告慰關羽的亡靈。至此，害死關羽的蜀將劉封、糜芳、傅士仁及吳將潘璋、馬忠都死了。

孫權得知蜀軍銳不可當，急忙召集文武幕僚商議。步騭說道：「劉備痛恨的呂蒙、潘璋等人都已經死了，只有范疆、張達還活著，不如將這二人送還劉備治罪，再送還孫夫人、割讓荊州，與劉備講和。」孫權便命程秉為使，帶著范疆、張達來見劉備。劉備令張苞將范疆、張達淩遲處死，以祭奠張飛亡靈，但仍然堅持要消滅東吳。馬良等人苦苦勸諫，劉備就是不聽。

程秉回報孫權，說劉備不願意講和，定要滅亡東吳。孫權大驚，手足無措。闞澤說道：「周瑜在世時，軍國大事仰仗周瑜；周瑜死後有魯肅，魯肅死後有呂蒙。現在呂蒙雖然死了，但陸遜還在。陸遜雖然是個書生，但軍事謀略不在周瑜之下。大王為何不重用陸遜，令他率兵與劉備交戰呢？」張昭、顧雍、步騭等人都認為陸遜只是個年輕書生，不是劉備的對手。孫權說道：「我了解陸遜的才能，決定重用陸遜。」於是命人從荊州召回陸遜。闞澤又建議孫權建造一座「拜將臺」，鄭重其事地拜陸遜為大都督，以便令東吳文武全都拜服。孫權便命人修築拜將臺，拜陸遜為大都督、右護軍、鎮西將軍，封婁侯，總管東吳諸路兵馬，率兵迎戰蜀軍。

陸遜來到猇亭前線以後，傳令韓當、周泰等吳將，只許堅守，不許出戰。韓當、周泰等本來就不服氣陸遜執掌兵權，此時見陸遜沒有退兵之計，只是傳令堅守不戰，全都憤怒不已，聲稱願決一死戰。陸遜勃然大怒，拔出佩劍說道：「我受吳王重託總督兵馬，你們只需聽我的將令堅守，不許擅自出戰，違令者斬！」眾將都不服氣。

劉備將大軍從猇亭一直擺到川口，連營七百里，前後四十多座軍營，聲勢浩大。聽說孫權派陸遜總督兵馬，劉備怒道：「就是陸遜的詭計害死了二弟，朕一定要活捉他。」馬良奏道：「陸遜的才能不在周瑜之下，陛下不可輕敵。」劉備大怒，喝道：「朕戎馬一生，還不如一個黃口孺子[1]嗎？」於是傳令進兵。東吳將士得了陸遜軍令，不敢出戰。

❶【孺子】豎子、小子，對人的蔑稱。

第三十四回　白帝城託孤

劉備見東吳堅守不戰，煩躁不已，又無計可施。馬良奏道：「陸遜堅守不戰，是在等待我軍發生變故。陛下應該小心提防。」劉備說道：「陸遜能有什麼妙計！只是膽怯罷了！」馮習回奏說，將士耐不住炎熱的天氣，而且離水源太遠，飲水不便。劉備便傳令三軍，全都移到樹木茂密的地方安營紮寨，等待夏天過去再進兵。馬良又奏道：「請陛下將軍營分布形勢畫成圖冊，派人送給丞相，看看是否得當。」劉備不耐煩地說道：「朕也懂得兵法，何必煩勞丞相。」馬良堅持己見，劉備便令馬良回去請示諸葛亮。

馬良見到諸葛亮，呈上兵營分布圖冊，說道：「陛下在長江兩岸連營七百里，三軍將士都在樹林茂密處安營紮寨。」諸葛亮看了圖冊，大驚失色，說道：「連營七百里怎能打敗吳軍？這是兵家大忌，如果陸遜用火攻，我軍必敗！你快去告知陛下，立即改變布營方法。」又說道：「如果陛下兵敗，就到白帝城躲避，我自有安排。」馬良立即趕往大營，但還是沒有及時趕到。

陸遜得知劉備將軍營轉移到樹林茂密的地方，喜出望外，說道：「我已有妙計，很快就能打敗蜀軍。」魏國探馬打探得知劉備將軍營移到樹林深處的消息，立即回報曹丕，曹丕笑道：「劉備不懂兵法，必然被陸遜打敗，不出十天必然傳來消息。」眾官勸曹丕整頓兵馬，以防發生變故。曹丕說道：「陸遜打敗劉備以後，必然進兵西川，那時江東兵力空虛，朕藉口派兵助戰，卻趁機兵分三路攻打東吳。」於是，命曹仁率兵出濡須，曹休率兵出洞口，曹真率兵出南郡，等待時機襲擊東吳。

陸遜見蜀軍士氣低落，防備鬆懈，便召集眾將聽令，安排火攻之計。眾將領命，各個依計而行。

劉備正在營中與文武官員商議進兵，忽然探馬報告說江北軍營起火，劉備大驚，一面命人救火，一面命關興、張苞分別到江北、江南巡邏，如果遇到吳軍，立即回報。當晚初更時分，颳起東南風，劉備駐紮的御營也起了火，火借風勢，越燒越猛，御林軍大亂，四處逃命，踩踏致死者不計其數。正在這時，吳軍殺到，劉備急忙上馬，逃到馮習營中。馮習的軍營也著了火，劉備無處可躲，只好往西撤退。徐盛、丁奉率兵趕來，前後夾擊，將劉備團團包圍，幸虧張苞及時趕到，才救了劉備。在張苞的保護下，劉備逃到馬鞍山。站在馬鞍山頂上，劉備望著山下的七百里火海，後悔不已。

第二天，陸遜率領大軍包圍了馬鞍山，又下令放火燒山。正在危急關頭，關興率兵殺來，請劉備退到白帝城躲避。劉備命部將傅彤斷後，自己與關興、張苞突圍而出。陸遜見劉備衝出包圍圈往西逃去，指揮大軍窮追不捨。劉備逃到半路，被朱然截住去路，關興、張苞奮力死戰，都不能殺出重圍。這時，陸遜率兵趕來，又將劉備團團圍住。劉備叫道：「朕要死在此處了！」話音剛落，一路軍馬殺散朱然，衝入包圍圈中。來人正是趙雲，他得知劉備戰敗，從江州率兵趕來援助。在趙雲的保護下，劉備率領一百多名殘軍敗將退入白帝城。

劉備雖然逃到了白帝城，但各路蜀軍仍然在火海中與吳軍交戰。負責斷後的傅彤被丁奉包圍，奮力拼殺，直至戰死；祭酒程畿（ㄐㄧ）率水軍與吳軍交戰，兵敗自刎；吳班、張南、馮習得知劉備兵敗，急忙率兵趕來救援，結果被吳軍前後夾擊，張南、馮習兵敗戰死，吳班被趙雲救回白帝城；番兵也被打敗，番王沙摩柯被周泰殺死；杜路、劉寧抵擋不住吳軍的攻勢，率兵投降。這一戰，劉備率領的七十五萬大軍死傷者不計其數，投降者不計其數，糧草輜重都被吳軍放火燒毀了。

陸遜獲勝以後，率兵一路向西追趕劉備，快到夔關時，陸遜見前方有一股殺氣，以為有伏兵，急忙傳令停止前進，列陣迎敵，但不見有兵馬殺來。陸遜派人前去查看，回報說只有八九十個亂石堆，沒有伏兵。陸遜不信，找來鄉民詢問，得知這裡名叫「魚腹浦」，諸葛亮入川時，排列下亂石陣，殺氣就是從亂石陣裡出來的。陸遜親自走到高處查看，又率親隨到陣中查看，忽然狂風大作，飛沙走石，遮天蓋地，找不見來時的道路。陸遜驚叫道：「中了諸葛亮的詭計！」正在這時，前方走出一位老者，問道：「將軍想出去？」陸遜連忙施禮，說道：「請老伯救命。」老者便帶著陸遜等人順利地走出亂石陣。原來，這是諸葛亮布下的「八陣圖」，有休、生、傷、杜、景、死、驚、開八座門，每日每時變化無窮，相當於十萬精兵，帶陸遜走出亂石陣的老者是諸葛亮的岳父黃承彥，不願見到陸遜死在陣中，便出手救了他的性命。

陸遜出了亂石陣，便下令班師。原來，陸遜料到曹丕要趁機攻打東吳，因此不敢深入西川。果然，探馬很快傳來消息，魏將曹仁、曹真、曹休兵分三路殺來。陸遜即刻整頓兵馬，趕來與魏軍交戰。結果，三路魏兵

劉備見到諸葛亮，令他坐到床前，摸著他的背說道：「朕後悔不聽丞相的勸告，招致失敗。如今悔恨成疾，命在旦夕。」說罷，淚流滿面。諸葛亮也痛哭失聲。

都被陸遜、朱桓等人打敗。曹丕見東吳準備充分，料到撈不到好處，便下令撤兵了。

劉備退到白帝城以後，馬良才從諸葛亮那裡回來。劉備歎息道：「朕如果早聽丞相的勸告，便不會有現在的慘敗。」說罷，哀歎不已，整日愁苦，竟然一病不起。這一天，劉備獨自躺在龍床上，一陣風吹來，吹得燈光忽明忽暗。劉備翻身起來，見關羽、張飛站在面前，激動不已，說道：「原來二位賢弟還活著。」關羽說道：「我們不是人，我們是鬼。兄長很快就能與我們團聚了。」劉備聽了，痛哭不已，原來是一場夢。醒來以後，歎息道：「朕將不久於人世了。」於是命人到成都請丞相諸葛亮、尚書令李嚴前來。諸葛亮令劉禪守衛成都，與魯王劉永、梁王劉理一起前往白帝城。

劉備見到諸葛亮，令他坐到床前，摸著他的背說道：「朕後悔不聽丞相的勸告，招致失敗。如今悔恨成疾，命在旦夕。」說罷，淚流滿面。諸葛亮也痛哭失聲。劉備將隨行官員全都召進來，寫好遺詔，對諸葛亮說道：「請丞相將詔書交給太子劉禪，大小事宜，更勞煩丞相多加指教。」諸葛亮聽了，立即跪倒在地，說道：「臣願效犬馬之勞。」劉備命人扶起諸葛亮，握著他的手，又說道：「丞相的才能是曹丕的十倍，如果太子可以輔佐，便盡心輔佐；如果太子不能輔佐，你便自立為成都之主。」諸葛亮聽了，大吃一驚，嚇得汗流浹背，慌忙跪倒在地，磕頭不止。劉備又對劉永、劉理說道：「你們兄弟三人，要將丞相當成父親看待，不得怠慢。」劉永、劉理便跪下給諸葛亮行禮。

劉備望著跪在面前的趙雲等文武官員，說道：「朕已經託孤給丞相，你們都不得怠慢，不要辜負了朕的期望。朕不能一一囑咐，願你們自重自愛。」說完這些，劉備便駕崩了。劉備死時六十三歲。

諸葛亮護送梓宮[1]回到成都，按照皇帝禮儀安葬了劉備，又遵照遺詔擁立太子劉禪為皇帝。劉禪即位以後，加封諸葛亮為武鄉侯，領益州牧，又升賞文武百官，大赦天下。

曹丕得知劉備病死的消息，召集文武大臣商議，準備乘機出兵攻打西川。司馬懿說道：「陛下可以調集五路兵馬共同出兵，令諸葛亮首尾不能相顧。」曹丕問道：「該調集哪五路兵馬？」司馬懿說道：「用金帛賄賂遼東鮮卑國，令鮮卑起羌兵十萬攻打西平關；給南蠻番王孟獲加官晉爵，令孟獲起兵十萬攻打西川南部；與東吳修好，令孫權起兵十萬攻打涪城；令降將孟達起兵十萬攻打漢中；令大將軍曹真率兵十萬，由陽平關進兵。有這五十萬大軍，諸葛亮即使有呂望之才，也抵擋不住。」曹丕聽了，大喜過望，依計而行。

劉禪得知曹丕派五路大軍攻來的消息，立即命人報知諸葛亮，但諸葛亮卻並不理會，稱病不理朝政。劉禪聽說諸葛亮病了，親自趕來探望。劉禪走進丞相府，見諸葛亮正在花園裡

[1]【梓宮】古代稱皇帝、皇后的棺材，由於是用梓木製作的，因此稱爲「梓宮」，後來也代指還沒有入葬的皇帝靈柩。

賞魚，便問道：「丞相安樂嗎？」諸葛亮見皇帝駕到，急忙施禮。劉禪扶住諸葛亮，問道：「曹丕派五路大軍攻打西川，丞相知道嗎？」諸葛亮回奏道：「羌兵、孟獲、孟達和曹真這四路兵馬，臣已經擊退了，只剩東吳一處兵馬，需要派一位能言善辯者為使，也能擊退。」

劉禪大喜，問道：「相父用了什麼計策退兵？」諸葛亮回奏道：「馬超深得羌人擁戴，臣令馬超在西平關埋伏四路疑兵，羌兵必不敢輕舉妄動；又令魏延率兵左出右進，右出左進，孟獲見了必然起疑，不敢輕易進兵；李嚴與孟達是心腹之交，臣以李嚴的名義寫信給孟達，勸孟達稱病不要出兵；又令趙雲嚴守陽平關，曹真見我軍準備充分必然退走。這四路兵馬都不必擔憂，臣擔心出現疏漏，又命關興、張苞率兵巡邏，救應各處。調遣兵力時都沒有經過成都，因此陛下並不知情。只有孫權的兵馬還沒有退去，但只要其他四路兵馬敗退，孫權也不敢進兵。」劉禪答道：「聽了相父的計策如夢方醒，朕不必擔憂了！」

諸葛亮選定戶部尚書鄧芝為出使東吳的人選，前往東吳修復孫劉的聯盟關係。孫權得知曹真等四路兵馬出使不順的消息，也按兵不動。得知諸葛亮派鄧芝前來的消息，孫權在大殿外擺放了一尊盛滿滾燙的油的大鼎，聲稱要效仿酈食其說齊的故事❷，將鄧芝放在油鼎裡煮。鄧芝毫無懼色，說道：「江東何必害怕一介書生？吳王度量居然這麼狹小！」孫權面露愧色，急忙請鄧芝入座，說道：「我希望與蜀國結盟，只是擔心蜀主年幼，不能從一而終。」

鄧芝說道：「大王如果向曹魏稱臣，曹魏必然要求大王進京朝覲（ㄐㄧㄣˋ），要求派世子為質，如果大王不肯，曹魏必然大舉南侵，我們蜀國再趁機出兵，大王必亡。如果大王與蜀國結盟，進可以兼併天下，退可以保有江東。大王如果認為我所說不對，我情願死在大王面前。」說罷，就要跳入油鼎。孫權大驚，急忙命人攔住，說道：「先生之言正合我意。」第二天，孫權派中郎將張溫為使，隨鄧芝到成都通好。

張溫到成都以後，諸葛亮設宴款待他。酒至半酣，張溫露出傲慢之情。正在這時，益州學士秦宓（ㄇㄧˋ）借著酒勁來到宴會上坐下，張溫很不高興，說道：「名為『學士』，恐怕未必有真才實學。」秦宓嚴肅地說道：「三歲幼童尚且學習，何況於我。」張溫說道：「既然如此，請問先生有什麼學問？」秦宓答道：「天文地理，三教九流，諸子百家，無有不通。」張溫說道：「請問，天有頭嗎？」秦宓答道：「天的頭在西方。《詩》說：『乃眷西顧。』因此在西方。」張溫問道：「有耳朵嗎？」秦宓答道：「有。《詩》說：『鶴鳴九皋，聲聞於天。』」張溫問道：「有腳嗎？」秦宓答道：「有。《詩》說：『天步艱難。』

❷【酈食其說齊的故事】楚漢之爭期間，劉邦派酈生到齊國，勸說齊王田廣投降，田廣同意了，不再與劉邦爲敵。韓信見田廣戒備鬆懈，便趁機大舉進攻齊國。田廣大怒，責怪酈生言而無信，將他扔進油鍋活活烹死了。

沒有腳怎麼走？」張溫問道：「天有姓嗎？」秦宓答道：「天子姓劉，天也姓劉。」張溫又問道：「太陽是從東方升起的吧？」秦宓答道：「但卻從西方落下。」

秦宓對答如流，張溫一時語塞，無話可說，眾人全都大吃一驚。諸葛亮擔心張溫難堪，便勸道：「酒席上的互相刁難，都是兒戲。先生深知治國之道，不必在意言語的爭強好勝。」諸葛亮又命鄧芝隨張溫前往東吳還禮。至此，東吳和西蜀恢復了同盟關係。

曹丕得知吳蜀和解的消息，大怒，決定御駕親征東吳，便命曹真為先鋒，親率水陸大軍三十萬攻打東吳。孫權派徐盛率兵迎戰。兩軍還沒有交戰，曹丕便得到消息，諸葛亮派趙雲襲擊長安，大驚失色，立即傳令撤兵。徐盛見曹丕撤兵，率兵殺來，曹丕顧不上糧草輜重，乘坐龍舟率先逃命，半路上被吳將孫韶殺敗，兵馬損失過半。龍舟剛剛進入淮河，徐盛又點燃了兩岸的蘆葦，龍舟被引燃，曹丕急忙棄舟上岸，在徐晃的保護下逃回許都。在這一戰中，張遼被丁奉射中腰部，回許都後傷重而亡。諸葛亮得到曹丕撤兵的消息，召回了趙雲。

第三十五回　諸葛亮南征

建興三年，蠻王孟獲起兵十萬劫掠西川南部，建寧太守雍闓（ㄎㄞˇ）聯合孟獲，趁機起兵造反，郡守朱褒、高定投降了孟獲、雍闓，率兵圍攻永昌郡。諸葛亮得到消息，對劉禪奏道：「孟獲叛亂，是國家的心腹大患，臣願親自率兵征服南蠻。平定南蠻之後，再出兵北伐中原，定能恢復漢室。」劉禪准許。於是，諸葛亮率趙雲、魏延、王平、張翼等數十員大將，調兵五十萬向益州進發。

雍闓得知諸葛亮親自率兵前來的消息，與朱褒、高定兵分三路迎戰。先鋒魏延與高定部將鄂煥相遇，兩軍交戰，魏延、王平、張翼三路夾擊，活捉了鄂煥。諸葛亮見了鄂煥，親自給鄂煥壓驚，說道：「我知道高定是忠義之士，只是受了雍闓蒙蔽。你回去以後，勸他早日投降，朝廷既往不咎。」鄂煥見了高定，勸說高定投降，高定對諸葛亮的信任感激不已，但對投降之事猶豫不決。

在四天之後的交戰中，蜀軍俘虜了雍闓和高定的部下，聲稱高定的部下全都免死，又假

裝將雍闓的部下當成高定的部下釋放。雍闓的部下因此有意歸順高定。諸葛亮又假裝將高定的部下當成雍闓的部下，透露消息說，雍闓與他暗中約定，要殺了高定來投降。高定得到消息，果然上當，決定搶先殺死雍闓。當天夜裡，高定率兵襲擊雍闓，雍闓的部下早有歸順高定之意，因此不戰而降。雍闓大敗，被鄂煥殺死。殺死雍闓以後，高定率兵投降。諸葛亮又設計令高定進攻朱褒，朱褒不知道諸葛亮已經巧使離間計，更不知道高定已經中計，猝不及防被鄂煥刺死，部下全都投降了高定。諸葛亮命高定為益州太守，雍闓、朱褒、高定的叛亂就此平息。

諸葛亮繼續向南進軍，進入蠻王孟獲的領地。正在此時，劉禪派馬謖（ㄙㄨˋ）前來犒軍，諸葛亮向馬謖詢問平定孟獲的計謀，馬謖說道：「南蠻之地路遠山險，如果只是軍事征服，今天平定，明天又會造反，永無寧日。用兵之道，心戰為先，攻心為上，丞相應該誠服孟獲之心，只有這樣，孟獲才能真心降服。」諸葛亮感歎道：「還是你知道我的心事啊！」於是將馬謖留在身邊。

孟獲得知諸葛亮率兵前來的消息，急忙令金環三結元帥、董荼（ㄊㄨˊ）那元帥和阿會喃元帥兵分三路出戰。諸葛亮命張嶷（ㄧˊ）、張翼迎戰中路的金環三結，王平迎戰左路的董荼那，馬忠迎戰右路的阿會喃。趙雲、魏延見諸葛亮不派他們出戰，便抓了幾名番兵，問清路況地理，連夜殺入金環三結營中，殺死了金環三結，又分兵兩路襲擊董荼那和阿會喃。趙雲與馬忠前後夾擊，打敗了阿會喃，阿會喃趁亂逃跑。魏延在王平的配合下，打敗了董荼那，董荼那敗逃。董荼那、阿會喃在逃跑途中被張嶷、張翼抓獲。諸葛亮設宴款待董荼那、阿會喃，然後放他們回去了。

孟獲得知三路大軍都被諸葛亮打敗的消息勃然大怒，親自率兵趕來，諸葛亮令王平、關羽之子關索率兵迎戰。孟獲見蜀軍旌旗混亂、軍容不整，哈哈大笑，命部將忙牙長與王平交鋒，王平、關索詐敗退走，孟獲親率大軍追趕。忽然，張嶷、張翼從後面殺出，截住孟獲的退路，關索、王平又轉身殺來。孟獲大敗，往錦帶山逃竄，又被趙雲殺敗，只帶十幾個部下從山路逃走。在山路上，孟獲中了埋伏被魏延活捉。

諸葛亮見到孟獲，厲聲問道：「先帝對你恩重如山，你為何造反？」孟獲答道：「西川本來就是別人的領土，劉備巧取豪奪，又自立為帝。我世代居住在此，反倒是你們前來掠奪我的土地，怎麼成了我造反？」諸葛亮問道：「現在你服氣嗎？」孟獲說道：「山路狹窄才被你抓獲，怎能心服？如果再次被你抓住，才肯服氣。」諸葛亮便設宴款待孟獲，然後放他回去了。

孟獲收攏殘兵敗將，在瀘水紮下營寨，又召集董荼那、阿會喃及各洞酋長，說道：「如果我們與諸葛亮交戰，必然中他詭計。蜀軍遠道而來，現在又天氣炎熱，他們能堅持多久？我們只要堅守瀘水，不要出戰，看諸葛亮還有什麼能耐！」於是，傳令在瀘水沿岸修築土城

諸葛亮見到孟獲，哈哈大笑，說道：「你令孟優詐降，這種詭計豈能瞞得過我？現在又被我抓住了，你可服氣？」

敵樓，做好防禦準備。

諸葛亮率兵來到瀘水岸邊，將大軍駐紮到樹木茂密的陰涼處，又命王平、張翼、張嶷、關索在距離瀘水一百里處駐紮。正在這時，馬岱率領三千兵馬押送解暑藥物來到軍中，諸葛亮便令馬岱率兵從水流緩慢的地方渡河，切斷孟獲的糧道，然後約會董荼那、阿會喃為內應。馬岱領命而去，趁著瀘水沒有毒氣時渡過瀘水，奪得孟獲的糧車。孟獲得知馬岱渡過瀘水的消息，派忙牙長前來交戰，被馬岱打敗。

董荼那自告奮勇與馬岱交戰，馬岱見了董荼那，罵道：「丞相饒你性命，你卻再次造反，不知羞恥嗎？」董荼那羞愧不已，不戰而退。孟獲得知董荼那不戰而退的消息，大怒，說道：「你是受了諸葛亮的恩惠，才不願與馬岱交戰。」令人打了董荼那一百軍棍。各洞酋長私下與董荼那商量，決定活捉孟獲，然後向諸葛亮投降。於是，董荼那等趁著孟獲醉酒之時，將孟獲五花大綁，押到蜀營見諸葛亮。

諸葛亮見到孟獲，問道：「你說如果再次被我抓住，便真心歸順，現在還有什麼話說？」孟獲答道：「這是我的部下自相殘殺，與你無關，我怎能心服？如果下次再被抓住，我才肯真心降服。」諸葛亮說道：「我兵精將猛，糧草充足，你怎能打得過我？不如早早投降，我保你穩坐王位，世代鎮守南蠻。」孟獲說道：「即使我肯歸降，部下也未必心服。」諸葛亮便設宴款待他，然後又放他回去了。

孟獲回去以後，首先誘殺了董荼那和阿會喃，又派自己的兄弟孟優帶著金銀寶物來見諸葛亮，說道：「兄長感激丞相不殺之恩，令我送上金銀寶貝答謝丞相。」諸葛亮問道：「孟獲在哪裡？」孟優答道：「到銀坑山中收拾寶物去了，很快便來拜見丞相。」諸葛亮見孟優帶來的都是精兵壯漢，不動聲色，令人擺酒相待。

孟獲得知諸葛亮設宴招待孟優的消息，興奮地說道：「大事成功了。」原來，孟獲令孟優以進獻寶物為名，混進蜀軍營中做內應，與他裡應外合夜襲蜀軍。當夜二更，孟獲率領三萬大軍渡過瀘水進攻蜀軍。孟獲一馬當先殺進蜀營，卻不見半個人影，又衝進中軍帳，見孟優等人醉倒在地，不省人事。孟獲這才知道中計，急忙下令撤兵。正在此時，趙雲、魏延、王平兵分三路殺來，孟獲大敗，單槍匹馬逃到瀘水岸邊，被馬岱假扮的番兵抓獲。

諸葛亮見到孟獲，哈哈大笑，說道：「你令孟優詐降，這種詭計豈能瞞得過我？現在又被我抓住了，你可服氣？」孟獲答道：「這是因為孟優貪酒誤事，我不服氣。」諸葛亮又說道：「你已經是第三次被我抓住了，怎麼還不服？」孟獲滿臉羞愧，低頭不語。諸葛亮說道：「既然如此，我再放你回去。」孟獲說道：「如果丞相肯再放我回去，我一定收拾兵馬與丞相大戰一場，如果再被抓住，一定死心塌地投降。」諸葛亮說道：「你要小心謹慎，如果再被抓住定不輕饒。」說罷，便放孟獲、孟優回去了。此時，諸葛亮已經派趙雲、魏延渡過瀘水，佔領了孟獲的營寨及險要據點，孟獲只得退回本洞。

孟獲回到銀坑洞，花重金請來南蠻各部落的十多萬兵馬，準備再次與諸葛亮決戰。諸葛亮得到消息，率大軍來到西洱河邊，搭起竹橋渡過西洱河，在南岸紮下三座營寨，等待孟獲前來。

孟獲率領大軍來到西洱河邊，親自率一萬刀牌獠丁向蜀軍挑戰，諸葛亮傳令堅守不戰，任憑孟獲百般辱罵都不理睬。幾天以後，諸葛亮望見番兵士氣低落、防守鬆懈，才召集眾將準備出戰。安排好計策以後，諸葛亮便率領大軍退走了，只在營中虛點燈火。孟獲擔心中計，不敢發起攻勢，直到天亮時才發現蜀軍已經退走了。孟獲說道：「諸葛亮拋棄糧草輜重連夜退兵，必定是因為成都出了大事。」於是親自率兵追擊。追到西洱河邊時，望見對岸營寨林立、旌旗招展，又說道：「諸葛亮擔心我們追擊，因此在這裡暫住，很快便會退走。」

話音未落，狂風四起，蜀軍突然殺到，孟獲抵擋不住，急忙撤退，就要回到營寨時，遇到趙雲、馬岱的截殺，遭遇慘敗，只好率領十幾名親信往山路逃去。逃到山谷中時，見西、南、北三個方向都有火光，便向東逃去，走到半路被諸葛亮擋住去路。孟獲見了諸葛亮，氣急敗壞地說道：「我被諸葛亮侮辱三次，臉面掃地，既然在這裡相遇，索性衝上去亂刀砍死他。」說罷，吶喊一聲，率兵向諸葛亮衝去。剛衝出幾步，便連人帶馬掉進陷坑裡。孟獲第四次被抓獲了。

諸葛亮回到軍營，令人好言勸慰被俘的酋長、番兵，設宴招待他們，然後放他們回去了。隨後，諸葛亮令人押過孟獲，問道：「又被我抓住了，還有什麼話說？」孟獲說道：「誤中詭計，死不瞑目。」諸葛亮喝令將孟獲斬首，孟獲毫無懼色，說道：「如果丞相還敢放我回去，一定要報四次被擒之仇。」諸葛亮便命人給他鬆綁，又賜酒壓驚，問道：「你怎麼還不肯歸降？」孟獲答道：「我是化外之人❶，不像丞相善於用計，因此不服。如果再次被抓，一定誠心歸附，永不造反。」諸葛亮聽了，便再次放了孟獲。

---

❶【化外之人】指生活在文明地區以外的人或沒有開化的人，多指偏遠地區的少數民族。這實際上是封建統治者的偏見，認爲生活在尚未開發地區的人，沒有被儒家文化薰陶，沒有被皇帝政令教化，因此思想愚昧，觀念老化。

第三十六回　平定南蠻

孟獲收拾殘兵敗將往南逃去，半路上遇到孟優，兄弟二人抱頭痛哭，備感淒涼。孟優說道：「諸葛亮不可戰勝，我們躲避到山洞中去，蜀軍忍受不了炎熱，很快就會退兵。」孟獲聽了，便與孟優到禿龍洞躲避。

禿龍洞洞主朵思大王說道：「諸葛亮膽敢追到禿龍洞來，來多少便讓他死多少。」朵思大王告訴孟獲，通往禿龍洞的路只有兩條：一條是平坦的大路，如果用山石滾木堵住洞口，任誰也進不來；另一條是西北面的山路，不僅險峻狹窄，而且還有瘴氣毒蛇，只有在未時、申時和酉時可以通行。朵思大王還說，西北山路最要緊的是有四眼毒泉，第一眼叫啞泉，人喝下去便說不出話來，十天之內必死；第二眼叫滅泉，如果用於洗澡，便會皮肉潰爛而死；第三眼叫清泉，如果濺到皮膚上，手腳便會變黑，然後死去；第四眼叫柔泉，水很涼，喝下去渾身發冷，身體柔軟而死。諸葛亮見大路被堵死了，必然會走西北山路，必然會喝毒泉的水，全都會被毒死。孟獲聽了，笑道：「終於有安全的容身之處了。」於是整天與朵思大王

飲酒作樂，並不提防蜀軍。

諸葛亮見孟獲不來挑戰，便傳令大軍離開西洱河畔，繼續向南挺進。得知孟獲躲到禿龍洞，又堵住洞口的消息，嚮導官呂凱說道：「孟獲四次被擒，已經聞風喪膽，必然不敢輕易出戰。現在天氣炎熱，軍馬疲憊，不如班師回去。」諸葛亮說道：「我軍一退，孟獲必然追擊。既然已經到了這裡，怎能無功而返？」於是，命俘虜的番兵在前面帶路，從西北山路望禿龍洞進發。

大軍正在行進，遇到一眼泉水，將士們正口渴難耐，便紛紛擠上去喝水，喝完水沒多久，便說不出話來了。諸葛亮得到消息，急忙趕到泉水邊查看，見周圍連飛鳥的蹤影都沒有，困惑不已。正在此時，望見遠處的山岡上有一座廟，便率人攀爬過去，見是一座伏波將軍廟，便拜倒在地祈禱伏波將軍保佑三軍將士。隨後，軍士找到一位形貌古怪的老者，諸葛亮向他打聽將士們喝了泉水說不出話的原因。老者答道：「那眼泉水是啞泉，不僅不能說話，很快還會被毒死。」隨後，老者又將四眼毒泉的情況全都告訴了諸葛亮，還告訴諸葛亮，通往禿龍洞的山路只有在未時、申時和酉時才能通過，其他時候都會被瘴氣毒死。

諸葛亮聽了，歎息道：「如此說來，我是不能平定孟獲之亂了。平定不了南蠻，便不能討魏伐吳，興復漢室了。」老者笑道：「要解毒泉的毒倒也不難。西面二十里處有一條萬安溪，溪邊居住著一位萬安隱士。在萬安隱士的屋後，有一眼萬安泉，喝了萬安泉的水，便能

老者笑道：「在萬安隱士的屋後，有一眼萬安泉，喝了萬安泉的水，便能解毒泉之毒了。在萬安隱士的屋前，還有一種叫『薤葉芸香』的草藥，只要嘴裡含著這種草藥的葉子，也不會中瘴氣之毒。」

解毒泉之毒了。在萬安隱士的屋前，還有一種叫『薤（ㄒㄧㄝˋ）葉芸香❶』的草藥，只要嘴裡含著這種草藥的葉子，也不會中瘴氣之毒。」諸葛亮聽了，連聲道謝，又問老者的姓名，老者說道：「我是這裡的山神，奉伏波將軍之令，給丞相指路。」說罷，便進到伏波將軍廟的石牆裡去了。

根據山神的指引，諸葛亮找到萬安隱士，說明來意，請求萬安隱士出手相助。萬安隱士便帶著諸葛亮來到萬安泉邊，令軍士隨意取水。軍士喝了萬安泉的水，很快吐出怪涎，又能說話了。諸葛亮大喜，連連稱謝，又向萬安隱士索求薤葉芸香，萬安隱士也令軍士隨意採摘。諸葛亮又詢問萬安隱士的名字，萬安隱士說道：「我是孟獲的兄長孟節。我與孟獲、孟優是親兄弟，我屢次勸孟獲棄惡從善，他都不聽，我便隱姓埋名隱居到這裡。」諸葛亮驚愕地說道：「我現在才相信現在也有盜蹠（ㄓˊ）❷、下惠❸這樣的故事。」

在萬安隱士的幫助下，蜀軍順利地從山路挺進到禿龍洞前。孟獲和朵思大王得到消息，大吃一驚，親眼見到蜀軍安營紮寨才相信蜀軍真的闖過了艱險的山路，歎道：「真是神兵天降！」孟獲說道：「事到如今，只有拼死決戰了。」孟獲正要出戰，忽然得到消息，洞主楊鋒前來助戰，孟獲便設宴款待楊鋒。在酒宴上，楊鋒效仿鴻門宴，以舞劍為名，將孟獲、朵思大王和孟優抓了起來，送往諸葛亮營中。

楊鋒見到諸葛亮，說道：「我感激丞相不殺之恩，因此將孟獲擒來獻給丞相。」諸葛亮笑著問孟獲道：「你服氣了嗎？」孟獲答道：「不服！楊鋒與我自相殘殺，與你無關。要殺便殺，但絕不心服！」諸葛亮說道：「你怎麼還執迷不悟？」孟獲答道：「如果能在銀坑山抓獲我，我就真心投降，永不反叛。」諸葛亮說道：「既然如此，我便再放你回去。如果再被我抓住，滅你九族。」孟獲拜謝離去。

孟獲回到銀坑洞老巢，召集本族子弟商議。孟獲妻弟帶來洞主說道：「不如請來八納洞洞主木鹿大王助戰。木鹿大王精通法術，能呼風喚雨，號令狼豺蛇蠍作戰，定能打敗諸葛亮。」孟獲便派帶來洞主去請木鹿大王前來助戰，又派朵思大王守衛三江城，阻擋蜀軍。

---

❶【薩葉芸香】又名「離蕊金花茶」，俗稱「黃野茶」，是布依族的一種傳統藥材。生長在牂牁（ㄗㄤ ㄍㄜ）江流域的崇山峻嶺之間，花瓣呈金黃色，花蕊繁茂，極爲稀少，可遇而不可求，被視爲稀世珍寶。主要用於解毒、避瘴。

❷【盜蹠】原名展雄，又名柳下蹠，柳下惠的弟弟。西元前四七五年，柳下蹠領導九千名魯國奴隸起義，打擊了奴隸主的統治，推動了歷史由奴隸制向封建制轉變的進程。歷代統治者對他深惡痛絕，將他視爲強盜，稱爲「盜蹠」。

❸【下惠】即柳下惠，又名展獲。柳下惠做過魯國的大夫，是中國傳統道德的楷模。古人用柳下惠、盜蹠兄弟的典故比喻德行完全相反的親兄弟。諸葛亮的見解也是如此，認爲孟節就像柳下惠那樣賢良，而孟獲就像盜蹠那樣十惡不赦。

諸葛亮率大軍來到三江城，見三江城三面臨江，一面連接陸地，便命趙雲、魏延從陸地攻城，朵思大王令番兵施射毒箭，蜀軍大敗，傷亡慘重。諸葛亮得到消息，退後數里安營紮寨。朵思大王以為諸葛亮因為害怕而後退，得意洋洋，放鬆了警惕。五天之後的夜晚，諸葛亮突然命軍士背著土包到三江城下，迅速堆起土坡，攻上城頭。番兵來不及放箭，全都束手就擒，朵思大王戰死。佔領三江城以後，蜀軍挺進至銀坑洞前。

孟獲得到三江城失守的消息，驚慌失措，孟獲之妻祝融夫人說道：「我替你出戰。」說罷，便帶五萬精兵殺出銀坑洞。祝融夫人首先遇到張嶷，用飛刀將張嶷打下馬，然後捆綁起來。馬忠得知張嶷戰敗，急忙趕來救援，也被祝融夫人抓獲。孟獲得知消息，哈哈大笑。祝融夫人要將張嶷、馬忠斬首，孟獲說道：「等抓住諸葛亮一起斬首。」諸葛亮見張嶷、馬忠被抓，令趙雲、魏延輪番出戰，與祝融夫人交戰。魏延詐敗，祝融夫人隨後追來，不料中了馬忠的埋伏，被蜀軍抓獲。諸葛亮派人聯絡孟獲，用祝融夫人換回張嶷、馬忠。

木鹿大王率兵趕來為孟獲助戰，趙雲、魏延率兵相迎，見木鹿大王手持蒂鐘，身騎白象，疑惑不已。正在這時，木鹿大王念動咒語，一時間飛沙走石，狼豺蛇蠍隨後衝殺而來，蜀軍大敗。諸葛亮得到消息，令人趕製了十輛紅油櫃車。紅油櫃車繪著彩畫巨獸，用五色絨線作為巨獸的毛髮，鋼鐵為巨獸的爪牙，又在車內裝滿點火物品，令軍士推到銀坑洞口。木鹿大王不以為然，親自出馬與諸葛亮對陣，再次故技重演，施展法術，驅趕猛獸衝殺而來。

諸葛亮見了，輕輕一揮羽扇，風便倒著吹向木鹿大王。接著，蜀軍推出紅油櫃車，狼豺蛇蠍見彩畫巨獸張牙舞爪而來，嚇得紛紛倒退，木鹿大王反而被自己的猛獸衝亂陣腳，大敗一場。孟獲見木鹿大王戰死，放棄銀坑洞，逃到了山上。

第二天，帶來洞主將孟獲、孟優及祝融夫人捆綁著來見諸葛亮，諸葛亮大喝一聲「拿下」，張嶷、馬忠率兵殺出，抓獲了他們，從他們的身上搜出了短刀。原來，孟獲見兩軍對陣打不過諸葛亮，便決定詐降，伺機刺殺諸葛亮，結果被諸葛亮識破。諸葛亮問道：「又被我抓住了，你服氣嗎？」孟獲說道：「這是我們自投羅網，不服！」諸葛亮說道：「六次被抓，六次不服。什麼時候你才肯服？」孟獲說道：「如果能第七次抓住我，一定心服口服。」諸葛亮便再次放了孟獲等人。

在帶來洞主的建議下，孟獲前往烏戈國，請烏戈國國王兀突骨為他報仇。烏戈國的士兵穿著一種用藤條編成的鎧甲，刀槍不入，遇水不濕，強悍無比。兀突骨答應為孟獲報仇，率三萬藤甲兵趕來，在桃花渡口安營紮寨。諸葛亮得到消息，率兵來到桃花渡口。兀突骨親自與蜀軍交戰，不論蜀軍如何箭射槍刺都不能傷害藤甲兵，只得敗走。諸葛亮得知消息，親自到桃花渡北岸察看地形，發現了不長樹木的盤蛇谷，欣喜不已，回到營寨便安排眾將準備與兀突骨決戰。

第二天，魏延率兵出戰，兀突骨命部將奚泥出戰，打敗了魏延，佔領了魏延的營寨。第三天，魏延又來挑戰，又被奚泥的藤甲兵打敗，棄營逃走。第四天，魏延再次打了敗仗，棄營而走。孟獲、兀突骨佔領了魏延放棄的營寨。在之後的十幾天裡，魏延每天都率兵出戰，每天都被打得棄營而逃，兀突骨窮追不捨，一直追到盤蛇谷。兀突骨見盤蛇谷沒有樹木，認為不會有埋伏，便大膽追趕。追進盤蛇谷以後，見十輛黑油櫃車擋住了去路，以為是蜀軍的糧車，興奮不已。正在此時，蜀軍用山石樹木封住谷口，又放火引燃黑油櫃車中的火藥，一時之間炮聲陣陣、火光四射，藤甲兵的藤甲能防刀槍、能渡江河，卻不能防火，因此全被燒死了。諸葛亮在山頂上望著藤甲兵的慘狀，歎氣道：「我雖然有功於國家，但必定折損自己的陽壽。」

孟獲正在營中等待兀突骨的消息，忽然接到回報，說諸葛亮被困在盤蛇谷，便立即上馬趕往盤蛇谷。到了盤蛇谷，看到藤甲兵的慘狀，才知道中計。正在這時，張嶷、馬忠率兵殺出，孟獲大敗，單槍匹馬從山路逃走，半路上被馬岱抓獲。孟優、祝融夫人等也被王平、張翼抓獲。

諸葛亮令人給孟獲、孟優和祝融夫人賜酒壓驚，又傳話給孟獲，稱他沒有臉面再見孟獲，讓孟獲自己回去，再率兵馬前來決戰。孟獲聽了，哭著說道：「古往今來，從來都沒有七擒七放之事。我雖然是化外之人，但也知道羞恥。」於是親自到中軍帳向諸葛亮謝罪，表示永遠不再造反。諸葛亮問道：「你心服口服了嗎？」孟獲哭著答道：「世世代代都心服口服。」諸葛亮親自扶起孟獲，設宴款待他，令他繼續為南蠻之王，替國家守衛南蠻之地。

平定南蠻叛亂以後，諸葛亮便班師回成都了。諸葛亮平定南蠻威震天下，兩川的大小部落紛紛到成都拜見劉禪，進貢寶物。從此以後，蜀國再也沒有爆發過內亂，諸葛亮終於可以安心地北伐中原了。

第三十七回　諸葛亮北伐

建興四年夏，曹丕病死，曹睿繼位。當時，與蜀國接壤的雍涼之地❶沒有合適的將領駐守，曹睿便派司馬懿前去駐守。消息傳到成都，諸葛亮大驚，說道：「司馬懿謀略過人，如果由他駐守雍涼，蜀國必然不得安寧。」馬謖認為，曹睿並不信任司馬懿，如果派人到洛陽散布司馬懿謀反的謠言，曹睿就會殺了他。諸葛亮聽取馬謖的意見，派人到洛陽做手腳，暗中散布謠言。

曹睿聽到司馬懿意圖謀反的傳聞，果然起了疑心，決定親自巡視雍涼，如果發現司馬懿有謀反的跡象，便立即誅殺他。事實證明司馬懿沒有謀反之意，曹睿鬆了一口氣，但仍然不放心司馬懿，便罷免了司馬懿，又命曹休代替他的職務。諸葛亮聽說司馬懿被免職了，欣喜不已，說道：「南蠻已經平定，司馬懿又被罷免，正是北伐中原的好機會。」於是寫了《出師表》❷呈給劉禪，表達了「出兵北伐，恢復中原」的心願。劉禪命諸葛亮出師北伐。

建興五年春，諸葛亮率領三十萬大軍，以趙雲為先鋒，望漢中而來。曹睿得知諸葛亮率

兵殺來的消息，命夏侯淵之子夏侯楙（ㄇㄠˋ）為大都督，率領二十萬大軍迎戰。魏延認為，夏侯楙調動關中的駐軍，導致關中兵力空虛，如果派五千兵馬從子午谷北上，就能出其不意地佔領長安，然後再與從斜谷殺出的大軍配合，前後夾擊，就能一鼓作氣佔領咸陽以西的土地，因此向諸葛亮請命奇襲長安。諸葛亮認為奇襲長安不是萬全之策，萬一遇到魏軍的攔截，不僅會損失五千兵馬，還會導致全面潰敗，因此拒絕了魏延的請求。至此，魏延對諸葛亮心生憤恨。

趙雲與魏軍先鋒韓德在鳳鳴山相遇，接連殺死了韓德的四個兒子，將韓德打得人仰馬翻。夏侯楙大驚，親自趕來救援，又被趙雲打敗，韓德戰死。夏侯楙見贏不了趙雲，接受程昱之子程武的建議，設下伏兵引誘趙雲，趙雲陷入重圍，眼看就要戰死了，幸虧關興、張苞

---

❶【雍涼之地】即雍州和涼州，漢武帝設置「十三刺史部」時，將雍州改爲涼州。雍涼之地範圍很廣，東起寶雞，向西經過陝西南部、甘肅，西面與西域接壤，北面包括寧夏南部，南面到達祁連山南麓。曹魏的雍涼地區與蜀國的漢中地區接壤，魏蜀兩國經常在此交戰。

❷【《出師表》】又稱《前出師表》，是諸葛亮第一次北伐中原前寫給後主劉禪的奏章，闡述了北伐的必要性和對劉禪的期望，既表達了諸葛亮感激劉備知遇之恩的心情，又勸劉禪要繼承先帝的遺志，廣開言路，賞罰分明，親賢臣、遠小人，完成興復漢室的大業。

及時殺到，才突出重圍。夏侯楙退入南安堅守。

諸葛亮命人假扮夏侯楙的使者，向安定求救，請安定太守崔諒救援夏侯楙。崔諒果然中計，率兵奔向南安，結果中了調虎離山之計，不僅丟了安定，自己也被蜀軍抓獲。諸葛亮令崔諒到南安勸降夏侯楙，崔諒卻與夏侯楙聯合，打算將計就計。諸葛亮識破了他們的計謀，殺了崔諒，活捉了夏侯楙。

在向安定派出假使者的同時，諸葛亮也向天水派出使者，意欲趁機佔領天水。結果，天水參軍姜維不僅識破了諸葛亮的妙計，還打敗了趙雲的伏兵。自出茅廬以來，諸葛亮用兵如神、算無遺策，鮮遇對手，對姜維的才能讚賞不已，決定收降姜維。

姜維字伯約，天水人氏，自幼飽讀兵書，兵法韜略無有不通，弓馬槍法無有不精，可謂文武雙全，智勇足備，是不可多得的人才。諸葛亮打探得知，姜維對母親很孝順，是天水有名的大孝子，便派魏延包圍了姜母居住的冀縣。姜維聽說後，帶領三千兵馬救援冀縣，進入冀縣與母親團聚。姜維入城之後，魏延又圍住了冀縣。

諸葛亮令人將夏侯楙帶來，命他去冀縣勸降姜維。夏侯楙剛走出蜀軍軍營，就遇到許多逃難的百姓，得知姜維已經投降了諸葛亮。夏侯楙大驚，立即去了天水城，將姜維投降諸葛亮的消息告訴天水太守馬遵。這天夜裡，蜀軍前來攻城，夏侯楙和馬遵在城樓上看到帶兵的蜀將正是姜維。耳聽為虛，眼見為實，他們終於確信姜維的確投降了諸葛亮。實際上，這是

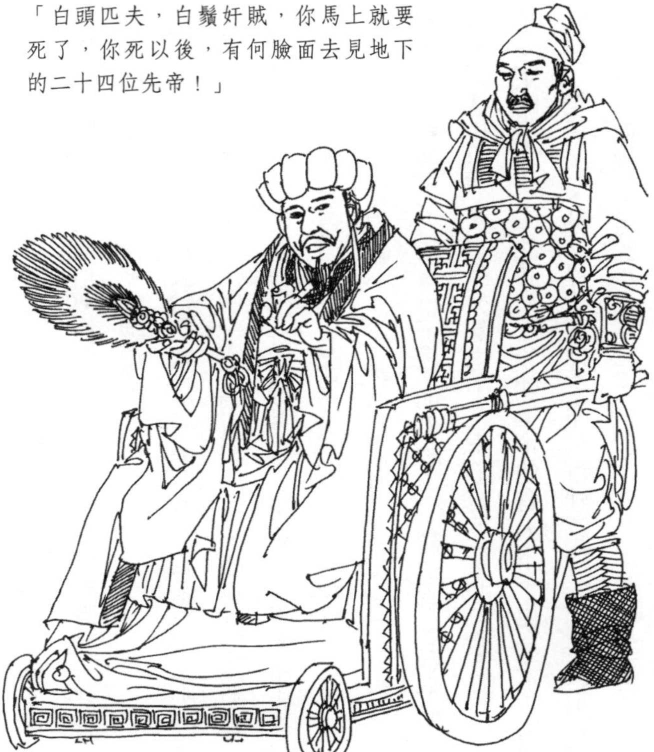

「白頭匹夫，白鬚奸賊，你馬上就要死了，你死以後，有何臉面去見地下的二十四位先帝！」

諸葛亮的計策，攻打天水的姜維是軍士假扮的，夜裡天黑沒有人能看清楚，便誤以為是姜維。

冀縣被魏延圍困，缺兵少糧，姜維焦急不已，見蜀軍正在往軍營裡運糧，便出城劫糧，不料中計，不僅沒有劫到糧食，反而丟了冀縣，只得投奔天水。馬遵罵道：「我已經知道你投降了諸葛亮，你還敢來送死！」於是下令放箭。姜維一頭霧水，又百口莫辯，轉頭向上邽奔去，但上邽守將梁虔也不接納他。姜維無可奈何，只好往長安走去。半路上，諸葛亮親自率兵截住他的去路，叫道：「姜維！還不投降嗎？」姜維思索良久，覺得自己已是走投無路，只好投降了。諸葛亮大喜，說道：「我一直在尋找能夠繼承我的事業的人，今天終於找到了。」姜維投降之後，使用反間計❸，挑撥天水守將梁緒、尹賞與夏侯楙、馬遵的關係，促使梁緒、尹賞出城投降。夏侯楙、馬遵大敗，逃往羌胡城。

曹睿得到夏侯楙接連戰敗的消息，急忙召集文武百官商量對策。司徒王朗舉薦大將軍曹真率兵迎戰，又毛遂自薦擔任軍師。曹睿便命曹真為大都督，雍州刺史郭淮為副都督，王朗為軍師，曹遵為先鋒，迎戰蜀軍。

曹真在渭河以西安營紮寨，與王朗商議退兵之策。王朗說道：「明天兩軍對陣，憑我幾句話准能勸降諸葛亮。」第二天，兩軍對陣。王朗來到陣前，請諸葛亮前來搭話。諸葛亮坐著小車來到陣前，看見對面是一位白髮老者，旗號上寫明是司徒王朗，立刻便明白了王朗意圖。

王朗拱手施禮道：「久聞先生大名，今天終於有幸謀面。先生也是明白事理的人，為何無緣無故侵犯我國疆土？」諸葛亮答道：「我奉皇帝詔命，出兵名正言順。」王朗說道：「天下歸有德之人所有是天經地義的事。從桓帝、靈帝開始，朝綱大亂，國家有滅亡的危險，百姓也生活在水深火熱之中。幸虧有我朝的太祖皇帝統一天下、平息混亂，讓百姓過上了安定的生活。由此看來，我朝皇帝佔有天下，也是天命所歸、眾望所歸。我聽說先生自比管仲、樂毅，又為何違背天理天命和百姓意願，出兵侵犯我國？我國國富民強，精兵良將成千上萬，你們這樣的小國怎能匹敵？我勸你放下兵器投降，我保你獲封侯爵，人人皆大歡喜，豈不更好？」

諸葛亮笑道：「你是漢朝元老，本該見識非凡，不料卻說出這種沒有道理的話。桓帝、靈帝時期宦官當道、天災頻發，才導致天下大亂。再往後，董卓等逆賊禍亂朝廷，執政的不是狼心狗肺之徒，就是阿諛奉承之輩，國家怎能不衰敗？百姓怎能不受累？你王朗以孝廉❹入仕，應該盡心輔佐皇帝，穩定朝政，治理天下，不料你反而幫助逆賊篡奪皇位。你罪孽如此深重，天地都不能容你！你可知道，全天下的人恨不得剝你的皮，吃你的肉！如今我奉詔征討篡位逆賊，像你這樣的小人應該遠遠地躲起來，保全性命，苟活於世，怎麼敢跑到兩軍陣前胡言亂語！白頭匹夫，白鬚奸賊，你馬上就要死了，你死以後，有何臉面去見地下的二十四位先帝！」

---

❸【反間計】巧妙利用對方間諜傳遞假情報以達到目的的計策。顧名思義，就是「反用間諜計」，使對方的間諜爲我所用，使對方想獲得的眞情報變成假情報。間諜是最重要的一環，對於己方而言，難點在於取得間諜的信任；對於對方而言，難點在於選派技高一籌的間諜。

❹【孝廉】漢武帝時期所設立察舉官員的科目之一。「孝廉」意爲「孝順親長，廉能正直」，每郡每年舉孝一人，察廉一人，沒有官職的授以官職，有官職的晉升官職。制度剛剛確立時，選拔了一批精明能幹的廉吏。東漢中期以後，成爲世族大家互相吹捧和弄虛作假的工具。

王朗聽了，氣滿胸膛，竟然當場就斷了氣。諸葛亮指著曹真說道：「我不逼你，回去準備，改天再來決戰。」說罷就收兵了。曹真一面將王朗的屍首送回長安，一面與郭淮商議對策。郭淮認為，諸葛亮會在夜裡派兵劫營，應該早作準備。曹真聽取郭淮的意見，決定將計就計，趁機襲擊蜀軍營寨。

當夜二更時分，曹遵率兵殺入蜀軍營寨，卻撲了個空，正要撤兵，營寨裡又起了火，副先鋒朱贊看見火光，立即殺進去接應。結果，曹遵的兵馬和朱贊的兵馬打了起來，混戰良久才發現是自己人。正在這時，王平、馬岱等率領四路伏兵衝殺出來，曹遵、朱贊大敗，奪路逃回營寨。曹真、郭淮見有兵馬奔回營寨，以為是蜀軍前來劫營，便率兵殺了出來。兩軍又是一陣混戰，直到天亮才發現又是自己人。曹真惱羞不已，正要收兵罷戰，卻見魏延、關興、張苞三路蜀軍殺來。曹軍大敗，後退二十里。

曹真又聽取郭淮的建議，令羌王派兵十五萬助戰。諸葛亮得到消息，派關興、張苞、馬岱與羌兵決戰。羌兵有一支鐵車兵，被鐵皮包裹著的戰車在駱駝的牽引下奔馳，防守時如銅牆鐵壁，進攻時勇猛無比，無堅不摧。在交戰中，關興被鐵車兵重重包圍，險些被羌兵元帥越吉殺死，幸虧關羽顯靈，騰雲駕霧趕來救了關興的性命。諸葛亮得知關興等人戰敗，親自前來與羌兵作戰。

當時正是冬天，大雪紛飛。諸葛亮令姜維與羌兵交戰，姜維詐敗，羌兵緊追不捨。道路都被積雪覆蓋了，一眼望去一馬平川，羌兵見沒有伏兵，便放心趕來，不料掉進了陷坑裡，姜維、關興、張苞、馬岱兵分四路趁勢殺來，殺得羌兵人仰馬翻，丞相雅丹被馬岱活捉，越吉被關興殺死。諸葛亮命人給雅丹鬆綁，又擺酒宴款待他，讓他帶著殘軍敗將回去了。雅丹感激不已。

曹真每天都在翹首企盼羌兵的好消息，探馬突然回報說蜀軍撤退了，便立即令全軍追殺，結果中了趙雲、魏延的埋伏，曹遵、朱贊被殺。曹真見勢不妙，正要撤退，又被關興、張苞大殺一陣，只得率領敗兵狼狽逃跑。蜀軍大獲全勝。曹真元氣大傷，無力再戰，被迫向曹睿請求援助。

第三十八回　空城計

曹睿得到曹真的戰敗報告，急忙召集文武大臣商議，太傅鍾繇以全家性命保舉司馬懿接替曹真，與諸葛亮交戰。於是，曹睿加封司馬懿為平西大都督，率領南陽一帶的駐軍，隨他御駕親征。

司馬懿接到曹睿的命令，立即整頓兵馬準備出戰。正在此時，金城太守申儀派人密報司馬懿，稱新城太守孟達正在暗中聯絡諸葛亮，要投降蜀國。司馬懿大驚，說道：「如果孟達謀反成功，兩京之地❶必然落入諸葛亮之手。」於是決定立即趕到新城挫敗孟達的陰謀。司馬懿長子司馬師說道：「應該立即報告皇帝才行。」司馬懿說道：「軍情緊急，來不及奏報，先出兵再說吧。」於是傳令大軍日夜兼程趕往新城，又派人穩住孟達。徐晃前來參戰，司馬懿便令徐晃率兵先行。

諸葛亮接到孟達願意投靠蜀國的密信欣喜萬分，正在這時，又得到司馬懿官復原職的消息，大驚失色，說道：「孟達不是司馬懿的對手，必然被司馬懿擒獲。孟達一死，我軍就不

能佔領中原了。」便立即給孟達回信，令他謹慎行事，提防司馬懿的突襲。孟達不以為然，回信稱，洛陽離新城有一千多里地，司馬懿給曹睿彙報要一個月的時間，那時他已經做好了準備。諸葛亮看了孟達的回信，歎道：「如果司馬懿得到消息，十天之內就能到達新城。」又急忙派人到新城提醒孟達。不料，派去的人在半路上被司馬懿抓獲，司馬懿見諸葛亮已經識破了他的計畫，急忙傳令全軍加速趕往新城。

孟達不知道申儀已經將他的密謀報告給了司馬懿，還與申儀、申耽兄弟約定一起投降蜀國，申儀、申耽二人假裝答應。忽然，探馬來報，徐晃率兵來到城下。孟達大驚，急忙登上城樓防禦。徐晃在城下喝道：「孟達快快投降！」孟達大怒，一箭射中徐晃的額頭，大軍才退走了。正在這時，司馬懿也率領大軍趕到。孟達長歎道：「果真如諸葛亮所料。」於是閉門堅守。徐晃回到軍營，傷重而亡。

第二天，申儀、申耽率兵來到城下，孟達見了，立即率兵出城，打算前後夾擊司馬懿。不料，孟達剛剛出城，申儀、申耽便喝道：「反賊哪裡走！」孟達這才知道上當，急忙回

---

❶【兩京之地】指長安和洛陽及其周邊。長安是西漢的京城，洛陽是東漢的京城，合稱「兩京」。中國歷史上有「六大古都」之說，除了西都長安、東都洛陽外，其他四地是南京、北京、開封和杭州。後來又有「七大古都」之說，在「六大古都」的基礎上增加了河南安陽。

城，卻被部將李輔、鄧賢攔在城外。孟達進不了城，只好奪路逃命，被申耽追來一槍刺死。司馬懿進入新城，隨後率兵趕往長安與曹睿會合。曹睿令張郃為先鋒，隨司馬懿一起迎戰蜀軍，又派孫禮支援曹真。

司馬懿令曹真堅守郿城，令孫禮、辛毗扼守箕谷，防止諸葛亮兵出斜谷，又親自率兵趕往秦嶺以西的街亭列柳城，打算截斷蜀軍的糧道，逼諸葛亮退回漢中。諸葛亮得知孟達被司馬懿擊敗的消息，料到司馬懿必然進軍街亭，便召集諸將商議對策。馬謖自告奮勇，願意鎮守街亭。諸葛亮說道：「街亭雖然很小，但關係重大。如果街亭失守，我軍必敗。街亭沒有城牆，很難守住。」馬謖說道：「我自小熟讀兵書，怎能守不住區區街亭？」諸葛亮說道：「司馬懿和張郃都是曹魏名將，我擔心你不是他們的對手。」馬謖說道：「如果我丟了街亭，請丞相將我全家斬首！」說罷，立下軍令狀。諸葛亮派王平為副將，與馬謖一起鎮守街亭；令高翔駐紮在列柳城，準備救援街亭；又令魏延駐紮在街亭後側，以防街亭有失。之後，又令趙雲、鄧芝率兵出斜谷，驚擾魏軍，自己則親率大軍攻打郿城。

馬謖來到街亭看了地形，哈哈大笑，說道：「這種偏僻之地，司馬懿怎麼敢來？」王平建議在道路中央安營紮寨以阻擋魏軍，馬謖不聽，偏要在山頂上紮營。王平見馬謖不肯聽勸，便率領部下在大路上紮營，馬謖率兩萬大軍駐紮在山頂上。司馬懿得知街亭有蜀軍駐守，感歎道：「諸葛亮神機妙算，我不是對手。」司馬師說道：「街亭很容易佔領，因為蜀軍都駐紮在山頂上。」司馬懿大喜，問道：「鎮守街亭的是誰？」探馬回報說是馬謖。司馬懿笑道：「馬謖徒有虛名，難怪誤事。」於是令張郃率兵擋住王平，又令申儀、申耽率兵圍住山頂，切斷水源。

馬謖見魏兵殺來，揮動紅旗令全軍衝殺，蜀軍將士見魏軍人多勢眾，膽戰心驚，紛紛後退不敢衝殺。馬謖無可奈何，只得傳令堅守，等待王平的接應。王平見魏軍包圍了山頂，急忙趕來救援，在半路上被張郃殺敗，只得撤退。魏軍切斷了蜀軍的水源，將士們饑渴難耐無心戀戰，竟然三三兩兩地下山投降去了。馬謖見大事不妙，只好突圍逃走了。

魏延得知馬謖敗走的消息，急忙趕來爭奪街亭，半路上被司馬懿、司馬昭、張郃三路大軍包圍，幸虧王平殺來才打退魏軍。魏延、王平丟了營寨，只好往列柳城奔去，半路上遇到高翔。魏延等人商定當天夜裡去劫營，結果劫營失敗，又丟了列柳城，只好退守陽平關。司馬懿佔領街亭、列柳城，料到諸葛亮必然退兵，便命曹真、郭淮率兵追擊，又命申儀、申耽留守街亭、列柳，自己則率大軍往斜谷進發。

諸葛亮得知馬謖丟了街亭，跺腳歎息道：「大勢已去！這是我的過錯！」急忙命關興、張苞在武功山小路埋伏，驚擾魏兵，等魏兵退走後，便回陽平關；令張翼去修築劍閣棧道，以便退兵；令大軍收拾行裝，準備撤退，姜維、馬岱斷後。之後，諸葛亮親自率軍士到西城縣搬運糧草。

魏兵殺到城下，見城門大開，有幾個百姓正在清掃街道，正在疑惑，又望見諸葛亮獨坐城樓上，安閒自得地焚香彈琴……

諸葛亮剛到西城縣，便聽說了司馬懿率十五萬大軍殺奔西城縣而來的消息。當時，西城縣沒有武將，只有兩千五百名軍士，因此人心惶惶，大驚失色。諸葛亮登上城樓，見魏兵兵分兩路殺來，便令軍士全都躲藏起來，又放倒旗幟，打開城門，軍士扮成百姓清掃街道城門，自己則帶著兩個書童在城樓上彈琴。

魏兵殺到城下，見城門大開，有幾個百姓正在清掃街道，正在疑惑，又望見諸葛亮獨坐城樓上，安閒自得地焚香彈琴，懷疑有伏兵，因此不敢前進。司馬懿聽到消息，親自趕來查看，果然見諸葛亮笑容可掬地在城樓上彈琴，又見打掃街道的百姓鎮定自若，一副旁若無人的樣子。司馬懿沉思片刻，下令前軍變後軍、後軍變前軍撤退。次子司馬昭說道：「西城已是一座空城，父親為何不進城活捉諸葛亮？」司馬懿說道：「諸葛亮生性謹慎，從不兵行險招，城內必然有埋伏。」於是率兵撤走了。諸葛亮望見魏兵退走，這才鬆了一口氣。

司馬懿率兵退回武功山小路，又被關興、張苞的伏兵侵擾，愈發相信諸葛亮設下了埋伏，驚得慌不擇路，放棄糧草輜重退到列柳城去了。曹真得知諸葛亮退兵的消息，率兵追來，被魏延、馬岱殺敗。郭淮追擊埋伏在箕谷的趙雲、鄧芝，也被趙雲殺敗。蜀軍全部退回漢中，曹真佔領了天水等郡。曹睿命郭淮、張部留守洛陽，隨後率大軍返回洛陽。

諸葛亮退回漢中，命武士將馬謖押來。馬謖知道自己犯下了重罪，於是反綁著雙手跪在中軍帳外，等候諸葛亮處置。諸葛亮怒喝道：「你自幼熟讀兵書，自以為是，不聽王平勸諫，招致街亭失守，全軍敗退漢中。如果我不將你斬首，怎能服眾！」馬謖哭著說道：「我犯了死罪，自知難逃一死。希望丞相能效仿舜帝殛（ㄐㄧˊ）鯀（ㄍㄨㄣˇ）用禹❷，我也能瞑目了。」諸葛亮也哭著說道：「你的兒子就是我的兒子，你放心吧。」蔣琬為馬謖求情，諸葛亮說道：「現在天下紛爭，戰亂不斷，如果法令不嚴，怎能恢復中原？」於是，令武士將馬謖斬首。斬了馬謖之後，諸葛亮又哭著說道：「先帝臨終時跟我說過，馬謖言過其實，不可重用。真後悔沒有聽先帝的話。」

諸葛亮給劉禪上表，請求劉禪治他損兵折將之罪，劉禪聽取侍中費禕的意見，貶諸葛亮為右將軍，仍舊擔當丞相的職責。諸葛亮便將大軍駐紮在漢中，一面操練兵馬，一面打探曹魏的動向，等待機會再次北伐。司馬懿料定諸葛亮要效仿韓信暗渡陳倉❸之計，舉薦雜號將軍郝昭據守陳倉道口。

建興六年，東吳鄱陽太守周魴給揚州大都督曹休送來密信，稱願意投降曹魏，並建議出兵攻打東吳。曹睿得到消息，令曹休攻打皖城，建威將軍賈逵攻打陽城，司馬懿攻打江陵。孫權拜陸遜為輔國大將軍、平北都元帥，率兵迎戰。陸遜與左都督朱桓、右都督全琮兵分三路，與魏兵交戰。

曹休率兵來到皖城，對周魴說道：「有人勸我不要聽信你的計策，但我相信你不會欺騙我。」周魴聽了，說道：「可憐我一片忠心，只有一死才能表達。」說罷，就要拔劍自刎，曹休慌忙攔住。周魴割掉自己的頭髮，說道：「我割下頭髮以表忠心，希望將軍不要懷疑。」曹休完全相信了周魴。賈逵聽到消息，趕來勸曹休不要輕易進兵，曹休不聽，親自率兵攻打東關。陸遜命徐盛為先鋒，率兵來到石亭迎戰，然後設下埋伏。曹休與周魴在石亭紮下營寨。第二天，探馬報告說吳軍殺來，曹休急忙請周魴商議，但周魴早就逃走了。曹休這才知道中計，便令部將張普、薛喬埋伏在石亭兩側，打算夾擊吳軍。

當夜二更，朱桓繞到魏軍背後，與張普相遇，一刀砍死張普，然後放起火來。與此同時，薛喬的伏兵也被全琮殺敗了。魏軍見火光沖天慌不擇路、四散逃竄，曹休制止不住也逃走了。司馬懿得知曹休戰敗的消息，料到諸葛亮必然趁機攻打長安也退兵了。曹休回到洛陽以後，憂憤成疾，沒過多久便死了。

---

❷【舜帝殛鯀用禹】據記載，舜帝時，黃河頻發水災，舜便命禹的父親鯀負責治水，但效果不好，舜一怒之下殺了鯀，又任用禹負責治水，取得了成功。馬謖的意思是，希望諸葛亮能夠善待並重用他的兒子。殛，殺死。

❸【暗渡陳倉】秦朝滅亡以後，項羽依仗強勢，封劉邦爲漢王，駐守漢中。劉邦便燒毀通往關中的棧道，以示沒有進取之意。後來，劉邦令部將樊噲大張旗鼓地重修被燒毀的棧道，以麻痺項羽，暗中卻率精兵翻過秦嶺突襲陳倉，一舉佔領關中，揭開了與項羽爭奪天下的序幕。

第三十九回　再次北伐

打敗曹休以後，陸遜給諸葛亮寫信，請諸葛亮率兵攻打長安，共同夾擊曹魏，使曹睿首尾不能相顧。當時，諸葛亮已經做好了再次北伐的準備，收到陸遜的信件，便召集諸將商議北伐。這時，趙雲之子趙統、趙廣趕來稟報，說趙雲因病亡故了。諸葛亮痛哭不已，說道：「我失去了一隻手臂。」劉禪得知趙雲病故的消息，放聲大哭，追贈趙雲為大將軍、順平侯。

建興六年秋，諸葛亮率三十萬大軍再次北伐，命魏延為先鋒，殺奔陳倉道口而來。曹睿得到消息，召集文武大臣商議。大將軍曹真自告奮勇，請求率兵出戰，並舉薦陝西狄道人王雙為先鋒。曹睿便拜曹真為大都督，王雙為先鋒，趕往長安迎戰。

蜀軍來到陳倉道口，見有郝昭築城守衛，擋住了大路，便回報諸葛亮。諸葛亮說道：「只有佔領陳倉，才能繼續進軍。」便令魏延攻打陳倉，結果久攻不下。部將靳（ㄐㄧㄣˋ）祥說道：「我與郝昭都是隴西人，自小相識，我願意前去勸降郝昭。」諸葛亮便派他去了。郝昭見了靳祥，說道：「既然諸葛亮是我的仇敵，你我各事其主，也就是仇敵了。不必多

說，出城去吧！」說罷，便將靳祥趕出去了。

諸葛亮得知靳祥勸降失敗，勃然大怒，傳令立即攻城，一連圍攻二十多天，都無法攻入陳倉城。正在這時，王雙殺到，諸葛亮令小將謝雄、龔起迎戰，結果都被王雙殺死了。諸葛亮大驚，急忙令廖化、王平、張嶷出戰。王雙與張嶷交鋒，使用詐敗計，用流星錘打傷了張嶷。諸葛亮見陳倉久攻不下，與姜維商議對策。姜維說道：「不如令王平、李恢守住街亭小路，令魏延守住陳倉道口，丞相親率大軍襲取祁山。」於是，諸葛亮便留下魏延等人駐守營寨，自己親率大軍向祁山進發。

姜維派心腹面見曹真，稱當初投降諸葛亮是迫不得已之舉，現在願意重回魏國，並與曹真約定裡應外合活捉諸葛亮。曹真大喜過望，令來使回覆姜維，准許他投降。中護軍費耀勸諫道：「姜維足智多謀，這恐怕是他和諸葛亮商定的詐降計。」曹真不聽，費耀便說道：「我願替都督接應姜維，如果成功，功勞算歸都督一人。」曹真便令費耀率五萬兵馬到斜谷接應姜維。

費耀與蜀軍交戰，蜀軍連敗三陣，費耀率兵緊緊追趕。到第二天申時，諸葛亮親自率兵迎戰，費耀對部將說道：「如果蜀軍殺來，便立即撤退。等望見姜維在蜀軍陣後放火，再殺回來活捉諸葛亮。」諸葛亮令馬岱、張嶷兵分兩路出擊，費耀轉身就走，連退三十里，見蜀軍陣後起火，便轉身殺來。正在這時，關興、張苞一左一右從山谷中殺出，魏兵抵擋不住，紛紛逃命。費耀這才知道果真中計，慌忙撥馬逃命，又被姜維攔住去路。費耀見不能突出重圍，自刎而死。姜維見到諸葛亮，說道：「可惜沒有殺死曹真。」諸葛亮也歎息道：「大計小用了。」

曹真得知費耀兵敗的消息，驚慌失措，急忙向曹睿求救。曹睿召來司馬懿商議。司馬懿說道：「諸葛亮不能從陳倉道口出兵，必然不便運輸糧草。陛下可傳令曹真堅守不戰，只需一個月，諸葛亮必然因缺糧而退兵。等諸葛亮退兵之時，再派兵追擊，定能大敗蜀軍。」曹睿便派太常卿韓暨為使，傳令曹真堅守不戰。曹真得到命令，傳令全軍堅守，一面令王雙襲擾蜀軍的糧道，一面令孫禮將硫黃等物偽裝成糧草，引誘蜀軍來奪。

諸葛亮得知孫禮從隴西運送糧草到祁山以西的消息，笑道：「這是曹真的計策，糧車上裝的一定是火器，等我軍前去劫糧，他就點燃糧車攻擊我軍，同時派大軍偷襲我軍營寨。」於是決定將計就計，吩咐諸將各自準備。結果，孫禮被馬岱、張嶷、馬忠打敗，張遼之子張虎、樂進之子樂琳被吳班、吳懿打敗，關興、張苞又奪了魏軍的營寨。孫禮收攏敗兵，逃到曹真營中去了。曹真見了，更加不敢出戰了。

諸葛亮見魏兵不敢出戰，便下令撤兵，又傳令據守陳倉的魏延也一起撤兵。原來，蜀軍缺糧，曹軍又堅守不出，為了避免被魏軍切斷歸路，諸葛亮只得下令撤兵了。過了一天之後，曹真才得知蜀軍退走的消息，追悔莫及。魏延接到命令，當晚就退兵而去。王雙率兵趕

費耀見不能突出重圍，自刎而死。

來，半路上得知營寨起火，又急忙撤退。正在此時，魏延突然從樹林中殺出來一刀砍死王雙，魏軍大敗。曹真得知王雙被殺，傷感不已，竟然因此生病，也退回洛陽去了。

建興七年四月，張昭等人擁立孫權稱帝。孫權立皇子孫登為太子，封顧雍為丞相，陸遜為上將軍，又派使者到成都，與蜀漢結盟。劉禪聽取諸葛亮的建議，命陳震為使者，到江東慶賀孫權稱帝，又建議東吳出兵攻打魏國，孫權便命陸遜訓練人馬，準備進攻魏國。聯絡東吳以後，諸葛亮決定再次出兵北伐。

當時，陳倉守將郝昭病重，諸葛亮得到消息，傳令魏延、姜維在三天之後率兵圍攻陳倉城，又囑咐他們如果看到起火，便全力攻城。郭淮得知郝昭病重的消息，立即派張郃趕來接替郝昭。郝昭得知蜀軍攻來，急忙令人上城防守，不料各個城門都著了火，魏軍大亂，關興、張苞趁機進入陳倉城。郝昭得知蜀軍進城的消息，驚慌失措，當場斃命。三天之後，魏延、姜維才來到陳倉城下，諸葛亮此時已經在陳倉城中了。原來，諸葛亮命魏延、姜維三天之後攻城是為了迷惑魏軍，實際上他已經安排間諜進城放火，又率關興、張苞連夜趕來佔領了陳倉城。

諸葛亮令魏延、姜維連夜攻打散關，駐守散關的魏兵見蜀軍打來，棄關逃走了。魏延、姜維剛剛進入散關，張郃就殺來了。張郃見散關已經被蜀軍佔領，只好退兵回去。魏延、姜維率兵掩殺，張郃大敗。與此同時，諸葛亮率大軍出陳倉道口，佔領了建威城，又令姜維攻打武都，王平攻打陰平。

張郃回到長安，告知郭淮、孫禮等人，諸葛亮正在攻打武都、陰平。郭淮等人大驚，一面分兵守衛長安、雍城、郿城等地，一面向曹睿求救。正在此時，駐守襄陽的滿寵也向曹睿報告，陸遜正在荊州操練兵馬，可能很快就要打來了。曹睿急忙召集司馬懿商議對策。司馬懿說道：「彝陵之戰以後，吳蜀同盟已經破裂，現在只是暫時結盟，陸遜不會當真出兵，只是做做樣子，隔岸觀火，只要打退蜀軍，東吳必然罷兵。」曹睿這才放下心來，命司馬懿為大都督，率兵迎戰諸葛亮。

司馬懿到長安以後，令張郃、戴陵率兵十萬到渭水以南駐紮，又命郭淮、孫禮救援武都、陰平。郭淮、孫禮還沒有到武都、陰平，就得到消息，武都、陰平已經被姜維、王平佔領了，於是決定立即返回。正在此時，關興、張苞兵分兩路殺出，攔住了他們的退路。郭淮、孫禮匆忙迎戰，遭遇關興、張苞、姜維、王平的前後夾擊，大敗而回。張苞率兵追趕，不慎連人帶馬跌入山澗，摔得遍體鱗傷，只得回成都養傷。

司馬懿命郭淮、孫禮前去鎮守雍城、郿城，又令張郃、戴陵率兵埋伏在蜀軍身後，在夜裡與他前後夾擊奪取蜀軍營寨。當夜二更，張郃、戴陵率兵從蜀軍身後殺來，半路上被糧車截住去路。張郃、戴陵見蜀軍有準備，急忙傳令退兵。蜀軍突然從四面八方殺來，包圍了張郃、戴陵。張郃奮勇拼殺，救出戴陵，率敗兵逃回營寨。司馬懿見張郃、戴陵敗退回來，也退回去了。諸葛亮派魏延挑戰，司馬懿堅守不出。

諸葛亮見司馬懿堅守不出，便傳令退兵。司馬懿得到諸葛亮退兵的消息，料定是計謀，便不派兵追殺。幾天之後，探馬傳令消息，諸葛亮後退三十里安營紮寨。又過了幾天，探馬再次回報，諸葛亮又後退三十里下寨。張郃說道：「諸葛亮用的是緩兵之計，幾天之後必然退回漢中。我願意率兵追擊。」司馬懿便令張郃、戴陵率十萬大軍追擊，自己率五千精兵隨後接應。

諸葛亮得到司馬懿派張郃、戴陵追來的消息，令王平、張翼埋伏在山谷兩側，等魏兵殺來時，一人截住司馬懿的援兵，一人切斷張郃的退路；令姜維、廖化埋伏在山頂上，等魏兵與王平、張翼交戰時，依計而行；令關興埋伏在山谷中，看見山上紅旗招展，便率兵殺出；令吳班、吳懿、張嶷、馬岱率兵迎戰，只許敗，不許勝，等關興殺出時，才能奮勇殺回。眾將依令而行。

張郃、戴陵追上蜀軍，與吳班等人交戰，追殺五十多里。這時，諸葛亮在山頂上揮動紅旗，關興見了，率兵猛然殺出，吳班等人也轉身殺來，張郃等人抵擋不住，又被王平、張翼截住退路，只好奮力死戰。司馬懿率後軍趕到，將王平、張翼圍住，王平、張翼分頭迎戰，王平截住張郃、戴陵，張翼纏住司馬懿。姜維、廖化見王平、張翼被圍，便遵照諸葛亮的密令，率兵攻打司馬懿的營寨。司馬懿得知姜維、廖化攻打營寨的消息，急忙率兵回撤。張翼隨後追殺，司馬懿大敗。張郃、戴陵見司馬懿退走了，也率兵突圍逃走。蜀軍大獲全勝。等司馬懿趕回營寨，姜維、廖化已經退走了。

諸葛亮獲得全勝之後，又下令繼續進兵。正在此時，從成都傳令消息，張苞死了。諸葛亮悲傷不已，失聲痛哭，吐血不止，從此生病，臥床不起。諸葛亮對諸將說道：「我病得昏沉沉，不能再率兵作戰，不如退回漢中吧。」於是傳令在夜間悄悄撤兵。蜀軍退走的第五天，司馬懿才得到消息，長歎道：「諸葛亮有神出鬼沒之計，我不是他的對手。」於是也撤兵了。

第四十回　司馬鬥諸葛

建興八年秋，曹真請求出兵討伐蜀國，曹睿便拜曹真為大司馬、征西大都督，司馬懿為大將軍、征西副都督，劉曄為軍師，率兵四十萬，出長安攻打漢中。當時，蜀漢丞相諸葛亮也正準備再次北伐，得知曹真、司馬懿率兵打來的消息，令王平、張嶷先行駐守陳倉道口，自己率大軍隨後接應。王平、張嶷知魏兵人多勢眾，不敢前去，諸葛亮說道：「幾天之後將有一場大雨，魏軍不敢冒雨深入山區險地，你們放心去吧。等他們退走時，我率大軍隨後掩殺，必然大獲全勝。」王平、張嶷依令而行。諸葛亮隨後率大軍趕往陳倉。

曹真、司馬懿也來到了陳倉。司馬懿說道：「我夜觀天象，預知將有一場大雨，因此不能急於進兵，就先在陳倉城住下吧。」曹真便令大軍駐紮在陳倉城。沒過幾天。果然下起了大雨，一連下了一個多月，陳倉城裡到處都是積水，魏軍將士連睡覺的地方都沒有，怨聲載道。曹睿得到消息，召集文武百官商議，黃門侍郎王肅等人建議傳旨班師回朝，曹睿便令曹真、司馬懿退兵。曹真、司馬懿接到命令，埋伏下兩支兵馬負責斷後，然後就退兵了。諸葛

亮在魏兵還沒有退走的時候，就料定魏兵將要撤退，於是決定趁著魏軍退走之際，出兵攻打祁山。

司馬懿見蜀軍沒有追來，料定諸葛亮已經率兵攻打祁山去了，曹真不信，司馬懿說道：「我料定諸葛亮必然從箕谷、斜谷分兵而出。我與都督各自把守一個谷口，十天之內，如果蜀軍不來，算我輸；如果蜀軍趕來，算都督輸。」曹真同意了，令司馬懿駐守箕谷，自己駐守斜谷。

魏延與張翼、陳式、杜瓊率兩萬大軍從箕谷進軍，諸葛亮命鄧芝傳令，讓他們小心提防，不要中了魏軍的埋伏。陳式不聽，一馬當先率五千兵馬往祁山而來，走不多遠，果然中了埋伏，陷入重圍，幸虧魏延殺到才救了他的性命，五千兵馬只剩一成。諸葛亮得知陳式戰敗，令王平、馬岱巡視斜谷，如果發現有魏軍把守，日夜兼程趕到祁山左側舉火為號；令張翼、馬忠趕到祁山右側舉火為號，然後與王平、馬岱會合，襲取曹真的營寨；又交給關興、廖化、吳班、吳懿四將一條密計，令他們依計而行。

曹真不相信蜀軍會從斜谷進軍，因此不以為然，也不加提防。到第七天時，探馬回報發現小股蜀軍，曹真便令部將秦良出戰，被關興、廖化、吳班、吳懿打敗，秦良戰死。關興等人令將士們穿上魏軍的衣服，殺奔曹真營寨而來。曹真以為是秦良得勝回來，不加防備，被關興等人殺敗，幸虧司馬懿率兵趕到，才打退了蜀軍。隨後，曹真、司馬懿率兵退回渭濱。

曹真當著司馬懿的面被諸葛亮打敗，憂憤成疾，臥病不起。

諸葛亮率兵來到祁山，將違抗軍令的陳式斬首示眾，免了同樣不遵將令的魏延死罪。正在此時，諸葛亮得知曹真得病的消息，說道：「司馬懿不退回長安，說明曹真病情嚴重，我給他寫一封信，曹真必死無疑。」便給曹真寫了一封親筆信，令俘虜帶給曹真。曹真在病床上看了諸葛亮的信，當晚便死了。曹睿得知曹真病死的消息，大怒，令司馬懿與諸葛亮決戰，為曹真報仇。

兩軍在祁山腳下的平原列陣相迎。司馬懿對諸葛亮說道：「我與你一決高下，如果我輸了，不再帶兵打仗；如果你輸了，也要退隱山林。」諸葛亮問道：「比什麼？」司馬懿說道：「先比陣法。」於是列成混元一氣陣，被諸葛亮識破。諸葛亮列成八卦陣❶，也被司馬懿識破。諸葛亮問道：「你敢打我的陣嗎？」司馬懿聽了，便命戴陵、張虎、樂琳三人率兵從「生門」殺進去，從「休門」殺出來，再從「開門」殺進去。戴陵等人殺進蜀陣以後，便好像進了迷宮，殺不出來，最後被蜀軍生擒。諸葛亮命人收繳了他們的兵器衣甲，然後抹黑臉面放回魏營。司馬懿見了，惱羞成怒，傳令全軍出擊。兩軍混戰之時，關興從西南方殺出來助陣，姜維也從魏軍背後殺出來，司馬懿抵擋不住，只得撤退。這一戰，司馬懿損失過半，退回渭濱南岸堅守不出。

李嚴派都尉苟安押運糧草到祁山大營，但苟安因為貪酒而誤了期限，被諸葛亮責罰，因此懷恨在心，當天夜裡便投降了司馬懿。司馬懿派苟安在成都散布謠言，稱諸葛亮有意自立為成都之主。苟安依令而行。劉禪聽信謠言，在宦官的慫恿下，令諸葛亮班師回國。諸葛亮接到命令，歎息道：「陛下必然被奸人蒙蔽。現在撤兵，恐怕以後再也沒有這種良機了。」說罷傳令兵分五路撤退，在退兵時，每天多挖一千個鍋灶，作為疑兵之計，使司馬懿不敢追擊。司馬懿得知蜀軍撤退的消息，趕到蜀軍空營查看，見鍋灶一天比一天增多，果然不敢貿然追擊。

諸葛亮回到成都，詢問劉禪召他回國的原因，劉禪無言以對，沉默很久才說道：「朕思念相父，想見見相父。」諸葛亮說道：「必定是奸人給陛下進獻讒言，說我有異心。」劉禪默然無語，最後說道：「我一時聽信宦官的謠傳，現在也是追悔莫及。」諸葛亮調查得知，謠言是苟安傳出的，此時已經逃到魏國去了。諸葛亮嚴懲了傳播謠言的宦官，然後返回漢中，準備再次北伐。

建興九年二月，諸葛亮再次出兵北伐。諸葛亮接受楊儀的建議，將兵馬分為兩撥，以

❶【八卦陣】即九宮八卦陣，一種由太極圖像衍生而來的陣法，按照九宮八卦方位和五行生剋原理布成，相傳由戰國時期軍事家孫臏首創，諸葛亮加以改進完善。打破八卦陣的方法是：從正東方向的「生門」進入，轉到西南方向的「休門」出來，再從正北方向的「開門」進入。

一百天為一個週期，輪流出征，以便長期作戰。曹睿得到消息，令司馬懿率兵迎戰。司馬懿到長安以後，令張郃為先鋒，率兵到祁山與諸葛亮交戰。半路上，司馬懿得知諸葛亮望斜谷而來的消息，料到蜀軍必然要搶收隴西的小麥，便親自駐守天水，以阻止蜀軍搶收小麥。

諸葛亮命人收繳了他們的兵器衣甲，然後抹黑臉面放回魏營。司馬懿見了，惱羞成怒……

果然不出司馬懿所料，諸葛亮令王平等人留守祁山大營，親自與魏延、姜維等人率兵來隴西搶收小麥。得知司馬懿駐守天水的消息，諸葛亮使用六甲天書❷中的「縮地」之法，裝神弄鬼，嚇得司馬懿退到天水城，不敢出戰。趁著這個機會，諸葛亮派三萬精兵連夜收割隴西的小麥，然後退回鹵城。三天之後，司馬懿才敢出城，從抓獲的蜀軍俘虜那裡得知被諸葛亮裝神弄鬼戲弄，不禁勃然大怒。郭淮建議攻打鹵城，司馬懿便命郭淮為前部向鹵城進發，自己率兵接應。

諸葛亮料到司馬懿必然率兵攻打鹵城，便命魏延、姜維、馬岱、馬忠分別埋伏在西北、東南、西南和東北的麥田裡，自己也埋伏到城外的麥田裡。司馬懿、郭淮連夜將鹵城團團包圍，正在此時，麥田中響起號炮聲，魏延、姜維等四路伏兵一起殺出，城裡的蜀軍也殺出來助戰，魏軍大敗。司馬懿、郭淮退到一座山頂上。郭淮建議調集雍涼一帶的駐軍助戰，全力圍攻蜀軍，他再率騎兵突襲劍閣，截斷蜀軍的歸路，司馬懿便令孫禮率雍涼駐軍隨郭淮突襲劍閣。

諸葛亮見司馬懿堅守不出，料到魏軍偷襲劍閣去了，便命姜維、馬岱守衛劍閣，逼郭淮退兵。楊儀回報，軍士的輪換期限已到，諸葛亮便命軍士準備返回漢中。突然，司馬懿率兵攻來，楊儀建議暫緩輪換，諸葛亮不願破壞法度，令軍士依舊返回漢中。將士們見了，紛紛

---

❷【六甲天書】這一名稱來源於《萬法歸宗》，是役使鬼神的高等級道教法術，據說能夠祈請到六甲天神，使他們下界助法。按照道教的戒律，六甲天書是秘術，不外傳外授。

要求出戰，一舉打敗了魏軍。正在此時，李嚴傳來消息，稱東吳出兵攻打白帝城。諸葛亮大驚，急忙傳令全軍退回漢中。

張郃、魏平見蜀軍退走請求追擊，司馬懿不准。幾天之後，探馬回報蜀軍已經退走了。司馬懿到鹵城查看，果然發現鹵城空空如也，才准許張郃率兵五千追擊，又令魏平隨後接應。張郃追出三十多里，在魏延、關興的輪流引誘下，來到木門道口。隨後，蜀軍用亂石雜木堵住前後出口，張郃進退不得，最後被蜀軍亂箭射死。司馬懿得知張郃戰死傷心不已，也收兵回去了。

諸葛亮剛剛回到漢中，劉禪便派尚書費禕前來詢問退兵原因，諸葛亮大驚，得知李嚴沒有籌集到糧草，擔心諸葛亮怪罪，便假傳軍情騙諸葛亮撤兵。諸葛亮大怒，請劉禪嚴懲李嚴，劉禪將李嚴謫[3]為庶人[4]。諸葛亮重用李嚴之子李豐，令他籌措糧草，準備再次出兵北伐。

建興十二年二月，諸葛亮再次出兵北伐，率兵三十四萬，以姜維、魏延為先鋒，出斜谷而來。大軍正要出發，傳來關興病故的消息。諸葛亮放聲大哭，竟然昏厥於地，半晌才醒。曹睿得到消息，立即召司馬懿商議。司馬懿說道：「諸葛亮自負其才，逆天而行，真是自取滅亡。臣願率兵迎戰。」曹睿便命夏侯淵的四個兒子夏侯霸、夏侯威、夏侯惠、夏侯和隨司馬懿出征。

諸葛亮得到魏軍駐紮在北原的消息，決定佯攻北原，暗地裡卻攻打渭濱。魏延、馬岱奉命佯攻北原，見魏軍有準備，正要撤兵，被司馬懿、郭淮兵分兩路殺敗，退到渭水南岸據守。吳班率兵焚燒魏軍的浮橋，也被張虎、樂琳打敗，吳班中箭而死。王平、張嶷不知魏延、吳班已經被打敗的消息，依舊率兵襲擊魏營，也被打敗。諸葛亮得知損兵折將的消息，憂鬱不已，決定請東吳出兵，共同攻打曹魏。孫權正準備攻打曹魏，便答應諸葛亮的請求，率三十萬大軍御駕親征，兵分三路攻打新城、襄陽、淮陽。

諸葛亮得知孫權出兵的消息，傳令眾將準備進兵。正在此時，魏將鄭文前來詐降，被諸葛亮識破，便將計就計引誘司馬懿親自前來劫營。司馬懿深信不疑，決定親自前去，被司馬師勸住，便改派前將軍秦朗出戰，被諸葛亮設計打敗，秦朗死於亂軍之中。司馬懿見又被諸葛亮打敗，決定堅守不出。

探馬回報說，糧草已經運到劍閣，但山路崎嶇，不便搬運。諸葛亮聽了，便命人督造木牛流馬[5]，用於搬運糧草。木牛流馬很方便地將糧草從劍閣運到祁山大營，解決了蜀軍運糧

---

❸【謫】官員被降職外放。

❹【庶人】泛指沒有官職和爵位的平民百姓。周朝時將居住在國中和國郊的人稱爲「國人」，庶人是國人中的下等人，享有一定的政治和軍事權利。秦代以後，除了奴婢，所有沒有官職和爵位的人都被稱爲庶人。唐代以後，「庶人」的稱謂逐漸被「百姓」、「黎民」代替。

不便的困難。司馬懿得到消息，大驚失色，說道：「諸葛亮用木牛流馬搬運糧草，便能長久地與我相峙。」急忙命張虎、樂琳奪回幾輛木牛流馬研究。司馬懿令人照著樣子製造了兩千輛木牛流馬，派往陝西搬運糧草。

諸葛亮得到司馬懿仿造木牛流馬，並從陝西運糧的消息，令王平率領打扮成魏軍模樣的蜀軍前去搶奪。王平搶到木牛流馬，往北原而來，在北原遇到魏軍，便令軍士扭動木牛流馬的舌頭，然後撤退。魏兵奪回木牛流馬，但卻不能像以往那樣驅趕它們前行，正在疑惑不解時，魏延、姜維、王平兵分三路殺出，魏軍敗走。王平奪回木牛流馬，再次扭轉舌頭，押著木牛流馬回了蜀寨。郭淮率兵趕來，被裝扮成鬼神的蜀軍嚇退。司馬懿得到消息，親自率兵趕來，被廖化、張翼的伏兵打敗，司馬懿險些被廖化一刀砍死。

司馬懿逃回大營，後怕不已。曹睿派使者傳來消息，孫權親率三路大軍進攻襄陽、淮陽等地，戰事吃緊，令司馬懿堅守不出。司馬懿便傳令三軍，謹慎堅守，不得出戰。

❺【木牛流馬】諸葛亮所發明帶有貨箱的木製步行式人力運輸工具。據記載，木牛的載重量大約爲四百斤，每天最少能走二十里，流馬是木牛的改進版，作用更大。由於史料中只有文字記載，沒有圖樣，也沒有留存

第四十一回　星落五丈原

曹睿得知孫權率三路大軍進攻襄陽等地的消息，親自率兵趕往合肥迎戰，又命田豫、劉劭救援襄陽、江夏。曹睿來到巢湖口，與吳軍相遇，令滿寵、張球連夜襲擊吳軍水寨。吳軍沒有防備，不戰而走，被魏軍燒毀了戰船糧草。陸遜得到消息，派人給孫權送信，請孫權派兵截斷魏軍的後路，不料信使被魏軍抓獲，魏軍加強了戒備。陸遜見機密洩露，便與孫權約定逐步撤兵。幾天以後，吳軍撤回江東，曹睿見孫權撤兵不敢大意，親自駐守合肥以防有變。

諸葛亮在祁山，一面令蜀軍將士與當地百姓共同耕地種田，以便長久駐軍，一面派兵向魏軍挑戰，引誘司馬懿出戰，司馬懿不為所動，仍然堅守不出。諸葛亮便密令馬岱製造地雷，布置在上方谷。之後，諸葛亮令魏延出戰，吸引魏軍追趕，務必將司馬懿引誘進上方谷；命高翔驅趕木牛流馬照常運糧，吸引魏軍搶奪；又命與百姓共同種田的軍士攻打渭南，截住魏軍的退路。

夏侯惠、夏侯和向司馬懿請戰，司馬懿見夏侯兄弟決心出戰，便准許他們出戰。夏侯

惠、夏侯和連續出兵，連連得勝。司馬懿見蜀軍連續戰敗，逐漸放鬆了警惕。司馬懿從俘虜口中得知，諸葛亮將中軍帳移到了上方谷，便命眾將攻打蜀軍大營，自己隨後接應。諸葛亮望見得知魏軍攻打蜀軍大營的消息，傳令眾將準備趁機奪取魏軍大營，佔領渭南。

魏軍向蜀軍大營發起攻勢，蜀軍四面殺來，假裝趕來救援。司馬懿見了，親率司馬師、司馬昭殺奔上方谷而來，準備燒毀蜀軍的糧草。在半路上，魏延殺出，又一路敗退，將司馬懿父子引誘進上方谷。司馬懿進入上方谷，見谷內只有草房並沒有守軍，又不見魏延的蹤影，猛然醒悟，說道：「如果諸葛亮截住谷口，我軍必敗。」於是立即傳令撤退。

正在此時，蜀軍從谷頂衝出，居高臨下丟下火把，引燃了草房，大火頓時在谷中蔓延。接著，蜀軍又釋放事先布置好的地雷，魏軍大亂，被燒死射死者不計其數。司馬懿率司馬師、司馬昭前後衝突，始終不能衝出上方谷，驚得手足無措，抱在一起放聲痛哭，說道：「我們父子三人要死在上方谷了。」正在此時，突然狂風大作，烏雲密布，隨即下起了暴雨，上方谷的火都被雨水澆滅了，地雷、火器也不能發揮威力。司馬懿大聲疾呼：「天助我也！」急忙上馬，率司馬師、司馬昭衝出谷口逃走了。

這一戰，司馬懿父子險些被燒死在上方谷，魏軍將士得知司馬懿戰敗的消息，兵無戰心，紛紛逃竄，死者不計其數。蜀軍奪了魏軍的營寨，佔領了渭南。司馬懿逃到渭水北岸，令人燒斷浮橋，堅守不出。諸葛亮原本以為上方谷一場大火必定能燒死司馬懿，不料一場預料之外的暴雨拯救了司馬懿的性命，只得長歎一聲，說道：「謀事在人，成事在天。天意不可強求。」

打敗了司馬懿，諸葛亮繼續進軍，在五丈原安營紮寨。諸葛亮見司馬懿堅守不戰，心生一計，令人給司馬懿送去一身女人的衣服，又諷刺司馬懿像女人般膽小。司馬懿惱怒不已，表面上卻裝得心平氣和，問來使道：「諸葛丞相繁忙嗎？睡眠飲食可好？」使者回答道：「丞相日夜忙碌，即使是二十軍棍的懲罰，都要親自過問。但吃得很少，每天只吃幾升米。」司馬懿聽了，對眾將說道：「如此下去，諸葛亮還能撐多久？」

使者回見諸葛亮，將司馬懿的原話回報給諸葛亮，諸葛亮歎氣道：「司馬懿懂我的心。」主簿楊顒（ㄩㄥˊ）勸諸葛亮不必事必躬親，舉丙吉不問橫道死人❶和陳平不知錢穀之數❷的例子，勸他將小事交代給下屬督辦。諸葛亮流著淚說道：「我當然懂得這些道理，只是我受先帝

---

❶【丙吉不問橫道死人】丙吉當丞相時，看到路上有人被打死，沒有理睬；看到一頭耕牛氣喘吁吁，卻顯得極爲關心。隨從認爲丙吉不分事情的輕重，丙吉回答說，打死人的事由地方官處置，丞相不必過問；牛氣喘吁吁說明氣候有變，可能影響農業生產，這等大事丞相必須過問。

❷【陳平不知錢穀之數】據《史記．陳丞相世家》記載，漢文帝問丞相陳平，一年有多少案件、錢穀收支有多少。陳平答道：「陛下問主管官員就能知道。」漢文帝不高興了，說道：「那麼你有什麼用！」陳平答道：「我的職責是輔佐陛下，鎮撫四方，使各級官員各盡其職。」

諸葛亮將姜維叫到床前，說道：「我就要死了，我將兵書傳授給你，千萬不可辜負我的重託。」

託孤之重，擔心別人不能像我盡心盡力。」眾人聽了，感動不已，紛紛落淚。諸葛亮也覺得心神不寧，便下令停止進軍，在原地駐守。

郭淮、孫禮等人請求出戰，司馬懿不准，惹得全軍將士憤怒不已，司馬懿便與眾將商議，上書曹睿請求出戰。曹睿看了司馬懿的奏章，召集文武大臣問道：「司馬懿決心堅守，又何必上表請求出戰？」衛尉辛毗奏道：「司馬懿主張堅守，部將卻要求出戰，因此請求陛下下旨令他駐守，以便鎮服眾將。」曹睿恍然大悟，令辛毗為使者，傳令司馬懿不許出戰。郭淮等人見皇帝下令不許出戰，只得作罷。

費禕從成都來到五丈原，回報說吳軍被魏軍打敗，已經退兵了。諸葛亮聽了，大驚失色，竟然昏倒在地，醒來以後歎氣道：「我舊病復發，恐怕活不了多久。」這天夜裡，諸葛亮夜觀天象，又吃了一驚，對姜維說道：「我很快就要死了。」姜維勸道：「雖然天象不利於丞相，但可以用祈禳❸之法挽救。」諸葛亮便命姜維準備祈禳，說道：「如果在七天之內主燈沒有熄滅，我的壽命就能延長一紀❹，否則立即就死。」

八月十五這一天，姜維按照諸葛亮的吩咐，召集四十九名穿皂衣持皂旗的軍士，環繞在中軍帳外。諸葛亮在中軍帳點起七盞大燈和四十九盞小燈，中間又點起一盞主燈，然後親自作法祈禱。一連七天，諸葛亮白天帶病處理軍務，晚上作法祈禱。

---

❸【祈禳】即祈福和禳災。祈福是向神明禱告，以求平息災禍、福壽延長；禳災是用法術解除面臨的災難。

❹【一紀】木星繞太陽一圈稱爲一紀，一紀需要十二年的時間，因此古代將十二年稱爲一紀。還有些說法，稱一紀爲六十年、三十年或四年。

司馬懿料到諸葛亮已經病倒了，令夏侯霸前去試探蜀軍動靜。魏延得知夏侯霸率兵殺來的消息，急忙闖進中軍帳向諸葛亮報告，竟然將主燈撲滅了。諸葛亮見了，歎氣道：「生死由命，不可強求。」姜維大怒，要殺魏延，諸葛亮勸道：「這是我命中注定，與魏延無關。」於是令魏延出戰，打退夏侯霸。司馬懿見夏侯霸兵敗，不敢輕舉妄動。

諸葛亮將姜維叫到床前，說道：「我本想竭盡全力恢復中原，無奈天不助我。我就要死了，我將兵書傳授給你，千萬不可辜負我的重託。」姜維痛哭流涕，點頭答應。諸葛亮又說道：「陰平地勢險峻，但要細心提防，以免有失。」姜維點頭答應。接著又叫來馬岱，交給他一個錦囊，令他依計而行。又叫來楊儀，說道：「我死之後，魏延必然造反。我已經做好安排，到時自然有人殺他。」說罷便暈過去了。

楊儀等人急忙派人到成都稟報劉禪，劉禪派尚書李福趕來詢問後事。諸葛亮清醒過來，對李福說道：「不可輕易改變國家的制度，也不可罷免我重用的人才。我已經將畢生學問傳給姜維，他會繼承我的遺志，為國效力。」

諸葛亮強撐著身體，坐上小車在軍營裡巡視一番，長歎道：「悠悠蒼天，為何這樣殘忍！」回到中軍帳，病情更加嚴重了，對楊儀說道：「王平、廖化、張翼、張嶷、吳懿等，都能擔當大任。我死以後，你要依照我的方法，緩緩退兵。姜維可以斷後。」說罷，又給劉禪寫了奏章，再次囑咐後事。寫完奏章，又對楊儀說道：「我死以後，不要發喪，將屍體放在大龕❺裡，嘴裡放七粒米，腳下點一盞燈，將星就不會落下，陰魂也不會消散，司馬懿必然心疑，不敢輕易出戰。如果司馬懿追來，將我的木像推到陣前，他必然退走。」楊儀一一點頭，牢記在心。

這時，李福又回來了，問道：「丞相百年❻之後，誰可以繼任？」諸葛亮答道：「蔣琬可以。」李福又問道：「蔣琬之後呢？」諸葛亮答道：「費禕可以。」李福又問道：「費禕之後呢？」諸葛亮沒有說話，眾人一看，已經亡故了。諸葛亮死時，是建興十二年八月二十三日，年僅五十四歲。

諸葛亮死後，楊儀、姜維按照諸葛亮的吩咐，下令秘密撤軍，魏延負責斷後。費禕到魏延軍中傳達命令，魏延說道：「雖然丞相已死，但我魏延還在！由楊儀護送丞相的靈柩❼返回成都即可，我統率大軍與司馬懿交戰。我是前將軍、征西大將軍，楊儀只是長史，怎能給我下命令！」楊儀得知魏延不遵將令，便命姜維斷後，自己率大軍返回漢中。魏延得知楊儀率大軍撤退的消息，與馬岱率兵趕來，

---

❺【龕】放置神聖物品的盒子。

❻【百年】古人對死亡的委婉說法。

❼【靈柩】死者已經入殮的棺材。

司馬懿夜觀天象，見一顆流星墜落到蜀軍大營，知道諸葛亮已經死了，但擔心又被諸葛亮戲弄，因此不敢追擊，只派夏侯霸前去打探消息。夏侯霸到五丈原時，蜀軍已經退走了，立即回報司馬懿，司馬懿立即率兵追擊。眼看就要追上蜀軍了，蜀軍卻不慌不忙，轉身列成陣勢，又推出一輛小車，司馬懿遠遠望見車上坐的是諸葛亮，驚呼道：「諸葛亮沒死，又中計了！」說罷，帶頭逃跑了。魏兵大亂，互相踩踏，死者不計其數。過了兩天，司馬懿得到消息，諸葛亮的確死了，他見到的是諸葛亮的木像，懊惱不已，隨後也班師回朝了。

蜀軍退到劍閣道口時，發現魏延燒毀了棧道，又守住道口，不許蜀軍通過。楊儀決定繞到魏延身後攻擊魏延，魏延得到消息，親自率兵前來迎戰。先鋒何平出戰，對魏延的部下喊道：「你們都是西川人，親人都在西川，而且丞相對你們恩重如山，怎敢協助魏延造反？趕快回家與親人團聚。」將士們聽了，一哄而散，魏延攔擋不住，只有馬岱緊隨其後。

魏延丟了兵馬，勢單力薄，打算投靠魏國，在馬岱的勸說下決定攻打南鄭。楊儀率兵迎戰，說道：「魏延！如果你敢大喊三聲『誰敢殺我』，我便將軍權交給你。」魏延哈哈大笑，說道：「諸葛亮已經死了，天下還有誰敢與我為敵？」說罷，高喊道：「誰敢殺我！」站在他身後的馬岱應聲答道：「我敢殺你！」一刀砍掉了魏延的腦袋。

殺了魏延以後，楊儀等護送諸葛亮靈柩回到成都，劉禪親自出迎，見了靈柩號啕大哭，蜀國上下，不論公卿大夫還是黎民百姓，不論男女老幼，全都痛哭不已，哀聲震地。遵照諸葛亮的遺願，劉禪將諸葛亮安葬在定軍山。

劉禪派參軍中郎將宗預出使東吳，向東吳報喪。當著宗預的面，孫權折斷一枝金鈚箭，發誓永遠不背叛吳蜀的同盟關係。劉禪得知消息，這才放下心來。遵照諸葛亮的遺言，劉禪任命蔣琬為丞相、大將軍；費禕為尚書令；吳懿為車騎將軍；姜維為輔漢將軍、平襄侯，總督全國兵馬，駐屯漢中。

第四十二回　司馬懿奪權

曹睿接到幽州刺史毌丘儉的報告，公孫康之子公孫淵自稱燕王，建宮殿，封百官，令部將卑衍為元帥，率兵十五萬進攻中原，急忙召司馬懿商議。司馬懿說道：「臣願率兵前去平亂，只需一年時間就能獲勝。」曹睿便派司馬懿出兵，迎戰公孫淵。

司馬懿到遼東以後，直奔公孫淵的老巢襄平而去。公孫淵得到消息，急忙撤兵救援襄平，結果在遼河被司馬懿的伏兵打敗，卑衍被夏侯霸殺死。公孫淵退回襄平堅守，魏兵包圍了襄平城。襄平城中沒有糧草，兵無戰心，將士們暗中勾結，準備殺死公孫淵之後投降。公孫淵大驚，急忙派相國王建、御史大夫柳甫向司馬懿請降，司馬懿將王建、柳甫斬首。公孫淵又派侍中衛演請降，稱願意先送世子公孫修為人質，自己隨後出城投降，司馬懿不准。公孫淵無可奈何，只得連夜棄城出逃，又被伏兵抓獲，被迫投降。司馬懿將公孫淵家族及同謀官員全都斬首，隨後班師回洛陽。

在司馬懿班師回洛陽途中，曹睿生了重病，眼見不能痊癒，便命曹真之子曹爽為大將

司馬懿聽說李勝前來拜訪，
立即裝病躺到床上。

軍，總管朝政，命侍中劉放、光祿大夫孫資掌管樞密院。病危之時，司馬懿趕回洛陽，曹睿效仿劉備白帝城託孤的做法，當著曹爽、劉放、孫資的面，將年僅八歲的太子曹芳託付給司馬懿。曹睿死時年僅三十六歲。

曹睿死後，曹芳繼承皇位，由司馬懿、曹爽二人共同輔政。曹爽門下有六位重要的幕僚，分別是何晏、鄧颺（ㄧㄤˊ）、李勝、丁謐（ㄇㄧˋ）、畢軌和桓範。何晏對曹爽說道：「當初令尊就是被司馬懿氣死的，大將軍要小心謹慎，絕不能讓司馬懿掌握大權。」於是，曹爽請求曹芳加封司馬懿為太傅，明升暗降，奪了司馬懿的兵權。曹爽掌握兵權以後，命兄弟曹羲、曹訓、曹彥等人掌管御林軍，控制洛陽城。司馬懿藉機稱病，不再參與朝政，曹爽因此愈發飛揚跋扈，排場幾乎與皇帝相同。

曹爽舉薦李勝擔任荊州刺史，赴任之時，曹爽令他以辭行為名，前去打探司馬懿的病況。司馬懿聽說李勝前來拜訪，立即裝病躺到床上。李勝對司馬懿說道：「陛下命我擔任荊州刺史，特地來向大人辭行。」司馬懿說道：「你到并州以後，要小心防備朔方❶。」李勝糾正道：「是荊州，不是并州。」司馬懿又說道：「噢！你從并州回來了。」李勝又糾正道：「是荊州。」司馬懿笑道：「你從荊州回來的？」近侍急忙向李勝解釋：「太傅的耳朵聾了。」李勝便在紙上寫明他要去荊州赴任，司馬懿看了，才說道：「既然如此，請多保重。」又說道：「我病入膏肓，就要死了。請轉告大將軍，務必照顧我的兩個兒子。」曹爽得到李勝的回報，以為司馬懿當真快要死了，逐漸放鬆了警惕。

曹爽奏請曹芳到高平陵祭祀先帝，又令曹羲、曹訓、曹彥及何晏、鄧颺、丁謐、畢軌等人隨行。桓範說道：「大將軍傾巢而出，如果洛陽發生變故，該如何應對？」曹爽說道：「不得胡言亂語，誰敢叛變！」桓範無可奈何，只得獨自一人留在洛陽。

司馬懿得到曹爽等人隨皇帝前往高平陵的消息，立即命司徒高柔、太僕王觀佔領曹爽、曹羲的軍營，然後親自入宮，請郭太后下旨誅殺曹爽。郭太后驚慌失措，只得聽從司馬懿的請求。司馬懿派人給皇帝送去誅殺曹爽的奏章，又佔領武庫，守住通往洛陽城的洛河。為了穩住曹爽，他先後派許允、陳泰和尹大目等人去見曹爽，稱只是為了削弱曹爽兄弟的兵權，不會傷害他們的性命。

曹爽得知司馬懿控制洛陽城的消息，慌亂得手足無措，不知如何是好。正在此時，桓範從洛陽城逃脫，來見曹爽，勸他保護皇帝前往許都，然後調集兵馬討伐司馬懿。曹爽說道：「我的家眷全都落到司馬懿手中，我怎能逃奔許都！」不聽桓範的意見。桓範苦苦勸說，曹

---

❶【朔方】地名，指朔方郡。漢武帝從匈奴手中收復河套南部地區後，設立郡治，因爲這一地區位於都城長安的正北方，所以據《詩經》「城彼朔方」命名爲「朔方」。東漢時，朔方郡併入并州。并州是漢武帝十三個刺史部之一，管轄太原、上黨、雲中、定襄、雁門、朔方等九個郡。

爽始終猶豫不決。

許允、陳泰、尹大目等人趕來，勸曹爽交出兵權，稱司馬懿指著洛水發誓，只是奪取兵權，並不傷害性命。曹睿猶豫良久，決定交出兵權，只求保有富貴。桓範、楊綜苦苦相勸，曹爽不聽，說道：「太傅必然不會辜負於我。」將士們見曹爽放棄兵權，紛紛逃走。曹爽兄弟回到洛陽，被司馬懿軟禁在家中，何晏、桓範等人被逮捕入獄。沒過多久，司馬懿就以謀反的罪名，將曹爽兄弟及何晏、李勝、桓範等全都斬首。

誅殺曹爽以後，曹芳加封司馬懿為丞相，令司馬師、司馬昭也入朝輔政。司馬懿擔心夏侯玄等曹氏宗族起兵作亂，為曹爽報仇，便準備誘殺夏侯玄，夏侯霸得到消息，率先起兵攻打司馬懿，結果被郭淮、陳泰打敗，被逼無奈，到漢中投降姜維。姜維問夏侯霸道：「司馬懿是否有進攻蜀國的意圖？」夏侯霸答道：「司馬懿自顧不暇，怕是沒有這種意圖，只是魏國年輕將領當中，秘書郎鍾會、掾吏鄧艾極有謀略，日後會成為蜀國的勁敵。」姜維笑道：「年輕後生不足為慮。」

姜維決定趁著司馬懿專權、曹芳年幼無知的機會出兵北伐。郭淮得到消息，派陳泰出戰，將蜀將句安等圍困在麴山城中。陳泰切斷了城中的水源，蜀軍缺水，只得化雪解渴。姜維得到消息，埋伏在牛頭山，計畫逼迫魏軍回救雍州。郭淮料到姜維的企圖，一面切斷蜀軍的糧道，一面派兵攻打牛頭山。姜維得知糧道被切斷，立即退回陽平關。句安見沒有援兵支援，被逼無奈出城投降。

魏嘉平三年八月，司馬懿病逝，死前囑咐司馬師、司馬昭善理國事。曹芳封司馬師為大將軍，總領朝政；封司馬昭為驃騎上將軍。吳太元二年四月，孫權病重，將太子孫亮託付給諸葛瑾之子、太傅諸葛恪和大司馬呂岱，隨後病逝，死時七十一歲。諸葛恪、呂岱擁立孫亮繼承皇位。

司馬師得知孫權病死的消息，命司馬昭率兵三十萬攻打東吳。司馬昭兵分三路出擊，令征南大將軍王昶攻打南郡，征東大將軍胡遵攻打東興，鎮南大都督毌丘儉攻打武昌。諸葛恪率大軍趕到東興與魏軍交戰。丁奉率三千水軍率先趕來，胡遵見丁奉只有三千兵馬，並不在意。丁奉身先士卒，率領將士衝上江岸殺入魏營，魏軍措手不及，被吳軍打敗，韓綜、桓嘉被丁奉殺死，胡遵落荒而逃。這一戰，魏軍大敗，死傷無數，損失慘重。司馬昭見胡遵被打敗，下令全軍撤退。

諸葛恪得知司馬昭退兵的消息，決定乘勝追擊，一舉消滅曹魏，於是大舉進兵，包圍了新城。司馬師聽取主簿虞松的建議，令新城堅守不戰，等吳軍退走時再出兵追擊。諸葛恪下令全軍猛攻新城，怠慢者斬首。新城守將張特被迫使用緩兵之計，派人告訴諸葛恪，在被圍一百天時便出城投降。諸葛恪答應了，傳令全軍停止攻城。一百天後，張特加固了防禦工事，繼續對抗吳軍。諸葛恪大怒，親自到城下督促將士攻城，結果被張特一箭射中前額，帶傷回營。正在此時，軍中疾病流行，兵無戰心，眾將勸諸葛恪退兵，諸葛恪被迫撤兵。毋丘儉得知諸葛恪退兵的消息，率兵追殺，吳兵大敗。諸葛恪羞愧不已，擔心文武百官在背後嘲笑他，便懲罰了一批官員，惹得文武官員人人自危，怨聲載道。

為了控制朝政，諸葛恪令心腹張約、朱恩代替孫峻的職務，接管了御林軍，引起孫峻的不滿。孫峻是孫堅兄弟孫靜的曾孫，在太常卿滕胤的挑撥下，決定奏請孫亮誅殺諸葛恪。孫亮說道：「朕見了諸葛恪也心驚膽戰。」於是同意了孫峻的計畫，召諸葛恪進宮赴宴，以便趁機誘殺他。

諸葛恪得到孫亮的詔命，準備進宮。府中的黃狗拽住他的衣服不讓他走，諸葛恪沒有多想，說道：「它跟我逗趣呢！」命近侍將狗牽走，然後上車進宮。走到半路，張約認為進宮凶多吉少，勸諸葛恪不要進宮，諸葛恪便打算返回。正在此時，孫峻、滕胤趕來，勸說諸葛恪進宮，諸葛恪推辭不過便進宮去了。在宴席上，孫峻一刀砍了諸葛恪的腦袋，張約也被亂刀砍死。殺死諸葛恪以後，孫峻又誅殺了諸葛恪全家。孫亮封孫峻為丞相、大將軍，掌管軍政大權。

諸葛恪生前曾邀約姜維共同攻打曹魏，姜維便率二十萬大軍再次出兵北伐，羌王迷當率羌兵助戰。司馬師得到消息，任命司馬昭為大都督，率兵迎戰姜維。兩軍在董亭相遇，蜀軍戰敗，退後三十里，堅守不出。司馬昭得知蜀軍用木牛流馬搬運糧草的消息，派先鋒徐質前去劫糧，結果被姜維的伏兵打敗，徐質被姜維打落下馬，又被亂刀砍死。隨後，蜀軍裝扮成魏軍的模樣，連夜潛入魏軍營寨，裡應外合打敗了魏軍。司馬昭退守鐵籠山，蜀軍追來，包圍了鐵籠山。

司馬昭被蜀軍圍困之時，郭淮用詐降計打敗了羌兵，迷當投降。郭淮令迷當率兵救援司馬昭，姜維不知道迷當已經投降郭淮之事，將羌兵迎進大營，結果被羌兵與魏軍裡應外合打敗。姜維單槍匹馬逃走，郭淮緊緊追趕。當時，姜維手中只有一張弓，連箭都沒有，郭淮一箭射來，被姜維接住，然後又射向郭淮，郭淮中箭而死。姜維率領敗兵退回漢中，司馬昭也班師回洛陽。

司馬師、司馬昭兄弟獨攬大權，大小事務都不許曹芳過問，文武百官敢怒而不敢言。一天，曹芳在私下對國丈張緝等人哭訴道：「司馬師不把朕放在眼裡，曹氏江山遲早要落入司馬氏之手。」張緝、中書令李豐、太常夏侯玄表示願意設計誅殺司馬兄弟，曹芳便在汗衫上寫下血詔交給他們，令他們誅殺司馬兄弟。結果，張緝等人還沒有走出皇宮，便被司馬師抓獲了。司馬師看了血詔之後勃然大怒，命人將張緝、李豐、夏侯玄等人斬首。

司馬師帶著寶劍闖進皇宮，問曹芳道：「臣等父子三人竭盡心力輔佐陛下，陛下反而令人謀害我等，是什麼道理！」說罷，拿出血詔扔在地上。曹芳見抵賴不過，跪下說道：「朕有罪，望大將軍寬恕。」司馬師指著張皇后說道：「張緝的女兒不能活了。」下令武士用白練絞死了張皇后。

第二天，司馬昭召集文武百官，商議改立皇帝之事，文武大臣沒有人敢反對，紛紛表示贊同。司馬師便從元城請來高貴鄉公曹髦（ㄇㄠˊ），立為皇帝。曹芳被奪了皇位，哭著離開了洛陽。司馬師、司馬昭的權勢達到了極致。

揚州都督、鎮東將軍毌丘儉得知司馬師改立曹髦為皇帝的消息，勃然大怒，與揚州刺史文欽商議，決定起兵討伐司馬兄弟。於是，毌丘儉命文欽之子文鴦為先鋒，駐紮在項城。當時，司馬師的左眼處長了肉瘤，痛癢難忍，便命太醫割掉了，正在家中養病。得知毌丘儉、文欽起兵的消息，司馬昭聽從鍾會的意見，親自率兵迎戰。

司馬師率大軍挺進到襄陽，令監軍王基駐紮在南頓城。毌丘儉得到消息，正要趕到南頓交戰，又得到消息，孫峻打算偷襲壽春。毌丘儉擔心壽春失守，退回項城堅守。司馬師見毌丘儉退回項城，便命兗州刺史鄧艾攻打樂嘉城，毌丘儉派文欽、文鴦父子駐守樂嘉。文欽決定趁魏軍立營未穩之際，兵分兩路襲擊魏軍。當天夜裡，文鴦率兵殺進魏營，奮武揚威，殺得魏軍人仰馬翻，死傷無數，但文欽卻迷失了道路，沒能按時趕來接應。天亮時，鄧艾率兵殺到，文鴦抵擋不住，率兵退走了。文欽見魏軍人多勢眾，不敢交戰，決定退回壽春。

文鴦攻來之時，司馬師大驚，坐立不安，眼睛處的傷痛更加難忍。尹大目見了，料到司馬師就要死了，便獨自追上文欽，暗示文欽再堅守幾天必能獲勝。文欽沒有聽懂暗示，率兵退回壽春，發現壽春已經被魏將諸葛誕佔領，又不能回項城，只好投靠了東吳。鄧艾、王基、胡遵等圍攻項城，毌丘儉戰敗，逃到慎縣，被慎縣縣令宋白誘殺。毌丘儉、文欽討伐司馬師之戰就此結束。

司馬師班師回朝，到達許都時，眼睛的疼痛更加嚴重了，自知活不了多久，便命人將司馬昭請到許都，說道：「我掌握著朝廷大權，即使想放棄都不敢放手。你接掌大權以後，切記不可將大事交付他人，以免招致殺身之禍。」說罷就死了。曹髦打算藉機將司馬昭安置在許都，但司馬昭卻率大軍來到洛陽城外，曹髦膽戰心驚，只得封司馬昭為大將軍，掌管朝政大權。

第四十三回　姜維北伐

姜維得到司馬師病故的消息，決定趁機出兵北伐，親率五萬兵馬攻打南安，與雍州刺史王經在洮水相遇。兩軍對陣，王經命部將張明、劉達、花永、朱芳一起與姜維交戰，姜維大敗，望洮水而走，王經緊緊追趕。姜維退到洮水岸邊，對將士們喊道：「我們已經無路可退，不如跟魏軍拼命！」將士們聽了，拼命殺來，魏軍大敗。正在此時，張翼、夏侯霸也率兵殺來，將魏軍團團包圍，魏軍死傷無數，王經逃回狄道城堅守不出。姜維包圍了狄道城。

司馬昭得知姜維再次出兵的消息，令鄧艾率兵支援王經。鄧艾來到雍州，與征西將軍陳泰會合。姜維得知鄧艾率兵前來救援，令張翼繼續圍攻狄道，又令夏侯霸迎戰陳泰，自己迎戰鄧艾。大軍出發不久，只聽得東南方火光沖天，鼓角震天，到處都是魏軍的旗幟，姜維以為中了鄧艾的計謀，急忙與張翼、夏侯霸退回漢中。退到劍閣以後，姜維才得知鄧艾只是埋伏了鼓角旗幟，並沒有埋伏兵馬，懊惱不已。

姜維退兵之後，鄧艾、陳泰進入狄道城，設宴犒勞三軍。鄧艾認為，姜維很快便會再次

出兵，並分析了五點理由，陳泰對鄧艾的見解佩服不已，與鄧艾結為忘年之交❶。鄧艾抓緊操練兵馬，在各個關口設立營寨，等待蜀軍前來。

姜維將大軍駐紮在鐘提，召集眾將商議再次北伐，令史樊建等人反對。姜維分析了五點理由，認為再次出兵必然取勝，因此執意出兵，親率大軍殺奔祁山而來。半路上，姜維得到消息，鄧艾已經在祁山建立了九座營寨，大吃一驚，說道：「鄧艾此舉，不在諸葛丞相之下。」於是在祁山設下疑兵，自己率大軍突襲南安。

鄧艾見蜀軍只是派出少量兵馬出營巡邏，並不發起攻勢，猛然醒悟，料到姜維必然是襲擊南安去了，便令陳泰攻打蜀軍大營，獲勝以後截斷姜維的退路，自己則趕往武城山設伏。姜維來到武城山，被鄧艾的伏兵打敗，見無法佔領南安，轉而襲擊上邽。來到段谷時，發現了鄧艾的伏兵，急忙撤退。正在此時，鄧艾部將師纂（ㄗㄨㄢˇ）、鄧艾之子鄧忠率伏兵殺出，與鄧艾前後夾擊，蜀軍大敗。姜維得知祁山大營被陳泰佔領的消息，不敢退回祁山，只好從偏僻山路撤退，又被陳泰截住去路。為了救出姜維，張嶷被亂箭射死。姜維退回漢中，

---

❶【忘年之交】年齡相差很多的人結交爲朋友。這一典故出自《後漢書·禰衡傳》：「禰衡弱冠，而融年四十，遂與爲交友。」二十歲的禰衡與四十歲的孔融結交好友。「忘年」指不拘泥於年齡、輩分的差別。

請求劉禪將他貶為後將軍，仍然擔當大將軍的職責。

司馬昭聽取賈逵之子賈充的意見，令賈充以慰勞地方為名，打探地方將領對司馬氏掌權的意見。賈充到淮南見到鎮東大將軍諸葛誕，問道：「司馬大將軍三代輔佐曹魏，如果取而代之，將軍以為如何？」諸葛誕大怒，罵道：「你竟敢說出這種話來！如果陛下有難，我必然以死報國。」司馬昭得到賈充的回報，大怒，暗中指示揚州刺史樂琳，令他謀害諸葛誕。諸葛誕得到消息，率兵殺進揚州城，殺死樂琳，然後起兵討伐司馬昭。

諸葛誕將兒子諸葛靚送到東吳做人質，請求東吳出兵助戰。當時，東吳掌權的是孫峻從弟孫琳。孫琳命全懌、全端、朱異、于詮、唐諮及降將文欽率兵出戰。司馬昭得到消息，挾持曹髦和皇太后一起出兵迎戰。

魏吳兩軍在淮南交戰，吳軍大敗，退後五十里下寨。諸葛誕得到消息，親自率兵前來助戰。兩軍交戰，魏軍丟棄大量金銀珠寶，然後撤兵，諸葛誕的部下見了，爭先恐後地奪取財物，無心戀戰，被突然殺回來的魏軍打敗。諸葛誕退守壽春城，司馬昭三面包圍了壽春，只留下南門。孫琳親自前來督戰，令朱異立即救援壽春。朱異率兵來到壽春城下，見南門沒有被包圍，便令于詮從南門進城，與他前後夾擊魏軍。然而，朱異還沒有發動攻勢，便被魏軍打敗。孫琳大怒，將朱異斬首，又令全懌、全端必須打敗魏軍，否則不得返回江東。全懌、全端被逼無奈，只得投降司馬昭。

諸葛誕被困在壽春城內，焦慮不安，脾氣愈發暴躁。謀士蔣班、焦彝勸諸葛誕出城與司馬昭決戰，諸葛誕大怒，斥退蔣班、焦彝。蔣班、焦彝懷恨在心，偷偷出城投降了司馬昭。文欽又勸諸葛誕將原籍北方的軍士放出城去，以節省糧草，諸葛誕大怒，說道：「你想謀害我！」於是將文欽斬首。文鴦、文虎見文欽被殺，跳出城投降司馬昭去了。城中將士見司馬昭封文鴦為偏將軍、關內侯，議論紛紛，全都有意投降。諸葛誕大怒，親自上城巡視。司馬昭見城內軍心不穩，下令全力攻城，諸葛誕部將曾宣打開北門將魏軍放進城。司馬昭佔領壽春以後，諸葛誕被殺，于詮戰死，唐諮投降。

姜維得知諸葛誕起兵討伐司馬昭的消息，再次出兵北伐，殺奔魏軍屯糧之地長城而來。守衛長城的是司馬昭的族兄司馬望，得知蜀軍殺來，與部將李鵬、王真出城迎戰。王真出馬，與蜀將傅僉（ㄑㄧㄢ）交鋒，被傅僉抓獲。李鵬見了，趕來解救王真，又被傅僉殺死。司馬望大敗，退回長城堅守不出。在蜀軍即將攻陷長城之時，鄧艾率兵趕到，與蜀軍混戰一場，挽救了長城。鄧艾向司馬昭求援，司馬昭已經打敗了諸葛誕，便決定親自率兵救援長城。姜維得到消息，只好退兵了。

孫琳得知全懌、全端、唐諮等人投降司馬昭的消息，勃然大怒，殺了全氏、唐氏兩家數百口人。孫亮當時已經十六歲了，對孫琳大開殺戒的行為極為不滿，但孫琳掌握著朝政大權，因此無可奈何。一天，孫亮私下對國舅全紀說道：「孫琳專權，如果不及早除掉，後患無窮。」全紀說道：「臣願效犬馬之勞。」孫亮便與全紀約定了誅殺孫琳的計畫。全紀回到家，將誅殺孫琳之事告知父親全尚，全尚又告訴了妻子孫氏。孫氏是孫琳的姐姐，於是立即報告給了孫琳。孫琳大怒，連夜包圍皇宮，剝奪了孫亮的皇位，改立孫權的第六個兒子孫休為帝。

孫琳令中郎將孟宗率一萬五千精兵駐紮武昌，又將武庫裡的兵器全都發放給孟宗。孫休得到消息，驚慌不已，與左將軍張布商議。張布說道：「老將丁奉極有謀略，可以召他商議。」丁奉設定了除掉孫琳的計畫，令張布做內應。準備就緒以後，丁奉以孫休的名義，請孫琳進宮赴宴，孫琳毫無防備，入宮而來。酒過三巡，張布率武士衝進來，厲聲喝道：「奉旨擒拿反賊孫琳。」武士立即抓住了孫琳。孫琳向孫休求饒，表示願意交出大權，然後歸田隱居，孫休不肯，命人將他斬首。之後，孫休命丁奉等人將孫琳的兄弟及家人全都斬首示眾，又為諸葛恪、滕胤等人平反。

劉禪得知孫休除掉了孫琳的消息，派使者到江東祝賀，孫休也派使者到成都答謝。使者返回江東以後，孫休向他詢問蜀國的情況，使者說道：「劉禪輕信中常侍黃皓，文武大臣也依附在黃皓門下，沒有人敢說真話，百姓生活得很貧困。」孫休聽了，歎氣道：「如果諸葛丞相在世，不至於落到這步田地。」又派人到成都，勸說劉禪注意防範司馬昭。

蜀漢景耀元年冬，姜維再次出兵北伐，率二十萬大軍望祁山而來。鄧艾早就料到姜維再次出兵的意圖，便預先在蜀軍將要紮營的地方挖下地道，準備襲擊蜀軍。在蜀軍剛剛紮下營寨的夜晚，魏軍便通過地道潛入蜀軍大營發動襲擊，打敗了蜀軍先鋒王含、蔣斌。姜維急忙趕來，傳令全軍不得輕舉妄動，又派弓箭手射殺魏軍，才擋住了魏軍的襲擊。

第二天，魏蜀兩軍在祁山腳下交戰。姜維布成八卦陣，鄧艾見了，也照著姜維的樣子布成八卦陣。姜維叫道：「你能變陣嗎？」鄧艾聽了，便變陣為六十四個門戶。姜維又說道：「你敢來圍我的陣嗎？」鄧艾說道：「有何不敢！」於是，兩軍交會在一起，但陣形都沒有亂。這時，姜維突然將陣形變為長蛇捲地陣，鄧艾被圍在陣中，無法逃脫。眼見鄧艾就要被姜維困死在陣中了，司馬望突然殺出，救了鄧艾。鄧艾、司馬望退守渭南，姜維佔領了魏軍在祁山的大營。

第二天，姜維在祁山腳下列陣，司馬望率兵出迎，也布成八卦陣。姜維見了，說道：「你知道八卦陣有幾種變化？」司馬望答道：「我既然能布成八卦陣，自然知道它的變化。它有九九八十一種變化。」姜維笑道：「八卦陣有三百六十五種變化，你怎能知道其中奧秘！」司馬望說道：「我不信，你變給我看。」姜維說道：「你叫鄧艾來，我變給他看。」司馬望說道：「鄧將軍另有妙計。」姜維笑道：「有何妙計！不過是偷襲我的後路罷了。」說罷，揮軍掩殺，司馬望大敗逃回渭南。鄧艾親自率兵襲擊蜀軍的後路，被廖化、張翼的伏兵打敗，也退回渭南去了。

打了敗仗以後，鄧艾聽取司馬望的建議，派襄陽人黨均帶著金銀財寶到成都向黃皓行賄，請黃皓設計召回姜維。黃皓得了賄賂，便散布謠言說姜維要投靠魏國。劉禪聽信謠言，立即召姜維回成都。姜維得到命令，只得退回漢中。鄧艾、司馬望率兵追擊，見蜀軍井然有序，也退兵了。姜維回到成都，得知劉禪是聽信了奸臣的謠言，又無可奈何，只得回到漢中，等待時機再次北伐。

王瓘被逼無奈，投河而死，全軍覆沒。

司馬昭得知劉禪和姜維君臣不和的消息，打算出兵攻打蜀國，賈充說道：「陛下對主公起了疑心，如果主公此時率兵外出，曹魏必然發生動盪。寧陵的水井中出現了黃龍，眾臣向陛下賀喜，認為是祥瑞之兆，陛下卻說，龍落井中，乃幽困之兆。」司馬昭聽了，勃然大怒，說道：「如果不及早除掉他，他必然加害於我。」司馬昭命心腹大臣給曹髦上奏章，請求封他為晉公，曹髦不敢不聽。

曹髦暗中召集侍中王沈、尚書王經、散騎常侍王業等人商議，準備討伐司馬昭。王經勸曹髦不要輕舉妄動，曹髦大怒，說道：「朕已經下定決心，即使死也不怕！」說罷，召集了三百名侍衛，浩浩蕩蕩出發了。賈充率禁軍趕來阻攔，將士們見了曹髦，全都跪倒在地，不敢動手。賈充望著都尉成濟說道：「晉公就指望你在今天出力。」成濟聽了，問道：「要活的還是死的？」賈充說道：「晉公有令，只要死的。」成濟聽了，走上前去，一戟刺死了曹髦。

司馬昭得知曹髦被殺的消息立即趕來，當著文武百官的面怪罪於成濟，傳令將成濟斬首，又以帝王的禮節厚葬曹髦。賈充勸司馬昭繼位稱帝，司馬昭不肯，賈充知道司馬昭準備安排兒子司馬炎稱帝，便不再勸諫。後來，司馬昭擁立曹操之孫曹奐為皇帝，曹奐加封司馬昭為相國、晉公。

姜維得到司馬昭殺害曹髦的消息，決定以討伐司馬昭為名，趁機出兵北伐。鄧艾得知姜維率兵殺來，令參軍王瓘率兵五千到斜谷迎戰。王瓘見到姜維，並不交戰，卻投降了姜維。姜維令王瓘率三千兵馬押運糧草，留下兩千兵馬交給傅僉統領。原來，王瓘是假裝投降姜維，目的是與鄧艾裡應外合，姜維識破了他的詭計，決定將計就計。幾天之後，王瓘秘密邀約鄧艾在八月二十日發動進攻，姜維截獲了王瓘給鄧艾的密信，將八月二十日改為八月十五日，然後送給鄧艾。

鄧艾收到王瓘的密信，喜出望外，依計而行。八月十五日，鄧艾率兵前來接應王瓘，結果中了姜維的埋伏，被蜀軍打敗，將士死傷無數。王瓘得知鄧艾被打敗的消息之後急忙撤退，向西進入蜀國，沿途燒毀了漢中的棧道。姜維擔心王瓘侵擾漢中，急忙率大軍緊緊追趕。王瓘被逼無奈，投河而死，全軍覆沒。姜維雖然打敗了鄧艾，但損失了許多糧草，只得退回漢中。

蜀漢景耀五年十月，姜維令人連夜修好漢中的棧道，然後給劉禪上奏章，請求再次北伐。譙周、廖化等人都表示反對，姜維仍然一意孤行，率三十萬大軍殺奔洮陽而來。鄧艾聽到消息，與司馬望兵分兩路救援洮陽，只留師纂駐守祁山大營。蜀軍先鋒夏侯霸來到洮陽城下，見城門大開，沒有一個人影，以為是一座空城，便率兵殺入城中。剛到護城河邊，魏軍突然湧上城頭，放箭射殺蜀軍。夏侯霸被射死，蜀軍大敗。當天夜裡，鄧艾又突襲蜀軍大營，姜維大敗，退後二十里安營紮寨。

姜維見魏軍主力都在洮陽，料定祁山大營必然空虛，便令張翼率兵攻打祁山的魏軍大營。鄧艾見蜀軍連續挑戰，知道蜀軍必然分兵攻打祁山大營，便留下鄧忠與姜維對峙，自己率兵救援祁山大營。姜維得知鄧艾親自救援祁山的消息，令傅僉攻打洮陽，親自率兵趕往祁山。先到祁山的張翼打敗了師纂，鄧艾趕來，又打敗了張翼，最後姜維趕來，打敗了鄧艾。鄧艾退到祁山堅守不出，姜維包圍了祁山。

黃皓得知姜維與鄧艾在祁山對峙的消息，勸劉禪令右將軍閻宇接替姜維的職務，劉禪同意了。姜維接到命令，只好退回漢中。姜維到成都面見劉禪，劉禪連續十幾天不上朝，姜維便到東華門打聽消息，遇到秘書郎郤（ㄒㄧˋ）正。郤正告訴姜維，劉禪之所以召他回來，都是黃皓的主意。姜維大怒，要殺黃皓，郤正勸姜維不要造次，以免失去劉禪的信任，給自己招致殺身之禍。姜維點頭答應。姜維見到劉禪，請求誅殺黃皓，劉禪不肯，命黃皓給姜維磕頭賠罪，姜維只得作罷。

郤正勸姜維以屯田為名，到沓中避禍，以保全自己的性命，同時震懾曹魏。姜維向劉禪上奏章，請求效仿諸葛亮的做法，到沓中屯田。劉禪同意了。於是，姜維令胡濟駐守漢壽城，王含駐守樂城，蔣斌駐守漢城，蔣舒、傅僉巡守各處關隘，自己率兵八萬到遝中屯田。

第四十四回　司馬昭滅蜀

司馬昭得知姜維屯田沓中的消息，料到蜀國君臣之間已出現隔閡，決定趁機攻打蜀國。於是，司馬昭任命鄧艾為征西將軍，鍾會為鎮西將軍，兵分兩路大舉進攻蜀國。

鍾會得到命令，隨即命人準備戰船，又操練水軍，做出將要攻打東吳的姿態。司馬昭聽到消息，問鍾會道：「我令你從旱路攻打蜀國，你督造戰船有何用？」鍾會回答道：「劉禪知道魏軍進攻蜀國的消息，必然向東吳求救。東吳見我準備戰船、操練水軍，必然不敢援助蜀國。一年以後，蜀國滅亡，戰船也造成了，那時正好攻打東吳。」司馬昭大喜。

鍾會召集眾將聽令，命許褚之子許儀為先鋒，率兵攻打漢中；又兵分三路，中路從斜谷進軍，左路從駱谷進軍，右路從子午谷進軍。與此同時，鄧艾命雍州刺史諸葛緒截斷姜維的歸路，命天水太守王頎、隴西太守牽弘、金城太守楊欣兵分三路攻打沓中。

姜維得到魏軍大舉進攻蜀國的消息，一面率兵迎戰，一面給劉禪上表，請劉禪調派張翼駐守陽平關，廖化駐守陰平橋。劉禪問黃皓道：「姜維說魏軍兵分兩路殺來，真有此事

嗎？」黃皓回答道：「姜維想建功立業，因此詐傳軍情嚇唬陛下。臣聽說成都城中有位師婆❶，能預知禍福凶吉，陛下可以召來問問國事。」劉禪便命黃皓將師婆請來。師婆在大殿上跳躍著對劉禪說道：「我是西川的土地神。幾年之後，魏國的土地將歸陛下所有。」劉禪聽了師婆的話，放下心來，不再理會姜維。

鍾會率兵挺進至南鄭關，守將盧遜出關迎戰。鍾會親自出戰，結果馬蹄陷進土橋裡，鍾會只得下馬逃命，盧遜趕來，眼看就要刺中鍾會，卻被魏將荀愷射死。蜀軍將士見主將戰死，四散逃走，鍾會佔領了南鄭關。鍾會責怪許儀沒有及時修整橋梁，導致他遭遇險境，將許儀斬首示眾。

佔領南鄭關以後，鍾會迅速包圍樂城、漢城，王含、蔣斌見魏軍聲勢浩大，不敢出戰，只好閉門堅守。鍾會令部將李輔包圍樂城，荀愷包圍漢城，自己率兵攻打陽平關。駐守陽平關的是蔣舒、傅僉，蔣舒主張堅守，傅僉主張出戰。鍾會大軍到關下時，傅僉令蔣舒留在關內，自己率兵出戰。鍾會見傅僉殺出關來，率兵撤走。傅僉便率兵返回，結果蔣舒不放他進

❶【師婆】即女巫、巫婆。巫婆自稱能與神鬼溝通，能讓神鬼附身，能看見凡人看不見的東西，能預知未來，能用咒語、妖術替人祈福、禳災和占卜。在科技落後的封建時代，巫婆獲得了賴以生存的土壤。

關，傳僉大怒只得與魏軍交戰，兵敗自刎。蔣舒投降，鍾會佔領了陽平關。王含、蔣斌得知鍾會佔領了陽平關，料到大勢已去，只得出城投降。

魏軍駐紮在陽平關，半夜時分，傳來喊殺聲，鍾會率兵殺出關迎戰，又沒有了動靜，將士們驚魂不定，一夜未睡。第二天，鍾會親自出城查看，見定軍山上充滿殺氣，便率兵返回。走到半路，狂風大作，後面有騎兵追來，鍾會急忙退入城中，見軍士們只是受了一些皮外傷，愈發疑惑不解。鍾會向蔣舒詢問，得知定軍山上有諸葛亮的墳墓才恍然醒悟，知道是諸葛亮顯靈，便親自前去祭拜。這天夜裡，鍾會趴在桌子上打盹，忽然見一位羽扇綸巾的人走進來，對鍾會說道：「蜀漢氣數到了盡頭，這是天意。希望將軍可憐蜀中軍民百姓，不要濫殺無辜。」說罷就不見了。鍾會猛地坐起身來，原來是一場夢，驚異不已，便傳令三軍不可殺害百姓。

王頎奉命率兵攻打沓中，結果被姜維打敗，敗退二十多里，幸虧鄧艾及時趕到，才救了他的性命。姜維隨即與鄧艾混戰，不分勝負。正在此時，探馬回報說楊欣偷襲位於甘松的軍營，姜維大驚，令部將打著他的旗號與鄧艾交戰，自己率兵回救甘松。楊欣不敢與姜維交戰，奪路而逃，姜維趕來，反被魏軍包圍。

在姜維被包圍時，得到陽平關失守、鍾會佔領漢中的消息，急忙突出重圍，趕往漢中迎戰鍾會。楊欣擋住去路，姜維大怒，只一個回合就打敗楊欣，楊欣轉身逃走，姜維連射三箭都沒有射中，愈發惱怒，扔掉弓箭持槍追來，結果馬失前蹄被摔在地上。楊欣望見，轉身來殺姜維，姜維一槍刺中楊欣的戰馬。大隊魏軍趕來，救走了楊欣。姜維正要追趕楊欣，鄧艾從後面趕來，姜維抵擋不住，只好依山下寨。

當時，諸葛緒率兵駐紮在陰平橋頭，切斷了姜維的退路，部將寧隨建議假裝攻打雍州，逼諸葛緒退兵。姜維便令人放出風，稱即將攻打雍州。諸葛緒聽到消息，連夜放棄對姜維的包圍，退守雍州。姜維得知諸葛緒退兵的消息，迅速通過陰平橋趕往劍閣，半路上遇到廖化、張翼，便合兵一處，一起來到劍閣。諸葛緒得知中了姜維的調虎離山之計，一路追到劍閣，又被姜維打敗。

鍾會率兵來到劍閣，令人將諸葛緒押到洛陽，聽候司馬昭治罪。鄧艾得到消息，勃然大怒，責怪鍾會越權處罰他的部將，怒不可遏，趕到劍閣與鍾會理論。鍾會率全副武裝的武士迎接鄧艾，鄧艾驚恐萬狀，不敢再提諸葛緒之事。鍾會向鄧艾請教進攻成都的計策，鄧艾隨口稱，應該派奇兵通過陰平小路偷襲成都。鍾會不以為然，認為鄧艾才能平庸，因為陰平小路都是崇山峻嶺，崎嶇難行且易守難攻，必然有去無回。

鄧艾見鍾會不屑於偷襲成都的提議，惱怒不已。回到軍營，鄧艾親自率領三萬精兵從陰平小路進攻成都。一路上，每前進一百里，鄧艾便留下三千兵馬紮營駐守，走出七百多里後，鄧艾身邊只剩下兩千兵馬了。前進到摩天嶺的懸崖峭壁前時，鄧艾率先用毯子包裹身

鄧艾率先用毯子包裹身體，沿著懸崖滾了下去。將士們見了奮勇爭先或效仿鄧艾滾下懸崖，或者抓著樹枝攀爬而下……

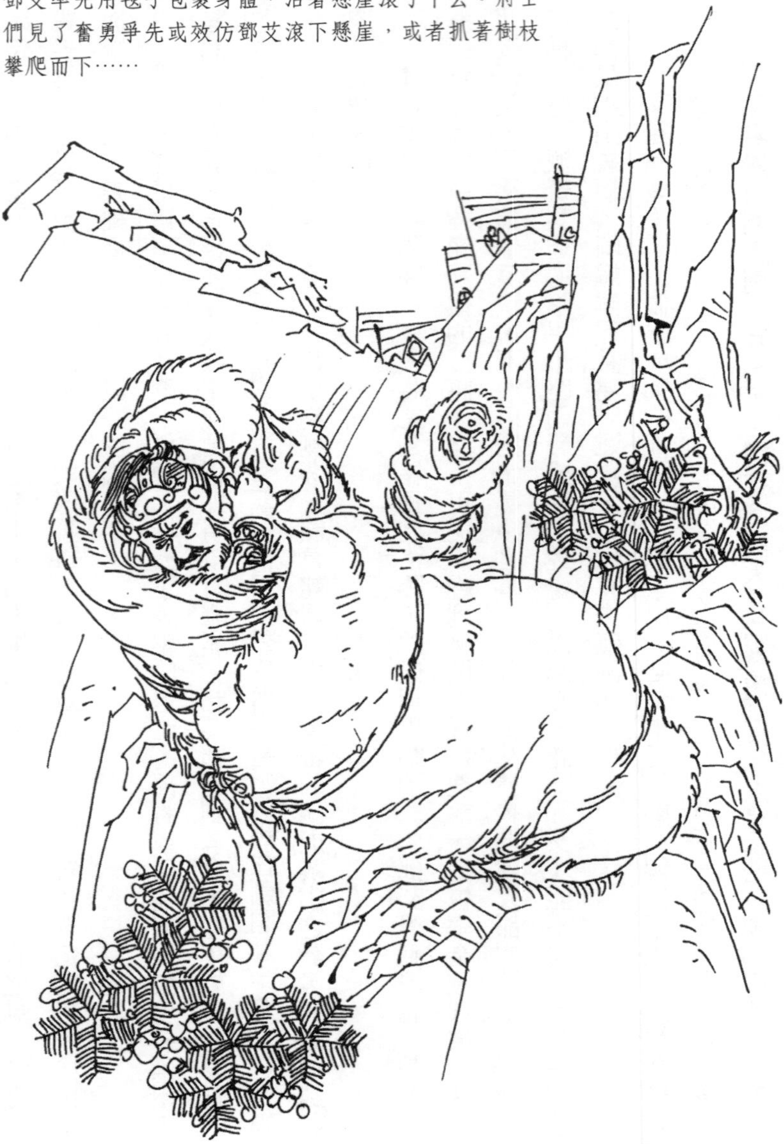

體，沿著懸崖滾了下去。將士們見了奮勇爭先或效仿鄧艾滾下懸崖，或者抓著樹枝攀爬而下，用這種近似冒險的方法翻過摩天嶺。

之後，鄧艾率兵連夜步行，偷襲成都門戶江油城。江油守將馬邈早有投降之心，得知鄧艾率兵進入江油的消息，立即趕來投降，說道：「我有投降之心很久了。」鄧艾令馬邈為嚮導官，帶路進攻成都，馬邈連聲答應。正在此時，馬邈的家僕趕來報告，夫人李氏自縊身亡。原來，李氏反對馬邈投降，得知馬邈已經投降的消息羞愧難當憤而自縊。鄧艾感動不已，下令厚葬李氏。佔領江油以後，鄧艾又馬不停蹄地進攻涪城，涪城守將做夢都沒有想到鄧艾能翻過摩天嶺，猝不及防，只好投降。

鄧艾成功渡過陰平小路的消息很快傳到了成都，劉禪慌忙召黃皓詢問真假，黃皓說道：「這是謠傳，神人不會欺騙陛下。」劉禪又召師婆詢問，才知道師婆已經逃走了。劉禪見軍情緊急，急忙召集文武大臣商議，眾大臣面面相覷，都不敢說話。郤正提議召諸葛亮之子諸葛瞻商議。劉禪見到諸葛瞻，痛哭道：「鄧艾已經兵臨涪城，成都危在旦夕。愛卿看在相父的情面上，救朕一命。」諸葛瞻奏道：「臣願率成都將士與鄧艾決一死戰。」劉禪便命諸葛瞻、諸葛尚父子率兵七萬迎戰鄧艾。

此時，鄧忠、師纂已經進至綿竹，諸葛瞻父子便率兵趕到綿竹迎戰。兩軍對陣，蜀軍推出一輛小車，車上坐著一位羽扇綸巾之人，黃色的旌旗上寫著「漢丞相諸葛武侯」七個大字。鄧忠、師纂見了，驚呼道：「原來諸葛亮還活著，又中計了。」說罷，撥馬就逃，魏軍大亂。蜀軍趁勢追擊，魏軍大敗，敗退二十里。鄧忠、師纂見到鄧艾，回報說諸葛亮還活著，鄧艾大怒，喝道：「即使諸葛亮還活著，我也不怕。」很快，探馬回報說，帶兵的是諸葛亮之子諸葛瞻，小車上坐著的是諸葛亮的木像。鄧艾便命鄧忠、師纂再次出戰，結果又被諸葛瞻打敗，軍士死傷不計其數，鄧忠、師纂也受了傷。

監軍丘本建議鄧艾勸降諸葛瞻，鄧艾便寫了一封親筆信送給諸葛瞻。諸葛瞻看了勸降信，勃然大怒，砍了使者的腦袋送還鄧艾以示決心。鄧艾大怒，令王頎、牽弘設下埋伏，然後親自與諸葛瞻交戰。兩軍混戰，鄧艾敗走，諸葛瞻緊追不捨，結果中了埋伏，退回綿竹堅守。鄧艾包圍了綿竹。諸葛瞻見形勢緊急，令部將彭和突出重圍到東吳求救。孫休命丁奉、丁封、孫異兵分三路救援蜀國。

諸葛瞻見東吳救兵遲遲不來，決定出城與魏軍決戰。諸葛瞻留下諸葛尚協同尚書張遵守城，自己率兵出戰，被魏軍四面包圍。諸葛瞻奮勇死戰，殺死數百人，嚇得鄧艾心驚膽戰，急忙令弓箭手放箭，諸葛瞻終於中箭，大呼道：「我已經盡力了，只剩以死報國。」說罷，自刎而死。諸葛尚見諸葛瞻戰死，悲憤交加，衝出城與魏軍交戰也被魏軍殺死。在魏軍的圍攻之下，張遵也戰死了。鄧艾佔領了綿竹。

劉禪得知鄧艾佔領綿竹的消息，驚慌失措，召集文武大臣商議。正在此時，從城外傳來消息，魏軍很快就要殺到成都城下了。大臣們議論紛紛，勸劉禪放棄成都，到川南躲避。譙周奏道：「不能到川南去。南蠻屢次造反，不沾聖化，在形勢危急時投奔他們，必然遭到迫害。」大臣們又建議劉禪逃往東吳，譙周奏道：「曹魏遲早要吞併東吳，那時再投降曹魏，便要遭受兩次侮辱。陛下不如現在就出城投降，既能保住祖宗宗廟，又能救百姓一命。」劉禪猶豫不決。

第二天，劉禪再次召集眾大臣商議，譙周極力勸說劉禪投降，劉禪終於動搖了，決定出城投降。正在此時，劉禪之子北地王劉諶從屏風後面衝出來，呵斥譙周道：「從古至今，哪有投降的天子！」劉禪說道：「大臣們都主張投降，只有你憑藉血氣之勇，想看成都血流成河嗎？」劉諶奏道：「先帝在時，譙周從不參與國家政事，現在冒出來胡言亂語，真是豈有此理！成都還有幾萬兵馬，姜維也在劍閣，得知魏軍圍攻成都必然趕來救援，那時再裡應外合定能打退魏軍。」劉禪大怒，呵斥道：「你豈能知曉天命！」劉諶哭著奏道：「即使勢窮力盡，君臣父子也該背水一戰，即使戰敗被殺，也無愧於先帝。又何必投降？」劉禪不聽。劉諶大哭道：「先帝創業不易，我寧死不肯受辱。」劉禪惱怒不已，令近侍將劉諶趕出殿去，又命私署侍中張紹、駙馬都尉[2]鄧良與譙周到雒城向鄧艾請降。

張紹等人見了鄧艾，跪倒在地獻上降書和玉璽，鄧艾收下玉璽，令他們回成都回報劉禪，准他投降。劉禪一面命太僕蔣顯前往劍閣給姜維傳令，令姜維投降，一面商定於十二月初一出城投降。劉諶得到消息，怒氣沖沖地來到宮中，告訴王妃崔夫人，蜀國將要滅亡了。劉諶說道：「我要先到地下面見先帝，絕不屈膝於人。」崔夫人聽了，哭著說道：「就讓我先死吧！」劉諶問道：「你為何要死？」崔夫人答道：「你為父皇而死，我為丈夫而死。夫亡妻死，理所當然。」說罷，一頭撞死了。劉諶跪在地上大哭一場，也自刎而死。

第二天，鄧艾率領大軍來到成都城下，劉禪率太子諸王和文武大臣等六十餘人，面縛輿櫬❸（ㄔㄣˋ），出北門投降。鄧艾親自為劉禪鬆綁，然後燒毀輿櫬，一起回到成都。鄧艾封劉禪為驃騎將軍，然後派人到洛陽報捷。

蜀國就這樣滅亡了。

---

❷【駙馬都尉】由漢武帝設置的官職。三國時期，何晏是皇帝的女婿，擔任駙馬都尉一職，以後又有杜預、王濟等人因皇帝女婿的身分而擔任駙馬都尉，駙馬都尉因此逐漸成爲專由皇帝的女婿擔任的官職，而皇帝的女婿也被稱爲「駙馬」。

❸【面縛輿櫬】古代戰敗的帝王出城投降的儀式，表示放棄抵抗，甘願受罰。面縛，反綁著雙手；輿櫬，車上拉著棺材。

第四十五回　三分歸一統

蔣顯趕到劍閣，告知姜維劉禪已經投降了鄧艾，姜維大吃一驚，半天說不出話來。眾將聽了，全都憤怒不已，咬牙切齒地叫道：「我們還在前線死戰，陛下怎麼就投降了！」說罷號啕大哭，士兵們也痛哭不已。姜維見將士們都不願意投降，便秘密召集眾將，制定了一條復國計畫。

第二天，姜維命人在城樓上豎起降旗，又派人面見鍾會，稱願意出城投降，鍾會欣喜不已。見到姜維，鍾會責備道：「將軍怎麼現在才肯投降啊！」姜維義正詞嚴地回答道：「我統領著整個蜀國的兵馬，即使現在投降也太早了！」鍾會暗暗稱奇，急忙起身施禮，請姜維上座。姜維說道：「將軍自出兵以來每戰必勝，憑一己之力打敗蜀國，我佩服將軍才能，才甘願投降將軍。如果換成鄧艾，一定死戰到底，絕不投降。」鍾會聽了，面露得意之色，與姜維結拜為兄弟，仍令姜維統率蜀軍舊部。

鄧艾在綿竹修築樓臺以彰顯戰功，又設宴犒賞眾將，封師纂為益州刺史，王頎、牽弘等人也得到了封賞。酒至半酣，鄧艾指著眾將說道：「你們有幸能遇到我，才有了今天的戰功名望。」師纂等起身拜謝。正在此時，蔣顯從劍閣回來了，稟報說姜維投降了鍾會。鄧艾大怒，從此與鍾會結下怨仇。

鄧艾給司馬昭上書，要求將劉禪封為扶風王，暫時留在成都，等明年冬天再送到洛陽。司馬昭認為鄧艾有專權獨斷的嫌疑，便給監軍衛瓘下達手書，表示不同意鄧艾的意見，並嚴令鄧艾不得自作主張，凡事必須事先奏報。衛瓘向鄧艾出示手書，鄧艾不屑一顧，抱怨道：「『將在外，君命有所不受❶。』既然命我帶兵出征，又為何阻撓我的命令。」不聽司馬昭的命令。司馬昭以為鄧艾有謀反之心，急忙與賈充商議，賈充建議讓鍾會牽制鄧艾，司馬昭便加封鍾會為司徒，又令衛瓘同時監督鄧艾和鍾會，配合鍾會監視鄧艾，以防鄧艾謀反。

鍾會接到監視鄧艾的命令，與姜維商議對策。姜維說道：「鄧艾之所以能攻佔成都，依靠的是國家的洪福。而且，如果沒有將軍將我阻擋在劍閣，鄧艾怎能成功？他提議加封蜀王為扶風王，是在籠絡蜀國人心，謀反之心昭然若揭。」隨後，姜維又低聲說道：「諸葛丞相曾經斷言，得到益州就能成就霸業。現在鄧艾就在益州，怎能沒有異心？」鍾會問道：「既然如此，怎麼才能除掉鄧艾？」姜維說道：「趁著晉公懷疑鄧艾的良機，稟報鄧艾謀反的跡象，晉公必然令將軍誅殺鄧艾。」鍾會依計而行。司馬昭接到鍾會的密報，果然命鍾會接管鄧艾的兵權，又挾持曹奐御駕親征，率大軍駐紮在長安。

鍾會得到收附鄧艾的命令，令衛瓘到成都捉拿鄧艾。鄧艾的部將事先得到消息，紛紛趕來拜見衛瓘，以示與鄧艾劃清界限。衛瓘率武士衝進鄧艾的住所，將鄧艾、鄧忠父子押進囚車。鄧艾的親信正要與衛瓘交戰，得知鍾會率大軍趕到，嚇得四散逃跑。鍾會令人將鄧艾、鄧忠父子押送到洛陽，交給司馬昭治罪。結果，鄧艾、鄧忠父子還沒有走到洛陽，便被衛瓘的部下田續殺死了。

姜維假意奉勸鍾會效仿范蠡（ㄌㄧˊ）❷，在功成名就之時急流勇退，以免像文種❸那樣招致殺身之禍。鍾會笑著說道：「我還不到四十歲，正是開創霸業的年紀，何必效仿范蠡，錯失良機。」姜維說道：「既然如此，應該早圖大事。」兩人會心大笑，抓緊密謀謀反之事。

---

❶【將在外，君命有所不受】出自《孫子兵法》，將領接受君主的命令帶兵打仗，有根據戰爭形勢的變化自主決策的權力，不必稟報或等待君主的命令。本意是保障帶兵將領的靈活處置權，以便隨時抓住戰機。在《三國演義》中，成了鄧艾專行獨斷、不聽命令的藉口。

❷【范蠡】春秋時期的政治家、實業家。起初投奔越王勾踐，輔佐勾踐消滅了吳國。范蠡認爲勾踐能共患難，不能同享福，因此放棄官位，隱姓埋名，與西施一起「泛舟五湖，遨遊七十二峰」。後來，范蠡三次經商，積攢下萬貫家財，成爲在政界、商界都獲得極大成就的人。

❸【文種】春秋時期越國大夫，與范蠡共同輔佐越王勾踐消滅吳國。之後，范蠡勸文種放棄官位名利，文種不肯，繼續在越國爲官，後來被勾踐殺死。

當鍾會得知司馬昭駐紮在長安的消息，說道：「晉公懷疑我了。」於是決定立即謀反，出兵攻打長安。鍾會擔心眾將不願意隨他謀反，便將他們全都囚禁起來，又命人挖一個大坑，準備坑殺。鍾會的心腹丘建聽到這個消息，急忙傳播給在外領兵的將軍胡淵，胡淵與其他將領約定，在正月十八日發動兵變，圍攻鍾會。正月十八日這一天，鍾會、姜維正要坑殺被囚禁的將領，胡淵等人率兵趕到，包圍了鍾會、姜維。結果，鍾會被亂刀砍死，姜維自刎。姜維的復國計畫徹底破滅了。

姜維死後，蜀國太子劉叡、漢壽亭侯關彝等人全都被殺，廖化、董厥病死，劉禪則被帶往洛陽，只有侍中張紹、尚書令樊建、光祿大夫譙周和秘書郎郤正跟隨。丁奉得知蜀國滅亡的消息，退兵回去了。

劉禪到洛陽以後，被司馬昭封為安樂公，樊建、譙周等人也被封為侯爵。第二天，劉禪登門拜謝司馬昭，司馬昭設宴款待。席間，司馬昭令人表演蜀中的歌舞，樊建、郤正等人紛紛流淚，只有劉禪嬉笑自若。司馬昭指著劉禪，對賈充說道：「即使諸葛亮在世也不可能輔佐他長久地保有皇位，更何況是姜維呢！」司馬昭問劉禪道：「你思念蜀地嗎？」劉禪回答道：「我在這裡很快樂，並不思念蜀地。」過了一會兒，劉禪起身更衣，郤正跟出來說道：「如果晉公再問，陛下就哭著回答：『祖先的墳墓都在蜀地，因此日夜思念，希望能回到蜀地。』」劉禪牢記在心。酒至半酣，司馬昭又問道：「你思念蜀地嗎？」劉禪欲哭無淚，

司馬炎問道：「曹魏的天下，是誰的功勞？」曹奐答道：「是晉王父祖的恩賜。」司馬炎又說道：「陛下才疏德淺，不如及早讓出大位。」

便閉著眼睛回答道：「祖先墳墓都在那裡，我每天都思念蜀地。」司馬昭問道：「怎麼像是郤正說的話呢？」劉禪驚訝地睜開眼睛，回答道：「的確是郤正教我的。」司馬昭哈哈大笑。

親近司馬昭的大臣給曹奐上奏章，請求加封司馬昭為晉王，曹奐不敢不從，便封司馬昭為晉王，又追封司馬懿為宣王，司馬師為景王。司馬昭立長子司馬炎為世子。又有大臣勸司馬昭使用皇帝專用的車駕儀仗，立世子為太子，司馬昭暗自高興。一天，司馬昭在吃飯時突然中風失語，第二天就死了。司馬昭死後，司馬炎即晉王位。

司馬炎召見賈充、裴秀，問道：「我聽說曹操說過『如果我有當天子的命運，那麼我願意成為周文王[4]』，有這事嗎？」賈充回答道：「是。曹操的意思是讓曹丕稱帝。」司馬炎又問道：「父王與曹操相比怎麼樣？」賈充說道：「不是曹操能比得了的。」司馬炎說道：「既然如此，曹丕能當皇帝，我為什麼不能？」賈充、裴秀說道：「請殿下修築『受禪壇』，昭告天下，即皇帝位。」

第二天，司馬炎進宮見曹奐，問道：「曹魏的天下，是誰的功勞？」曹奐戰戰兢兢地回答道：「是晉王父祖的恩賜。」司馬炎又說道：「陛下才疏德淺，不如及早讓出大位。」曹奐大驚失色，不知道該怎麼回答。黃門侍郎張節大怒，喝道：「武祖皇帝南征北戰、東伐西討，歷盡艱辛才掙下這片江山。陛下沒有過失，為什麼要讓出大位？」司馬炎大怒，說道：「這是漢朝的江山！曹操自立為王，曹丕篡奪皇位，他們能奪漢朝的江山，我憑什麼不能奪曹魏的江山！」張節罵道：「篡國奸賊！」司馬炎厲聲說道：「我是為漢朝報仇！」說罷，令武士將張節亂瓜[5]打死。

曹奐召集賈充、裴秀商議，賈充、裴秀勸他修築「受禪壇」，將皇位禪讓給司馬炎。曹奐沒有辦法只好同意了，於十二月甲子日將皇位禪讓給了司馬炎。司馬炎登上皇位，改國號為晉，追諡司馬懿為宣帝，司馬師為景帝，司馬昭為文帝；封曹奐為陳留王，搬到金墉城居住。

孫休得知司馬炎篡奪曹魏皇位的消息，料到晉軍即將攻打東吳，日夜憂慮以致臥病不起。彌留之際，孫休召來丞相濮陽興，命他輔佐太子，然後就死了。濮陽興與文武大臣商議擁立新皇帝之事，左將軍張布、左典軍萬彧主張擁立烏程侯孫皓，濮陽興便令人請孫皓進京，立為皇帝。

孫皓是孫權之子孫和的兒子，為人專橫殘暴，繼位後沉湎於酒色，整日不理朝政。孫皓儘管殘暴昏庸，但也有開疆擴土的雄心壯志，令鎮東將軍陸抗駐守江口，伺機攻打襄陽。司馬炎得到消息，令都督羊祜（ㄏㄨˋ）駐守襄陽，防備陸抗的襲擊。羊祜、陸抗在襄陽相峙，不僅沒有刀兵相向，反而還結下了深厚的友誼，陸抗給羊祜贈送美酒，羊祜給陸抗饋贈良藥，兩軍和睦相處，其樂融融。

孫皓命陸抗出兵攻打襄陽，陸抗不僅不聽命令，還勸諫孫皓不要窮兵黷武。孫皓大怒，說道：「我早就聽說陸抗與敵將羊祜交情匪淺，現在看來，他的確私通敵國。」於是召回了陸抗，命左將軍孫冀接替他的職務。

羊祜見陸抗被剝奪了兵權，建議司馬炎趁機出兵攻打東吳，由於賈充等人極力反對，司

---

❹【如果我有當天子的命運，那麼我願意成爲周文王】曹操曾經說過「若天命在吾，吾其爲周文王乎」的話，意思是要效仿周文王，爲兒子曹丕奠定取代漢朝的基礎，讓曹丕稱帝。

❺【瓜】又名「金瓜」「骨朵」，是一種形狀像瓜的長柄兵器，用於儀仗。

馬炎拒絕了羊祜的建議。羊祜長歎一聲，藉口生病，請求告老還鄉。司馬炎准許羊祜退休，並再次請教治國安邦的良策。羊祜奏道：「如果現在不攻打東吳，一旦東吳換了皇帝，就很難再有機會了。」司馬炎恍然大悟，後悔不已。這一年的十一月，羊祜病逝，臨死之前舉薦右將軍杜預接替他的職務。

司馬炎任命杜預為鎮南大將軍，駐軍襄陽，準備攻打東吳。正在此時，益州刺史王濬也上奏司馬炎，請求進攻東吳，司馬炎終於下定了出兵伐吳的決心。司馬炎拜杜預為大都督，指揮五路大軍圍攻東吳。孫皓得到消息，命車騎將軍伍延等人分頭迎戰。兩軍在江陵一帶的江面上激戰，晉軍撤退到岸上，伍延率兵上岸追擊，結果中了杜預的埋伏，損失慘重。伍延打算退守江陵城，但江陵已經被裝扮成吳軍的晉軍將士佔領了。伍延走投無路，戰敗被殺。

佔領江陵以後，晉軍大舉沿江而下，所到之處吳軍望風而降。杜預傳令，五路大軍向建業進發，圍攻建業。王濬得到命令，率領船隊順流而下。孫皓聽取宦官岑昏的建議，在江面上設置鐵索，用以攔截王濬的戰船，王濬得到消息命人放火燒斷鐵索，直抵建業。孫皓大驚，命丞相張悌、左將軍沈瑩、右將軍諸葛靚等人率兵迎戰，結果大敗，張悌、沈瑩戰死，諸葛靚投降。得知張悌等人戰死的消息，東吳上下舉國大驚，紛紛投降，晉軍勢如破竹，將建業圍得水洩不通。

孫皓得知晉軍圍困建業的消息，驚慌失措，急忙召集文武百官商議，大臣們誅殺了禍亂國政的岑昏，又選派陶濬率御林軍出戰。將士們都不敢出戰，四散逃跑了，只有張象率十幾名軍士在江中列成陣勢。然而，張象見晉軍殺來，立即投降，調轉方向打開建業城門，迎晉軍進城。孫皓得知晉軍進城的消息，準備拔劍自刎被中書令胡充、光祿勳薛瑩等人攔住，便效仿劉禪投降了。孫皓到洛陽以後，被司馬炎封為歸命侯，吳國滅亡。

至此，漢末魏、蜀、吳的三分天下，被晉帝司馬炎統一。

巧讀三國演義 /（明）羅貫中原著；高欣改寫. --
一版.-- 臺北市：大地, 2019.03
面：　公分. --（巧讀經典：4）

ISBN 978-986-402-302-8（平裝）

1. 三國演義　2. 通俗作品

857.4523　　108002338

巧讀三國演義

巧讀經典 004

作　　者	（明）羅貫中原著、高欣改寫
發 行 人	吳錫清
主　　編	陳玟玟
出 版 者	大地出版社
社　　址	114台北市內湖區瑞光路358巷38弄36號4樓之2
劃撥帳號	50031946（戶名：大地出版社有限公司）
電　　話	02-26277749
傳　　眞	02-26270895
E - mail	support@vastplain.com.tw
網　　址	www.vastplain.com.tw
美術設計	成樺廣告印刷有限公司
印 刷 者	博客斯彩藝有限公司
一版一刷	2019年03月

大地

定　　價：280元